CASO PERDIDO

CARL HIAASEN

CASO PERDIDO

Tradução:
CLAUDIO CARINA

COMPANHIA DAS LETRAS

Título original
Basket case

Capa
Kiko Farkas/Máquina Estúdio
Elisa Cardoso/Máquina Estúdio

Foto de capa
Dan Weeks/Photonica/Wideimages

Preparação
Otacílio Nunes

Revisão
Ana Maria Barbosa
Isabel Jorge Cury

Dados Internacionais de Catalogação na Publicação (CIP)
(Câmara Brasileira do Livro, SP, Brasil)

Hiaasen, Carl
Caso perdido / Carl Hiaasen ; tradução Claudio Carina. — São Paulo : Companhia das Letras, 2008.

Título original: Basket case.
ISBN 978-85-359-1148-0

1. Ficção norte-americana I. Título.

07-10068 CDD-813

Índice para catálogo sistemático:
1. Ficção : Literatura norte-americana 813

2008

EDITORA SCHWARCZ LTDA.
Rua Bandeira Paulista, 702, cj. 32
04532-002 — São Paulo — SP
Telefone (11) 3707-3500
Fax (11) 3707-3501
www.companhiadasletras.com.br

Para minhas irmãs,
Judy e Barb

Esta é uma obra de ficção. Todos os nomes e personagens são inventados ou usados de forma ficcional. No entanto, o episódio do lagarto congelado foi vagamente baseado no falecimento, na vida real, de um voraz lagarto monitor Savannah chamado Claw, que agora dorme numa embalagem de sorvete.

1

A respeito da morte de James Bradley Stomarti: a primeira coisa que me chamou a atenção foi a idade dele.

Trinta e nove. Sete anos mais novo que eu.

Sinto-me atraído pelos mais jovens e pelos mais velhos, mas quem não se sente? Os obituários lidos com mais avidez são os daqueles que morreram cedo demais e dos que viveram além das expectativas.

O que todo mundo quer saber é: Por que eles? Qual era o segredo? Ou o erro fatal? Será que poderia acontecer o mesmo comigo?

Eu também gostaria de saber.

Algo mais a respeito de James Bradley Stomarti: o nome. Tenho certeza de que já ouvi falar dele.

Mas não há nenhuma pista no fax da casa funerária. A cerimônia é na terça-feira. Cinzas a serem espalhadas no Atlântico. Em vez de flores a família pede que sejam feitas doações à Cousteau Society. Isso é que é ter classe.

Passo os olhos pela lista dos que foram "deixados" e noto esposa, irmã, tio, mãe; nenhum filho, o que de certa forma é incomum para o cara sério de trinta e nove anos de idade que suponho (a partir de seu estado civil) James Bradley Stomarti tenha sido.

Pressiono uma tecla do meu computador e estou instantaneamente conectado com o nosso necrotério, embora eu seja o único na Redação que ainda usa essa palavra. Os memorandos chamam de "Centro de Recuperação de Dados", porém necrotério é mais adequado. É aqui que eles guardam as histórias de todos os mortos desde 1975, o que na memória de um jornal é mais ou menos tão recente quanto excremento de dinossauro.

Digito o nome do falecido. Bingo!

Tenho o cuidado de não rir, nem mesmo sorrir, pois não quero alertar minha sempre vigilante editora. Nosso jornal publica apenas um obituário de destaque por dia; as outras mortes são encapsuladas em breves parágrafos ou totalmente ignoradas. Durante anos o jornal publicou duas páginas diárias de obituários, mas recentemente a página da Morte perdeu espaço para a página do Tempo, que havia perdido espaço para a página De Olho na Celebridade, que havia perdido espaço para Horóscopo. O reduzido espaço para as notícias deixa lugar apenas para uma única matéria, por isso agora sou cauteloso ao me comprometer com um assunto. Minha editora não é do tipo flexível. Depois que digo a ela sobre quem estou escrevendo, não há mais volta, mesmo se alguém muito mais interessante para o circuito jornalístico falecer depois.

Outra boa razão para não parecer muito entusiasmado é não desejar que ninguém desconfie que a morte de James Bradley Stomarti pode realmente dar *matéria*; minha editora pode arrancá-la de mim para entregá-la a um dos prestigiados redatores de destaque, da mesma forma que um gato deixa um rato que acabou de matar de presente para o dono perto da porta de entrada. Essa pirataria na distribuição de matérias quentes é a forma de o jornal me lembrar que ainda estou no meio da merda, que vou ficar aqui até os porcos aprenderem a voar, e que créditos com o meu nome nunca mais vão macular a Primeira Página.

Por isso eu não digo nada. Sento-me à minha mesa e rolo na tela do computador os arquivos que me informam em fragmentos coloridos sobre a vida de James Bradley Stomarti, mais conhecido para o mundo como Jimmy Stoma.

Isso mesmo. O Jimmy Stoma.

De Jimmy and the Slut Puppies.

Enfurnado em algum lugar do meu apartamento ainda tenho um dos primeiros álbuns deles, *Reptiles and Amphibians of North America*. Jimmy é o cantor e às vezes tocava guitarra base. Também se virava na gaita. Lembro-me de gostar muito de uma das faixas da banda, "Caso perdido", de um álbum chamado *Floating Hospice*. Esse disco ficou com uma garota que me largou. Jimmy não era nenhum Don Henley, mas as mulheres o achavam muito agradável aos olhos. E o cara também sabia fazer um som legal.

Stoma tinha sido preso algumas vezes, e seu verdadeiro nome estava certamente fichado. Foi assim que consegui que o computador encontrasse "James Bradley Stomarti".

Do necrotério:

13 de dezembro de 1984: Com Steven Tyler, John Entwistle e Joan Jett como testemunhas, Jimmy Stoma casa-se com uma corista que virou lutadora profissional em Las Vegas. É preso mais tarde naquela noite por urinar na resplandecente limusine de Engelbert Humperdinck.

14 de fevereiro de 1986: Sra. Stoma entra com pedido de divórcio, alegando que seu marido é viciado em álcool, cocaína e aberrações sexuais. Os Slut Puppies iniciam uma temporada de três noites no Madison Square Garden e Jimmy apresenta no palco sua nova namorada, uma artista performática que atende pelo nome de Mademoiselle Squirt.

14 de maio de 1986: Stoma é preso por atentado ao pudor durante um concerto em Charlotte, Carolina do Norte, em que voltou para um bis vestindo nada mais que uma camisinha e uma máscara de borracha de Halloween com a cara do reverendo Pat Robertson.

19 de janeiro de 1987: Já com o quarto álbum dos Slut Puppies, *A Painful Burning Sensation*, pronto para um triplo disco de platina, Jimmy Stoma anuncia o cancelamento de uma turnê da banda há muito esperada. Fontes bem informadas dizem que o cantor está preocupado com seu peso, que passou para 123 quilos desde que largou a cocaína. Stoma insiste em que está simplesmente dando um tempo das apresentações ao vivo para trabalhar em "importantes projetos de estúdio".

5 de novembro de 1987: Jimmy Stoma é preso em Scottsdale, Arizona, depois de esmurrar um fotógrafo da revista *People* que o seguira até os portões do Gila Springs Ranch, um spa de luxo especializado em emagrecimento rápido com dietas holísticas.

11 de novembro de 1987: Stoma é preso pela segunda vez em uma semana, agora por furtar um bolo e duas bombas de chocolate de uma padaria em Phoenix.

25 de fevereiro de 1989: Stoma e uma mulher não identifi-

cada são feridos ao colidirem de jet ski com o *SS Norway* no Porto de Miami. O choque não causa grandes danos ao navio de cruzeiro, mas os cirurgiões dizem que poderá levar meses para Stoma tocar guitarra novamente.

25 de setembro de 1991: O primeiro álbum solo de Stoma, *Stomatose*, sofre duras críticas da *Spin* e da *Rolling Stone*. Depois de estrear em vigésimo segundo lugar na lista da *Billboard*, em duas semanas cai para a nonagésima sétima posição antes de...

— Jack?

Deve ser Emma, minha editora impossível.

— O que você fez no cabelo? — pergunto.

— Nada.

— Alguma coisa você fez.

— Jack, preciso de uma sugestão para a reunião de pauta.

— Ficou bom, mais curto — comento. Emma odeia quando finjo estar flertando com ela. — Estou falando do seu cabelo.

Emma fica corada, mas consegue fazer uma carranca de indiferença. — Dei uma aparada na franja. O que você tem pra mim?

— Nada ainda — minto.

Emma está se aproximando, tentando dar uma olhada na tela do meu computador. Ela desconfia que estou acessando pornografia pela internet, o que seria uma ofensa passível de demissão. Emma nunca demitiu ninguém, mas adoraria quebrar essa tradição comigo. Ela não é a primeira editora júnior a sentir isso em relação a mim.

Emma é jovem e dona de uma afiada ambição de ascender à direção do jornal. Quer uma sala com janela, uma posição de autoridade reconhecida e ações da empresa.

Pobre garota. Já tentei desviá-la para uma profissão mais adequada aos seus talentos — vendedora de sapatos, por exemplo —, mas ela não quis me ouvir.

Esticando o pescoço pálido, Emma diz:

— O rabino Levine morreu ontem à noite em East County.

— O rabino Levine morreu na segunda-feira — lembro a ela. — Só um clérigo por semana, Emma. Está no meu contrato.

— Então me arranje alguma coisa melhor, Jack.

— Estou tentando.

— Quem é James Stomarti? — ela pergunta, bisbilhotando

a tela do meu computador. Com seus intensos olhos verdes cor de jade, Emma parece um falcão exótico.

— Você não conhece? É um músico — digo.

— O sujeito é daqui?

— Tinha uma casa em Silver Beach e outra nas Bahamas.

— Nunca ouvi falar — diz Emma.

— Você é muito jovem.

Emma faz uma expressão cética, não lisonjeada.

— Acho que as pessoas vão se interessar mais pelo rabino Levine.

— Então joga o rabino pra editoria local — é minha brilhante sugestão.

Claro que Emma não gosta da idéia. Ela e o editor de Cidade não se dão bem.

— É domingo — lembro a ela. — Não vai acontecer nada muito importante no Ocidente. A editoria local pode fazer uma bela despedida para o rabino.

— Esse músico... — diz Emma — que idade ele tinha?

— Trinta e nove.

— Ah, é?

Agora eu ganhei a cumplicidade dela.

— Então, e como ele morreu? — Emma pergunta friamente.

— Não sei.

— Provavelmente drogas — ela cisma —, ou suicídio. E você sabe a regra para suicidas, Jack.

Normalmente os jornais não divulgam o suicídio como causa de mortes individuais, baseados na teoria de que poderiam estar plantando uma idéia na mente de outras pessoas deprimidas, que imediatamente correriam para se matar. E nos dias de hoje nenhum jornal pode se arriscar a perder assinantes.

Entretanto, há uma tradicional exceção jornalística à regra do não-suicídio.

— Ele é famoso, Emma. Nesse caso a regra não se aplica.

— Ele não é famoso. Eu nunca ouvi falar dele.

Mais uma vez ela está me forçando a insultá-la.

— Você já ouviu falar da Sylvia Plath? — pergunto.

— É claro.

— Sabe *por que* você ouviu falar dela, Emma? Porque ela enfiou a cabeça num forno. Foi por isso que ela ficou famosa.

— Não tem graça, Jack.

— Fora isso, ela é apenas mais uma poeta brilhante, obscura e não reconhecida — continuo. — A fama realça a morte, mas a morte também realça a fama. Isso é um fato.

O queixo fino e ossudo de Emma está se mexendo para a frente e para trás. Ela está louca para dizer "vai se ferrar", mas sabe que isso constituiria uma grave violação da política gerencial, uma mancha negra em um até então promissor currículo pessoal. Lamento por ela, lamento mesmo.

— Emma, deixa eu fazer umas averiguações sobre Stomarti.

— Enquanto isso — ela diz abruptamente —, vou reservar uma coluna de trinta centímetros para o rabi Levine.

Uma nota de falecimento não é igual a um obituário. Uma nota de falecimento é um anúncio classificado escrito e pago pela família do falecido, enviado aos jornais pela casa funerária como parte do pacote de serviços completo. Notas de falecimento geralmente são impressas numa fonte pequena chamada Agate, mas podem ter tantas palavras floreadas quanto a família desejar. Os jornais ficam sempre felizes por venderem o espaço.

A nota de falecimento de Jimmy Stoma era notável por sua brevidade e pelo que omitia:

> STOMARTI, James Bradley, 39, faleceu quinta-feira em Berry Islands. Morador de Silver Beach desde 1993, Jim era um homem de negócios bem-sucedido que participava ativamente de sua igreja e em grupos cívicos da comunidade. Adorava golfe, vela e mergulho, e angariou milhares de dólares para ajudar na restauração de recifes de coral danificados nas Florida Keys e nas Bahamas. Amigo querido, irmão dedicado e amado marido, sua ausência será profundamente sentida pela esposa, Cynthia Jane, e pela irmã Janet Stomarti Thrush, de Beckerville. Uma missa será rezada na manhã de terça-feira na Igreja de St. Stephen, seguida por uma breve cerimônia a bordo de um barco ao largo do Farol Ripley, onde Jim queria que seus restos mortais fossem depositados. Em vez de flores a família pede que sejam feitas doações à Cousteau Society, em memória de Jim.

Estranho. Nem sinal da vida dele como componente dos Slut Puppies, nem dos seis milhões de discos vendidos, dos prêmios pelos vídeos da MTV, do Grammy. A música não era citada nem entre os seus hobbies.

Talvez Jimmy Stomarti quisesse assim; talvez tenha se esforçado tanto para deixar aqueles anos loucos para trás que preferia que nada remetesse ao seu passado, nem mesmo no momento de sua morte.

Sinto muito, amigo. Vou tentar ser delicado.

Não existe nenhum James nem J. Stomarti na lista telefônica do condado, mas há uma Janet Thrush registrada em Beckerville. Uma mulher atende no terceiro toque. Digo a ela quem sou e o que estou escrevendo.

— Você é irmã de Jimmy?

— Isso mesmo. Escuta, você pode ligar de novo daqui a alguns dias?

Aí vem a parte arriscada, quando tenho de explicar — muito delicadamente — que, em termos de obituário, é agora ou nunca. Em quarenta e oito horas ninguém mais no jornal vai dar a mínima pelo seu irmão morto.

Nada pessoal. É da natureza da notícia.

— A matéria vai sair amanhã — digo à irmã dele. — Eu realmente detestaria incomodar você. E você tem razão, tem muita coisa no nosso arquivo que eu poderia usar...

Deixo aquela possibilidade espectral ser assimilada. Ninguém merece um obituário elaborado exclusivamente a partir de velhos artigos de jornal.

— Eu preferia falar com os que o conheciam melhor — digo. — A morte dele vai ser um choque para um monte de gente em todo o país. Seu irmão tinha muitos fãs...

— Fãs? — Janet Thrush estava me pondo à prova.

— É. Eu era um deles.

No outro lado: um silêncio insondável.

— Jimmy Stoma — insisto. — Jimmy and the Slut Puppies. É o *mesmo* James Stomarti, certo?

A irmã dele responde, reservadamente:

— Isso foi muito tempo atrás.

— As pessoas vão se lembrar. Pode acreditar em mim.

— Bem, isso é bom. Acho. — Ela parece indecisa.

— Não havia muita informação na nota de falecimento — digo.

— Eu não saberia dizer. Não li nada.

— Sobre a música dele, quero dizer.

— Você falou com a Cleo?

— Quem é Cleo? — pergunto.

— A mulher dele.

— Ah. A casa funerária deu o nome de Cynthia.

— Ela atende por Cleo — diz a irmã de Jimmy. — Cleo Rio. A própria.

Quando digo que nunca ouvi falar dela, a irmã de Jimmy ri. Uma televisão murmura ao fundo. Pelo som, parece o programa *Meet the Press.*

— Bom, finja que você sabe quem é Cleo Rio — ela aconselha —, e garanto que ela dá uma entrevista.

Obviamente a mana e a viúva não se dão muito bem.

— E quanto a você? — pergunto.

— Meu Deus, nem mencione o meu nome.

— Não foi isso que eu quis dizer — contesto. — Gostaria que você falasse comigo. Só algumas perguntas rápidas? Desculpe, mas estou com o prazo apertado...

— Depois de entrar em contato com Cleo — diz a irmã de Jimmy —, você me liga de novo.

— Você tem o telefone dela?

— Tenho. — Ela me dá o número, depois diz: — Tenho um endereço também. Você devia ir até o apartamento dela.

— Boa idéia — observo, mas não tinha planejado sair da Redação. Posso dar cinco telefonemas no tempo que levaria para ir de carro até Silver Beach e voltar.

— Se quiser saber essa história direito você tem que se encontrar com a Cleo. — Ela faz uma pausa. — Mas olha, não estou querendo ensinar a você como fazer o seu trabalho.

— Agradeço sua ajuda, mas me fale uma coisa. Como seu irmão morreu? Ele estava doente?

Ela sabe exatamente o que eu quero dizer.

— Jimmy estava sóbrio fazia nove anos — diz.

— Então o que aconteceu?

— Foi um acidente, acho.
— Que tipo de acidente?
— Pergunte a Cleo — diz a irmã de Jimmy, e desliga.

Estou a caminho da porta quando Emma se coloca à minha frente. Ela é quase trinta centímetros mais baixa que eu; e sorrateira, também. Raramente vejo quando se aproxima.

— Você sabia que o rabino Levine começou a fazer paragliding aos setenta anos de idade? — ela diz. — Isso é quente, Jack.

— Ele morreu no paraglider dele, Emma? Espatifou-se na sinagoga, por acaso?

— Não — ela admite. — Derrame.

Dou de ombros.

— Valeu a tentativa, mas estou saindo pra visitar a viúva Stomarti.

Emma nem se mexe.

— Eu ainda prefiro o rabino.

Que inferno. Agora ela está me obrigando a forçar a barra. Dou uma rápida olhada pela Redação e percebo, com certo alívio, que nenhuma das jovens estrelas está trabalhando hoje. Isso é uma coisa boa no expediente de domingo: a Redação parece um túmulo. Se Emma quiser tirar a matéria de mim, ela mesma vai ter que redigir a notícia.

E Emma, abençoada seja sua alma universitária, nunca foi repórter. A julgar pela esforçada sintaxe de seus memorandos, ela provavelmente teria dificuldade em compor uma nota de agradecimento.

Então, lá vai.

— James Stomarti era Jimmy Stoma — digo.

O cenho de Emma se franze. Ela sente que deveria reconhecer aquele nome. Em vez de admitir que não conhece, fica esperando.

— Jimmy and the Slut Puppies — faço um lembrete.

— Não brinca.

— Lembra aquela música, "Caso perdido"?

— Claro. — Emma vira-se levemente, seus olhos de ave de rapina esquadrinhando as fileiras de cubículos. O plano, eu sei, é entregar Stoma a outro repórter e me despachar para o rabino morto.

Mas Emma volta sem perspectivas. A única alma viva na Redação de Cidade é a de Griffin, repórter de polícia nos fins de semana. Griffin tem sessenta anos, é antipático e intocável. E Emma não tem autoridade sobre os repórteres policiais. Griffin ergue os olhos de seu computador e olha direto através dela, como se ela fosse fumaça.

Com um início de carranca, Emma volta-se para mim.

— Suicídio, certo?

— Não. Acidente.

Relutante, Emma sai do meu caminho.

— Trinta centímetros — ela diz, áspera. — É só isso que temos, Jack.

— Para a morte de uma estrela do rock? — observo, lacônico. — Um músico vencedor do Grammy Award que morre tragicamente aos trinta e nove anos de idade? Querida, garanto que o *New York Times* vai dar mais de trinta centímetros.

— Não nas notas de falecimento, não mesmo — diz Emma.

Sorrio.

— É verdade. Não nas notas de falecimento.

A expressão de Emma fica sombria.

— Não, não, Jack. Eu não vou dar isso na Primeira Página. De jeito nenhum!

Meu Deus, que imbecil. O *Times* não vai dar Jimmy Stoma na capa — ele vai ter sorte se acabar na abertura dos obituários. Mas Emma, suando frio, estremeceu diante da possibilidade de me libertar do calabouço. Sem dúvida ela percebe aquilo como uma crise que ameaça sua carreira, pois parte de sua missão como editora júnior é cuidar para que eu permaneça esmagado, sem esperança de redenção. A melhor coisa depois de me demitir seria me fazer pedir demissão, desgostoso, o que é algo que nunca farei.

Isso tudo está muito engraçado.

— Você poderia mencionar Stoma na reunião de pauta — digo a Emma —, só pra ver no que dá.

— Trinta centímetros, Jack — ela reitera com gravidade.

— Porque meu palpite é que existe ao menos um fã dos

Slut Puppies no expediente. — Estou me referindo a Abkazion, o novo editor-chefe, que tem a minha idade e trabalha nos fins de semana.

— Quarenta e cinco centímetros, no máximo — concede Emma.

Faço um aceno de despedida com meu bloco de notas e saio andando em direção ao elevador.

— Nos falamos quando eu voltar da visita à senhora Stomarti.

— Que tipo de acidente? — Emma pergunta atrás de mim. — Como ele morreu? Jack?

2

Meu título de obituário favorito é:

Sir Seewoosagur Ramgoolam,
de Maurício, morre aos 85

Isso não apareceu num livro infantil, mas no *New York Times*. Talvez uns quarenta leitores em toda a Manhattan tenham ouvido falar de Sir Seewoosagur Ramgoolam, e foi isso que tornou o tom casual da manchete tão esplêndido — a implicação seca de que mesmo os que não nasceram em Maurício deveriam saber quem era ele.

Os títulos de obituários geralmente contêm elementos identificadores úteis (embora às vezes desnecessários) — **Joe DiMaggio, ex-estrela do beisebol, morre aos 84** —, porém nenhuma pista foi fornecida quanto à profissão ou às realizações do falecido patriarca Ramgoolam. Talvez o redator do título tenha sido prejudicado pela falta de espaço, devido à fenomenal extensão do nome do falecido, mas prefiro acreditar que a concisão foi intencional.

Sir Seewoosagur está morto. Falou e disse.

Não vou escrever o título do obituário de Jimmy Stoma porque, ao contrário do que pensam os leitores, os repórteres não dão títulos para suas matérias. São os editores que fazem isso.

Certa vez o editor da página de Obituários faltou por doença e Emma em pessoa teve de cumprir aquela tarefa. Era o dia 11 de setembro de 1998, e aqui está o que ela escreveu acima de um de meus obituários:

Keith Murtagh, inventor da torrada,
morre aos 96 depois de breve doença

O nome do homem era Kenneth Murtaugh, ele havia inventado um forno para fazer torradas e tinha sessenta e nove anos quando colidiu seu Coupe de Ville com uma palmeira em Perdido Boulevard. O único fato que Emma conseguiu acertar foi que ele havia morrido.

Quem recebeu as cartas iradas da família do homem morto fui eu, porque era o meu nome que estava na matéria abaixo daquele título de merda. Semanas depois, Emma me mandou um memorando pedindo desculpas, no qual novamente escreveu o nome Murtaugh errado. Deus, se ao menos tivesse sido por maldade e não por incompetência...

Dirigindo pela Pelican Causeway, estou imaginando as possibilidades de título para Jimmy Stoma.

James Stomarti, ex-artista pop,
morre em acidente aos 39

Ou, um pouquinho melhor:

Músico de rock conhecido como Jimmy Stoma
morre nas Bahamas

Isso se a matéria fosse para a página fúnebre, onde os títulos são normalmente brandos e incolores. Nada disso vale se o editor de plantão jogar a matéria para a editoria de Cidade ou para a Primeira Página, e nesse caso eu daria meu testículo esquerdo para ver uma referência aos Slut Puppies em corpo 40, algo como:

Roqueiro Jimmy Stoma, ex-Slut Puppy, sucumbe
aos 39 anos em acidente nas Bahamas

Isso, sim, é um título que vende jornais. Você tem os irresistíveis ingredientes de glamour (rock), notoriedade (os famosos e irreverentes Slut Puppies), juventude (trinta e nove anos de idade), tragédia ("sucumbe", um verbo requintado, implicando uma vida ceifada prematuramente), tudo isso sobre o pano de fundo de um cenário exótico e tropical...

Feio, porém verdadeiro: é a Morte que paga minhas contas.

Já fui um repórter sério, fazendo o que passava como jornalismo sério. Agora escrevo exclusivamente sobre os que não estão vivos — vou para a cama todas as noites pensando sobre aqueles que coloquei descansando em paz no jornal do dia seguinte, e acordo todas as manhãs me perguntando quem será o próximo. Minha curiosidade é estrita e profissionalmente mórbida. Sem nenhum pudor, meu plano é ressuscitar minha carreira de jornalista atrelando meus créditos a algum defunto famoso. Passo meus dias driblando os rabis Levine na esperança de que alguém mais amplamente conhecido faleça antes do fechamento da primeira edição.

É claro que isso não é vida a ser prezada. Mas gosto de pensar que confiro perspectiva e estilo incomuns à página de obituários, que tradicionalmente é um campo de treinamento para estagiários e novatos recém-saídos da faculdade. É claro que Emma preferiria ter em seu modesto estábulo um redator de obituários mais jovem e menos experiente que ela; alguém que pudesse conduzir, aconselhar e ocasionalmente intimidar.

Mas ela está empacada comigo, e eu a faço tremer como um camundongo num ninho de cobras. Emma mantém uma reserva de Valium na primeira gaveta — as pílulas ficam disfarçadas dentro de um frasco de aspirina da Bayer, para não serem descobertas por nenhum de seus ambiciosos editores rivais. Eles usariam aquela informação sem hesitar para lançar dúvidas sobre a aptidão de Emma para dirigir um jornal.

Pobre garota. Ela tem uma alma boa, tenho certeza, e um coração inexperiente que não merece ser espremido como um velho pano de prato. Mas isso é o que tende a acontecer se Emma ficar nessa profissão miserável. E eu estou determinado a salvá-la; ela é um de meus dois projetos pessoais prioritários.

Sendo que o primeiro é salvar a mim mesmo.

Antes de seguir para Silver Beach, faço duas paradas rápidas. A primeira é numa loja de discos, onde compro a última cópia de *Floating Hospice*. Depois, com Jimmy Stoma metralhando do painel do meu Mustang — "Minha garota é um caso perdido, maternal e bipolar, com roupas de couro e olhar distraído!" —, dirijo até uma loja onde trabalha uma jovem que está por dentro das coisas, chamada Carla Candilla.

Carla é filha da minha ex-namorada favorita e trabalha no balcão de revelações da loja. Ela acena quando me avista na fila — nós dois somos mais próximos do que eu e a mãe dela.

Carla sorri.

— Black Jack! — O apelido que ela me deu, baseado na minha ocupação.

Inclino-me no balcão para um abraço paternal.

— Mais uma vez estou precisando de orientação — digo.

— Manda ver, coroa.

— Cleo Rio. Não encontrei muito sobre ela no necrotério.

— Ela é nova no pedaço — esclarece Carla. — Isso é pesquisa ou pessoal?

— Está certo, querida, eu e Cleo somos muito chegados. Hoje à noite vamos a uma rave e mais tarde estaremos numa suíte no Morgan's. Fala *isso* pra sua mãe. Por favor, Carla, eu pago por esse serviço.

Quando Carla ri fica muito parecida com Anne, a mãe dela. E Anne rindo é uma das minhas lembranças mais felizes de todos os tempos.

Carla pergunta se Cleo Rio morreu.

— Não, foi o marido dela — respondo.

— Ah, é verdade. Ela casou. — Carla aquiesce. — Saiu na *Ocean Drive*.

Carla rastreia todas as celebridades, locais e visitantes. Aos dezessete anos é uma veterana experiente, freqüentadora de clubes e freqüentadora assídua de South Beach, onde se mantém atualizada em música, filmes, tendências dietéticas e moda. Carla é uma fonte importante, meu único vínculo confiável com a cultura jovem moderna.

— Então, o que fez Cleo pra se tornar semifamosa? Quem ela é, exatamente? — pergunto.

— Mais específico, por favor. Você está falando de sexualidade? Nacionalidade? Personalidade?

— Carla, em mais ou menos vinte minutos vou ter que me sentar com essa mulher e extrair dela três declarações que valham a pena. Isso vai exigir uma embromação de primeira classe.

— Ela é cantora.

— Isso ajuda. Que tipo de cantora?

— Raivosa — diz Carla —, machucada mas não empedernida.

— Clone da Alanis?

Carla balança a cabeça.

— Cleo está definitivamente a fim de um efeito mais precioso. Você conhece o tipo... a ex-modelo que de repente começa a trepar.

Carla não está tentando me chocar. Ela fala desse jeito desde que tinha doze anos.

— Me fala alguma coisa dos sucessos dela.

— Sucesso. No singular, Jack.

— Então tudo o que você está me fornecendo é baseado numa música só?

— Mais o vídeo — diz Carla.

— É claro.

— Dirigido pelo Oliver Stone.

— Quem mais.

— Parece que ela mostra uns pêlos púbicos. Foi assim que conseguiu aparecer na *Spin* — relata Carla. — Pessoalmente, acho que nem era Cleo no vídeo. Acho que usaram uma dublê.

— Para os pêlos púbicos?

— É o mundo artístico, Jack. Alô-ô? — Nesse momento Carla, que caiu sob a suspeição do gerente da loja, finge arrumar uns slides coloridos na mesa de luz para minha inspeção.

— Qual é o nome da única e solitária canção de Cleo Rio? — pergunto.

— "Mim" — diz Carla. — Apenas isso. Só "Mim".

— E chegou às paradas?

— Só por causa do lance do púbis.

— Entendi. Obrigado, querida.

— Onde é a grande entrevista?

— No apartamento dela.

— Vou querer um relato completo.

— É claro. Ei, você já ouviu falar de Jimmy and the Slut Puppies?

Carla arqueia uma sobrancelha ruiva.

— Gente nova? — Ela tem medo de ter perdido alguma coisa.

— Não. Antiga como a Terra.

— Sinto muito, Jack.

Antes de sair da loja, não consigo deixar de perguntar:

— E como vai sua mãe?

— Bem — diz Carla.

— Mesmo?

— Muito bem.

— Que merda — comento.

Carla ri com gosto. O fato de eu ainda sentir falta de Anne me mantém em alto conceito com ela.

— Fala que eu mandei um oi.

— Você é um tremendo sonhador, Jack.

O apartamento de Jimmy Stoma é no décimo nono andar de um arranha-céu medonho na ponta mais ao sul de Silver Beach. Cleo me mantém vinte minutos esperando no saguão, mas na verdade estou surpreso pelo fato de a viúva de Jimmy ter concordado em falar comigo, afinal. Pela brevidade da nota de falecimento, a impressão é que a família não quer chamar muita atenção.

A porta do 19-G é aberta por um homem atarracado, calvo e sem pescoço, com duas pequenas argolas de platina em cada lóbulo. O cara é um segurança típico, desde a jaqueta de aviador até o volume aparecendo discretamente na axila. Sem dizer nada ele me conduz pelo apartamento difusamente iluminado até a sala de visita, onde a sra. Stomarti está em pé diante de uma sacada.

Realmente eu já tinha visto o rosto dela na capa de algumas revistas de celebridades em formato tablóide que assino por razões profissionais. (Recorto e arquivo alguns artigos mais suculentos para o caso de a celebridade em questão falecer um dia dentro da nossa área de circulação.)

— Eu sou Cleo — diz a sra. Stomarti. — Esposa do Jimmy.

Ela deve ter uns vinte e dois anos; vinte e três, no máximo. Altura média, magra mas não esquelética, e com um bronzeado alarmante. O cabelo é tingido de branco como a neve e cortado num estilo pajem debochado. Os lábios estão pintados de vermelho-cereja e as maçãs do rosto estão profundamente sombreadas, como dois hematomas simétricos. Veste uma blusa bege sem mangas e calça branca justa. As unhas dos pés, também brancas, me lembram um mostruário de cores.

Não me surpreende que ela tenha desistido do nome Cynthia.

— Eu sou Jack Tagger — anuncio. — É um prazer conhecer você. Só gostaria que as circunstâncias fossem diferentes. — Insinuo estar ciente de sua fama desabrochante e que em alguma outra ocasião adoraria entrevistá-la para uma página de Arte & Música.

Nos sentamos; a viúva na ponta de um grande sofá cor de creme, eu numa espécie de banco de jardim. Sem perder tempo, comento com Cleo Rio o quanto gostei da música dela, "Mim".

A expressão dela se ilumina.

— Você assistiu ao vídeo?

— Quem não assistiu?

— O que você achou... exagerado?

— O Jimmy gostou?

— Adorou — responde Cleo.

— Eu concordo com Jimmy. — Tiro a tampa de uma caneta hidrográfica e abro o bloco de notas no colo.

— Você é o primeiro a me procurar — informa a sra. Stomarti.

— Eu era fã.

Um sorriso desmaiado.

— Suponho que depois vai ser a vez das publicações especializadas.

— Sinto muito — digo. — Sei que você não está querendo fazer alarde com isso.

— Era como o Jimmy queria.

— Prometo não tomar muito o seu tempo.

O sujeito calvo traz para Cleo o que parece ser vodca com suco de laranja num copo alto e gelado. Ele mal olha em minha direção, o que está ótimo para mim.

— Quer alguma coisa? — pergunta Cleo.

Eu devia ter mencionado os olhos dela, rodeados por círculos cor-de-rosa, por causa de choro ou falta de sono. Ela está usando lentes de contato azul-gelo.

— Uma Coca? Cerveja? — pergunta a esposa de Jimmy.

— Não, obrigado.

Para dar início ao bate-bola, começo pelas mais fáceis. Como se conheceram? *Numa festa da VH1.* Havia quanto tempo estavam casados? *Menos de um ano.* Onde foi o casamento? *Sag Harbor. No barco de um amigo.* Ah, é? De quem? *Esqueci o nome. Um saxofonista conhecido do Jimmy. Músico de estúdio.*

Aqui eu faço uma pausa mais longa que o necessário para escrever as respostas dela. O intervalo serve para dar à sra. Stomarti um momento para se preparar. Ainda odeio essa parte do trabalho, essa invasão abrupta do sofrimento alheio. Mas descobri que muitas pessoas não se importam de falar com um absoluto estranho sobre seus entes queridos falecidos. Talvez seja mais fácil do que se consolar com membros da família, que sabem tudo o que pode ser conhecido sobre o falecido, de bom ou de ruim. A visita de um redator de obituários, contudo, oferece uma oportunidade de ouro para começar do início e refazer uma pessoa como você gostaria que ela fosse lembrada. Um obituário é a última palavra final.

Meu tom de voz cai do casual para o sombrio.

— Senhora Stomarti, me fale sobre a viagem às Bahamas.

Ela deposita a bebida numa mesa de café de madeira.

— Jimmy adorava aquele lugar. Ele tinha uma casa em Exuma.

Olhando para baixo, percebo que os dedos de seus dois pés estão se contraindo e se descontraindo. Ou é algum tipo de rotina de ioga ou Cleo está nervosa. Pergunto se o casal estava em férias quando aconteceu.

Ela dá risada.

— Jimmy estava *sempre* em férias quando íamos para aquelas ilhas. Ele adorava mergulhar... era como uma obsessão. Costumava dizer que estar debaixo d'água era melhor que qualquer droga que já tinha tomado. "Quanto mais fundo eu vou, maior o barato", era o que ele falava.

Anotando cada palavra, fico pensando sobre a facilidade com que a sra. Stomarti usou o verbo no passado para falar sobre Jimmy. Geralmente uma viúva recente fala sobre o falecido marido como se ele ainda estivesse vivo.

Por exemplo: *Ele está sempre em férias quando vamos para aquelas ilhas.* Ou: *Ele adora mergulhar.* E assim por diante.

Porém Cleo não vacilou nenhuma vez. Nenhuma negação subconsciente; Jimmy Stoma está morto.

— Pode me contar o que aconteceu — pergunto —, no dia em que ele morreu?

Ela aperta os lábios e estende a mão até o copo. Eu espero. Ela chupa um cubo de gelo para fora do copo e diz:

— Foi um acidente.

Não digo nada.

— Ele estava mergulhando nos destroços de um avião. A quinze ou vinte metros de profundidade. — A sra. Stomarti está chupando o gelo, passando-o de uma bochecha a outra.

— Onde? — pergunto.

— Perto de Chub Cay. Existem destroços de aviões ao redor de todas as ilhas — ela acrescenta —, de uma época mais conturbada.

— Que tipo de avião?

Cleo dá de ombros. — Um DC qualquer coisa. Não me lembro — responde. Agora ela está triturando o gelo com os dentes.

— Você não mergulha?

— Não naquele dia. Eu estava me bronzeando.

Concordo e olho significativamente para meu bloco de notas. Rabisco algumas palavras. Ergo os olhos e aquiesço de novo. A pior coisa que um repórter pode fazer numa entrevista delicada é parecer impaciente. Cleo toma outro gole da bebida. Depois retorce os ombros e se enrijece, como se estivesse endireitando uma torção na coluna.

— Jimmy desceu como sempre — ela diz —, mas não subiu mais.

— Ele estava sozinho? — pergunto.

— Não, ele nunca mergulhava sozinho.

E eu pensando: Mais uma vez no passado.

— Jay estava lá embaixo também — conta a mulher de Jimmy —, só que mergulhando na seção da cauda. Jimmy estava no nariz do avião. A aeronave está dividida em dois pedaços no fundo, sabe?

— Jay Burns? Dos Slut Puppies?

Ela concorda.

— Ele e o Jimmy eram... assim, os melhores amigos. Ele

emergiu dos destroços e começou a subir no barco, e de repente perguntou: "O Jimmy ainda não voltou?". E eu: "Não, ainda está lá embaixo". Eu estava lendo uma revista, sabe? Não estava prestando atenção no tempo.

Cleo ergue o copo vazio e vira a cabeça em direção à porta da cozinha. Num átimo, o segurança sem pescoço se apressa com uma nova bebida. Um guarda-costas que sabe preparar drinques — todo artista pop devia ter pelo menos um desses.

A viúva dá um gole e continua:

— Então Jay pega um cilindro novo, pula de volta na água e... nada de Jimmy. Ele não estava em lugar nenhum dos destroços. — Cleo volta a se encostar na almofada do sofá. Ela não está mais olhando em minha direção; está contemplando a janela da sacada, de frente para o Atlântico. Os olhos dela estão fixos em alguma coisa distante e invisível para mim.

— Jimmy era tudo pra mim, sabe? Meu marido, meu melhor amigo, meu amante, meu agente...

Estou escrevendo feito doido. Tentando desacelerar Cleo. Falo:

— Você tem um número de telefone do Jay?

— Ele ainda está nas ilhas. Vai trazer o barco do Jimmy amanhã.

— Legal eles terem continuado juntos depois que a banda se dissolveu.

— Jay era o único — diz Cleo. — O único da cena musical com quem Jimmy ainda falava. Até me conhecer.

Ela faz uma pausa enquanto atualizo minhas anotações. Obviamente já deu entrevistas antes.

— De qualquer forma — prossegue —, nós pedimos socorro. Ele foi encontrado três horas depois, assim, a uns oitocentos metros de distância. Já estava morto. O cilindro dele estava vazio.

Pergunto à sra. Stomarti se foi feita uma autópsia nas Bahamas.

— Sim, disseram que ele se afogou. Imagino que tenha se exaurido tentando encontrar o barco. As correntes podem ser bem fortes por lá, e com todos aqueles anos puxando fumo, Jimmy não tinha exatamente os pulmões de um adolescente.

— Mas ele vinha andando na linha havia algum tempo, certo? — Faço a pergunta parecer casual.

— Totalmente.

Não anoto isso porque não quero que ela pense que estou interessado demais no passado desregrado de Jimmy.

— Então o que acha que aconteceu nesse último mergulho?

— Acho que... — A esposa de Jimmy faz uma pausa para pegar um maço de Marlboro na mesa de madeira. — Acho que meu querido marido saiu nadando e se perdeu...

Agora estou anotando.

— ... simplesmente isso — diz Cleo Rio, acendendo o cigarro. — Conhecendo Jimmy, ele viu alguma coisa muito legal lá embaixo e saiu nadando atrás dela... um tubarão-martelo ou uma enguia gigante, quem sabe... e perdeu a direção. Isso é fácil de acontecer. — Ela dá um sorriso pesaroso. — Quando mergulhava, ele parecia um garotinho. Totalmente despreocupado.

— Como estava o mar?

— Manso quando chegamos. Mas tinha ventado um pouco na noite anterior e Jay disse que a visibilidade no fundo estava uma merda.

— E quando isso aconteceu?

— Quinta-feira à tarde. Um barco da polícia levou o corpo do Jimmy para Nassau e só conseguimos recuperá-lo ontem.

Pela maneira como ela fuma, posso dizer que está cansada de falar.

— Não vou tomar muito o seu tempo — digo. — Estou quase terminando.

— Tudo bem.

— Você disse que Jimmy estava preferindo ser discreto. Foi por isso que o anúncio fúnebre não mencionou os Slut Puppies, nem mesmo o Grammy que ele ganhou?

— Exatamente.

— Mas ele compôs algumas boas canções. As pessoas vão se lembrar.

— Nem precisa me dizer. Eu era a fã *numero uno* dele. — Cleo esmaga o toco de cigarro. — Mas Jimmy sempre dizia que aquela era uma outra vida e que tinha tido sorte de ter sobrevivido àqueles tempos. Ele não queria nenhuma lembrança.

— Nem mesmo a música?

— *Especialmente* a música — ela afirma. — Se uma das músicas dele tocava no rádio do carro, Jimmy tirava imediatamente. Não ficava zangado ou coisa assim, só mudava de estação. — Cleo faz um gesto com a mão no ar. — Olha só, neste apartamento inteiro não tem um disco dele. Nenhum! Era assim que ele queria.

Com um olhar de soslaio vejo o homem sem pescoço encostado numa parede, esperando, suponho, para me acompanhar até a porta.

— Ele era bom — digo.

— Ele era demais.

Anoto isso sem pudor também, sabendo que é uma palavra que Cleo deve usar umas cinqüenta vezes por dia para descrever qualquer coisa, desde um banho de espuma até um iogurte gelado.

— É por isso que eu estava tão animada por ele produzir o meu CD.

— Jimmy estava produzindo? Deve ter sido um barato, vocês trabalhando juntos no estúdio.

— Foi mesmo. Nós estamos quase terminando — ela concorda. Uma única vez, o verbo no presente. A menos que esse "nós" não inclua o marido.

— Você já tem um título? Gostaria de mencionar na matéria.

Cleo Rio se anima, escorregando até a beira do sofá.

— *Shipwrecked heart.* Mas ainda faltam algumas mixagens, por isso vai demorar pra ser lançado.

Eu anoto: *Shipwrecked heart.* Um tanto quanto sentimentalóide, esse coração naufragado, mas me inspira uma abordagem meio irônica para a matéria. Talvez até Emma consiga entender.

Levantando-me, fecho o bloco de notas e coloco a tampa na caneta.

— Muito obrigado — digo para a viúva de Jimmy. — Sei que deve ser um momento difícil.

Apertamos as mãos. A dela está úmida, as juntas rosadas e frias.

— Quando isso vai sair no jornal? — ela me pergunta.

— Amanhã.

— Vai sair com uma foto do Jimmy?

— Muito provavelmente — respondo.

O sujeito careca se materializou ao meu lado.

— Bem, espero que eles escolham uma boa foto — diz a sra. Stoma.

— Não se preocupe. Vou falar com o editor de fotografia. — Como se ele fosse me levar em consideração.

Nem bem a porta do 19-G se fecha atrás de mim e imagino umas dez outras perguntas que deveria ter feito. Mas isso sempre acontece, e a verdade é que já tenho material mais que suficiente para o obituário. E ainda preciso falar com a irmã de Jimmy, Janet, e fazer algumas ligações para as Bahamas.

Dou uma olhada em minhas anotações enquanto espero o elevador, que não chega nunca. Finalmente ouço um duplo bip e a porta se abre, e quase dou de encontro com um cara alto que está saindo. Não vejo o rosto porque ele está carregando um monte de sacolas de mercearia cheias de compras. Resmungamos uma desculpa e conseguimos nos desviar um do outro. Quando ele vira o corredor e me deixa sozinho no elevador, engasgado com o cheiro de colônia, vejo uma abundante juba de cabelos cor de cobre esvoaçando atrás de seus ombros.

A porta do elevador não se fecha de imediato, o que me aborrece porque meu prazo está ficando curto. Agora cada irritante momento de atraso vai me aborrecer até o obituário de Jimmy Stoma estar pronto.

Pressiono repetidamente o botão do elevador. Nada acontece. Do corredor, escuto o cara batendo na porta de um dos apartamentos. Ouço a porta se abrir. Ouço a voz de Cleo Rio, e embora não consiga entender suas palavras, o tom é claramente íntimo e amigável.

O que me leva à brilhante conclusão de que o homem de cabelos esvoaçantes que saiu do elevador não era um entregador da mercearia, mas sim um conhecido da desconsolada viúva.

E quando a porta do elevador finalmente se fecha na minha cara, fico pensando: Por que alguém usaria tanta colônia para visitar uma viúva?

3

Onde está Janet Thrush?

Eu continuo ligando, sem resposta. Deixo duas mensagens na secretária eletrônica.

Enquanto isso, Emma está pairando ao redor. Ela acha que eu deveria estar escrevendo o obituário, mas sabe que é melhor não resmungar. Emma não gosta de ser lembrada de que nunca perdi um prazo de fechamento desde o tempo em que ela ainda usava fraldas.

Vamos, Janet, atenda o maldito telefone.

Da irmã de Jimmy eu preciso de duas coisas. A primeira é uma bela declaração afetuosa sobre o irmão — eu odiaria basear o obituário inteiro na entrevista com Cleo Rio. A segunda é apresentar a versão da Cleo sobre a vida de Jimmy para Janet a fim de ter certeza de que não estou no caminho errado. É fato conhecido que as esposas costumam mentir desbragadamente sobre os falecidos maridos.

Janet Thrush poderia me contar se o irmão estava produzindo *Shipwrecked heart* para Cleo, e se o CD está realmente quase pronto. Mesmo se a viúva de Jimmy estiver exagerando com propósitos de autopromoção, ao menos o título deveria ser mantido. É só do que preciso para minha última sentença, que chamamos de fecho.

Enquanto espero por Janet, tento a polícia das Bahamas. Como se eu acreditasse que iria dar em alguma coisa. O quartel-general em Nassau me transfere para Freeport. Freeport me transfere para Chub Cay, que me transfere de volta para Freeport. Parece que domingo não é o melhor dia para localizar um legista nas ilhas.

Por fim entro em contato com uma pessoa que se identifica como cabo Smith. Ela está ciente de que um americano, "muito infelizmente", faleceu durante uma excursão de mergulho nas Berry Islands, mas não tem mais informações à mão. Delicadamente me instrui para telefonar para Nassau amanhã e perguntar pelo sargento Weems.

É inútil insistir no meu caso, mas faço mais uma tentativa. E, como esperado, a cabo Smith quer saber por que não posso esperar até amanhã para escrever o obituário. É uma pergunta lógica. Jimmy Stoma com certeza não irá a lugar nenhum.

— É notícia — explico bravamente para a policial. — Estou querendo me antecipar à concorrência.

— Ninguém mais da imprensa telefonou.

— Mas vão telefonar.

— Então serão aconselhados a telefonar de novo amanhã — ela retruca —, assim como você.

Desligo. Emma está atrás de mim, sua presença é um vapor pegajoso.

— Como está indo?

— Jóia — respondo.

— Quando vou poder ver alguma coisa?

— Quando estiver pronta.

Ela se afasta deslizando como uma névoa.

Desesperado por uma segunda declaração, ligo para a casa do nosso crítico musical. O nome dele é Tim Buckminster, embora recentemente tenha começado a usar as iniciais T. O. nos créditos, porque gostou do ritmo: T. O. Buckminster! Até mandou um e-mail geral instruindo a todos no jornal para se referirem a ele como "T. O.", por favor, jamais Tim.

Não consigo fazer isso. Tim Buckminster tem apenas vinte e cinco anos, ou seja, é jovem demais para estar se reinventando. Eu o chamo de Timmy, assim como a mãe dele. Infelizmente, ocorre que ele não conhece nada dos Slut Puppies, nem de Jimmy Stoma como artista solo.

— Mas você já ouviu falar dele, certo? — pergunto.

— Claro. Ele não casou com a Cleo Rio?

Depois tento um amigo que escreve sobre rock em San Francisco. Ele tem boa vontade e formula uma declaração instantânea sobre o CD *Reptiles and Amphibians of North America*, que (ele especula) teve influência em bandas atuais como Red Hot Chili Peppers e Foo Fighters.

Já é alguma coisa.

Dou uma olhada no relógio da parede. Talvez Janet Thrush ligue antes do fechamento, que é daqui a noventa e quatro minutos. Espalho minhas escassas anotações e os recortes do necrotério na mesa e começo a escrever:

> James Stomarti, o cantor e compositor de vida atribulada que fundou o popular grupo de rock Jimmy and the Slut Puppies, morreu no que parece ter sido um acidente de mergulho nas Bahamas, aos 39 anos de idade.
>
> Conhecido por milhões de jovens fãs como Jimmy Stoma, Stomarti desapareceu na tarde de 6 de agosto enquanto explorava os destroços submersos do avião de um contrabandista perto de Chub Cay, de acordo com sua esposa, a cantora Cleo Rio.
>
> Cleo Rio declarou que seu marido estava mergulhando a 15 ou 20 metros de profundidade com um ex-companheiro da banda, o tecladista Jay Burns, enquanto ela esperava a bordo do barco. Ela contou que Burns subiu depois de uma hora, mas não havia sinal de Stomarti.
>
> De acordo com Cleo, seu corpo foi encontrado mais tarde pela polícia das Bahamas em águas calmas, a 800 metros de distância.
>
> "Acho que meu querido marido saiu nadando e se perdeu", declarou no domingo, ainda chocada pela tragédia. "Quando ele mergulhava, era como um garoto. Ficava totalmente absorto."
>
> Cleo disse que Stomarti deve ter se perdido debaixo d'água e sucumbido à fadiga. Afirmou ainda que uma autópsia determinou que seu marido havia se afogado.
>
> A cabo Cilla Smith, da polícia das Bahamas, confirmou que um americano morreu na última quinta-feira durante um mergulho nas Berry Islands, porém não quis confirmar se era Stomarti nem fornecer detalhes sobre as conclusões do legista.
>
> O corpo de Stomarti foi transladado para os Estados Unidos no sábado. Um funeral particular será realizado na tarde de terça-feira na Igreja de St. Stephen, em Silver Beach. Segundo informou Cleo, em seguida as cinzas do cantor serão espalhadas no oceano Atlântico, de acordo com seu desejo.
>
> Foi um final tranqüilo para uma vida até recentemente tumultuada.

Jimmy and the Slut Puppies entraram na cena do rock em 1983 com a sensual "Mouthful of muscle". Durante os sete anos seguintes a banda vendeu mais de 6 milhões de álbuns, segundo a revista *Billboard*.

Como líder da banda, Jimmy Stoma tocava guitarra base, gaita-de-boca e cantava. Compôs também as mais conhecidas faixas do grupo, inclusive "Caso perdido" e "Trouser troll", sendo que esta última consta do último álbum dos Slut Puppies, *A Painful Burning Sensation*, ganhador do Grammy Award.

"Jimmy and the Slut Puppies eram uma banda de alta octanagem, e a centelha criativa vinha de Jimmy Stoma", declarou o biógrafo especializada em rock Gavin Cisco. "Ele gritava demais, por certo, mas era também um compositor sólido e criativo."

Cisco lembrou a influência "óbvia" de um dos álbuns dos Slut Puppies, *Reptiles and Amphibians of North America*, na Red Hot Chili Peppers e em outras bandas de rock atuais.

Nascido em Chicago, James Bradley Stomarti cresceu ouvindo o rock-and-roll pesado das bandas da época. Apreciava letras enérgicas e cortantes, e entre seus primeiros ídolos estavam Todd Rundgren e Jackson Browne.

Stomarti tinha 16 anos quando montou sua primeira banda de porão, Jungle Rot. Vários anos depois ele e seu melhor amigo, Jay Burns, formaram os Slut Puppies e pegaram a estrada. "Principalmente para pegar garotas", brincou Stomarti numa entrevista à *Rolling Stone* em 1986. "E funcionou muito bem."

Stomarti sempre se apresentava de peito nu, macacão preto e botas de combate. Era conhecido por suas elaboradas tatuagens, observações lascivas e uma infatigável energia no palco.

Fora do palco, ostentava de forma exuberante a persona de Jimmy Stoma, às vezes com resultados constrangedores. Teve diversas escaramuças com a lei, inclusive uma memorável prisão por atentado ao pudor durante um concerto na Carolina do Norte. Nesse incidente, Stomarti subiu ao palco vestindo apenas um preservativo e uma máscara semelhante ao rosto do reverendo Pat Robertson, uma personalidade cristã muito conhecida da mídia.

Em outra ocasião, o cantor e uma mulher não identificada que o acompanhava ficaram feridos quando ele se chocou com seu possante jet ski na quilha do luxuoso navio *SS Norway*, atracado no Porto de Miami. Mais tarde Stomarti admitiu que estava "bastante chapado" antes do acidente, no qual fraturou nove juntas das mãos.

Na verdade, seus anos de maior fama e sucesso foram marcados pelo abuso de substâncias pesadas, que levaram ao rompimento de inúmeros romances e de um casamento.

Passado algum tempo, Stomarti dissolveu os Slut Puppies e em 1991 lançou seu primeiro e único álbum solo, *Stomatose*, que recebeu críticas contraditórias e teve vendas decepcionantes. Pouco depois abandonou a cena musical de Los Angeles e mudou-se para a Flórida.

Sua mulher afirmou que Stomarti desistiu das drogas e do álcool e se tornou um ávido praticante de esportes ao ar livre, entusiasta da boa forma física e ambientalista. Comprou uma segunda casa nas Bahamas, onde praticava sua paixão por barcos e mergulho autônomo.

No ano passado, durante uma festa da VH1 para o guitarrista Eddie Van Halen, Stomarti conheceu Cleo Rio, nascida Cynthia Jane Zigler. Três semanas depois os dois se casaram em Sag Harbor, Nova York.

"Jimmy era tudo para mim", declarou Cleo Rio. "Meu marido, meu melhor amigo, meu amante, meu agente."

Quando faleceu, Stomarti estava produzindo o álbum de sua nova esposa. O título: *Shipwrecked Heart*.

Releio a material e decido que não está tão ruim para um trabalho de redação de quarenta e cinco minutos. Mesmo sendo um pouco piegas, o enfoque funciona.

O obituário de Jimmy Stoma está com cinco mil, cento e noventa e dois caracteres, ou uma coluna de cerca de setenta centímetros de texto impresso. A incontentável Emma vai ferver de raiva. Ela me pediu quarenta e cinco centímetros, no máximo. Qualquer coisa mais extensa não vai caber no layout da página da Morte, o que significa que a matéria terá de ser cortada ou transferida para outra seção do jornal.

Emma preferiria dar um beijo de língua num iguana a tentar cortar trinta centímetros de um de meus textos, porque sabe que vou estar fungando no cangote dela, infernizando sua vida a cada mísera vírgula que tiver o atrevimento de apagar.

Mesmo quando deixada à vontade para dar o melhor de si,

o trabalho de edição de Emma não pode ser descrito como impecável. No calor do auge da batalha, ela tende a tremer, e mesmo sua pontuação (normalmente seu ponto forte) torna-se hesitante. Cortar três ou cinco centímetros de uma de minhas matérias é simplesmente doloroso. Cortar trinta centímetros será uma indescritível tortura, e Emma sabe disso.

Resta a outra opção: mover o obituário de Jimmy Stoma para uma seção mais visível. Isso transferiria o trabalho de edição para as mãos de um dos concorrentes de Emma. Mais impalatável ainda, pode resultar num proeminente destaque do meu texto — um evento tão raro e místico quanto um eclipse solar.

Pobre garota. Que escolhas!

Antes de pressionar o botão Send para despachar o obituário de Jimmy Stoma, leio o texto mais uma vez, fazendo uns ajustes.

Troco "semelhante ao" por "do" depois de "máscara".

Olho desconfiado para a referência ao Chili Peppers, suspeitando que os Slut Puppies não tiveram nenhuma influência sobre essa banda em particular.

Hesito diante da frase "marcados pelo abuso de substâncias pesadas", mas não consigo encontrar nada que não seja igualmente lugar-comum.

Insiro as palavras "muito divulgados" depois de "romances"...

Burilar um texto é uma forma de ganhar tempo, e estou fazendo isso na esperança de que Janet Thrush ainda me telefone para dar uma ou duas declarações sobre o irmão. Com exceção de alguns parágrafos de fundo baseados em velhos recortes, o obituário gira quase todo em torno de Cleo Rio. Uma fonte única sempre me deixa desconfortável, e estou preso às palavras de Cleo em muitos fatos concretos, inclusive a causa da morte de Jimmy Stoma.

Continuo pensando no sujeito de cabelo esvoaçante com sacolas de mercearia que saiu do elevador. Claro, pode haver uma dúzia de explicações inocentes. Talvez fosse o irmão mais velho de Cleo, ou algum companheiro de mergulho do Jimmy. Mas aquela colônia recendendo a sêmen de touro estava definitivamente forte demais para a ocasião.

Meus olhos caem com ceticismo na frase "ainda chocada pela tragédia", que usei para descrever a viúva de Jimmy. Provavelmente eu deveria cortar esse trecho, mas não vou fazer isso. Descreve uma cena mais delicada do que se tivesse escrito "mandando ver vodca com suco de laranja e olhando pela janela sem expressão", que seria a triste verdade.

Mais um detalhe salta do obituário para me provocar uma pontada de refluxo ácido: a parte sobre como Jimmy e Cleo Rio se conheceram, numa festa da VH1. Foi o que Cleo me contou. Mas ela também me contou que o marido tinha rompido completamente com o passado, que não queria ter mais nada a ver com o mundo musical até conhecê-la. Então, por que estaria numa festa de embalo em homenagem ao Van Halen?

Uma das muitas coisas que provavelmente jamais saberei.

Verifico o relógio. Pressiono a tecla Send, em seguida envio e-mail a Emma informando que Jimmy Stoma está a caminho. Vou até o andar de baixo para pegar uma soda. Ao retornar vejo que Emma mandou sua resposta eletrônica: "Precisamos conversar assim que eu sair da reunião de pauta!".

Provavelmente ela nem chegou a ler o obituário — só mediu o tamanho e entrou em parafuso. Minutos mais tarde eu a vejo atravessando a Redação e lanço-me sobre ela como um jaguar.

— A notícia ficou com Cidade — ela diz, agindo como se não estivesse nem aí.

— Ah, é? Para a capa?

Emma não diz nada. Ela sabe para onde está indo o obituário de Jimmy Stoma, mas não vai me dar satisfação.

— Fale com Cidade — ela responde, agora fingindo editar uma matéria do jovem Evan Richards, nosso estagiário ainda na faculdade. Ao perceber minha aproximação, Evan cautelosamente se afastou da mesa de Emma; ele já testemunhou disputas demais entre nós.

— E você? — pergunto a Emma. — Tem material suficiente pra encher a página?

— Eu encontro alguma coisa com as agências.

Ela não olha diretamente para mim; suas mãos esguias parecem pregadas no teclado do computador, o nariz suspenso a quinze centímetros da tela. A pior parte é que a tela está em branco. Posso ver os reflexos azuis e brilhantes nos óculos de leitura de Emma.

Inexplicavelmente, sou envolvido por um sentimento de pena.

— O rabino Levi não vai estar no serviço das agências, Emma. Quer que eu dê alguns telefonemas?

Os olhos dela brilham. Percebo a ponta marfim de um dente mordendo o canto de seu lábio.

— Não, Jack. Não dá tempo.

De volta à minha mesa, digito três números de telefone: o da esposa do rabino, o do irmão do rabino e o da sinagoga. Produzo dezoito centímetros em exatos vinte minutos, despachando para Emma com a seguinte nota:

"Você tinha razão. O tal de paraglider vale a matéria."

Na saída da Redação, escuto Emma chamando meu nome. Caminhando de volta até a mesa dela, vejo o obituário do rabino na tela do seu computador. É fácil adivinhar o que vai acontecer.

— Jack, gosto mais da declaração do irmão do que da declaração da esposa.

— Então joga pra cima do texto — respondo, conciliador. Emma precisa daquilo mais do que eu. — A gente se vê amanhã.

De repente ela diz:

— Belo artigo o do Jimmy Stoma. — Não exala muita sinceridade, mas ao menos está me olhando nos olhos.

— Obrigado. Foi Abkazion quem jogou a matéria pra Cidade?

Emma aquiesce.

— Como você tinha previsto. Nosso novo chefe é fã dos Slut Puppies.

— Não — observo —, um fã de verdade teria posto na Primeira Página.

Emma quase sorri.

O jantar é uma parada rápida num hambúrguer. Depois vou para casa, abro uma cerveja e reviro o apartamento em busca do meu exemplar de *Reptiles and Amphibians of North America*. Finalmente consigo desencavá-lo de uma desorganizada pilha de CDs de Bob Dylan e Pink Floyd. Ao toque de um botão, Jimmy Stoma está vivo e saudável, estremecendo as vigas da minha sala de estar. Afundo no sofá. Talvez ele não seja nenhum Roger Waters, mas James Bradley Stomart tem talento.

Correção: *tinha*.

Fecho os olhos e ouço.

Certa noite caí num buraco na minha alma,
E você me seguiu, impulsiva e desenfreada.
Caí até a escuridão se transformar em alvorada
E você me seguiu até lá, até se afogar...

Sorrindo, acabo a cerveja. Quanta ironia! Pobre Jimmy.

Fecho os olhos novamente.

Quando acordo, o dia está nascendo. O telefone está tocando, e com pesar percebo que esqueci de desligar a transferência automática de chamadas do meu número da Redação. Só pode ser um leitor do outro lado da linha, e nada de bom pode vir de um leitor numa hora dessas. Porém a interrupção do sono me deixa tão mal-humorado que salto até o receptor como se fosse alcançar um revólver engatilhado.

— Sim, o que foi? — resmungo, para colocar quem chama da defensiva.

— É o senhor Tagger? — Voz de mulher.

— Sim.

— Aqui é Janet. Janet Thrush. Eu li o que vocês escreveram sobre o meu irmão no jornal.

Numa reação idiota, vejo-me antecipando um elogio. Em vez disso, ouço um gemido de desprezo.

— Que merda — diz a irmã de Jimmy Stoma — Ela te enganou direitinho!

4

Quando entrei para o jornal em que trabalho eu tinha quarenta anos, a mesma idade com que Jack London morreu. Estou agora com quarenta e seis. O presidente Kennedy morreu aos quarenta e seis. Assim como George Orwell.

É um vício ocupacional de redatores de obituários — memorizar a idade com que expiraram pessoas famosas e empregar compulsivamente essa trivialidade para traçar a linha da própria vida. Não consigo deixar de fazer isso.

Como não sou um microcéfalo obtuso com válvulas entupidas, é estatisticamente improvável que eu morra sentado na privada, como Elvis. Quanto a sucumbir num assassinato político, sou obscuro demais para atrair um franco-atirador competente. No entanto, meu quadragésimo sexto aniversário trouxe uma torrente de angústias irracionais que não diminuíram nos onze meses seguintes. Se a morte conseguiu arrebatar figurões como Elvis e JFK, um zé-ninguém como eu é uma presa fácil.

Implícita no temor de uma morte prematura há uma lúgubre sensação de falta de realização. Na minha idade, Elvis era o Rei; Kennedy, o líder do mundo ocidental. Eu estou numa lanchonete em Beckerville lendo uma matéria de jornal sobre um músico morto, uma matéria em que provavelmente pisei na bola. Mas que bela exposição: capa da seção Cidade, acima da dobra. O texto está acompanhado por uma foto recente do falecido, da agência Reuters, bronzeado e feliz num churrasco beneficente para a Reef Relief. Nem mesmo o título ficou tão ruim: **Ex-roqueiro morre nas Bahamas em acidente de mergulho**. (James Bradley Stomarti, a propósito, faleceu na mesma idade que Dennis Wilson e John Kennedy Jr.)

Janet Thrush — quem mais poderia ser? — senta-se no banco ao meu lado e diz:

— Antes de qualquer coisa, ninguém me chama de Jan.

— Combinado.

— É Janet. Uma vez meu ex me chamou de Jan e eu espetei um garfinho de coquetel na artéria femoral dele.

Tenho o cuidado de não mostrar nenhuma curiosidade sobre como foi o casamento.

— Então, *Janet*, de que forma Cleo Rio me enganou, exatamente?

— Ela mentiu sobre o novo disco... *Waterlogged Heart* ou coisa parecida. Jimmy não está produzindo o CD.

Janet tem sardas no nariz, cabelo rebelde loiro acinzentado e brincos verdes em forma de bulbos do tamanho de enfeites de Natal. Está usando óculos escuros Wayfarers, um top de cor pastel e calça jeans justa, e parece ser ao menos cinco anos mais nova que o irmão.

— Como você sabe que ele não estava produzindo o disco? — pergunto.

— A: porque Jimmy teria me contado. B: porque estava muito ocupado trabalhando no próprio disco.

— Espera aí. — Pego minha caneta e o bloco de notas.

— Fato: eu nem sabia que Cleo *estava* trabalhando num CD. Meu irmão nunca me falou uma palavra sobre isso.

— Quando foi a última vez que vocês se falaram?

— No dia em que ele morreu. — Janet sopra a xícara de café, embaçando os óculos escuros.

— Ele ligou pra você das Bahamas?

Ela aquiesce.

— Eu nem *posso* ligar pra ele. Não com ela por perto. Cleo fica toda agitada.

Ao contrário da viúva de Jimmy, Janet fala do falecido irmão no presente, o que reforça sua credibilidade. Anoto o que ela diz, embora exista pouca chance de usar aquilo em alguma outra matéria. Os obituários tendem a ter apenas uma edição.

Além do mais, é a palavra dela contra a de Cleo.

— Ela nem mencionou o novo disco dele? — Janet parece incrédula.

— Nem uma palavra.

— Que piranha. — A voz dela fica mais aguda. A xícara de café está suspensa, a meio caminho dos lábios.

— Ela me disse que Jimmy estava afastado da cena musical quando a conheceu — observo.

— E você acreditou?

— Por que não acreditaria? Ele não lança um novo álbum desde *Stomatose*. Além do mais, você não retornou minha ligação ontem. A matéria teria sido diferente se você tivesse ligado.

Um golpe baixo da minha parte, acusar um parente abalado de uma omissão casual. Janet, porém, não parece ofendida.

— Para sua informação — ela diz —, meu irmão está trabalhando nesse álbum há quatro anos. Talvez cinco.

Sinto o estômago levemente enjoado. Algum repórter do ramo musical provavelmente já sabe sobre esse CD inconcluso de Jimmy Stoma e vai abrir a matéria com essa informação. Seria a abertura da minha também, se ao menos a viúva de Jimmy tivesse pensado em me falar a respeito.

— O senhor não parece muito bem, senhor Tagger. Comeu alguma coisa estragada?

— Pode me chamar de Jack. Por que Cleo não gosta de você?

— Porque eu sei o que ela é. — Janet sorri com os lábios apertados. — E agora você também sabe.

No estacionamento, levo a irmã de Jimmy até o carro dela, um velho Miata preto tão vistoso quanto cocô de rato. À guisa de explicação, ela diz:

— Eu trombei com uma ambulância. — Depois acrescenta: — Não foi de propósito, não se preocupe.

Falo para ela que tenho mais uma pergunta. Da pesada.

— Você acha que seu irmão morreu mesmo?

Janet me olha longamente.

— Fico contente por você ter perguntado — responde. — Vamos dar uma volta.

A funerária fica a apenas poucos quarteirões da interestadual. Parece com qualquer casa funerária americana de subúrbio: pilares, tijolos aparentes e uma cerca viva bem cuidada.

Odeio esses lugares. Escrever sobre a morte já é uma proximidade incômoda, mas, se tiver escolha, prefiro estar presente no local do crime de um massacre da serra elétrica a uma visita fúnebre, a qualquer momento.

— Era aqui que eu estava — explica Janet — quando você tentou me ligar ontem.

Precisamos pular para sair do pequeno conversível, porque as portas amassadas não abrem.

— Então você já viu o corpo? — pergunto.

— Já.

— Então vou aceitar sua palavra de que Jimmy está morto.

Quando Janet tira os óculos escuros, vejo que esteve chorando.

— É isso o que ensinam na escola de jornalismo? — pergunta. — Acreditar em qualquer bobagem que as pessoas dizem? E se eu estiver mentindo?

— Você não está mentindo. — Olha só, o profissional experiente e veterano.

Eu a sigo até o interior. Um sujeito que cheira a gardênias podres e parece um vendedor de móveis usados entra em silêncio no saguão, para em seguida recuar à visão de Janet, com quem obviamente já teve contato.

— Você já cozinhou o meu irmão mais velho?

— Como? — O homem abre um sorriso dispéptico.

— A cremação, Ellis. Lembra?

— Em mais ou menos uma hora.

— Ótimo — diz Janet. — Eu quero vê-lo mais uma vez.

O diretor da funerária, Ellis, me dá uma olhada cautelosa. Conheço aquele olhar: ele acha que sou da polícia. Talvez pelo fato de minha gravata parecer fazer parte da herança de Jack Webb.*

— Algum problema? — Ellis pergunta.

Janet responde sem hesitar:

— Esse é o baterista da primeira banda do Jimmy. Veio de avião do Havaí.

Ellis está aliviado. Nós o seguimos por um corredor até uma porta em que se lê "Apenas pessoas autorizadas". Graças a Deus não é o crematório.

(*) Ator, diretor, escritor e produtor de TV americano (1920-82). (N. T.)

Quatro caixões de madeira estão lado a lado, cada um sobre sua própria maca acolchoada. Na Flórida, os corpos são embalsamados e cada corpo ganha um caixão, mesmo para cremação. É uma lei que existe por nenhuma outra razão a não ser propiciar lucro aos proprietários das casas funerárias. Janet aponta para um caixão de nogueira com uma etiqueta cor de laranja amarrada em uma das alças.

— Ingresso para a fogueira — explica.

Ellis educadamente abre a metade superior da tampa bipartida... e lá está Jimmy Stoma.

Dadas as circunstâncias, ele parece bem elegante. Melhor, na verdade, do que parecia em algumas capas de seus álbuns. Está tão esbelto e em forma que não se imagina que já foi mais pesado que o Fats Domino.

James Bradley Stomarti jaz diante de nós em um terno esplêndido: paletó Armani preto sobre uma camisa de seda branca abotoada até o pescoço. Um belo brinco de diamante brilha em um de seus lóbulos. Os cabelos castanhos aparados, salpicados de branco, reluzem de musse.

Todos os músicos de rock mortos deveriam ter essa boa aparência.

Enquanto a irmã dele chega mais perto, estou pensando na sorte de o corpo de Jimmy Stoma ter sido recuperado logo. Ellis, o sujeito do funeral, sem dúvida tem a mesma opinião. Mais um dia flutuando em águas infestadas por tubarões sob aquele sol quente das Bahamas e estaríamos conversando diante de um caixão lacrado.

Bem lacrado.

— Você fez um trabalho incrível — digo a Ellis, porque isso é o que o amigo baterista bobalhão teria dito.

— Obrigado — responde Ellis. Depois, para agradar a Janet: — Ele era um tipo muito atraente.

— Era mesmo. Jack? — Ela acena com um dedo.

Peço a Ellis que nos dê alguma privacidade, e ele sai da sala com uma pose ensaiada. Mas sem dúvida vai voltar logo mais, para ter certeza de que não estragamos seu Natal ao roubar o brinco de Jimmy antes dele.

— Diamantes não queimam, sabe? — sussurro para Janet.

— Isso é problema da Cleo. É ela quem toma conta do guarda-roupa — diz Janet, me fazendo gostar ainda mais dela.

— Bem, está bonito. *Ele* está bonito.

— É — ela concorda.

Estamos em pé juntos, ao lado do caixão. Agora que vi com meus próprios olhos que Jimmy Stoma faleceu, meu chilique está passando. Estou lutando contra o ímpeto de sair correndo daquelas dependências. O corpo recende a colônia feita por encomenda, a mesma colônia usada pelo Garoto da Mercearia no elevador. A favorita de Cleo, tenho certeza. O pobre Jimmy provavelmente vai explodir quando deslizar para as chamas.

— O que sabe sobre autópsias, Jack? — diz Janet.

— Sai dessa. Vamos embora.

— Você já viu alguma?

— Já — respondo. — Na verdade, algumas.

— Eles arrancam tudo fora, certo? — continua Janet. — Assisti a um especial no Discovery Channel... eles extraem e pesam os órgãos. Inclusive o cérebro.

Agora ela está inclinada sobre o caixão, o rosto a centímetros do rosto do irmão morto. Eu estou engolfando respirações profundas, lutando para não desmaiar.

— Estranha a maneira como eles o remendaram novamente — ela está dizendo. — Mal dá pra perceber, não é Jack?

— É, não dá.

— Bem, talvez eles façam uma autópsia diferente nas ilhas.

— Talvez — concordo.

— Hummmm — diz Janet, observando atentamente.

Em cerca de três minutos aspirei todo o oxigênio da sala. Hora de partir. Não gostaria de morrer asfixiado pelo perfume de um homem morto.

— Vamos acabar logo com isso — falo.

— O quê?

— Você sabe.

Janet afasta-se do caixão.

— O.k. Vamos lá.

Minhas mãos tremem ao remexer nos botões, começando pelo pescoço. Estupidamente, tento abrir a camisa de seda de Jimmy Stoma sem amarrotar — como se fizesse diferença no crematório.

Finalmente a camisa se abre. O peito do cantor está bronzeado, os pêlos finos salpicados de dourado por longos dias nos trópicos. Intocada pela morte está a mais proeminente das tatuagens de Jimmy: uma imagem vistosa, do esterno até a virilha, de uma loira nua sensualmente envolta por uma jibóia com cabeça de falo.

Mas não é isso que atrai o meu olhar.

— Estranho — observo num murmúrio.

A irmã do cantor toca na minha manga.

— Jack — sussurra —, onde estão os pontos da autópsia?

— Uma excelente pergunta.

5

Eu não estaria trabalhando no *Union-Register* se não fosse por um pulha untuoso e com cara de porco chamado Orrin Van Gelder.

Van Gelder era um alto funcionário, eleito pelo condado de Gadsden, na Flórida, onde sua especialidade era manipular milionários contratos governamentais que favoreciam senhoras idosas a fim de obter um bom troco para o próprio bolso.

Felizmente para mim, ele era um vigarista excepcionalmente idiota. Na época de seu golpe mais descuidado e imprudente, eu cobria o condado de Gadsden para um pequeno jornal local. Gostaria de dizer que foi minha intrépida investigação que denunciou o funcionário corrupto — foi o que meu editor proclamou na carta em que me indicou para um grande prêmio jornalístico.

A verdade, porém, é que expus Orrin Van Gelder simplesmente atendendo a um telefone que tocava. Uma voz do outro lado disse:

— Um político corrupto está tentando me arrancar cem mil.

A voz pertencia a Walter Dubb, cuja ocupação era fornecer ônibus equipados para uso de portadores de deficiência. O condado de Gadsden estava querendo adquirir quinze desses veículos, uma despesa que valeria a pena, todos concordavam. Quatro empresas concorrentes começaram a preparar suas propostas.

Pouco depois, Walter Dubb, que vendia mais ônibus adaptados para deficientes do que qualquer outro fornecedor no Sul, recebeu da esposa de Orrin Van Gelder o convite para um almoço em particular. Durante trinta anos de vendas de frotas de veículos para governos municipais, Dubb havia sido abordado por inúmeros funcionários públicos, mas Orrin Van Gelder foi o primeiro a usar a esposa como mensageira.

— O negócio é o seguinte, Walt — informou-lhe Pamela Van Gelder por cima de cascas de caranguejo num restaurante de frutos do mar local. — Mesmo se sua proposta não for a mais vantajosa, Orrin vai providenciar para que o condado compre os seus ônibus, e *somente* os seus ônibus. A comissão dele é de cinco por cento.

— Comissão?

A sra. Van Gelder sorriu.

— Chame do que quiser.

— Chamo isso de extorsão — disse Walter Dubb.

A mulher do comissário não hesitou.

— Meu marido é um homem razoável. Ele fecha o negócio por cem mil redondos, mais uma daquelas minivans Dodge bacanas, com elevador elétrico.

— De jeito nenhum.

— É para a mãe do Orrin — explicou Pamela Van Gelder.

— Ela usa cadeira de rodas? — Walter Dubb, sentindo uma pontada de solidariedade.

— Não, ela é uma baleia. Tem uma bunda tão gorda que não consegue subir e descer escadas.

O contrato pelos ônibus valia três milhões de dólares e alguns trocados, por isso Dubb tinha de pensar um pouco a respeito. Ele não fazia objeções a subornos razoáveis, mas ficou enojado com o desplante e a ambição de Van Gelder. Então, num sábado de manhã, Walter telefonou para a editoria local do jornal para dedurar o funcionário. Um preocupado editor interrompeu a sentença dele no meio e o transferiu para o meu ramal. (A única razão por que atendi foi ter pensado ser minha então namorada ligando para explicar o motivo de ainda não ter voltado de Vancouver, onde estava filmando um comercial de meia-calça. Ela nunca mais voltou para casa.)

Depois de ouvir a história de Walter Dubb, fiz algumas ligações. Na noite da quarta-feira seguinte, Gelder e sua co-conspiradora esposa sentaram-se para jantar com Walter Dubb e um homem chamado George Pannini, a quem Dubb havia apresentado de maneira convincente como o vice-presidente de sua divisão de ônibus adaptados. Na verdade, George Pannini era funcionário do Federal Bureau of Investigation e portava uma arma e um microfone.

Eu estava sentado em outra mesa com um fotógrafo, que discretamente tirava fotos por cima do meu ombro esquerdo. Orrin Van Gelder, que tinha o apetite de uma tênia, pediu T-bone steak, caranguejos, uma dúzia de ostras, uma terrina de sopa de batata e uma cebola frita inteira maior que uma bola de beisebol. A voracidade dele seria totalmente documentada na minha reportagem no dia seguinte, junto com seu crime. O nível de decibéis do restaurante tornava difícil escutar a conversa, mas os trechos em branco seriam preenchidos, em detalhes coloridos, pela qualidade de transmissão da fita gravada pelo FBI.

A prisão foi efetuada no banheiro masculino, para onde o agente Pannini havia atraído Van Gelder com a promessa de um pagamento inicial de vinte e cinco mil dólares da propina. O funcionário foi preso por suborno no mictório, com uma mão no dinheiro e a outra no pau.

Foi um escândalo glorioso, e meus créditos apareceram na Primeira Página durante uma semana inteira, um recorde pessoal que permanece até hoje. Melhor ainda, a cerrada cobertura da mídia expôs três outros vendedores que haviam sido acossados por Van Gelder. Todos os ofendidos homens de negócios consentiram em dar entrevistas, inclusive um sujeito que havia vendido um milhão e setecentos mil dólares em vasos sanitários autolimpantes para o aeroporto do condado. Van Gelder tinha insistido em que, além de sua habitual propina em dinheiro, queria um modelo de luxo instalado em seu banheiro particular. O acessório apresentou defeito posteriormente, quando o próprio Van Gelder estava sentado no trono e um errante jato de água sanitária escaldou suas nádegas e sua bolsa escrotal.

A matéria, desnecessário dizer, foi uma maravilha. Orrin Van Gelder acabou fechando um acordo e cumprindo dezenove meses em Talladega. E eu acabei ganhando aquele prêmio jornalístico e sendo guindado para uma posição melhor num jornal maior, onde realizei alguns bons trabalhos antes de a merda atingir o ventilador.

E aqui estou eu.

Janet me deixa na lanchonete.

Eu me ofereço para fazer alguns telefonemas a fim de investigar a tal autópsia do irmão dela. Mas ela não está mais me ouvindo.

— Droga, eu quase esqueci — ela diz, e começa a se afastar com o automóvel.

— Ei, aonde você vai?

Ela pisa no freio.

— Voltar pra casa funerária. Estou com uma coisa que pertence ao Jimmy. Uma coisa especial que ele me deu.

— Posso perguntar o que é?

Ela procura atrás do banco e retira um saco de compras de papel branco. Abre e me mostra uma jóia rara — um genuíno álbum long-play de trinta e três RPM. A capa está desbotada, e um dos cantos parece ter sido mastigado por um cachorrinho. Estou sorrindo porque reconheço o disco. *The Soft Parade.*

— De 1969 — recordo.

— Jimmy adorava The Doors. Este era o seu predileto... ele me deu de presente de aniversário. — Janet estuda a fotografia da banda na capa e pergunta: — Que idade tinha Morrison quando morreu?

Pode apostar que eu sei a resposta.

— Vinte e sete.

— Jimmy me contou onde aconteceu, mas eu esqueci.

— Numa banheira.

Janet explode numa gargalhada.

— Não, quero dizer onde, em que cidade.

Agora nós dois estamos rindo.

— Paris — respondo.

Janet se recompõe.

— Agora me lembro. Meu irmão foi visitar o túmulo. Olha, é melhor ir andando antes que eles acendam a fogueira ou o que seja.

— Você vai botar o álbum no caixão?

— Vou. — Timidamente, ela coloca o disco de volta na capa. — Quer dizer, eu preciso fazer *alguma coisa.* A Cleo nunca vai saber.

— Janet, você não acha que deveria fazer alguma coisa sobre o que acabamos de ver? Talvez não seja tarde demais para...

— Não sei. — Ela dá de ombros melancolicamente. — Só sei que o Jimmy morreu. — E ela se afasta, cantando pneu.

Momentos depois estou numa cabine telefônica falando com meu amigo Pete, patologista forense do Instituto Médico Legal do condado. Quando falo sobre a falta de pontos da autópsia de James Bradley Stomarti ele dá uma risada azeda.

— É sempre incerto quando alguém morre num país estrangeiro. O protocolo é de enlouquecer... além de todo mundo querer ser delicado demais com a incisão.

— E o que eu faço?

— Tente impedir a cremação — ele sugere. — Você pode obter uma ordem judicial, mas pra isso vai precisar de um parente próximo.

— Que tal uma irmã?

— Perfeito. Mas ela tem que ligar para a Promotoria e pedir que encontrem um juiz. Então o juiz precisa mandar um delegado até a casa funerária imediatamente, porque depois que o seu amigo entrar no forno...

— *Adiós.*

— Isso mesmo, Jack. Caso encerrado.

Em seguida tento Rick Tarkington, um promotor que me ajudou numa matéria sobre um assassino da máfia. Em troca, dei a ele alguns ingressos para um concerto do Bruce Springsteen. Como ele é fã de rock, provavelmente vai se lembrar de Jimmy and the Slut Puppies.

Infelizmente, sua inútil e rabugenta secretária diz que ele está tomando um depoimento e não pode ser interrompido.

— É uma emergência — suplico. — Você não pode dar um recado?

— Hoje não, senhor. Vou sair mais cedo para ir ao médico.

— Ah, é? Espero que seja alguma coisa grave.

Janet Thrush é minha única chance. O Miata amassado ainda está estacionado no pátio quando retorno à casa funerária. Após uma rápida busca, eu a encontro entre alguns familiares ao lado de um caixão aberto em uma das capelas cheirando a lavanda. Segundo os cartões memoriais que são distribuídos na porta, o falecido é Eugene Marvin Brandt, nascido em 1918.

Janet se destaca bastante com sua camiseta justa, em pé ao lado de um arranjo de gladíolos e tulipas. Está batendo papo com uma mulher mais velha, de aspecto vivaz, vestida de preto.

— Gertie, esse é o Jack — diz Janet. — Jack, essa é a senhora Gertie Brandt. Esposa do Gene.

Gene?

— Que bom que você veio. — Gertie me estende a mão. Ela está com os olhos sem lágrimas e bem-composta, o que me leva a concluir que o marido já estava doente havia algum tempo, que sua morte pode ter sido uma bênção. Ou isso ou então era um imbecil mau-caráter e ela está contente por se livrar dele.

— De onde você conhecia o meu Gene? — pergunta Gertie.

— Profissionalmente — respondo. — Nos conhecemos anos atrás, mas ele me causou uma ótima impressão.

Gertie sorri com orgulho.

— Isso sempre acontece. — Faz um gesto em direção ao caixão. — Você viu? Eles fizeram um trabalho maravilhoso.

— Realmente ele parece em paz — intervém Janet. — E bonitão, também — acrescenta com uma piscada.

Gertie sorri.

— Vai, Jack. Dá uma olhada.

Então, como um débil mental, fico ali em pé admirando um morto desconhecido. A impressão é que Eugene Marvin Brandt está se encaminhando aos portões celestiais em seu traje de golfe favorito, inclusive sapatos especiais com cravos. Janet aparece ao meu lado e me aperta o braço.

— Você é um bom companheiro.

— E você é uma irmã pervertida.

— Eu não queria ficar sozinha.

— E aí invade um velório?

— Todos são tão simpáticos — ela observa. — Que homem afável, não?

Janet aponta com o queixo para o agora eternamente inativo sr. Brandt.

— Adivinhe como ele ganhava a vida!

— Nós precisamos conversar.

— Cateteres. Ele vendia cateteres.

— Teria sido meu segundo palpite.

— E outros instrumentos médicos — acrescenta Janet.

Este recinto também está sendo rapidamente esvaziado de oxigênio. Engulo em seco ruidosamente e agarro a beira do caixão.

— Câncer — diz Janet Thrush. — Caso você esteja curioso.

— Podemos ir agora?

— Câncer na próstrata.

— *Próstata.* — Minha voz soa rouca e envelhecida. Estou ponderando se é clinicamente possível morrer sufocado pelo cheiro de flores murchas.

— Uma vez retiraram um módulo da minha axila — diz Janet.

— Você quer dizer um nódulo.

— Que seja. O importante é que era benigno. Mesmo assim me assustou... uma coisa assim crescendo na minha axila!

As palavras dela estão espiralando por um longo túnel cinzento. Vou desmaiar a qualquer momento. Sem brincadeira, vou cair de cara no caixão de um vendedor de cateteres morto, usando sapatos de golfe.

— Jack, você não parece muito bem.

Janet me conduz com firmeza para fora, para o ar livre. Sentamos na grama sob pé de azeitonas pretas perto de um tanque com água estagnada. Recosto-me lentamente e fecho os olhos bem apertados. Dois cadáveres em um dia, meu Deus!

Sopra uma brisa e eu mergulho em uma hora de inconsciência, talvez mais. A primeira coisa que sinto a seguir é uma lata de Coca gelada sendo pressionada na minha mão direita. Eu me levanto e tomo um gole, e meus olhos lacrimejam por causa do gás carbônico. Janet está ao meu lado, sentada com as pernas cruzadas. Dobrada em seu colo encontra-se uma sacola de compras de papel branco, agora vazia.

— Você conseguiu — digo, apontando a sacola.

— O quê?

— *The Soft Parade.* Tenho certeza de que Jimmy está sorrindo em algum lugar.

Tocando minha testa com dois dedos, Janet exclama:

— Nossa, você está suando frio.

— Eu sou um bunda-mole — admito. — A visão do bom e velho Gene acabou comigo. Gene, todo enfeitado para seu último buraco.

— Beba a Coca. Vai se sentir melhor.

E logo me sinto melhor. Segurando-a pela mão, eu a levo de volta até a casa funerária.

— Escuta, eu fiz algumas averiguações. Como irmã do Jimmy, você pode impedir a cremação. Vamos conseguir uma ordem judicial — recomendo. — Você é parente consangüíneo, pode exigir uma autópsia apropriada.

— Não, Jack... — Janet, libertando-se de mim ao entrarmos pela porta da frente.

— Enquanto isso temos que incutir o medo do Todo-Poderoso no jovem Ellis. Vamos assustá-lo e fazer com que pense que você vai tocar um processo em cima dele se continuar os procedimentos...

— Não — responde Janet novamente. Ela parece triste e exausta, segurando a sacola de compras vazia contra os seios. — Jack, é tarde demais.

— Do que está falando?

— Quando você apagou, eu entrei. Voltei para aquela sala — ela diz. — Ele já foi. É tarde demais.

— Que droga.

— Eu sei.

Eu me encosto em um vaso adornado por um adorável rododendro de plástico.

— Mas e o disco? Achei que você tinha posto junto com...

— Tarde demais. Por isso joguei o disco na cripta... sei que foi uma idéia boba — relata Janet. — Quero dizer, o disco é de vinil. Agora vai derreter e grudar em todos os ossos dele.

Fico pensando que Jimmy não iria achar ruim.

— Vamos — ela diz, fungando. — Vamos sair daqui.

— Num minuto.

Vejo Ellis sozinho em seu cubículo, digitando atentamente em sua calculadora portátil com seus dedos engordurados. Janet fica para trás enquanto espio pela porta.

Ellis vira instantaneamente a cabeça para o lado ao mesmo tempo que gira a cadeira em direção à parede.

— Em que posso ajudar? — guincha por sobre o ombro.

— Belo brinco, seu babaca. Mas ficava melhor no senhor Stomarti.

Ellis espalma a mão sobre a orelha direita numa fútil tentativa de esconder o diamante roubado.

— Não sei do que você está falando! — ele retruca num ganido. — Será que ninguém mais bate antes de entrar?!

6

Emma não trabalha às segundas-feiras, mas isso não pode esperar.

O telefone dá ocupado durante uma hora, por isso faço o impensável e vou até o apartamento dela, um duplex na zona oeste. Sei como chegar lá porque dei uma carona a ela no dia em que seu automóvel foi roubado do estacionamento do jornal. O carro era um Acura prata de duas portas, presente do pai. Pouco depois o debilóide que o roubou tentou assaltar o guichê de atendimento expresso de um banco. Tomou um tiro do segurança e morreu sangrando copiosamente no estofado de couro cinza de Emma. O veículo foi apreendido como evidência.

Por isso concordei em dar uma carona para Emma, o que era algo arriscado. Tive medo de que ela estivesse tão aborrecida que admitisse precisar de apoio, coisa que eu não podia lhe dar. Mostrar solidariedade abriria uma brecha em uma relação que precisava permanecer tensa como um garrote. Se quisesse salvar Emma da carreira jornalística, eu não poderia me tornar alguém em quem ela confiasse, nem mesmo (Deus me livre) ser um amigo casual.

Acontece que a carona se revelou rotineira. Emma mostrou-se surpreendentemente conformada com o fato de o ladrão ter sido morto em seu Acura: em momento algum pareceu necessitada de um abraço ou mesmo um tapinha nas costas. Disse que tinha conversado com o pai e ele havia se oferecido para comprar outro carro assim que o dinheiro do seguro fosse pago. Ela respondeu que agradecia muito, mas que era uma mulher adulta e já estava na hora de comprar seu próprio automóvel. Que bom, comentei delicadamente. Pouco depois, quando a deixava em seu duplex, não sei por que razão perguntei se ela queria uma carona até o trabalho na manhã seguinte. Não consigo explicar o que me possuiu naquele momento. Por sorte, Emma já tinha alugado um carro.

O apartamento dela fica a um quarteirão da rodovia principal, mas são necessários dois contornos para chegar ao lado certo da rua. Na entrada está o novo carro de Emma, um Camry champanhe com o documento de licenciamento ainda afixado no vidro traseiro. Estacionado próximo à rodovia encontra-se um Jeep Cherokee preto conhecido. Pertence a Juan Rodriguez, um redator esportivo do jornal. Por acaso ele é também o meu melhor amigo.

Juan começou a sair com Emma recentemente, o que me deixou irritado. Houve um tempo em que Juan e eu podíamos sair para tomar cerveja e reclamar do jornal, com toda a razão. Agora não mais. Qualquer coisa que eu dissesse sobre o deplorável estado do jornalismo atual poderia parecer uma acusação a Emma, e eu não quero ofender Juan. Entretanto, o interesse dele por ela é constrangedor — ele me ouviu falar mal da mulher durante dois anos e ainda assim convidou-a para sair.

Emma é completamente diferente das três outras mulheres que saem com Juan — uma patinadora profissional que faz desenhos no gelo, uma cirurgiã ortopédica e uma dançarina ocasional do time de basquete Miami Heat. Ao contrário das aparências, Juan está numa busca séria por uma parceira para toda a vida. Talvez Emma seja a mulher certa, mas uma parte egoísta em mim espera que não. Seria terrível demais ver meu melhor amigo envolvido romanticamente com minha editora.

A pergunta do momento é: será que Juan e Emma começaram uma relação sexual? Se assim for, existe uma forte possibilidade de eu estar prestes a interromper um ato de copulação, o que nem de longe chega a ser uma boa idéia. Nas janelas de Emma as cortinas estão abertas, mas não se percebe nenhum movimento a não ser o de um felino magro e malhado se banhando no peitoril. Apreensivo, consulto o relógio — quatro e meia da tarde. É mais provável que Juan e Emma estejam trepando do que assistindo ao programa da Oprah.

Mas que diabo. Isso é mais importante. Mesmo que James Bradley Stomarti tenha virado cinzas, ainda há um trabalho sério a ser feito. Toda a verdadeira história de sua vida e de sua morte permanece não revelada, e Emma deve tomar consciência de que é nosso dever colocar as coisas no lugar. Vou até a porta e toco a campainha. Nenhuma resposta. O duplex tem um ar-condicionado montado na parede que soa como uma escavadora no fundo de um canal. Tento bater, primeiro com as juntas dos dedos e depois com o punho fechado. Nem o felino se digna a reagir.

— Merda — falo para mim mesmo.

A meio caminho de volta para o carro, ouço a porta do apartamento se abrindo — é Emma, que para meu alívio não parece nem desalinhada nem recém-acordada. Está vestindo uma velha calça jeans, uma camiseta branca curta e os óculos de leitura. A franja recentemente aparada está repartida ao meio, e a maior parte de seus cabelos está puxada para trás e presa por um elástico azul-marinho.

— Jack?

— Cheguei na hora errada?

Ela desce rapidamente a escada.

— Eu *achei* que tinha ouvido alguém bater...

— Eu tentei ligar, mas só dava ocupado.

— Sinto muito, eu estava no computador — explica Emma. Acho que acredito nela.

— O que houve? — ela pergunta.

— O obituário de Stomarti.

Emma parece surpresa. Mesmo se estiverem repletos de erros, obituários raras vezes causam dores de cabeça para os editores. Legalmente, é impossível difamar uma pessoa morta.

Conto a Emma rapidamente sobre o telefonema de Janet Thrush, a visita à casa funerária e a ausência de pontos no corpo de Jimmy Stoma. Emma me ouve com um irritante indício de inquietação. Fico esperando meu amigo Juan saracotear porta afora fechando o zíper da calça a qualquer momento.

Quando termino meu relato, Emma contrai os lábios e indaga:

— Você acha que devemos fazer uma retratação?

Meu Deus, ela está falando sério. Eu reprimo o impulso de fazer uma gozação. Em vez disso abaixo os olhos e dou de cara com os pés descalços de Emma, que eu nunca vi. As unhas são pintadas em cores alternativas de vermelho-cereja e tangerina, o que me parece drasticamente fora de lugar.

— Jack?

— Não há nada a retratar — explico calmamente. — A matéria não estava errada, estava só incompleta.

— O que você acha que aconteceu com o sujeito?

— Acho que gostaria de ver o relatório do legista das Bahamas.

— E como vamos resolver esse assunto? — Emma está começando a se impacientar. Espia por cima do ombro, mas ainda não admitiu a presença de Juan dentro do seu apartamento.

— Nós resolveríamos esse assunto — respondo — se eu voasse para Nassau e entrevistasse o médico que examinou o corpo de Jimmy Stoma.

Emma parece exasperada, como se fosse eu quem estivesse confuso. Acontece que estou mesmo.

— Não — ela diz —, o que eu quis dizer foi... Jack, não dá pra fazer isso. Você precisa terminar o obituário do Velho Polk. Dizem que ele está nas últimas...

— O quê?

MacArthur Polk já foi o proprietário do *Union-Register*. A julgar pelos recortes de arquivo, o homem está morrendo e se recuperando há dezessete anos. Eu sou o mais recente repórter a ser designado para escrever seu obituário antecipadamente.

— Emma, você está falando sério? — Minha contrariedade é genuína; minha incredulidade, fingida.

Ela retira um lenço de seda verde do bolso de trás da calça e começa a torcê-lo nervosamente, como se fosse uma enguia ao redor de seus pulsos finos.

— Escuta, Jack, se você pensa mesmo que há alguma coisa nessa história...

— Penso. Eu sei que há alguma coisa nessa história.

— O.k. Então amanhã você pega todas as suas anotações e nós vamos falar com Rhineman. Talvez ele possa liberar alguém pra fazer alguns telefonemas.

Rhineman é o editor de Cidade, o cara dos fatos concretos. Meu estômago se contrai.

— Emma, *eu* posso fazer os telefonemas. Sou perfeitamente capaz de lidar com aparelhos telefônicos.

Inflexível, ela começa a voltar para o apartamento.

— Jack, não trabalhamos com esse tipo de coisa. Não fazemos investigações de assassinatos. Nós fazemos obituários.

— Por favor. Só estou pedindo alguns dias.

Nem acredito que realmente falei *por favor*.

Emma continua se afastando, meneando a cabeça.

— Sinto muito... vamos conversar na Redação, o.k.? Logo na primeira hora. — Ela chega até a porta e desaparece tão rapidamente quanto um furão indo para a toca.

Permaneço na entrada do prédio durante vários minutos, esperando minha raiva se extinguir. Finalmente sinto passar a vontade de pegar uma chave de roda e detonar o novo Camry champanhe de Emma. Mas por que estou surpreso com o que aconteceu? Que diabo eu estava pensando?

Dirigindo para casa, ligo o som com os Slut Puppies. E me vejo fantasiando uma imagem obscena de Juan Rodriguez amarrado ao pé da cama com lenços de seda e sendo violentamente montado por Emma.

Emma, com suas malditas unhas do pé que parecem jujubas de duas cores.

Moro sozinho num razoável apartamento no quarto andar, não longe da praia. Três diferentes mulheres moraram aqui comigo, sendo que Anne é a mais recente e foi de longe a mais paciente. Uma foto dela vestindo um maiô inteiriço permanece presa por um ímã na porta da geladeira. Dentro da geladeira há metade de uma caixa de asas de frango, meia dúzia de cervejas e uma fatia triangular de queijo cheddar. Esta noite a cerveja é tudo que me interessa, e já estou na terceira quando alguém bate na porta.

— Ei, Garoto do Obituário? Você está em casa?

Juan abre a porta e eu o cumprimento do sofá. Ele pega uma cerveja e senta-se em uma das poltronas desbotadas do conjunto.

— Os Marlins estão jogando — anuncia.

— Isso é uma questão de opinião.

— Onde está a tevê? — Juan aponta o espaço vazio no centro da estante. — Não me diga que você jogou pela sacada de novo.

Isso acontece às vezes quando tento assistir a vídeos de música.

— É patético — falo para meu amigo. — Não me sinto orgulhoso do que fiz.

— Quem foi dessa vez?

— Uma dessas "bandas de garotos". Não me lembro de qual era. — Passo a garrafa gelada e suada pela testa.

Juan parece um pouco incomodado.

— Você está com que idade agora... trinta e quatro? — pergunto.

— Hoje não, Jack.

— Você devia estar numa ótima, cara. Já está nessa vida há mais tempo que Keith Moon ou John Belushi. — Eu não consigo parar.

Juan me interrompe:

— Por que você faz essas coisas?

Ponho um disco dos Stones no estéreo, porque com os Stones nunca tem erro. Juan conhece a maioria das músicas, mesmo as coisas mais recentes — ele se aculturou totalmente desde que chegou do porto de Marial, em Cuba, no êxodo de 1981. Tinha dezesseis anos na época, quatro anos mais velho que a irmã que o acompanhava num velho barco de lagostas de Key West. Os dois estavam em um grupo de trinta e sete refugiados, entre os quais havia um punhado de criminosos violentos que Castro tirou da prisão e embarcou para Miami para fazer gracinha.

Todos no jornal sabem que Juan chegou aqui num barco clandestino. O que eles não sabem foi o que aconteceu a sessenta quilômetros da costa, no escuro da noite. Juan me contou a história depois de vários martínis. Um dos detentos resolveu se divertir um pouco com a irmã de Juan enquanto outro se ofereceu para ficar de vigia, e nenhum dos dois prestou muita atenção no irmão magricela da garota, que de alguma forma se apossou de uma chave de fenda de doze centímetros. Muitas horas depois, quando o barco de lagostas atracou em Key West, o funcionário da imigração contou apenas trinta e cinco passageiros, incluindo Juan e sua irmã, com o vestido rasgado. Nenhum dos outros falou algo a respeito do que havia sucedido durante a viagem.

Juan dá um gole de cerveja e me diz:

— Bela matéria, a de hoje.

— Sai dessa, cara.

— Como assim?

— É só um obituário, droga.

— Ei, estava interessante. Eu me lembro de ouvir os Slut Puppies no rádio — ele observa. — "Trouser troll" era bem envolvente.

— Eu também achava. — Estou ansioso para contar a Juan sobre o mistério de Jimmy Stoma, mas fico ponderando se ele já não sabe. Se souber, significa que ele e Emma estão mais íntimos do que imaginei.

— Ela contou pra você?

— Quem? Ah... Emma?

— Não, a Madeleine Albright. — Ponho minha garrafa no chão. — Olha, espero não ter interrompido nada hoje à tarde. Eu não costumo...

— Você não interrompeu nada. — Juan sorri. — Eu estava ajudando Emma com o computador. Ela instalou um novo buscador.

— Me engana que eu gosto.

— É verdade. Foi só isso.

— Então por que você não saiu pra me dar um alô?

— Ela me pediu que não saísse.

É típico de Emma, imaginar que a presença de Juan, sendo meu amigo e potencial parceiro sexual dela, de alguma forma pudesse enfraquecer sua primazia na relação entre repórter e editora.

— Que droga — digo —, achei que ela tinha amarrado você na cama.

— Bem que eu gostaria. — Juan, sorrindo outra vez. Às vezes ele é realmente encantador.

— Ela contou pra você ou não?

— A razão de você ter ido até lá? Claro, ela me contou.

— E ela contou o que respondeu?

Juan concorda com a cabeça, solidário.

— Realmente é um saco.

— É por isso que estou bebendo.

— Três cervejas não deixam ninguém de porre, Jack. — Ele contou as garrafas no chão. — Só amenizam o mau humor.

— E o que devo fazer quanto a Emma? — Saio do meu torpor. — Espera... por que diabos estou perguntando isso pra *você?*

— Porque sou mais sábio do que pareço.

— Me faça um favor — falo. — Se você estiver me ferrando, não me diga nada. É só mudar de assunto que eu vou entender o recado.

— Combinado — diz Juan com uma anuência resoluta. — Ei, corre um boato de que Marino vai voltar da aposentadoria.

— Muito sutil, seu babaca.

— Jack, eu não estou dormindo com a Emma.

— Ótimo — observo. — Então está livre para me aconselhar. Aquela mulher pretende entregar Jimmy Stoma pra editoria de Cidade. A matéria é *minha,* Juan, e essa mulherzinha de sangue frio quer tirar de mim!

— E eu achava que a editoria de Esportes era um terror.

De repente falo sem pensar:

— O que você vê nela?

Juan hesita. Sei que não lhe faltam palavras porque ele é um ótimo escritor, melhor do que eu, mesmo usando sua segunda língua.

— Emma é diferente das outras, Jack.

— Então ela é um escorpião de duas cabeças.

— Se você quiser, eu falo com ela.

— Não!

— Só estou querendo ajudar.

— Você não entende — observo. — Existe uma dinâmica complicada entre Emma e este repórter aqui.

O pé direito de Juan está batendo no ritmo da música: Jagger, cantando sobre um lutador de rua.

— A matéria é minha — resmungo —, e ela não vai me deixar ir atrás.

— Sinto muito, cara. — Juan sabe o que aconteceu comigo, todo o odioso processo. Sabe qual é o meu lugar no jornal. Ele me chama de "Garoto do Obituário" para manter um certo tom de leveza, mas se sente realmente mal a respeito dessa situação. Não se pode fazer nada. Ele é uma estrela e eu sou um monte de merda de cachorro.

— Peça demissão — ele recomenda com sinceridade.

— Isso é o melhor que você tem a dizer?

Juan tem me aconselhado a pedir demissão desde o meu rebaixamento para a página da Morte.

— Isso é exatamente o que Emma quer... ela não comentou com você? É o que *todos* eles querem. É por isso que não vou me demitir, Juan, a não ser no dia em que eles me implorarem que fique.

Juan não está a fim de ouvir mais uma de minhas lendárias arengas. Não imagino por que razão.

— Me fale sobre Jimmy Stoma — ele pede.

Então conto a ele tudo o que sei.

— O.k. — observa Juan depois de pensar um momento — Digamos que eles não fizeram uma autópsia. O que isso prova de fato? São as Bahamas, Jack. Imagino que eles saibam reconhecer um mergulhador morto quando vêem um.

— Mas e se...

— De qualquer forma, quem iria querer matar um ex-roqueiro? — ele pergunta, sem ironia.

— Talvez ninguém — admito —, mas nunca vou saber ao certo, a não ser que Emma me libere por alguns dias.

Juan inclina-se para a frente e coça o queixo. Confio no julgamento dele. Juan seria um grande repórter investigativo se não gostasse tanto de beisebol.

— Tenho uma coisa pra te mostrar — ele anuncia, levantando-se bruscamente —, mas deixei no carro.

Ele sai e volta em dois minutos. Em seguida me entrega um impresso do obituário de Jimmy Stoma que vai sair amanhã no *New York Times*. O título diz: **James Stomarti, 39, um roqueiro indomável**.

Embora o texto seja a metade do meu em tamanho, me recuso a ler. O *Times* tem os textos de obituários mais elegantes do mundo, e não estou disposto a ser humilhado.

— Leia a matéria, droga — insiste Juan.

— Mais tarde.

— A sua está melhor.

— Sei, certo.

— Que pena — observa Juan. — Você é uma criança.

Dou uma olhada no primeiro parágrafo.

James Bradley Stomarti, o endemoniado vocalista da banda de rock dos anos 80 Jimmy and the Slut Puppies, morreu na semana passada durante uma relaxante excursão de mergulho nas Bahamas.

Comento em voz baixa para Juan:

— A abertura não está ruim.

— Veja o que a Mulherzinha do Cantor Pop tem a dizer. Preste atenção na premonição — ele diz, apontando.

— Que premonição?

Seis parágrafos abaixo, e lá está:

A cantora Cleo Rio, esposa de Stomarti, declarou que se sentiu apreensiva com o plano do marido de explorar os destroços do avião submerso, embora ele fosse um experiente mergulhador.

"Eu senti más vibrações envolvendo aquele mergulho", disse Cleo. "Implorei para que Jimmy não fosse. Ele tinha passado mal por causa de uma intoxicação alimentar provocada por uma caldeirada com peixe estragado. Estava com tanta cólica que mal conseguia levantar o cilindro. Meu Deus, gostaria de ter impedido aquele mergulho."

Não consigo acreditar no que estou lendo.

Juan comenta:

— Imagino que a adorável Cleo Rio não contou a mesma história para você. Você não teria deixado de incluir a frase "caldeirada com peixe estragado" num obituário.

— Nem "más vibrações" — observo, agitando as páginas com indignação. — A garota não me falou nada sobre isso. Disse que estava descansando no barco, lendo uma revista e se bronzeando. Não parecia nem um pouco preocupada com o velho marido mergulhando nos destroços de um avião.

— Alguma coisa cheira mal — concorda Juan.

— Alguma idéia brilhante?

— Você já tomou sua decisão, não é?

Meus olhos voltam novamente para o obituário do *Times*. Sinto-me aliviado ao ver que o repórter não teve mais sorte que eu em localizar o legista das Bahamas. Também não há nenhuma menção ao projeto *Shipwrecked Heart* de Cleo Rio. Cara, ela vai ficar furiosa.

— Jack, o que você vai fazer? — insiste Juan.

— A matéria, é claro. É minha e eu vou escrever.

— Como? Emma não vai voltar atrás...

Ele tem razão. Emma não vai voltar atrás, ela vai ter um colapso. Esse é o plano. Juan parece preocupado, mas não sei dizer se é por mim ou por ela. Talvez por nós dois.

— O que você vai fazer? — ele pergunta outra vez.

— Bem, amanhã vou ligar e dizer que estou doente — respondo.

— Oh-oh.

— Para poder ir a um funeral.

— Cacete, eu sabia.

— E você está sorrindo de novo, seu cachorrão.

— É — concorda Juan. — Acho que estou.

7

Claro que seria um barato trabalhar num desses grandes diários sérios de Miami, St. Petersburg ou até mesmo (nos meus sonhos) em Washington ou Nova York. Mas isso não está escrito nas estrelas. Este é o meu quinto emprego em um jornal e certamente será o último. Sinto-me cada vez mais inadequado para a profissão.

O *Union-Register* foi fundado em 1931 pelo pai de MacArthur Polk, que ao se aposentar passou-o ao filho, que o manteve rentável e respeitável até três anos atrás, quando inesperadamente vendeu-o para o Maggad-Feist Publishing Group por quarenta e sete milhões de dólares em dinheiro, ações e opções. Foi o pior dia na história do jornal.

O Maggad-Feist é uma empresa de capital aberto, proprietária de vinte e sete diários espalhados pelo país. O presidente e CEO, o jovem Race Maggad III, acredita que jornais só podem prosperar se não praticarem um jornalismo atuante, pois jornalismo atuante tende a custar dinheiro. Race Maggad III acredita que a maneira mais fácil de aumentar os lucros de um jornal é reduzir a coleta de informações. Por razões óbvias, ele não era uma figura querida em nenhum dos outros vinte e seis jornais de propriedade do Maggad-Feist. Também não era querido entre nós, embora apenas um repórter tenha se atrevido a tomar uma posição e defendê-la na cara dele — numa reunião de acionistas, coisa importante, com um correspondente do *Wall Street Journal* na platéia. As observações foram breves porém surpreendentemente ásperas, fazendo o jovem jogador de pólo Race Maggad III perder a compostura na frente de quinhentos acionistas. O repórter não pôde ser demitido por sua afronta (ao menos esse foi o conselho dos advogados do jornal). Contudo, pôde ser retirado da prestigiada equipe investigativa para ser exilado na página de obituários, de onde esperavam que se demitisse, humilhado e amargurado.

Mas ele não fez isso.

Conseqüentemente, agora está encarregado de biografar o mesmo filho-da-puta que trouxe essa praga para dentro de casa. Correm boatos de que MacArthur Polk está morrendo outra vez.

Mantenho um arquivo de obituários de pessoas proeminentes que ainda estão vivas. Quando uma delas morre, o obituário "de arquivo" é acrescido de alguns poucos novos parágrafos e mandado às pressas para impressão. Costumo atualizar o obituário pré-redigido quando começa a ser comentado que o sujeito está "enfermo", o eufemismo jornalístico-padrão para "às portas da morte".

MacArthur Polk está enfermo desde 1983, o que é uma boa razão para eu não ter me incomodado em fazer um obituário de arquivo. O velho safado não está realmente morrendo; ele apenas gosta do rebuliço em torno de suas internações em hospitais. Pela décima primeira vez ele foi internado na UTI do Charity, por isso Emma está tão nervosa. Apesar de não ser mais o proprietário do *Union-Register*, ele é um ícone da comunidade e, mais importante, um dos principais acionistas do Maggad-Feist. Quando seu obituário for afinal publicado, será lido atentamente por pessoas em altos postos da pirâmide gerencial, pessoas que podem ter influência no futuro de Emma. Conseqüentemente, ela acha que tem algo a lucrar com o passamento do velho. Quer um evento efervescente, dinâmico e inesquecível. Quer uma obra-prima, e por isso faz questão de que eu a escreva.

Foi essa a razão de eu deliberadamente não ter mostrado nenhum interesse pelo fato. Meu lucro com a morte de MacArthur Polk é zero. Eu poderia me sentar com uma pilha de recortes e em uma hora redigir um obituário humorístico, colorido, pungente — uma jóia em todos os sentidos. E o deixaria arquivado no computador até o dia em que o velho por fim batesse as botas, quando seria eletronicamente enviado a outro repórter para atualização. A matéria seria publicada com os créditos dele ou dela na capa. No pé do texto, em itálico e entre parênteses, eu poderia ou não receber créditos pela "colaboração" na pesquisa.

É assim que as coisas são por aqui. No momento em que a Primeira Página torna-se uma possibilidade, a matéria deixa de ser minha. Mesmo assim, sempre faço questão de escrever meus créditos em negrito:

Por Jack Tagger
Da Redação

Para apagar meu nome do alto do texto, Emma precisa primeiro defini-lo com a tecla Selecionar. Gosto de pensar que é uma tarefa que a aflige com uma pontada de culpa, mas, quem sabe? Ela tem suas ordens. Já ouviu falar sobre mim e Race Maggad III; todo mundo no prédio sabe disso.

O fato de eu não ter me demitido deve incomodar Emma, menos nos raros dias em que ela precisa de um redator de obituários de primeira, como agora com MacArthur Polk. Um erro de informação pontual, um equívoco de grafia, o deslocamento descuidado de uma frase podem prejudicar a carreira de Emma, ou ao menos é nisso que ela acredita. O velho Polk é como um deus, certa vez ela me disse. Ele *era* este jornal.

O qual ele vendeu aos bárbaros de Wall Street por ganância, observei, fazendo Emma se encolher e levar um dedo aos lábios.

Todas as manhãs ela pergunta como vai indo o obituário do velho, e todas as manhãs respondo que ainda não comecei a redação, o que a deixa doidinha. Hoje ainda estou na cama quando o telefone toca.

— Jack, é Emma.

— Bom dia, luz do dia.

— O senhor Polk piorou — ela informa.

— Eu também. Que coincidência.

— Eu não estou brincando.

— Nem eu. Algum tipo de vírus estomacal — observo. — Não vou poder ir trabalhar hoje.

Longa pausa — Emma, digladiando-se com sentimentos contraditórios. Por mais que pudesse apreciar uma manhã tranqüila sem o Jack, hoje ela precisa de mim lá.

— Você já chamou um médico? — pergunta.

— Assim que tirar a cabeça da privada. Prometo.

A imagem de mau gosto provoca outra pausa no lado de Emma.

— A gente se fala mais tarde — digo.

— Jack, espera.

Agora dou um gemido como o de uma vítima de disenteria.

— Eles puseram o Velho Polk numa máquina no Charity — relata Emma. — Disseram que o coração e os pulmões dele estão falhando.

— Que tipo de máquina?

— Não sei. Pelo amor de Deus.

— Emma, com que idade ele está? Uns noventa e cinco... noventa e seis? — Eu a imagino furiosa por achar que nem mesmo sei a idade do velho.

— Oitenta e oito — ela responde concisamente.

A mesma idade com que morreu Orville Redenbacher!

— E que idade tem a nova senhora Polk? — pergunto. — Trinta e seis, se me lembro bem.

— O que você está falando?

— Estou falando que o velho não vai morrer no Charity com um dreno no pinto. Vai morrer em casa na cama, com um sorriso no rosto e um vidro de geléia cheio de Viagra no criado-mudo. Acredite em mim.

O tom de voz de Emma torna-se frio.

— Você não me parece muito doente, Jack.

— Ah, mas é um bicho bem malvado. Vou poupar você dos detalhes desagradáveis.

— Você vem trabalhar amanhã?

— Não conte com isso — respondo. — Preciso desligar!

A St. Stephen é a igreja mais badalada da orla marítima. Chego cedo e sento-me num banco perto da porta. Na fileira da frente avisto uma cabeça branca como neve que pertence a Cleo Rio, ou a Johnny Winter travestido. Apoiadas numa mesa coberta de veludo no centro do palco estão uma Stratocaster* e uma pequena urna de metal.

(*) Fender Stratocaster, modelo de guitarra criado no início dos anos 1950 e até hoje usado por bandas de rock. (N. T.)

Conto cinco equipes de tevê, incluindo uma da VH1, rondando perto dos confessionários. O fluxo dos pranteadores é eclético e original — ratos de praia bronzeados e capitães de mergulho; clubbers pálidos e cheios de piercing no corpo, jovens demais para serem fãs dos Slut Puppies; roqueiros corpulentos com cabelos ficando grisalhos, de bandas primevas como Styx e Supertramp; músicos anônimos e meio chapados com tatuagens malfeitas e calças jeans negras; e um grupinho de mulheres de óculos escuros, bonitas e disponíveis, que suponho serem admiradoras e ex-amantes do falecido Jimmy Stoma. Uma pessoa que não vejo é Janet Thrush — talvez Cleo tenha pedido a ela que não viesse, ou talvez Janet tenha achado que não se sentiria à vontade. Outra pessoa que não está presente é o sujeito alto e de cabelos esvoaçantes que vi no elevador ao sair do apartamento de Cleo e Jimmy. Isso me deixa curioso: se fosse um amigo da família, não deveria comparecer ao funeral?

A igreja está quase cheia quando os notáveis começam a chegar — os irmãos Van Hallen, o indomável percussionista Ray Cooper, Joan Jett, Courtney Love, Teena Marie, Ziggy Marley, Michael Penn e uma beldade de cabelos ruivos que é uma Bangle ou uma Go-Go, não sei ao certo. É um grupo colorido, e os caras da tevê estão saltitando ao redor como sagüis enlouquecidos de metanfetamina.

Os últimos a entrar na St. Stephen são os sobreviventes dos Slut Puppies: os baixistas Danny Gitt e Tito Negraponte, seguidos pelo tecladista e companheiro de mergulho Jay Burns, que na meia-idade veio a apresentar uma inquietante semelhança com Newt Gingrich* de rabo-de-cavalo. Está faltando à reunião o notoriamente temperamental guitarrista solo Peter P. Proust, que três anos atrás morreu esfaqueado num bizarro confronto com um Papai Noel de rua na Lexington Avenue, em Manhattan. Quanto ao baterista, os Slut Puppies tiveram dezenas e, de acordo com os tablóides, nenhum deles se separou da banda em termos amistosos.

Jay Burns e os dois baixistas caminham rigidamente pelo

(*) Newton Leroy Gingrich, presidente da Câmara dos Deputados dos Estados Unidos entre 1995 e 1999. Republicano, em 1995 foi eleito O Homem do Ano pela *Time Magazine*. (N. T.)

corredor central e se sentam no banco em que Cleo Rio os espera. Examinando a multidão, me ocorre que aquilo não parece nem cheira como um funeral de um homem que virou as costas para a cena musical. A igreja está lotada de músicos e recende a baseado.

Quando o padre nos instrui a sentar, duas outras mulheres esgueiram-se pela porta de trás e se sentam perto de mim — uma é negra e outra é latina, ambas com pouco mais de vinte anos. Amigas de Cleo, fico imaginando. A jovem negra observa o bloco de anotações na minha mão e reage com um sorriso disfarçado.

— Eu sou da imprensa — sussurro. Ela aquiesce e passa a informação para a amiga, que está movendo os lábios acompanhando o Pai-Nosso.

Em seguida o sacerdote, um compenetrado padre Riordan, começa a refletir sobre a vida curta porém plena de James Bradley Stomarti. Fica dolorosamente óbvio para toda a platéia que o padre Riordan nunca conheceu o falecido, mas está dando o melhor de si.

Inclino-me em direção às duas mulheres e pergunto, sem muita delicadeza:

— Vocês são amigas ou simplesmente fãs?

— As duas coisas — responde a garota latina, erguendo uma sobrancelha.

— Posso saber seus nomes?

Maria Bonilla e Ajax, sem sobrenome.

— Somos cantoras — adianta Ajax.

— Vocalistas de apoio — acrescenta Maria. — Trabalhávamos com Jimmy.

Custo a acreditar, pois nenhuma das duas poderia ter mais de catorze anos quando o último CD do cantor foi lançado.

— É mesmo? De que álbum?

As mulheres se entreolham com um ar melancólico, e Ajax diz:

— O álbum que ninguém jamais vai ouvir.

No pódio, um ex-contato da MCA* está contando uma ane-

(*) Music Corporation of America, empresa que atua nas áreas de música e tevê dos Estados Unidos. (N. T.)

dota sobre a ocasião em que Jimmy metralhou uma mesa de mixagem com uma Uzi durante a gravação de *A Painful Burning Sensation*. Normalmente eu estaria anotando cada palavra, mas hoje meu bloco de anotações é somente um disfarce.

Digo para as vocalistas de apoio:

— É, ouvi falar que ele estava trabalhando num novo grande projeto.

— De nós você não ouviu nada — funga Maria.

Mais uma vez a porta se abre, e entra na igreja T. O. "Timmy" Buckminster, nosso assim chamado crítico musical. Eu me afundo no banco e abaixo a cabeça, torcendo para não ser visto. Obviamente o merdinha bajulador está aqui para cobrir o funeral — ou, para ser mais preciso, a viúva. Ele não está nem aí com Jimmy Stoma.

Buckminster avança corajosamente até a frente da igreja e se espreme no segundo banco, atrás de Cleo Rio e dos ex-Slut Puppies. Danny Gitt levanta-se e caminha até o pódio, onde faz uma piada fraca sobre a razão por que a banda sempre precisou de dois contrabaixistas em vez de um só — alguma coisa envolvendo revezamento em clínicas de reabilitação. As pessoas riem por educação. Danny Gitt prossegue contando algumas histórias sobre o senso de humor aloprado de Jimmy Stoma, sua não alardeada generosidade, sua paixão por apresentações ao vivo nos palcos. Anoto algumas frases a fim de manter a credibilidade com Ajax e Maria, que de vez em quando me lançam alguns olhares. Estou aguardando um intervalo para questioná-las sobre o último projeto de Jimmy — sem dúvida o álbum secreto e inacabado que a irmã mencionou...

Um murmúrio percorre a multidão como uma onda suave, e ao erguer os olhos vejo Cleo Rio, ereta como uma adaga em frente ao púlpito. Está usando um vestido preto diáfano até o tornozelo e portando um microfone sem fio no estilo Madonna. O brutamontes calvo com jaqueta de bombardeiro que vi no apartamento pula a grade e entrega a ela um violão. Cleo espera até que as equipes de tevê se posicionem.

— Meu Deus —, Ajax diz a Maria.

E a viúva de Jimmy começa a tocar e a cantar:

Quem você tem ao final do seu dia,

Quem você toca na calada da noite?
A mim, pois você tem a mim.
Quem você procura quando o céu escurece,
Quem você abraça quando o fim se aproxima?
A mim, pois você precisa de mim.

A voz de Cleo é fraca e aguada, mas ela consegue entoar um tom áspero e incisivo no último compasso de cada estrofe. Até onde posso notar, está usando apenas três acordes — lá menor, um fá com pestana e um sol — e lutando arduamente para conseguir isso. No refrão os acordes são idênticos, mas a seqüência é invertida, e Cleo agora está quase ronronando:

A mim, a mim, e quanto a mim?
Você tem sua vida, mas e quanto a mim?
Olhe no espelho, o que você vê ali?
Uma imagem fugidia, um reflexo de mim.

Escuto Maria dizendo:

— Olha só que merda ela está fazendo!

A cena é de uma cafonice total — a viúva de Jimmy Stoma transformou o funeral num evento promocional. O pessoal da gravadora deve estar comemorando.

— Vaca — murmura Ajax.

— Putinha — emenda Maria.

O estilo de Cleo é estridente — graças a Deus ela só tem um sucesso. Quando ela gorjeia a última nota de "Mim", um silêncio nervoso domina a igreja. Finalmente Tito Negraponte começa a aplaudir, seguido com hesitação pelos outros ex-Slut Puppies. Pouco depois o lugar se enche de aplausos, que interpreto como um alívio unânime pelo solo de Cleo haver terminado.

Só que ela continua segurando o violão.

Cleo limpa a garganta e bebe um gole d'água de um copo transportado para suas mãos esguias pelo segurança sem pescoço. Ela diz:

— Agora uma canção...

— Deus nos ajude — resmunga Ajax em voz baixa.

— Agora uma canção — continua Cleo — que eu e Jimmy

fizemos alguns meses atrás. É a música-título do meu novo CD e, bem, me deixa muito triste o fato de ter ficado tão boa e ele não estar aqui para me ouvir cantar.

— Sorte dele — comenta Maria para a amiga. — Vamos embora daqui.

Ajax balança a cabeça.

— Espera um minuto, garota.

Eu mesmo considero sair para tomar um ar fresco, mas sinto-me perversamente curioso a respeito de "Shipwrecked heart". A viúva Stomarti começa a cantar:

Você me envolveu como uma tormenta, numa noite de lua cheia,
E me abandonou como a maré baixa, que se esvai desenhando na areia,
Coração naufragado, meu coração naufragado...

A canção é bonita e agradável aos ouvidos, e provavelmente eu poderia aprender a gostar dela se ouvisse o tema inteiro, mas parece que isso não vai acontecer hoje, pois Cleo Rio está cantando o mesmo verso repetidas vezes. Isso só pode significar que ela esqueceu o resto da letra, ou que o resto da letra não existe — ou seja, a canção não foi terminada.

Ajax me cutuca as costelas.

— Você está anotando isso? Não é inacreditável?

— Talvez ela esteja só nervosa — respondo.

— Hah!

Mais tarde, esperando para prestar condolências à viúva de Jimmy, estou na fila entre Ziggy Marley e o guitarrista Mike Campbell, um dos Heartbreakers originais. Acho que Ziggy percebeu o bloco de anotações se projetando do meu bolso de trás — de qualquer forma, ninguém está conversando muito.

Apertando a mão flácida de Jay Burns, me apresento e digo que gostaria de me reunir com ele para ter ajuda num perfil de Jimmy que estou escrevendo. Ele concorda com um grunhido, o que é uma surpresa. Depois percebo que está completamente chapado, de pálpebras caídas e com um fio de baba escorrendo do lábio inferior. Amanhã ele nem vai se lembrar de ter concordado com a entrevista, e vou ter sorte se conseguir se recordar do meu nome.

Quando afinal chego até Cleo, noto que ela agora está com lentes de contato pretas, em homenagem à ocasião sombria. Ela me cumprimenta como se jamais tivesse me visto.

— Jack Tagger — anuncio, para ajudar —, do *Union-Register.*

— Ah. Certo.

Eu a abraço e digo:

— Nós realmente precisamos conversar outra vez.

Cleo se desvencilha.

— Não agora — acrescento, educado. — Não hoje.

— Estou indo para LA, tipo, amanhã — explica Cleo. — Falar sobre o quê?

— Caldeirada estragada. Autópsia estragada — sorrio. — Só algumas perguntas. Não vai demorar.

Cleo parece estar com um disco de hóquei entalado na goela.

— Você... não, v-v-vai embora daqui, porra — ela gagueja.

— Você está aborrecida. Sinto muito...

Cleo vira-se para sinalizar para o sujeito careca com jaqueta de bombardeiro.

— Jerry? Jerry, eu q-q-quero esse cara fora daqui...

Mas eu já estou me encaminhando para a porta. Parece não fazer sentido perguntar se posso seguir no barco para assistir à dispersão dos restos mortais de James Stomarti.

Fora, no estacionamento, alcanço Ajax e Maria quando elas chegam a um Saturn conversível alugado. As duas me informam que estão legalmente impedidas de falar sobre as recentes sessões em estúdio com Jimmy Stoma.

— Nós assinamos um... como se chama... acordo de confidencialidade. Gostaria de ajudar, cara, mas não quero ser banida. Eu preciso trabalhar — diz Maria.

Ajax intervém:

— Eu também. Tenho uma garotinha pra criar.

— Então esqueçam as gravações. Falem-me sobre Jimmy. Como ele era? — A St. Stephen está se esvaziando depressa. Os motoristas das limusines abandonam a sombra das antigas figueiras e correm de volta aos seus carros, apagando os cigarros.

— Jimmy era muito legal. Ótimo sujeito — comenta Ajax.

— E a Cleo?

Maria ri de forma cáustica.

— Sem comentários, *chico.*

— Idem, idem — diz Ajax, revoltada. — Você precisa perguntar? Não viu a piranha com seus próprios olhos? É uma trambiqueira de marca.

— Vocês acham que ele a amava?

Ajax solta um uivo e dá partida no carro. Maria faz sinal para eu chegar mais perto.

— Você está se empolgando demais — comenta, não de forma indelicada. — Nós somos vocalistas de apoio. Entendeu?

Observo enquanto as duas se afastam. Depois vou procurar meu Mustang, jogo o bloco de anotações no assento dianteiro e ligo o ar-condicionado. Sinto-me abatido, como sempre depois de um serviço fúnebre. Mas através do pára-brisa vejo uma cena que me faz rir — a viúva Stomarti, segurando a urna de metal nos degraus da igreja e sendo entrevistada por Timmy Buckminster.

Desço todos os vidros, ponho os Slut Puppies a todo o volume e saio do estacionamento numa boa.

Manda ver, Jimmy Stoma.

8

Janet Thrush abre a porta e diz:

— Ah. É você.

— Posso entrar?

— Olha, deixa eu explicar.

— Não precisa.

— Sobre essas roupas — ela fala timidamente. — Eu quero explicar.

Janet está enfarpelada numa fantasia de polícia digna de um Halloween: botas pretas lustrosas, calça folgada azul com uma listra marcial cinzenta nas laterais, uma blusa branca engomada com uma insígnia de lata no peito e um revólver de brinquedo guardado em um coldre. Pendurado no botão superior da blusa há um par de óculos de plástico com lentes espelhadas azul-neon. No bolso traseiro, um talão de multas. Só estão faltando as algemas.

— Desculpe — digo. — Não sabia que estava acompanhada.

— Não estou acompanhada. Não exatamente.

Ela faz sinal para eu entrar e gesticula indicando que devo falar em voz baixa. A pequena sala de estar está iluminada como um estúdio de tevê, o que evidentemente é sua função. Em seguida me conduz até um canto e sussurra:

— Só um segundo.

Janet põe os óculos escuros e passa a mão pelos cabelos. Depois fica na frente das luzes e, erguendo um dos quadris, se agacha para ficar diante de uma câmera de vídeo não maior que um apontador de lápis. A câmera está no centro de uma mesa de café ligada a um computador. Fileiras de palavras aparecem em lampejos intermitentes na tela, mas não estou suficientemente próximo para conseguir ler.

Ela inclina-se até o teclado e digita uma mensagem para seu visitante cibernético. Endireitando-se, ela anuncia:

— Larry, você ainda está preso, portanto não tente nenhuma gracinha. Me ligue de novo em vinte minutos.

Janet pressiona de novo o teclado e a tela escurece. Em seguida contorna os tripés de alumínio em que estão montadas as luzes e arranca a tomada da parede. Tira os óculos do rosto e os joga sobre a mesa de café.

— Quer uma cerveja? — pergunta.

— Aceito.

— Ou algo mais forte?

— O que você estiver bebendo está ótimo.

Vamos até a cozinha, onde a temperatura está pelo menos cinco graus mais baixa. Janet me passa sua última cerveja e abre uma Coca para si.

— Olha, aquilo é uma webcam e eu sou uma policial feminina — ela explica. — Você conhece esse negócio? Sua imagem na web? Acontece que eu estou desempregada e uma amiga, mais ou menos da minha idade, me falou que eu poderia ganhar um bom dinheiro se... bem, striptease, sabe, até ficar com a roupa com que vim ao mundo. Mas eu paro nas roupas de baixo. De qualquer forma, minha amiga me ajudou a arranjar tudo isso, me arrumou um website, um número 0900 e tudo o mais. O negócio dela é Webcam no Convento, com ela e três outras amigas vestidas de freiras dominicanas. Você pode ler sobre tudo isso na *Salon*. — Janet inclina a Coca e dá um longo gole.

— O tema de policial feminina é bom — comento com aprovação.

Janet concorda.

— Foi idéia minha. A maioria dos homens tem uma queda por policiais femininas. Você não tem?

— Prefiro não dormir com autoridades.

— Mas aposto que conseguiria fazer isso. — O tom de Janet é clínico, não sugestivo. — De todo modo, você provavelmente acha toda essa armação meio degradante.

— Eu acho que não é da minha conta.

— Quatro dólares por minuto, Jack, é o que esses trouxas me pagam por uma “multa de estacionamento”.

— De calcinha e sutiã?

— É, mas ainda assim...

— É um bom dinheiro — concordo.

— Esse tal de Larry — Janet vira os olhos em direção à sala de estar — gosta de ser multado por estacionar em fila dupla em frente a uma casa de massagem. É a fantasia secreta dele, acho. Ele faz um interurbano de Fairbanks, no Alasca. Agora, me pergunte se eu dou a mínima se ele está se masturbando em Fairbanks, no Alasca, enquanto me vê de calcinha na tela do PC. Não mesmo, Jack. Por quatro dólares por minuto ele pode dar um nó no próprio pau e usar pra bater num alce que não estou nem aí.

— Não fique dando más idéias ao rapaz.

Janet ri.

— Eu tento não pensar sobre o que acontece do outro lado, mas metade desses caras vê a cena quadro a quadro. Acho que eles aprendem a digitar com uma mão só ou algo assim. Ei, você não está bebendo sua cerveja.

— Fui ao funeral do seu irmão hoje — comento.

— Oh. — Janet ajusta o coldre do revólver de brinquedo e senta-se num banco perto do balcão. — Eu não consegui. Me vesti toda de preto e abasteci o carro, mas não consegui ir até a igreja.

— Eu compreendo, acredite. Você quer uma descrição?

— Só me diga que a Cleo não cantou.

— Infelizmente cantou.

Janet dá um gemido e bate as mãos nas bochechas.

— Não aquela música, "Mim"!

— Certamente foi melhor você não ter ido.

— Jimmy teria vomitado. Não me diga mais nada, tá? — Janet olha para o relógio na parede.

— A razão de eu ter vindo aqui... — falo.

Essa é a grande cartada. Sem a irmã de Jimmy, estou perdido. Nunca vou conseguir fazer o jornal ir atrás da história.

— ... é a autópsia — concluo. — Você vai averiguar isso? Quer ir atrás dessa história?

— Como? Eu não tenho o suficiente pra procurar a polícia. — Janet balança a cabeça. — De qualquer forma, eu nem saberia por onde começar.

— Eu sei.

O sorriso dela é de agradecimento, porém triste.

— Sabe que não dormi uma noite desde que ele morreu? Não consigo acreditar que a coisa aconteceu do jeito que eles disseram. Aliás, não acredito numa palavra que aquela putinha ambiciosa e sem talento diz.

— Você acha que ela o assassinou?

— Bom, alguma coisa não está certa — observa Janet, calma. — Honestamente não sei. Você é o repórter, o que *você* acha?

— Seu irmão tinha algum dinheiro?

— O dinheiro que sobrou, você quer dizer. Claro que tinha. Mesmo nos tempos difíceis Jimmy era bastante esperto... por mais que gastasse em drogas, sempre mandava alguma coisa para a Smith Barney.* Para um drogado, até que meu irmão era muito disciplinado. Foi assim que ele conseguiu comprar uma casa nas ilhas.

— Por falar nisso, você quer ir?

— Claro — disse Janet, fungando com sarcasmo.

Na sala de estar, o computador volta à vida com um clique e bipa uma saudação.

— Merda — ela murmura. — Meu lenhador solitário.

— Para as Bahamas, você e eu — continuo. — Vamos falar com os policiais que investigaram o afogamento do Jimmy.

— Está falando sério?

Atrás dela, o PC continua bipando, suplicante.

— Jack, não posso pagar uma viagem às ilhas.

— Nem eu — respondo com leveza —, mas o jovem Race Maggad pode.

— Quem é esse cara? — pergunta Janet.

— Por favor, venha comigo. Não vai custar um centavo. O jornal vai pagar tudo. — Não estou querendo parecer importante, mas sim me convencer de que posso conseguir essa verba. Por razões óbvias, a função de redator de obituários não dispõe de um orçamento para despesas de viagem.

— Então, o que me diz? — pergunto a Janet Thrush.

(*) Uma das maiores instituições financeiras do mundo, ligada ao Citibank. (N. T.)

— Puxa, você está falando *sério.*

Depois do quinto bipe, ela se levanta para atender o chamado.

— Por favor — insisto. — Se eu for sozinho eles simplesmente vão me ignorar. Eles nunca ouviram falar do meu jornal em Nassau. Mas você é irmã dele, eles vão ter que falar com você.

— Isso não significa que vão ter que falar a verdade.

— Às vezes a gente pode aprender mais com uma mentira. Pense a respeito e me ligue mais tarde.

— Pode demorar. Depois do Larry eu tenho o Doutor Dennis ligando de Ann Arbor, e depois tem o Postal Paul em Salt Lake. Meu primeiro mórmon.

— Vou estar acordado — garanto.

Enquanto estou dando marcha à ré na entrada, as luzes da câmera fulguram na sala de estar de Janet Thrush. As cortinas são forradas, de forma que não se vê nada a não ser uma luz quente brilhando ao redor dos batentes das janelas. De dentro da casa, contudo, ouço o ritmo de uma música jazzística, o acompanhamento para a dança da moderna policial feminina.

Minha mãe sabe quando meu pai morreu, mas não me conta.

— Que diferença isso faz? O que passou, passou — repete minha mãe.

Eu gostaria de saber quando meu pai morreu para evitar morrer na mesma idade, que é o meu temor mais profundo. Minha mãe não aprova essa obsessão e por isso se recusa a fornecer pistas úteis sobre Jack Tagger Pai, que se mandou de casa quando eu tinha apenas três anos e nunca mais voltou.

— Como ele morreu? — já perguntei muitas vezes.

— Não foi de doença hereditária, isso eu posso garantir — ela costuma responder. — Por isso pare com essa ansiedade ridícula.

Minha mãe guarda só uma fotografia em que meu pai aparece. Ele é alto, tem cabelos cor de areia, está de peito nu e, para mim, parece radiante e saudável. Na foto ele está com um braço bronzeado jogado ao redor dos ombros da minha mãe.

Os dois estão com os olhos semicerrados na luz da tarde — a foto foi tirada numa praia em Clearwater, onde meus pais moravam na época. Também estou na fotografia, dormindo profundamente num carrinho à direita de meu pai.

Uma vez perguntei a minha mãe em que meu pai trabalhava, e ela respondeu: — Em nada específico. Esse era o problema. — Na foto eu diria que ele tinha entre vinte e cinco e trinta anos. Isso significa que se estivesse vivo até hoje estaria pelo menos com sessenta e oito ou setenta e três. Mas ele não está vivo — sobre isso minha mãe não iria mentir.

Depois que Jack Pai fugiu, nossa vida continuou em ritmo rápido. Minha mãe trabalhava muitas horas como secretária numa firma de advocacia, mas sempre arranjava tempo para mim e para a vida social. Apesar de sair bastante com muitos homens, não se casou de novo até eu concluir o ensino médio. Saí de casa para fazer faculdade, caí no ramo jornalístico e nunca mais pensei em meu pai até muitos anos depois, quando fui rebaixado para a página de obituários do *Union-Register*. Foi aí que comecei a me preocupar de uma forma não muito saudável com a mortalidade, especialmente a minha. Foi então que telefonei para minha mãe em Naples (onde ela e meu padrasto foram morar depois de aposentados, devido às facilidades para jogar golfe) e perguntei se meu pai ainda estava vivo.

— Não — ela respondeu calmamente.

— Quando ele morreu?

— Por que você quer saber?

— Só curiosidade — disse a ela.

— Não sei exatamente quando foi, Jack.

— Por favor, mãe. Pense.

— Não é importante. O que passou, passou.

— Como aconteceu? Foi alguma coisa congênita?

— Pelo amor de Deus, você não acha que eu contaria, se fosse? — respondeu minha mãe. — Agora vamos mudar de assunto, por favor. Aconteceu muito tempo atrás.

— Mas, mãe...

— Jack!

Muito tempo atrás. Aquilo me pegou. Quando diz "muito tempo atrás", minha mãe quer dizer pelo menos vinte anos — o que pelos meus cálculos faria meu pai não ter mais que cinqüenta e três anos quando morreu, o que daria uma idade de... bem, essa é a questão, sacal e crucial.

Ele tinha trinta e cinco? Quarenta? Quarenta e seis?

Uma vez perguntei a minha mãe:

— Ele era mais velho ou mais novo que eu quando morreu?

— Não seja mórbido — ela ralhou.

— Vamos, mãe. Mais velho ou mais novo que eu?

Mais novo era o que eu queria ouvir ela responder, porque isso significaria que eu tinha escapado. Tinha passado reto pelo ano fatídico.

— Que diferença isso faz, Jack? Quando Deus chama, nós vamos. Obviamente seu pai recebeu o chamado.

— Ele estava na casa dos quarenta, não estava? Ele tinha exatamente a minha idade e você tem medo de me contar!

— Esse trabalho não está fazendo bem pra você, Jack. Talvez devesse tentar algo mais leve, como crítico de restaurantes?

Não saber as especificidades da morte do meu pai me mantém acordado algumas noites. Sempre que falo com minha mãe, percebo que estou ficando cada vez mais insistente, o que explica por que ela não me telefona mais com tanta freqüência.

— Me diz só uma coisa — perguntei a ela recentemente —, foi de causas naturais?

— É claro — ela respondeu de forma tranqüilizadora. — A morte é sempre uma coisa natural.

Era um monólogo que eu já havia ouvido antes.

— Se um homem cai de um prédio de vinte andares — disse minha mãe —, é mais do que natural que ele morra. A mesma coisa se deitar nos trilhos de uma ferrovia na frente de um trem em alta velocidade. Ou se for atingido por um relâmpago num campo de golfe...

— O.k., já entendi.

— O coração adoece, os pulmões falham, o cérebro se apaga. Fim da história.

— Pura poesia, mãe. Posso pegar emprestada para o seu elogio fúnebre?

Esta noite, esperando Janet Thrush ligar, impulsivamente resolvo tentar outra vez. Minha mãe atende ao primeiro toque.

— Ah, oi! — ela diz. — Pensei que fosse o Dave.

Dave é o meu padrasto. De vez em quando ele sai para jogar pôquer até tarde.

— Tem uma coisa que eu estava querendo perguntar — começo.

— Outra vez... não.

— Escuta, você não precisa me contar *o que* nem *quando* aconteceu, se foi um acidente automobilístico, ataque cardíaco ou embolia cerebral...

— Jack, estou muito preocupada com você.

— ... eu só quero saber — continuo — é *como* você soube a respeito. Quer dizer, o cara já tinha ido embora fazia muitos anos. Vocês dois continuaram em contato?

— Não!

— Às vezes ele ligava ou escrevia?

— Nunca — declara minha mãe. — E eu nunca esperei que ele fizesse isso.

— Então como soube que ele morreu? Pela família dele? A polícia? Quem avisou você?

— Você vai tomar um avião amanhã, não vai? — pergunta minha mãe.

— E se eu for?

— Você sempre fica estranho assim antes de sair de viagem.

— Não é verdade. — Estou mentindo, e minha mãe sabe disso.

— Se isso fizer você se sentir melhor, seu pai não morreu num desastre de avião. Para onde eles estão te mandando?

— Bahamas.

— Coitadinho — observa minha mãe. — Eu também gostaria que alguém me *mandasse* para as Bahamas.

— Vou procurar o relatório de uma autópsia. Quer vir junto?

— Argh.

— Vai ser um hidroavião. Vamos descer no Porto de Nassau.

— Avião, hidroavião, não se preocupe. Não foi assim que seu pai bateu as botas.

— Eu não tenho o direito de saber?

Minha mãe ri.

— Talvez a gente devesse comparecer ao programa da Sally Jessy,* nós dois. Vamos ver quem a platéia aplaude.

(*) Sally Jessy Raphaël, apresentadora de talk show na tevê americana. (N. T.)

— Já te falei que faço um check-up completo todos os meses? Da cabeça aos pés?

— É um certo exagero, Jack. Todos os meses?

— E estou falando de um check-up *completo.*

— Está vendo, foi por isso que Anne terminou com você. — observa minha mãe. — Por causa dessa loucura.

Como se eu precisasse ser lembrado.

— Quem era naquela época... Stephen Crane?

Resmungo a negativa:

— Scott Fitzgerald.

— Certo! — exclama minha mãe.

Na época em que eles me puseram nos obituários eu tinha quarenta e quatro anos, mesma idade em que Fitzgerald morreu. Eu não conseguia tirar aquilo da minha cabeça, não conseguia dormir, não conseguia parar de falar a respeito — e nem mesmo era fã de *O grande Gatsby.*

No início Anne tentou me ajudar, mas afinal percebeu que era inútil. Então foi embora. No meu quadragésimo quinto aniversário saí daquele estado instantaneamente, mas Anne nunca mais voltou. Disse que se não fosse Fitzgerald seria outra pessoa famosa já falecida, alguém novo a cada ano. Freqüentemente sinto vontade de ligar para ela e dizer o quanto estou melhor aos quarenta e seis anos de idade, considerando os portentos das grandes celebridades.

— Anne não era a Zelda — ouço minha mãe dizer. — Anne era uma mulher adulta. Eu gostava dela. A filha era rebelde, mas da Anne eu gostava.

— Eu também, mãe.

— É esse seu maldito trabalho... escrever sobre pessoas falecidas todos os dias. Qualquer um começaria a se preocupar.

— Eu estou muito melhor, mãe. Estou mesmo.

— Então por que esses telefonemas, Jack?

— Desculpe.

— Você devia mudar para a página de Esportes. Escrever sobre torneios de golfe. Até mesmo torneios femininos... poderia até conhecer uma garota legal!

— Só estou perguntando — digo calmamente para minha mãe — é como você soube quando meu pai morreu. Parece estranho, já que você não viu mais o sujeito nem ouviu falar dele todos aqueles anos... Como soube a respeito, mãe?

Minha mãe emite um de seus suspiros de marca registrada.
— Quer mesmo saber?
— Quero.
— Vou avisando, existe um elemento de ironia.
— Manda bala. Estou sentado.
— Eu li num jornal, Jack — ela me conta. — Li o obituário do seu pai num jornal.

9

A barriga do hidroavião é quente. Cheira a combustível, graxa e suor. Estamos nos abanando com revistas dobradas, mas não estou tão nervoso quanto costumo ficar sempre que tenho de voar.

Gosto do conceito de um aeroplano que flutua. Faz muito sentido.

— Nunca estive numa engenhoca destas — diz Janet Thrush.

Mal consigo ouvi-la com o barulho das hélices. Ela está sentada do outro lado do corredor, usando uma camiseta amarela sem mangas, jeans cortado, sandálias e um chapéu mole de lona. Talvez pareça um pouco preparada demais para as ilhas.

Pela janela vejo o rasgão índigo da corrente do Golfo atrás de nós. As águas à frente estão ficando claras e brilhantes, um mosqueado sedoso de jóias azuis. Janet chega mais perto.

— Adoro isso aqui. Sempre visitava o Jimmy antes de ele se envolver com a Cleo.

— Ela vai manter a casa em Exuma? — Estou praticamente gritando.

— Quem sabe? — Janet dá de ombros. Ela coloca os mesmos óculos escuros baratos que usava ontem à noite como policial feminina. — Ei, Jack — começa a falar —, meu irmão deixou um testamento?

— Você pergunta pra *mim*?

— Mas é você quem está escrevendo a matéria.

O avião chapinha graciosamente na água e desliza sobre a esteira de um navio de cruzeiro no Porto de Nassau. Passamos pela aduana sem nenhum incidente e pegamos um táxi. O quartel-general da polícia é no centro, do outro lado da ponte, que tem um posto de pedágio. Tive o cuidado de telefonar antes para saber se o sargento Weems está de serviço hoje, mas isso não significa que ele vai estar lá para nos dar as boas-vindas em nome da Comunidade Britânica. Previno Janet que talvez tenhamos de esperar, mas ela me parece calma e determinada. O único sinal de agitação é a prodigiosa maçaroca de goma de mascar que está mastigando.

— Se não fosse isso seriam cigarros — ela explica.

Inacreditavelmente, o sargento de polícia Cartwright Weems está em sua sala quando chegamos. Ele é jovem, ereto e cortês. Sua mesa é muito bem-arrumada. Eu me apresento primeiro, e depois Janet, como "a irmã do falecido".

Weems explica que sente muito pela morte do irmão dela.

— Jack, conte pra ele por que estamos aqui — diz Janet.

— Claro. É a respeito da autópsia.

Weems cruza os braços, aparentando um interesse educado.

— Aliás — continuo —, nós temos razões para achar que *não houve* uma autópsia.

— Por que o senhor diz isso? — pergunta o sargento.

— Porque não havia pontos no corpo.

— Ah. — Weems inclina-se para a frente e abre a pasta que está sobre a mesa. Dentro encontra-se o relatório oficial da polícia sobre o afogamento de James Bradley Stomarti.

— Quando o senhor diz autópsia — declara Weems, examinando os papéis —, claro que está pensando em como as coisas são feitas nos Estados Unidos. Falando em termos forenses. — Ele sorri, depois ergue os olhos para nós. — Aqui nas Bahamas não temos recursos nem pessoal para conduzir o que o senhor chamaria de um relatório *post-mortem* sobre todas as vítimas de acidentes. Infelizmente.

O sotaque dele é mais britânico do que o da maioria dos habitantes das ilhas, e imagino que tenha estudado em Londres.

— Posso perguntar... se vocês usam patologistas?

— Sempre que possível, senhor Tagger — responde Weems. — Mas, como deve saber, temos setecentas ilhas na Comunidade Britânica, espalhadas por uma área muito grande. Às vezes temos condições de levar um patologista formado até o local em tempo hábil, outras vezes, não.

Ele vira-se para Janet e abaixa a voz.

— Devido ao clima quente daqui, geralmente temos problemas... Eu não pretendo ser explícito, senhorita Thrush, mas costumamos ter dificuldades para preservar os restos mortais em casos trágicos como esse. Ar-condicionado é, bem, um luxo para alguns estrangeiros. O fornecimento de gelo é muito limitado... novamente, não desejo repisar o assunto, porém em mais de uma ocasião tivemos de recorrer ao uso de frigoríficos de peixe para armazenar corpos.

Meu bloco de anotações permanece no bolso, pois o sargento Weems se calaria se eu começasse a escrever o que diz. Policiais são iguais em toda parte.

— E quanto ao meu irmão? — pergunta Janet com a boca cheia de goma de mascar. — Que merda, não me diga que vocês o guardaram num caixote de peixes. — Ela tirou os óculos escuros e o chapéu, mas é difícil ignorar a calça cortada, embora Weems esteja tentando. Os olhos dele descem novamente para a pasta sobre a mesa.

— No caso do senhor Stomarti, conseguimos retirar o corpo com certa rapidez e transportá-lo aqui para Nassau. Mas o que estou dizendo é que estamos com pouco pessoal. No dia do mergulho do seu irmão houve um acidente grave em Freeport. Um jet ski colidiu com um barco de conchas... dois turistas morreram. Mandamos nosso patologista até lá de avião imediatamente.

— Então quem fez o trabalho no meu irmão? — pergunta Janet.

— Foi o doutor Sawyer. Winston Sawyer. É um homem muito competente.

— Podemos falar com ele? — pergunto.

— Com certeza. Se ele assim o quiser. — O tom de voz do sargento pretendia me lembrar que jornalistas estrangeiros não tinham absolutamente voz em um lugar como Nassau. Ou seja, que o dr. Sawyer tinha todo o direito de me mandar passear.

Então Janet começa a falar:

— Vocês podem me dar uma cópia do relatório da polícia? — Ela se lembrou, Deus a abençoe.

Pela primeira vez o sargento Weems mostra-se inquieto. Ele esfrega o traseiro na cadeira, como se tivesse uma coceira que não conseguisse alcançar.

— Bem, deixe-me...

— Ele é meu irmão, afinal de contas — interrompe Janet. — O pessoal da embaixada disse que eu tenho direito.

Excelente — exatamente como ensaiamos. Só que não falamos com ninguém na embaixada dos Estados Unidos.

— Certamente, certamente. — Weems estava relendo o relatório com renovada atenção, para a eventualidade de ser necessário proceder a algum expurgo no caminho até a máquina copiadora. Levantando-se lentamente (e continuando a leitura), ele diz:

— Eu volto já, senhorita Thrush. Só um momento, por favor.

Assim que ele sai, dou uma piscada de congratulações para Janet. Após o retorno do jovem sargento, ela aceita a cópia xerox do relatório policial e o lê inteiro. Weems e eu partilhamos um embaraçoso silêncio. Quando termina, Janet dobra o documento e o guarda na bolsa. Aos prantos, levanta-se e pede licença. Não é uma encenação.

Espero algum tempo antes de dizer a Weems:

— Está sendo difícil para ela aceitar isso.

— Sim, posso entender.

— Vocês têm certeza de que foi um acidente?

Ele anui gravemente, confirmando.

— Nós tomamos depoimentos das duas testemunhas, a senhora Stomarti e um senhor Bons, creio que era esse o nome. Os detalhes conferem — explica Weems. — Acredito que o irmão dela tenha ficado desorientado embaixo d'água e não conseguiu retornar ao barco. Esse tipo de coisa acontece freqüentemente, acredite... com mergulhadores experientes também. O senhor ficaria surpreso.

— Não acha estranho que o senhor Stomarti não tenha se livrado do cilindro e nadado até a superfície?

Weems recosta-se na cadeira. Formalmente, declara:

— Realmente não, senhor Tagger. Algumas pessoas esperam demais. Outras entram em pânico. Essas tragédias raras vezes refletem uma lucidez de pensamentos. — O tom subitamente frio e monocórdio do sargento demonstra que ele já está cansado de mim.

Levantando-me, agradeço a ele por sua delicadeza.

— A propósito, quem entrevistou a senhora Stomarti?

— Fui eu quem a entrevistou, senhor.

— No barco?

— Sim, porém mais tarde. Quando eles aportaram em Chub.

— Por acaso ela falou algo sobre uma premonição que teve naquela manhã? Mencionou ter implorado ao marido que não mergulhasse esse nos destroços do avião?

Weems meneia a cabeça com ceticismo.

— Não, não mencionou. Tenho certeza de que me lembraria.

— Ela não disse nada sobre o senhor Stomarti estar doente?

Weems parece intrigado.

— Como assim, doente?

— Intoxicação alimentar — explico. — Caldeirada.

Rindo, Weems se levanta.

— Não, senhor. Onde ouviu isso?

— O que há de tão engraçado?

— Era isso que a senhora Stomarti estava comendo no jantar quando a entrevistei no barco — ele responde. — Caldeirada. Ela chegou mesmo a me oferecer um prato.

Temos duas horas para matar até nos encontrarmos com o dr. Sawyer, por isso Janet e eu pedimos bebidas e sanduíches de garoupa num bar na calçada a um quarteirão da Bay Street. De alguma forma acabamos conversando sobre a morte, um assunto sobre o qual temos filosofias muito diferentes. Janet diz que acredita em reencarnação, que foi assim que se manteve íntegra depois da morte do Jimmy. Em resumo, ela acredita que o irmão vai voltar como um golfinho, ou possivelmente como um golden retriever.

Eu, por outro lado, acredito que a morte seja o fim da viagem. A única coisa realmente definitiva na vida.

— E quanto à vida após a morte? — demanda Janet.

— Não espere sentada — respondo. — Pensando melhor, é melhor esperar sentada.

— Você acredita no Paraíso?

— Por tudo o que li, deve ser bem tedioso. Francamente, o seu programa de reencarnação parece bem mais instigante... só que com a minha sorte eu voltaria como a Shirley MacLaine.

— Não seja engraçadinho.

— Ou como um mugilídeo.

— O que é isso? — pergunta Janet.

— Um peixe cujo único propósito na vida é ser devorado por peixes maiores e mais famintos.

— Jack, você não entende. Do jeito que me foi explicado, não importa o que aconteça na terra, seu espírito permanece completo e a salvo. Seja você um peixe, uma borboleta, o que for.

Eu exagero ao mastigar um pedaço de picles.

— Tudo bem. Digamos que eu reencarne como uma lagosta...

— Não vamos mais falar disso.

— No primeiro dia da estação de pesca à lagosta, um sujeito soltando bolhas de ar me espeta com um arpão. Você está dizendo que não vou sentir nada? Mesmo quando eles jogarem minha deliciosa carne vermelha num caldeirão de água fervendo, meu espírito vai estar jóia? Você honestamente acredita nisso?

— Vamos pedir a conta, por favor?

O dr. Winston Sawyer tem oitenta e sete anos, a mesma idade com que morreu Jacques-Yves Cousteau. Ele está dizendo:

— Já fiz mais partos do que qualquer um em todas as Bahamas.

Janet e eu já tínhamos nos preparado para essa informação. A sala de espera do homem estava lotada de mulheres grávidas.

— Nós viemos falar sobre o meu irmão — diz Janet.

— Ah — o dr. Sawyer aquiesce. E continua aquiescendo. — Sim, sim.

Janet me dá uma olhada ansiosa. Estou gravando essa cena a fogo na memória, para o caso de precisar escrever sobre ela mais tarde no jornal.

— O americano que morreu no acidente de mergulho — relembro ao dr. Sawyer. — Na semana passada, em Chub Cay?

— Ah. — O médico sorri calorosamente. Fico impressionado com a dentição do velho, impecável e de um branco luminoso.

— Talvez estejamos procurando por outro doutor Sawyer... — prossigo.

— Compreendo sua confusão — ele começa —, mas esteja certo de que sou totalmente qualificado, totalmente qualificado. A polícia me chama de vez em quando para essas questões. De vez em quando, digo, devido aos meus muitos anos de experiência...

Pergunto por que não havia pontos no corpo do irmão de Janet.

— Pontos. — O médico pisca de forma sonolenta.

— Como são normalmente usados no processo de autópsia, sim — acrescento —, para fechar a cavidade torácica.

Janet suspira. Suas bochechas perderam a cor. Ela retira uma pelota de goma de mascar da mandíbula e joga no cesto de lixo.

O dr. Winston Sawyer ergue um dedo ossudo da cor de madeira polida.

— O senhor diz autópsia, bem, devo dizer ao senhor... e à madame... que não houve necessidade de autópsia. Por isso é que vocês não viram nenhuma sutura! Eu apenas atendi ao chamado da polícia, que me procura nessas questões devido a minha experiência...

A voz do médico diminui. O dedo erguido se dobra e desdobra.

— Continue — insisto. — O senhor foi chamado pela polícia...

O queixo do dr. Sawyer se solta.

— Exatamente. Fui chamado para examinar o corpo, o que fiz, e subseqüentemente certifiquei a morte como acidental. Subseqüentemente, como digo, a um exame *post-mortem.*

— Mas apenas um exame visual. — Saco do bolso meu bloco de notas e tiro a tampa de uma caneta. Felizmente o dr. Sawyer não percebe.

— Entenda que já tive a oportunidade de ver muitas vítimas de afogamento ao longo desses muitos anos. Foi uma simples rotina — ele explica, dirigindo suas palavras a Janet. — Não que tal tragédia seja uma "rotina", madame. Mas entenda, em termos médicos, foi. Afogamentos não são incomuns aqui nas Bahamas, nada incomuns. É triste dizer.

Como que entorpecida, Janet pergunta:

— Então, como estava a aparência do Jimmy?

Dr. Sawyer dá um grunhido indefeso. O dedo indicando sabedoria desaparece.

— Quero dizer — continua Janet —, o senhor viu algum hematoma? Algum tipo de... você sabe, Jack, qual é o termo?

— Trauma.

— Isso. Algum trauma?

— Nenhum — responde o médico. — Nem um arranhão, madame, dou-lhe minha palavra. Seu irmão morreu por afogamento. Não houve necessidade de cortar... oh, Deus, nenhuma necessidade de um procedimento completo de autópsia.

— O senhor não viu absolutamente nada de extraordinário? — pergunto. — O senhor ao menos *retirou* o traje de mergulho dele?

Dr. Sawyer aperta os olhos numa concentração feroz, movendo os lábios mosqueados como uma vaca. Em seguida explode num brado exultante:

— Hah! Agora sei aonde vamos chegar! A tatuagem! A tatuagem da serpente! Oh, Deus, em oitenta e sete anos nunca vi nada como aquilo! Meu Deus do céu!

O médico está gargalhando e respirando ruidosamente. Logo depois Janet também racha o bico. A seguir é a minha vez. Como alguém pode não gostar desse velhinho?

— A tatuagem, puxa, é uma obra de arte — o dr. Sawyer está dizendo. — Para dizer a verdade, fico contente por não ter sido necessário estragar aquilo. Eu ficaria bem triste se tivesse de fazer tal coisa! Quem era a moça bonita com aquela serpente, se posso perguntar?

— Uma stripteaser com quem Jimmy estava saindo — diz Janet, rindo com a lembrança. — Na vida real ela era terrivelmente dentuça.

— Não há problema. Já ouvi o mesmo sobre a Mona Lisa.

Quando o médico nos conduz cordialmente até a porta, digo a ele que tenho mais uma pergunta.

— Sem dúvida, senhor.

— Estava pensando se o senhor tem alguma formação forense formal?

— Certamente, senhor. — Ele inclina o rosto enrugado e

olha para mim como uma velha tartaruga. — Trabalhei como patologista aqui mesmo em New Providence. Cidade de Nassau.

— E quando foi isso?

— Mil novecentos... espere, deixe-me pensar. Quarenta e dois, foi.

— 1942?

— E parte de 43. Antes de aderir à prática da obstetrícia. — O dr. Sawyer sorri. — Já fiz mais partos do que qualquer um em toda a Comunidade Britânica.

O hidroavião está atrasado. Janet e eu esperamos em um banco de madeira descascado na sombra vazada de alguns coqueiros. Ela me deixa folhear o relatório da polícia — eu esperava encontrar algumas anotações que pudessem apontar para Cleo Rio, mas não havia muita coisa ali. O relatório das Bahamas era simples.

De repente estou perguntando a Janet quando o pai dela morreu.

— Nove anos atrás — ela responde.

— Que idade ele tinha?

— Cinqüenta e dois.

— Uau! — exclamo. A mesma idade que Harry Nilsson.

— Jovem demais — acrescenta Janet.

— Isso deixa você preocupada?

Ela me olha com curiosidade.

— Não, Jack. Isso me deixa triste. Eu adorava o meu velho.

— Claro que sim. O que eu quis dizer foi: isso não faz você pensar sobre o seu... prazo de validade?

A pergunta é imperdoavelmente insensível, o que percebo no instante em que deixa os meus lábios. É um aspecto da minha obsessão que irrita não somente minha mãe, mas também meus amigos.

Porém o olhar de Janet se dissolve numa expressão de compreensão.

— Ah — ela diz. — Claro. Morrer jovem e tudo o mais.

— Não apenas morrer jovem — continuo —, mas morrer exatamente na mesma idade de um dos pais, de um amigo ou até de uma pessoa famosa que você admira.

— Você quer dizer, como destino? Não vai me dizer que acredita em destino?

— Destino, não. Ironia funesta. É nisso que acredito.

Janet assobia.

— Você já pensou em mudar de emprego?

— Posso perguntar o que aconteceu com seu pai?

— Estava trepando com uma aluna quando o namorado dela apareceu. Ela tinha, bem, estava completando dezenove anos. Meu pai pulou pela janela para fugir, mas seis andares são uma bela queda. Pena que ele fosse professor de literatura inglesa, não de física. — Janet sorri com tristeza. — É por isso que não me preocupo muito com sair da vida aos cinqënta e dois.

— Entendi — observo.

— O que quero dizer é que existe destino, Jack. Mas também existe burrice.

10

Meia-noite.

Nos velhos tempos, uma redação a esta hora recendia a café, cigarros e pizza fria. Você ouvia os teletipos matraqueando, os rádios da faixa da polícia tagarelando e os garotos do paste-up rindo de piadas sujas.

Mas, como a maioria dos jornais, o *Union-Register* antecipou os prazos de fechamento para cortar custos, por isso quase não há vivalma por aqui a esta hora da noite. Se um avião cair ou se o prefeito tiver outro ataque das coronárias, ao raiar do dia estaremos mamando nas tetas das emissoras de tevê.

Nos dias atuais nós compramos a lealdade dos leitores com brindes e cupons de compras, não com conteúdo. Isso reduz o equipamento necessário, de forma que nossa Redação é tão elegante quanto uma agência da Allstate* no centro da cidade, incluindo o carpete cor de terra. Cada editor e cada repórter têm um cubículo pessoal com paredes de compensado forrado, estação de computador, gaveta de arquivos e um telefone com headset. Em mais algum tempo estaremos vendendo seguros de vida.

Já não se berra ou grita, todos enviam "mensagens" uns aos outros pelos terminais. Nos velhos tempos, os telefones numa Redação nunca paravam de tocar, nem mesmo quando a edição final estava indo para a impressão. Esta noite, como a maioria delas, o local está opressivamente silencioso, com exceção do entorpecido borbulhar eletrônico dos PCS (a maior parte dos

(*) Companhia americana de seguro de automóveis. (N. T.)

editores prefere a opção de aquário tropical como proteção de tela, enquanto os repórteres são mais ligados nos temas de guerras intergalácticas).

Mesmo assim, esses desolados intervalos no ciclo de notícias podem ser úteis. Emma não está aqui para circular como um falcão, e o jovem Evan, o estagiário, não se encontra por perto para me assolar com perguntas. Por isso é possível fazer uma verdadeira coleta de informações. Essa nova e viciadora tecnologia permite que qualquer um se sente em frente ao computador e navegue por anuários de tributação, transações imobiliárias, arquivos de tribunais, registro de prisões, carteiras de motorista, licenças de casamento e decretos de divórcios, bem como publicações periódicas, revistas médicas, jornais empresariais, relatórios corporativos — o saco sem fundo da internet.

Também se encontram acessíveis bancos de dados de outros jornais, grandes e pequenos; uma arca do tesouro. O único problema é que muitos jornais se informatizaram apenas durante a última década, e por isso nem todos guardaram artigos fúnebres na memória dos computadores. Conseqüentemente, é pequena a probabilidade de localizar informação sobre um homem que morreu, digamos, pelo menos vinte anos atrás.

Porém minha mãe alega que leu o obituário do meu pai num jornal. E eu não tenho nada melhor a fazer do que empreender essa caçada.

No teclado digito T-A-G-G-E-R, J-A-C-K.

E acabo caindo em minha própria armadilha. Em segundos a tela lampeja um diretório com trinta e seis textos, todos muito conhecidos. O buscador parece ter se concentrado nos meus créditos, resultando numa instantânea e indesejada amostragem do meu trabalho. Escaneando minhas glórias passadas, escritas antes do meu posto nos obituários, fico surpreso ao ver que aparecem diversas matérias sobre Orrin Van Gelder, da época do condado de Gadsden. Evidentemente isso representa o pináculo da minha carreira jornalística, ao menos no território eletrônico. Talvez Jimmy Stoma possa mudar isso.

No momento, contudo, é o outro Jack Tagger que me mantém navegando pelo diretório de busca. Mas ele não está em lugar algum, porque evidentemente deve ter morrido antes da web. Por isso qualquer registro do evento deve existir em algum recorte amarelado em alguma velha pasta mofada em algum depósito de jornais mofado. É provável que minha mãe tenha guardado uma cópia, embora eu duvide que ela admita isso. Esse jogo que ela faz é uma merda.

Desligo, tranco a mesa e tomo o caminho de casa. Quando passo em frente ao apartamento de Carla Candilla, vejo luzes na janela e faço um retorno. Ligo de uma cabine telefônica e ela diz para eu subir, que está sozinha, tingindo o cabelo.

— Cor de laranja! — exclamo na porta.

— Não, cor de lava — corrige Carla. — Porque eu mereço. Entra logo, estou pingando na sala toda.

Carla está vestindo um roupão de banho até os pés, expropriado do Delano Hotel. Eu a sigo até a cozinha, onde ela lida com seus tentáculos ensopados na pia. Faço um relato conciso porém colorido de minha entrevista no apartamento de Cleo Rio e da cena com as celebridades no funeral de Jimmy Stoma.

Carla é uma ávida interrogadora.

— Como ela é?

— Bronzeada e inexpressiva.

— O Caso da Viúva Bronzeada? Russel Crowe estava lá?

— Não que eu me lembre.

— Vamos, Black Jack. Os boatos dizem que ele está traçando a Cleo.

— Não vi ninguém traçar ninguém.

— E quanto ao Enrique? — exige Carla.

— Que Enrique?

Ela se retrai sob o domo de cabelos marinados.

— Como você pode estar tão... *por fora*?

— Cleo está traçando esse Enrique também?

— Você devia ter me levado junto, Jack. Que decepção — provoca Carla. — Você me decepciona, você me faz mal.

Sinto-me obrigado a inquirir sobre os cachos cor de lava.

— É para algum evento especial?

— Sábado à noite — ela explica. — Todo sábado à noite é um evento especial.

— Namorado novo?

— Nãão — responde Carla. — Novo estado de espírito.

Ela completou algum estágio crítico do processo de tingimento. Agora passamos para a sala de estar, onde ela reboca o rosto com um barro cor de musgo. Somente os olhos, lábios e narinas permanecem visíveis.

— Então, Black Jack.

— Sim?

— Acha que a Cleo apagou o velho dela?

— Honestamente não sei dizer. Ninguém fez uma autópsia e agora o corpo foi cremado e por isso talvez a gente nunca saiba. Pode ser que Jimmy tenha se afogado como foi dito, ou talvez tenha tido ajuda. De qualquer forma, a viúva está tirando o máximo proveito da ocasião.

— Que loucura, não consigo acreditar que ela tenha cantado no funeral — diz Carla.

— Para promover o novo CD.

— Que vaca. O que você vai dizer na sua matéria?

Uma boa pergunta.

— Bem, espero dizer que a irmã de Jimmy quer uma investigação completa das circunstâncias da morte dele. Espero dizer que existem incoerências entre as testemunhas.

— Quem são...? — Carla pergunta debaixo do molde, que parece pele de sapo.

— Cleo, é claro, e Jay Burns — respondo —, um dos velhos Slut Puppies. Ele estava junto com Jimmy no mergulho.

— E se ele confirmar a história da Cleo?

— Nesse caso vou beber até cair e me arrastar de volta ao cemitério dos elefantes.

Carla aponta para o próprio rosto.

— Não posso falar. Está endurecendo.

O telefone toca. Ela sinaliza para eu atender.

— Residência Candilla — falo com sotaque de mordomo inglês.

— *Quem* está falando?

— Oh, oi, Anne. — A voz falha. O coração pesa. A língua transforma-se em giz.

— Jack?

— Carla está com uma máscara de lama. Não pode mexer os lábios.

Do outro lado ouço um suspiro familiar. Depois:

— O que você está fazendo aí?

Tremendo como um viciado, sinto-me tentado a dizer.

— Estamos fofocando sobre moda, música e modelos. Carla diz que eu estou "por fora", o que claramente é um eufemismo. Agora eu tenho uma pergunta pra você: Por que aborrecer sua tão ocupada cria tão tarde da noite?

Uma risada suave.

— Eu acabei de chegar, Jack.

— Ah.

— De viagem — ela completa.

Que pergunta esperta a minha. Delicadamente, mudo de assunto.

— Certo, e está tudo bem?

— Tudo bem — responde Anne. — E você?

— Melhor — minto. — Estou sobrevivendo melhor aos meus quarenta e seis anos. Menos obsessivo. E esse foi um ano pesado, com um carma ruim.

— E não se esqueça de Oscar Wilde — Anne provoca.

— Wilde? Pensei que ele tinha quarenta e cinco.

— Não, quarenta e seis — ela contesta. — Eu não saberia disso se não tivesse assistido a uma peça dele recentemente em Londres. Tinha uma biografia no programa. Como vai o trabalho?

Estremeço com a informação sobre Oscar Wilde e também com a idéia de Anne viajando à Inglaterra sem mim.

O que significa que estava com outra pessoa.

— Jack?

— Está tudo ótimo no jornal — comento. — Estou preparando uma grande matéria... Aliás, foi por isso que passei pra falar com a Carla. Ela conhece os personagens do elenco.

— Contanto que ela não seja um deles — observa Anne. — Fico feliz por você estar bem, Jack.

De repente ouço a mim mesmo falando sem pensar:

— Vou ficar melhor ainda se você almoçar comigo amanhã.

— Não posso, Jack. Vou estar ocupada. — A resposta é seguida por uma pausa, durante a qual estupidamente me convenço de que Anne está reconsiderando o convite. Mas então ela diz: — Diga a Carla que dou uma ligada de manhã.

— Pode deixar.

— Tchau — diz Anne.

Coloco o fone no gancho vagarosamente, como se fosse de cristal Baccarat.

— Quer um drinque? — Os adoráveis olhos escuros de Carla, que me fitam do rosto enlameado, estão esbanjando solidariedade. E o que é pior, são os olhos de Anne.

— Tem cerveja — diz Carla com os lábios rígidos.

Digo a ela que não, obrigado. Levantando-me, falo:

— Bom, sua mãe parece estar muito bem.

— Está mesmo — murmura Carla, lutando para não rachar o reboco facial. Qualquer sorriso ou carranca arruinaria aquele trabalho. Ela pega um bloco na mesa de jantar e rabisca as seguintes palavras: *Pelo menos ela sabe como você se sente.*

— E isso é bom? — pergunto.

Carla anui para me consolar. Aqueles olhos estão me matando. Dou um rápido abraço nela e me encaminho para a porta.

Na manhã seguinte, Emma liga e ordena que eu compareça à Redação.

— Mas eu ainda estou doente! Acamado! Indisposto!

— Não está, não. Buckminster viu você no funeral.

— Pentelho — digo.

— Como?

Finjo um acesso de tosse merecedor de uma ala de pneumologia e desligo.

Quarenta minutos depois ouço uma batida seca na porta — Emma! Isso é imperdoável, me abordar dessa forma, em casa. Eu a recebo em meu traje de dormir, uma camiseta dos Jacksonville Jaguars e calções de pugilista. Ela não se mostra tão horrorizada quanto eu esperava.

— Agora você é inspetora de gazeteiros?

— Chega, Jack. — Emma passa por mim e se planta na poltrona menos manchada e desbotada do conjunto. Está vestindo uma elegante blusa Oxford, calça preta larga e discretos sapatos de salto baixo. As unhas do pé estão escondidas, mas aposto que ela pintou-as novamente desde a tarde de segunda-feira; de um ocre desmaiado, fico imaginando, alguma cor mais séria para combinar com seu estado de espírito. Nunca a vi tão tensa.

— O senhor Polk está morrendo. Os médicos dizem que pode acontecer a qualquer momento — ela começa em tom de urgência. — Na verdade, a qualquer minuto.

Eu me deito de costas no chão e fecho um olho.

— Estou trabalhando no possível assassinato de uma celebridade, Emma. Estou lidando com uma irmã que está perturbada por desconfiar que houve um jogo sujo e sou o único que pode ajudar. O que posso fazer, fechar a porta na cara dela? Dizer que o jornal não se importa se alguém apagou o seu único irmão?

Apesar de eu ter exagerado livremente o estado de espírito de Janet, Emma permanece impassível.

— Eu já disse uma vez, Jack. Isso é matéria para a editoria de Cidade, se eles quiserem. Você fez o seu trabalho, escreveu o obituário. Acabou. — Ela está com o olhar fixo em mim, realmente fixo.

— Do que você tem tanto medo? — Como se eu não soubesse.

— Deixa de ser babaca — ela diz.

Fico em pé, sorrindo e de olhos arregalados, e gingo de um pé para outro como um polinésio andando sobre brasas. Que avanço!

— Você se dirigiu a mim com um termo ofensivo? Sim, tenho certeza de que sim. Você me ofendeu!

— Nós não estamos no local de trabalho. — Emma, corando. Em seguida: — Olha, desculpe. Não foi profissional.

— Não, eu estou contente. Significa que estamos fazendo progressos. Derrubando barreiras, e assim por diante. Quer um suco de laranja fresco? Um café?

— O Velho Polk quer falar com você, Jack.

Paro de saltitar e respiro fundo.

— O quê? Pensei que ele estivesse morrendo rapidamente.

— Ele quer uma entrevista no leito de morte, acredite se quiser. Para tornar o obituário mais interessante.

— Minha nossa.

— Não foi idéia minha, juro.

— Um perverso último pedido.

— Concordo plenamente — diz Emma —, mas Abkazion já confirmou.

— Que merda — murmuro. — Chupador de babuínos.

— Eu imploro, Jack.

— Por que eu? — resmungo, inutilmente.

— Evidentemente o velho gosta do seu texto.

Efeito colateral do Halcion, sem dúvida. Tiro minha camiseta dos Jaguars e jogo sobre um abajur. Depois estico distraidamente o elástico do meu calção. Emma está me olhando atenta. Não parece disposta a lidar com um funcionário nu.

— Não seja engraçadinho — ela aconselha.

— Não se valorize tanto. — Eu me esgueiro até o chuveiro. Vinte minutos depois, saio e descubro que Emma ainda está acampada. Francamente, isso me surpreende. Ela pôs os óculos de leitura para ler um obituário que recortei recentemente do *Times*. Enrolado numa toalha, fico ali em pé pingando no chão como um sábio louco de hospício.

Emma ergue os olhos, acena com o recorte.

— Esse título é fantástico.

— Foi por isso que guardei.

O título de uma linha diz:

Ronald Lockley, 96, amigo íntimo dos coelhos

Emma observa: — Como alguém pode *não* ler esse texto?

— Exatamente.

— Mesmo se você não é fã de coelhos, como eu. — Depois, como se estivesse lendo minha mente: — Meu Deus, por que não consigo escrever um título como esse?

— Que tal esse: "MacArthur Polk, 88, rico e hipocondríaco"?

— Jack, por favor. Eu estou implorando.

Embrulhado em minha toalha de banho molhada, sento-me cuidadosamente na poltrona em frente a Emma. Meu cabelo ainda está ensopado e agora sinto uma gota d'água se alongando no lóbulo da orelha esquerda. Rezo para que Emma não se distraia.

— Não se preocupe. Eu falo com Abkazion — afirmo corajosamente.

— Não é só ele — resmunga Emma. — Maggad também está interessado. Ele foi visitar o velho no Charity e acredita que Polk está delirante, além de terminal.

Exultante, digo a Emma que deve haver algum mal-entendido. Race Maggad III, que me despreza, jamais me recomendaria para escrever uma matéria tão importante quanto o obituário do Velho Polk.

Emma tamborila os dedos nos joelhos.

— Abkazion ficou perplexo. Eu estou perplexa. Você está perplexo. Mas aqui estamos nós.

Tento ganhar tempo, enquanto vasculho minhas idéias.

— Entendi. Maggad. Esse pavãozinho de merda está armando pra mim.

— Pra quê, Jack? Armando o que para você?

Há um tom carinhoso e solidário na pergunta de Emma, implicando que já fui completamente ferrado pela direção do jornal e que minha decadência é terminal. Meu queixo cai. Escrutinando a esparsa trilha de pêlos que descem para o sul na minha barriga, percebo alguns fios cinzentos.

— Sinto muito, Jack. Agora vá se vestir.

Ergo os olhos para encontrar os dela e observo:

— Jimmy Stoma pelo Velho Polk.

— Sem chance. — Ela balança vigorosamente a cabeça.

— Emma, sabe quantas folgas por doença eu poderia pedir?

— Não me ameace, Jack. Não se atreva.

— Amanhã você vai receber uma carta de um proeminente e qualificado profissional de saúde atestando a gravidade do meu estado — explico. — Uma diverticulose colo-retal crônica. Quando eu estiver completamente recuperado e em condições de retomar integralmente o trabalho, o senhor MacArthur Polk será comida de minhoca, querida. Um amigo íntimo dos vermes, parafraseando aquele título.

Emma levanta-se furiosa, espetacular.

— Você é inacreditável, Jack. Vai fazer um médico mentir por você!

Cegamente, confidencio que tenho importantes ligações com especialistas do campo gastrintestinal.

— Mas se você me der dez dias para Jimmy Stoma — explico —, eu vou ver o Velho Polk imediatamente.

— Uma semana. É o máximo que você vai ter — concede Emma. — E nós nunca tivemos essa conversa, entendeu? Eu nunca estive aqui.

— Certo. E você nunca cobiçou meus músculos de aço. Ei, vou espremer umas laranjas... tome um suco comigo.

— Fica pra próxima — responde Emma secamente.

Na porta eu me surpreendo fazendo um agradecimento; por quê, nem imagino. Ela embolsa os óculos de leitura em favor do chamativo ray-ban azul, com novas lentes para dirigir.

— Escuta — diz —, eu realmente sinto muito ter chamado você de babaca.

— Bobagem. Estamos ficando mais próximos, só isso. Somos uma obra em andamento.

— Juan diz que você tem um lagarto no congelador da geladeira. Isso pode ser verdade?

— Um lagarto extremamente grande, sim. Quer dar uma olhada?

— De jeito nenhum, Jack — responde Emma com um sorriso reservado. — Mas gostaria de ouvir a sua versão da história.

— Talvez um dia — concordo —, quando não estiver me sentindo tão insignificante.

11

Quando Anne se mudou do meu apartamento, Carla me deu um filhote de lagarto monitor Savannah. Ela alegou que eu não era suficientemente responsável para tomar conta de um cachorrinho ou de um gatinho, nem mesmo de um papagaio. Os lagartos não exigem companhia, apenas larvas, água e luz do sol.

— Até você pode fazer isso — garantiu Carla.

Dei a ele o nome de "Coronel Tom", por ter vindo para minha casa no dia 21 de janeiro, aniversário da morte do coronel Tom Parker, o homem que transformou Elvis Aron Presley em rei. Carla providenciou um terrário e o primeiro saco de larvas para alimentá-lo, que o Coronel Tom devorou em três dias. Rapidamente ele avançou para grilos, larvas de palmito e foi além — a fome encarnada, uma perpétua máquina de comer. Em pouco tempo ficou maior que o terrário, por isso mudei-o para um tanque seco de duzentos litros com um bonsai, uma vasilha de água e uma praia de vermiculita.

Lagartos não costumam expressar grandes emoções como, digamos, um cocker spaniel. Num bom dia, o estado de espírito do Coronel Tom varia da dormência à indiferença. Só nas horas das refeições ele esboça alguma resposta à presença humana, piscando um olho gelado e erguendo a cabeça sáuria e nodosa. O resto do tempo recolhe-se dentro de uma caverna de brinquedo que Carla encontrou.

Uma noite, depois de algumas cervejas, tirei-o do terrário para mostrá-lo ao Juan, que sensatamente armou-se com um esfregão. Assistimos a um jogo de beisebol pela televisão, e Coronel Tom ficou deitado no meu colo durante cinco tempos sem ao menos mover o rabo.

— Ele parece estar ressecado — observou Juan. — Precisa de fluidos, Jack, *ahora*!

Despejei o resto de uma San Adams sem gelo num cinzeiro vazio e depositei-o diante das mandíbulas escamadas do monitor, e para minha surpresa ele cautelosamente estendeu uma língua tão rósea e delicada quanto uma lesma do Caribe. Meu lagarto, como ficou claro, tinha uma queda por cerveja. Inspirado, ofereci os restos de uma torta de limão, que Coronel Tom devorou sofregamente. Restou apenas um bocado de merengue espumoso pendurado em seu queixo, parecendo um garboso cavanhaque branco. Juan e eu estávamos ambos bêbados o suficiente para ficarmos encantados com a cena.

Desde então comecei a trazer o lagarto para as noites de tevê com cerveja e sobremesa. Às vezes Juan passava por lá voltando do trabalho, e em algumas ocasiões trazia tâmaras para ver Coronel Tom em ação. O jovem monitor cresceu depressa, logo passando de um metro de comprimento. Mas aquela dieta antinatural começou a suavizar seu semblante pré-histórico e a inchar seus flancos outrora bem moldados, até formar flácidos pneus. Em retrospecto, eu deveria ter reconhecido a transformação como algo pouco saudável, embora a disposição do Coronel Tom nunca tivesse estado melhor. Juan jurava que o lagarto manifestava um gosto por beisebol digno de um aficionado, pelo menos nos fundamentos, se não nas sutilezas. Coronel Tom realmente se mostrava muito atento e de olhos brilhantes quando se estendia no meu colo, mas sempre desconfiei que seu estado de espírito era animado não tanto pelas façanhas heróicas dos Marlins quanto pela promessa de mais sobremesa e lúpulo fermentado.

Tarde da noite de um sábado, quando os Marlins jogavam contra os Dodgers, Coronel Tom foi acometido por um caso brutal do que diagnostiquei como soluços de lagarto. Os sintomas apareceram pouco depois de ele ter ingerido uma Heineken gelada e uma fatia de uma excelente apfelstrudel que Juan havia comprado numa renomada confeitaria em Ybor City.

Cronometrei pelo meu relógio de pulso que os estremecimentos do Coronel Tom aconteciam em intervalos de oito segundos. O desconforto era evidente em seu semblante letárgico e nas bochechas inchadas e escurecidas. Juan já tinha ido para casa, por isso sobrou para mim a tarefa de aliviar o trêmulo réptil. Quando tentei afagar seus ombros corrugados, Coronel Tom virou-se e emitiu um estalido percussivo. Em seguida, para não deixar dúvidas, arranhou minha bochecha com uma garra da pata traseira, tirando sangue.

— Seu merdinha ingrato — murmurei, com excessiva rispidez.

Como resposta, o monitor levantou maldosamente sua cabeça do tamanho de um tijolo e exibiu uma mandíbula muito bem armada, mostrando fileiras de dentes afiados e em forma de agulhas. Uma opalescente bolha de saliva de lagarto surgiu em sua boca, para espocar molhada no soluço que se seguiu. Na tevê, o público comemorou quando Gary Sheffield lançou uma bola em curva pela esquerda, afundando os Marlins no final do nono tempo. Nesse momento, Coronel Tom subitamente agitou um globo ocular e caiu morto no meu colo.

Não me mexi durante quinze minutos, em parte imobilizado pelo choque e em parte pelo fato de as cintilantes mandíbulas do lagarto terem descansado a dois centímetros da braguilha dos meus calções de pugilista. Uma mordida de espasmo mortal daquelas presas teria me mandado para o pronto-socorro (onde, tenho certeza, nenhuma explicação inocente teria sido aceita para esclarecer o que eu estava fazendo com um lagarto morto preso ao meu escroto).

Quando ficou evidente que Coronel havia dado seu último suspiro, considerei minhas opções. A sacada oferecia a possibilidade de um arremesso preciso no lixo, mas aquilo me pareceu uma despedida fria e indecente. Afinal, era um presente da filha da Anne. Então decidi dar ao lagarto um bota-fora apropriado, assim que os preparativos pudessem ser feitos. Enquanto isso, empenhei-me em preservar seus restos mortais, o que não era fácil, dado o seu tamanho. A única forma de fazer o bicho caber na gaveta rasa do congelador da minha geladeira foi moldar seu longo e flácido cadáver na forma de um "&".

Até hoje o Coronel Tom está adormecido lá dentro, enregelado e anelado embaixo de bandejas de gelo e barras de chocolate Dove. E sinto-me deprimido cada vez que penso em enterrar o pobre-diabo.

Meu sentimento de culpa fez com que eu mentisse para

Carla e dissesse que o monitor tinha saído do tanque e fugido. Somente Juan sabe a verdade, e fico surpreso por ele ter contado a história a Emma. Tenho minhas suspeitas de que ela o estava sondando para obter informações de bastidores a fim de usá-las contra mim na avaliação anual dos funcionários. Apesar de ser meu melhor amigo, Juan é capaz de contar a Emma o que ela quiser se achar que existe aí uma chance de dormir com a dama. Pelo menos essa é a forma como *eu* funciono nos primeiros estágios de um relacionamento.

Talvez seja melhor que ela tenha ficado sabendo a respeito do lagarto morto no meu congelador. Talvez isso derrube as noções que já estabeleceu sobre mim e a faça ponderar sobre outros desagradáveis segredos em torno da minha pessoa.

MacArthur Polk parece uma caricatura da morte saída das páginas de um gibi.

— Ele não pode falar — informa a enfermeira.

— Então o que estou fazendo aqui? — pergunto com certa razão.

— Quero dizer que ele não pode falar normalmente. Por causa da traqueotomia.

O velho aponta gravemente para uma abertura cirúrgica na própria garganta, à qual foi anexada uma válvula plástica que parece uma xicrinha de café. Um tubo transparente de polímero sai da válvula para se ligar a uma engenhoca de oxigênio ao lado da cama.

Para a entrevista, MacArthur foi transferido da ala de tratamento intensivo do hospital para um apartamento particular. Ele aponta um dedo exangue para a porta, sinalizando para a enfermeira se retirar.

— Seja rápido e delicado — ela sussurra para mim. — Ele não está bem. — Em seguida ergue o cotovelo a tempo de desviar uma comadre lançada com a intenção de atingir sua testa. — Ele pode ser um doce de pessoa. Você vai ver — comenta.

Assim que ficamos sozinhos, MacArthur Polk começa a manusear a válvula na garganta, o que possibilita que fale aspirando pelas cordas vocais.

— Este pequeno dispositivo custa cinqüenta e dois dólares

na internet — enuncia o velho com voz rouca. — Adivinhe quanto o hospital cobra... trezentos cada um! Malditos ladrões.

À voz falta volume, mas não virulência. Chego mais perto para escutar.

— Senta aí, você — fala o velho rispidamente. — Onde está o seu bloco de anotações, droga?

Obediente, retiro o bloco de anotações do bolso.

— Abra isso — ele diz. — Agora escreva que eu fui um lutador. Escreva que fui todo coração e tutano. Nunca desisti, não importa o que digam esses charlatães imprestáveis. — Ele golpeia o ar. — Escreva isso *já*! No seu bloco de anotações, senhor Redator de Obituários!

Enquanto estou anotando, o velho reconsidera.

— Espera aí. Risque "charlatães imprestáveis". Com a sorte que tenho, um desses crápulas vai abrir um processo para dilapidar minha herança. Está vendo a que ponto chegamos? Eles são capazes de processar um homem morto com um furo na garganta, juro por Deus.

MacArthur Polk está enrugado e tem os cabelos esfiapados, o nariz bicudo e rosado, o pescoço fibroso e a pele translúcida como papel. Parece um daqueles condores recém-nascidos que os guardas de zoológico sempre mostram no Discovery Channel.

Depois de mais uma tragada de oxigênio, ele grasna:

— Race Maggad não queria você nessa matéria. Por que isso, você sabe?

— Imagino que não seja meu fã.

Os velhos olhos leitosos faíscam expressando travessuras supermedicadas.

— Ouvi dizer que você o xingou de nomes feios numa reunião de acionistas. Ouvi dizer que você balançou o coreto, Tagger.

— Por que está falando sobre isso?

— Porque... — O Velho Polk emite um chiado tísico. — Porque a razão de Maggad não querer você nessa matéria é a mesma pela qual insisti para que viesse. Do que você o chamou exatamente? Só por curiosidade.

— De impostor — respondo.

Quando Polk ri, a dentadura dele estala.

— Ele e o pai, os dois. O que mais?

— Eu devo ter mencionado o fundo de pensão dele. O fato

de nunca ter trabalhado honestamente um dia na vida. Que só serve pra escovar cavalos de pólo, não para dirigir um jornal sério.

O velho emite um suspiro úmido.

— Deus, eu queria ter estado lá. Acho que estava no hospital nesse dia.

— Morrendo — observo. — Foi o que Maggad informou aos acionistas.

— Que nada, eu não estava morrendo naquela ocasião, nem em nenhuma das outras. Só estava descansando. Bagunçando a cabeça deles.

— E está morrendo agora?

Polk assente com tristeza.

— Infelizmente desta vez é pra valer, Tagger. Ou eu não tomaria o seu tempo fazendo você vir até aqui.

Quase acredito; ele parece tão espectral. Por alguma razão penso na mulher dele, de trinta e seis anos, e me pergunto sobre o que eles conseguem conversar. Sem que eu pergunte, o velho diz que ela está se portando dignamente. Considerando seu futuro rendimento líquido, não duvido nem por um momento.

— Race Maggad veio pessoalmente ao hospital me visitar. Você imagina por que ele fez isso? — pergunta Polk, tossindo fracamente. — Para ver como eu estava? Para ler uma história de ninar para mim? Ou talvez pedir desculpas por ter arruinado o jornal da minha família?

Não vou entrar nessa discussão. Ouço a mim mesmo dizendo:

— Mas então por que vendeu o jornal para o Maggad-Feist? Logo para eles...

O velho vira para o outro lado com um rosnado.

— Vamos falar sobre isso mais tarde.

— Muitos de nós da Redação nos sentimos... traídos.

A cabeça de Polk gira com um estalido. Os olhos estão febris.

— Então foi isso. Traídos?

— Era um bom jornalzinho, senhor Polk, e nos orgulhávamos dele. Essa gente está violentando o próprio espírito da publicação.

— Você não é um sujeito muito sensível, é? Será que mencionei que estou morrendo?

De repente ele parece desamparado. E eu me sinto um monte de merda.

— Até você entrar aqui — ofega Polk —, eu achava que não seria possível me sentir pior. Que inferno, eu seria capaz de me enforcar com esse maldito tubo de oxigênio se conseguisse alcançar o suporte da cortina.

— Sinto muito. Sinto muito mesmo.

— Ah, que diabo... você tem uma certa razão. Mas vamos falar sobre isso mais tarde. Agora, senhor Homem do Obituário — entoa o velho, com renovada vivacidade —, escreva aí que transformei o *Union-Register* numa publicação de primeira classe. E não se esqueça de mencionar os prêmios recebidos. Anote isso! Tenho uma lista de todos os prêmios que recebemos guardada em algum lugar...

E aquilo se estende por uma hora. A resistência de MacArthur Polk é impressionante, assim como seu entusiasmo pelo auto-enaltecimento. Felizmente ele não vai estar aqui para ler a matéria, pois não tenho a intenção de arrastar o texto com enjoativas divagações proferidas no leito de morte. Três ou quatro citações melancólicas serão o suficiente.

Mesmo assim, não é uma entrevista desagradável ou tediosa. O discurso dele é irascível, áspero, direto e colorido, como aqueles a que os moribundos têm direito. Para mim não chega a ser uma tarde desperdiçada, pois estou na companhia de alguém que teve uma vida plena. Oitenta e oito anos é uma idade a ser almejada.

— Sempre acreditei que um jornal deve ser a consciência da comunidade — ele está dizendo pela terceira vez. — As notícias não são apenas um tapa-buraco entre os anúncios. São a espinha dorsal do negócio. Você está escrevendo isso?

— Palavra por palavra — garanto.

— Acha que já tem o suficiente para o seu artigo?

— Mais que suficiente.

— Ótimo — resmunga Polk. — Então só preciso esticar as canelas e você pode ir embora.

— Não se apresse por minha causa.

— Agora feche esse maldito bloco de anotações, Tagger, pois temos alguns assuntos importantes a discutir, eu e você. Extra-oficialmente.

Não consigo imaginar o que seja.

— Ponha isso de lado! — O velho tenta rosnar, mas o único som que sai de seus lábios é um sibilo flatulento. Ele manipula a válvula da traqueotomia e finalmente agarra o botão de chamado. A mesma despretensiosa enfermeira entra e calmamente limpa a válvula para que MacArthur Polk possa continuar falando.

— Muito obrigado, querida. — Ele aperta as duas mãos dela. A enfermeira se inclina e beija o seu escalpo venoso com doçura.

— Eu te amo — diz o velho.

— Eu também te amo — declara a enfermeira.

Agora eu entendo.

— Tagger, diga um alô para minha esposa — diz Polk. — Ellen, esse é o redator de obituários do jornal.

— Muito prazer — diz Ellen Polk, apertando minha mão. — Ele atirou a comadre de novo? Mac, você está se comportando?

— Sente-se, querida — ele pede.

Os dois lêem a minha expressão. A sra. Polk se dirige a mim:

— Eu não sou o que você esperava, não é?

Realmente. Eu estava esperando uma perua de saltos altos de grife; uma loira predadora com peitos de silicone e advogados testamenteiros a tiracolo. Mas Ellen Polk não é uma caçadotes, é uma dedicada profissional de saúde.

— Nós nos conhecemos na ala de cardiologia — revela o Velho Polk.

— Ele era freguês — completa Ellen.

— Ellen me deixava apalpar as nádegas dela — o velho se gaba orgulhosamente.

— Só nos seus sonhos, Mac.

— Diga a verdade, querida. Você me desejava.

— Isso é verdade — ela concorda. — Eu tenho uma queda por sujeitos em balões de oxigênio. Esse ruído de sucção mexe comigo.

Polk exulta. Ellen levanta-se para um beijo de despedida.

— Não, fique — ele recomenda. — Isso também tem a ver com você.

Depois o velho se dirige a mim:

— Race Maggad veio pessoalmente ao hospital me visitar. Você imagina por que ele fez isso?

Eu faço o jogo dele.

— Será que ele o vê como uma figura paterna?

— Não, ele me detesta.

— Ora, Mac... — intervém Ellen.

— Ah, é verdade. — Quando o velho engole, a válvula em sua garganta emite um bipe abafado. — Maggad me odeia, Tagger, mas está puxando o meu saco porque tenho algo que ele deseja desesperadamente, de preferência antes de eu morrer.

— E o que seria isso? — pergunto.

MacArthur Polk olha para a esposa, que olha para mim. Os dois estão sorrindo. Suponho que eu deva sorrir também.

O velho anuncia:

— Você vai gostar disso, Tagger.

Conhecer a adorável sra. MacArthur me fez pensar em outra jovem esposa, a sra. James Stomarti, que não deve ter sido tão dedicada assim ao marido. Depois de sair do Charity Hospital, decido impulsivamente verificar se a viúva de Jimmy partiu mesmo para a Califórnia, como me declarou no funeral.

O pouco que sei sobre Cleo Rio saiu de uma edição passada da *Spin*, que encontrei por meio de um amigo numa loja de guitarras. O artigo, publicado pouco depois do lançamento do vídeo *Mim*, dizia que a ex-Cynthia Jane Zigler nasceu e foi criada em Hammond, Indiana. Aos quinze anos saiu da escola e, juntamente com dois amigos, fugiu para Estocolmo, onde ficou em terceiro lugar num concurso de talentos cantando canções do ABBA com uma banda topless. A matéria informava que ela voltou para os Estados Unidos e trabalhou como vocalista de apoio para Sheryl Crow e Stevie Nicks antes de ser contratada por uma pequena gravadora. Inflada pelo sucesso instantâneo de “Mim”, Cleo Rio demitiu sumariamente seu agente, seu gerente, o produtor do seu disco e seu professor de canto. Foram citadas as habituais “diferenças no processo criativo”. “Chegou a hora de explorar novos territórios”, ela declarou à revista, com amadurecidos vinte e três anos de idade. Seu ex-gerente de negócios, que revelou que certa vez Cleo tentou atropelá-lo com um caminhão da UPS, afirmou: “É uma vadia mundana cruel e gananciosa, mas desejo tudo de bom para ela”.

Ao chegar a Silver Beach escolho um estacionamento público à sombra da monstruosa torre do prédio de apartamentos onde entrevistei Cleo. Tenho sorte de encontrar uma vaga com visão para a face leste do edifício. Fechando um olho, conto de baixo para cima até o décimo nono andar. Não há ninguém na sacada, e as cortinas estão fechadas.

Pego uma cópia de segunda mão de *Stomatose*, o CD solo de Jimmy que encontrei em liquidação numa loja de discos. A capa mostra uma fotografia de James Bradley Stomarti tirada em sua fase Roger Daltrey, com cachos dourados escorrendo até os ombros. Ele está posando num leito de hospital, com esparadrapos nas pálpebras e tubos saindo dos ouvidos, das narinas, da boca e até do umbigo.

Stomatose, comatoso. Ninguém jamais acusou uma gravadora de ser demasiado sutil.

Surpreendentemente, a primeira faixa do disco é acústica. Chama-se "Derelict sea", e o vocal de Jimmy é impressionante; realmente lindo. A canção seguinte é "Momma's marinated monkfish", um heavy metal dissonante e aflitivo que se repete por quase doze fúnebres minutos. É tão medonha que poderia ser uma paródia do AC/DC interpretando "A day in the life". O disco todo é desigual e autocomplacente, sugerindo uma superabundância de cocaína no estúdio. Quando chego à sexta faixa não agüento mais. Mudo para a FM e adormeço ao som de Bonnie Raitt.

Está escurecendo quando sou despertado por sirenes passando por perto: um caminhão de bombeiros dirigindo-se para o sul, seguido por uma ambulância. Penso em MacArthur Polk e me pergunto se sonhei com aquela entrevista; não seria a primeira vez. Depois percebo meu bloco de anotações sobre o banco do passageiro. Abrindo na primeira página, leio minha própria escrita: *Escreva que fui um lutador*...

Então aconteceu mesmo, o que significa que aquele velho maluco realmente me pediu o que me lembro de ter pedido. O que levanta a possibilidade de ele estar clinicamente insano.

É preciso pesquisar mais.

Olhando para cima, vejo luzes no apartamento da viúva Stomarti. Duas figuras estão lado a lado na sacada em forma de concha, olhando em direção ao Atlântico.

Tiro do porta-luvas um elegante binóculo Leica, presente de uma mulher com quem eu costumava sair. (Membro vitalício da Audubon Society, ela esperava em vão que eu me ligasse em observação de pássaros.) Apontando o binóculo, coloco lentamente em foco as duas figuras — Cleo Rio e o jovem garanhão de cabelos de cobre ensopado de colônia que encontrei no elevador. Dá a impressão de que estão tomando coquetéis.

Cleo está usando um boné de beisebol rosa-shocking e ostenta um estranho sorriso de dentes grandes, a mão livre acariciando a fenomenal cabeleira do companheiro. Eles se viram para ficar de frente um para o outro, descansando seus drinques no parapeito de concreto. Em seguida vem o beijo previsível e o lento abraço, seguido da inevitável descida da sra. Stomarti até ficar de joelhos e iniciar seus movimentos de vaivém, como um pistão.

Jimmy era tudo pra mim, sabe?

Cleo disse isso. Eu botei no jornal.

Nunca conheci James Bradley Stomarti, mas me surpreendo ao sentir que estou puto da vida em nome do falecido. Jogo o binóculo no porta-luvas e dou partida no carro.

Imundo, cafona, baixo, repugnante, ordinário — sei que existe uma palavra melhor para esse tipo de comportamento em uma viúva recente.

Quem sabe... errado.

Sim, é isso aí.

12

O barco de pesca esportiva de Jimmy Stoma está atracado na enseada da marina de Silver Beach. É um Contender chamado *Rio Rio.* A pintura do nome no casco parece nova, o que significa que Jimmy rebatizou a embarcação em homenagem à criança que se tornou sua noiva.

Led Zeppelin soa alto da cabine, onde uma luz é visível. Subo a bordo e arranho a porta. A música silencia e aparece Jay Burns, ocupando o passadiço. Está vestindo uma camiseta regata preta e justa, bermuda cáqui antiquada e repugnantes sandálias de dedo. Parece bêbado e cheira como se estivesse chapado. As bochechas flácidas estão rajadas de vermelho e as pupilas estão reduzidas a dois pontos de uma retícula fotográfica. O infeliz rabo-de-cavalo parece não ter sido escovado desde o funeral.

— Quem é você? — Burns pisca como um sapo que acabou de sair do brejo.

— Jack Tagger, do *Union-Register.* Nos encontramos na igreja, lembra?

— Não muito bem.

Jay Burns é grande e forte, embora não tão alto quanto eu. Teria dado um bom zagueiro de futebol americano na faculdade, antes de toda aquela musculatura ter virado toucinho.

— Estou fazendo uma reportagem sobre Jimmy. Você disse que poderíamos conversar.

— Duvido — ele resmunga. — Mas como você conseguiu me encontrar?

— Pelo relatório da polícia de Nassau. Seu endereço residencial está registrado nesta marina.

— Não por muito tempo — observa Burns.

— É um lindo barco — comento.

— Faça uma oferta, amigo. A Cleo está vendendo.

— Posso entrar?

— Se quiser — ele concorda de forma indolente. Burns está tão chumbado que nosso curto diálogo o deixou exausto.

A cabine está uma bagunça, mas ao menos está com o ar-condicionado ligado. Usando uma garrafa de Dewar's vazia como uma sonda, abro um lugar para sentar entre revistas pornôs e caixas de pizza. Jay Burns se espalha no chão, com as pernas queimadas de sol esticadas e as costas apoiadas na porta da geladeira. Ele reacende um baseado, e não me sinto nem um pouco ofendido quando não me oferece um pega.

Para quebrar o gelo, começo a falar com minha habitual delicadeza:

— Ei, eu estava ouvindo *Stomatose* no caminho para cá. Você tocou em algumas faixas, certo?

Burns responde com um suspiro constipado:

— Jimmy me pediu que tocasse.

— Os créditos dizem que você foi co-autor de "All humped out".

— É verdade — ele concorda com uma expressão de escárnio —, e estou economizando os direitos autorais pra comprar uma Pepsi-Cola.

Resolvo deixar de lado os falsos elogios como estratégia.

— Quantos anos tem este barco?

— Quatro anos. Cinco, sei lá. — Jay Burns mal olha para mim. A atmosfera da cabine está pesada de cheiro de pizza e baseado.

— Cleo disse que você trouxe o barco pessoalmente das Bahamas.

— Não é grande coisa — ele retruca.

— Onde você aprendeu navegação oceânica?

— Em Hatteras. Onde passei a infância.

— Alguma vez já tinha passado por algo assim antes? — pergunto.

— Algo como o quê?

— Você sabe. Um acidente de mergulho, perder o melhor amigo...

Deixando um rastro de fumaça azulada, Burns levanta-se e cambaleia em direção à proa.

— Preciso soltar um barro — fala, deixando uma sandália no caminho.

Uso o interlúdio para pegar as últimas edições da *Spin* e da *Rolling Stone* de cima do fogão da cozinha, ambas abertas nos obituários de Jimmy Stoma. Os artigos foram escritos com delicadeza e diferem pouco nos detalhes do afogamento. Até as palavras de Cleo Rio são praticamente as mesmas. "Jimmy morreu fazendo o que mais gostava" são suas palavras na *Spin*. E na *Rolling Stone*: "Jimmy morreu fazendo o que o deixava mais feliz".

Interessante não haver menção às "más vibrações" que sentiu antes do mergulho fatal do marido. Talvez depois do abraço que dei nela no funeral, a viúva Stomarti tenha preferido omitir a história da caldeirada com peixe estragado. Entretanto, fez questão de destacar o lançamento de seu *Shipwrecked heart* nos dois artigos. Eu ficaria perplexo se ela não tivesse feito isso. Esperava também que ao menos uma das revistas ventilasse o projeto solo interminado de Jimmy Stoma, mas não havia uma palavra sobre isso — talvez Cleo tivesse dito a eles que não era verdade.

Quando Jay Burns finalmente retorna, descalço e com o zíper aberto, pergunto sobre a premonição de Cleo no dia em que Jimmy Stoma morreu. Burns aperta os olhos turvos.

— Não sei do que você está falando, amigo.

— Ela declarou ao *New York Times* que implorou que ele não descesse naquele mergulho. Disse que ele estava com uma intoxicação alimentar, sentindo tanta cólica que mal conseguiu colocar o cilindro.

Mesmo chapado como está, Burns sente a areia movediça.

— Se alguém sabia disso — murmura —, seria a Cleo.

— Jimmy não falou nada pra você antes de entrar na água?

— Ele não costumava se queixar. Até onde sei, poderia estar com o pescoço quebrado e não comentar nada a respeito. Jimmy era assim.

Burns está ficando nervoso. Cospe a bagana e passa o braço por cima da minha cabeça em direção a um maço de Marlboro escondido atrás do CD player. Ele fuma meio cigarro antes de falar novamente.

— Eu estou cansado pacas, cara.

— Tem alguma coisa para beber? — pergunto.

Burns me lança um olhar exausto.

— Relaxa, Jay. Eu mesmo me sirvo. — Me espremo para passar por ele e chegar até a geladeira. A cabine está atravancada e malcheirosa. A cerveja gelada tira a queimação azeda da minha garganta.

— Como eu já falei — diz Burns —, só a Cleo saberia responder essas perguntas. Ela poderia te ajudar.

— Aqueles destroços onde vocês estavam mergulhando... que tipo de avião era? Cleo não sabia ao certo.

Para demonstrar seu aborrecimento, Burns emite um trovejante grunhido gástrico.

— Um DC-6 — resmunga, o cigarro balançando na boca.

— Ela disse que era um avião para transporte de drogas.

— Isso foi vinte anos atrás, companheiro. Agora virou uma Disneylândia para caçadores de lagostas. — Burns está se segurando em pé nos degraus da cabine porque não quer se sentar novamente antes que eu vá embora. Ele imagina que, se ficar de pé um bom tempo, vou entender a insinuação.

— Você viu Jimmy nadando ao redor dos destroços?

— O avião está em pedaços, cara.

— É, a Cleo me contou. Então você nem viu o Jimmy?

— Nós saímos do barco juntos. Ele foi para um lado, eu fui para outro.

— Como estava a visibilidade?

— Péssima. O vento soprou vinte nós a noite toda e o fundo estava um inferno de tão agitado. — Burns desentoca uma cerveja da geladeira. Pela sua linguagem corporal, fica óbvio que já perdeu a paciência, e possivelmente a calma.

Como forma de intimidação, tiro meu bloco de anotações, que Burns encara com um misto de desgosto e apreensão.

— Estranho — observo como que para mim mesmo.

— O quê?

— Um vento de vinte nós a noite inteira em agosto — comento. — Não é um tanto incomum nas Bahamas?

Burns toma um gole da cerveja e dá de ombros.

— E mesmo assim estava calmo e cristalino no dia seguinte, quando vocês dois saíram — observo.

— As ilhas são assim, pode crer.

— Então a última vez que você viu Jimmy vivo foi pouco depois de pularem na água.

— A cauda do avião fica, tipo, a umas cinqüenta jardas da seção do nariz. De vez em quando eu via umas bolhas, mas só isso. O fundo estava completamente turvo, como já falei.

— Jay, o que você acha que aconteceu lá embaixo?

— Eu?

O narrador ganha tempo. Burns está tentando estimular o próprio cérebro antes de responder. Quer evitar dizer alguma coisa que possa contradizer o que declarou às autoridades das Bahamas, ou o que Cleo me contou. Sua expressão fixa e crispada é a de um bêbado tentando andar em linha reta num teste de sobriedade no acostamento de uma rodovia.

Pressiono um pouco mais.

— Jay, é difícil entender. Jimmy era um mergulhador experiente...

— O que você está tentando dizer? Qualquer um pode nadar para longe e se perder. Acontece — ele contesta. — Os policiais de Nassau disseram que vêem isso a toda hora. Ele pode ter esgotado o cilindro e ter tido um ataque cardíaco na subida. Quem sabe?

— É possível. Mas parece estranho.

Burns faz uma carranca.

— Porra, vocês são todos iguais. Gostam de remexer na merda... meu Deus, um homem morreu. Meu melhor amigo! O marido da Cleo! Ele está morto e você aqui tentando transformar o caso num maldito mistério só pra vender jornais.

Eu deveria informar ao sr. Burns que já se foram os dias em que manchetes vendiam um número significativo de jornais; agora o grosso do dinheiro vem dos assinantes, não das vendas em banca. Deveria contar a ele que a maioria dos tablóides escandalosos desapareceu, e que o tom predominante do moderno jornalismo americano é intencionalmente morno e deferente.

Mas não consigo explicar nada disso para Jay Burns, porque de repente ele se engalfinhou comigo e nós estamos carambolando de um lado para outro na cabine, literalmente balançando o barco. Ele pesa pelo menos vinte e cinco quilos mais do que eu, mas por sorte — por estar chumbado até a medula — não parece incansável nem excepcionalmente ágil. Ainda me lembro de alguns movimentos de lutas básicos dos tempos do colégio, e em dois movimentos rápidos consigo me libertar e atirar Jay Burns de bunda no chão. Chutando com os dois pés, ele consegue me acertar as canelas e eu tombo para a frente, deslocando a porta da cabine.

Burns luta para se levantar, chegando a ficar sobre um joelho antes de eu saltar sobre ele. Desta vez aplico uma cotovelada em seu nariz e ele fica deitado, babando sangue como um porco atingido nas entranhas. Eu me esparramo sobre o peito dele, planto um joelho em sua virilha e prendo sua cabeça com os dois braços.

Aproximando meu rosto do dele, digo:

— E aí, Jay?

— Huhhhhmmm.

— Está me ouvindo?

A raiva desapareceu dos seus olhos. Agora ele só quer respirar sem engasgar em fluidos viscosos.

— Que idade você tem, Jay?

— Hã... quê?

— Uma pergunta simples. Sua idade?

Burns funga e expele bolhas de sangue pelas narinas.

— Quarenta — responde com a voz pastosa.

— Você é muito jovem. Jay, estou falando com você.

— Tá, e daí?

Eu observo que Kafka não chegou ao quadragésimo primeiro aniversário. Burns pisca de forma esquisita.

— Quem é esse cara?

— Franz Kafka, um escritor muito importante. Morreu antes de ficar famoso.

— O que ele escrevia... música?

— Não, Jay. Livros e contos. Era um existencialista.

— Porra, acho que você quebrou meu nariz.

— Adivinha quem mais se mandou antes de chegar aos quarenta? Edgar Allan Poe.

— Desse eu já ouvi falar — observa Burns.

— Ele já estava delirante como um pássaro maluco. Ninguém sabe o que aconteceu com ele. Quando é o seu aniversário?

— Outubro.

— O que me dói é o fato de você ter tido mais tempo neste planeta do que John Lennon. Você acha isso certo?

— Lennon? — Finalmente Burns parece preocupado. — Ele não tinha quarenta quando aquele babaca deu um tiro nele?

— É — respondo. — A mesma idade que você.

— Como é que você sabe todas essas coisas?

— Eu preferia não saber, Jay, juro por Deus. Gostaria de puxar a descarga e tirar tudo isso da minha cabeça. Você matou Jimmy Stoma?

— Não! — A cabeça dele se ergue do chão e seus olhos se arregalam, circundados de vermelho.

— Foi a Cleo que matou?

— De jeito nenhum — contesta Burns, porém com menos veemência. Ele está me lançando um olhar que já vi muitas vezes. Orrin Van Gelder me olhou do mesmo jeito durante a nossa primeira entrevista, quando estava tentando saber precisamente quanto eu sabia.

Jay Burns, o tecladista chapado, está se fazendo a mesma pergunta.

— Deixa eu levantar — ele pede. Daqui a pouco ele não vai mais precisar da minha permissão: está se recuperando rapidamente, sacudindo as teias de aranha.

— Qual era o nome desse barco — pergunto —, antes de Jimmy se casar com Cleo?

Contorcendo-se no meu abraço, Burns consegue dar uma risada curta.

— *Floating Hospice* — responde.

— Não brinca. Que interessante.

— Como, interessante? — ele protesta, irritado. — Me larga, cacete!

— Interessante um sujeito que queria esquecer a indústria fonográfica batizar um barco com o nome de um de seus álbuns.

— Cara, você não sabe de que porra está falando. Quem disse que Jimmy saiu do negócio?

— A mulher dele.

— Ah.

— E ela deveria saber, certo? Você mesmo disse isso dela.

Antes que Jimmy consiga me desalojar, eu me levanto. Ele

permite que eu o ajude a se erguer e agradece pegando meu bloco de notas do chão congestionado. O rabo-de-cavalo se desfez e seus cabelos foscos e oleosos caem longos e crespos. Entrego a ele um cartão de visita com meu número direto no *Union-Register*.

— Pra quê?

— Para o caso de você pensar em alguma outra coisa que queira me dizer sobre o Jimmy.

— Duvido — contesta Burns, mas guarda o cartão no bolso. — Desculpe ter perdido a calma, cara. Foi uma semana de merda.

— Tudo bem. Desculpe pelo seu nariz.

— Que jeito mais fodido de sair na *Rolling Stone*... o "ex-Slut Puppy" que desceu com Jimmy Stoma em seu último mergulho. — Burns cospe na pia da quitinete. — Já fazia dez anos que eles nem mencionavam o meu nome.

Saímos para o convés e imergimos numa brisa abençoada e refrescante. Sobre o píer, uma garça branca como a neve estica o pescoço antecipando algum alimento.

— Esse é o Steve — diz Burns. — Jimmy deu esse nome inspirado no Tyler, por causa das pernas finas.

— Me fale sobre o projeto solo do Jimmy.

— Como você...? — Depois, hesitante: — Ah, o "álbum". Estava longe de ficar pronto... há anos e anos ele vem tratando desse negócio em Exuma. Construiu um estúdio na casa da praia, mas nunca dedicou mais do que algumas horas ao projeto. Ainda mais com toda aquela água linda e azul. Jimmy praticamente mora nesse barco.

Pergunto a Burns quantas músicas estavam concluídas.

— Nenhuma — responde. — Era só o Jimmy sozinho, dedilhando uma Gibson.

— Nenhum outro músico? Nenhuma cantora?

— Não. Só o Jimmy, como eu já disse.

Sempre me impressionou que imbecis como Jay Burns, derrotados e decadentes, conseguissem reunir energia para mentir. É como se tivessem tanques especiais de reserva com empulhações no porão do cérebro.

— O disco tinha um título provisório? — pergunto.

— Mais ou menos uns cinqüenta. Mudava a cada semana.

— E enquanto isso ele estava produzindo o novo álbum da Cleo?

Burns começa a responder, mas muda de idéia.

— O que você vai fazer agora, Jay?

— Sei lá. Ela quer um piano em "Shipwrecked heart". Eu disse que tocaria.

— Não foi isso que eu quis dizer.

— Então não estou te entendendo de novo — ele diz.

— Vai descansar, companheiro.

Quando desço do *Rio Rio*, a garça branca grasna e sai voando do píer. Ouço Burns me chamando:

— Espera aí, cara, preciso perguntar uma coisa.

Eu me viro e vejo que ele está inclinado para a frente com determinação, os punhos fechados apoiados na amurada. Baixando a voz, ele diz:

— Eu estava pensando no Billy Preston... já ouviu falar?

— Claro. Tocou com os Beatles.

— Um dos meus grandes heróis, cara. Ele... você sabe se ele passou dos quarenta?

— Sim, Billy ainda está vivinho da silva.

— Legal. E o Greg Allman?

— Firme e forte — respondo —, e deve estar com uns cinqüenta e cinco.

Jay Burns parece tremendamente aliviado.

— Valeu — agradece. — Eu nunca fui um cara muito bem informado.

13

Na manhã seguinte acordo cedo e vou para a Redação, onde delicadamente roubo uma matéria de Evan, nosso estagiário.

Ouvi no rádio que o ex-prefeito de Beckerville faleceu "após uma longa enfermidade". Acontece que o ex-prefeito de Beckerville é um tipo mesquinho e desprezível chamado Dean Ryall Cheatworth, que foi apanhado aceitando favores sexuais em troca de atividades corruptas: a saber, mudanças de zoneamento para acomodar certos estabelecimentos específicos para adultos. Como prefeito de Beckerville, Dean Cheatworth certa vez vendeu seu voto de Minerva por dois minutos de masturbação, o que no final das contas resultou na grande inauguração de uma casa de massagem com direito a óleos tépidos ao lado de uma creche. O ex-prefeito de Beckerville teria passado bem mais do que três semanas na prisão se não tivesse sido diagnosticado de um câncer terminal e libertado sob um sursis solidário.

Estou decidido a fazer com que o obituário de Dean Cheatworth não minimize ou releve seus delitos, como acontece freqüentemente no *Union-Register*. Emma considera uma insensibilidade apresentar um relato franco e completo da vida de um vigarista. Alega ser desrespeitoso para com os pesarosos parentes. Desconfio que se Emma estivesse comandando o espetáculo, o obituário de Richard Nixon teria citado Watergate apenas de passagem, se tanto.

Evan não parece aborrecido por eu estar surrupiando sua matéria.

— Tudo bem, Jack — concorda de forma amistosa —, mas você me deve uma. — Evan é alto, magro, cianótico e desgrenhado, de acordo com a moda. Não tem intenção de se tornar jornalista profissional ao terminar a faculdade, mas eu gosto dele assim mesmo.

— Cheatworth é um daqueles malditos salafrários que merecem ser levados até o túmulo a pontapés — sinto-me compelido a explicar. — Acho melhor eu fazer isso. Provavelmente Emma vai querer botar panos quentes.

Evan aquiesce, dizendo:

— Cara, você e a Emma!

Uma vez, enquanto tomávamos cerveja, Evan profetizou que ela e eu nos tornaríamos amantes, baseado na intensidade "candente" de nossas discussões na Redação. Foi um comentário tão ridículo que nem consegui insultar o garoto.

Hoje a situação é diferente.

— Tire esse sorrisinho maroto da cara — advirto-o —, a não ser que você queira passar o resto do verão escrevendo para a página de Casamentos.

Evan resmunga um confuso pedido de desculpas e se afasta em silêncio. Conectando-me com o necrotério, acesso e imprimo as mais abrangentes e impiedosas histórias sobre o outrora chefão político de Beckerville.

Depois de dar alguns telefonemas, começo a escrever:

> Dean R. Cheatworth, durante muito tempo o prefeito de Beckerville e apeado do cargo por um escândalo de corrupção sexual, faleceu quinta-feira após uma batalha de dois anos contra um câncer. Ele tinha 61 anos de idade.
>
> "Não importa o que digam, ele era bom para esta cidade", declarou Millicent Buchholz, secretária executiva de Cheatworth durante a maior parte de seus catorze anos na prefeitura. "Dean cometeu alguns deslizes e pagou por eles. Mas não devemos nos esquecer das coisas boas e honestas que fez em sua carreira."
>
> Cheatworth, que foi prefeito entre 1984 e 1998, ganhou créditos por ter trazido a primeira praça de alimentação ao Beckerville Outlet Mall e expandido o sistema de ciclovias da cidade em quase cinco quilômetros.
>
> Contudo, dois anos atrás Cheatworth foi condenado por trocar seu voto na junta de zoneamento por sessões particulares com prostitutas contratadas por Victor Rubella, magnata das casas de massagem de Miami. Rubella e três mulheres se declararam culpados no caso, e todos testemunharam contra Cheatworth no julgamento.

O júri levou apenas dezenove minutos para condenar o prefeito, que foi suspenso do cargo e condenado a seis anos de prisão. Foi libertado mais cedo, quando os médicos do instituto penal descobriram um tumor maligno em seu pulmão direito.

O vereador Franklin Potts afirmou que Cheatworth se sentia "realmente mal" por ter desgraçado a cidade. "Ainda na semana passada ele me disse: 'Frankie, eu sei que o que fiz foi errado, e agora isso é entre mim e o meu Salvador'."

O ex-prefeito declarou a amigos que "encontrou Deus" durante os 22 dias em que ficou atrás das grades.

E lá vamos nós. Redijo trinta e cinco centímetros até o momento em que Emma emerge da reunião editorial do meio da manhã. Estou esperando um espalhafato, mas ela parece distraída. Depois de dar uma lida na matéria, seu único comentário é:

— Vamos cortar o tumor, Jack. Diga que encontraram uma "anormalidade" nos pulmões dele.

— Por mim tudo bem. — Eu me sinto muito contente, ainda que desconfiado.

Num tom desanimado Emma diz:

— Você vai adorar isso... o Velho Polk saiu do hospital hoje de manhã.

— Faz sentido.

— Os médicos dizem que foi um milagre.

— Ele me enganou — admito. — Parecia estar realmente mal.

— Como foi a entrevista?

— Bastante interessante, na verdade. — O eufemismo do ano. Emma cairia de costas se soubesse de tudo.

— Ei, tenho uma idéia — ela diz. — Você quer almoçar?

Graças a Jay Burns, sinto-me como se alguém tivesse acertado minhas canelas com um taco de beisebol. Caminho mancando até a editoria de Esportes, arranco Juan da mesa e o levo escada abaixo até a cafeteria. Compro um pãozinho para ele e o conduzo até uma mesa de canto, onde ninguém pode nos ouvir.

— Duas coisas — falo. — Primeiro, você contou a Emma sobre o meu lagarto morto.

— Era segredo? Cara, eu já andei contando pra todo mundo.

— Isso é importante... você consegue se lembrar de como o assunto veio à tona? Onde vocês estavam, o que estavam fazendo...

Juan franze o cenho numa concentração zombeteira.

— O assunto do lagarto ou o assunto sobre você?

— Isso não tem graça. Você acha engraçado? É a minha carreira que está em jogo.

— Sem querer ofender, Jack, mas...

— Não diga isso!

Com uma precisão enervante, Juan fatia o pãozinho em duas metades perfeitas.

— Desculpe, Jack. Eu não sabia que não deveria falar sobre o Coronel Tom. Mas é uma história e tanto, você tem que admitir.

— Você tem histórias melhores pra contar sobre si mesmo — digo com firmeza. — Suas histórias são do tipo que dá filme, Juan.

Os olhos castanho-escuros dele lampejam.

— É, bem, talvez Emma não esteja tão fascinada com a história da minha vida. Metade do tempo nós acabamos conversando sobre você.

Eu sabia. Que bruxa!

— Ela quer os podres — explico a Juan. — Está armando um caso contra mim... olha só, a avaliação anual de funcionários vai ser em breve...

Na expressão de Juan vejo uma indagação óbvia porém lancinante, a pergunta que ele desistiu de fazer: *O que mais eles podem fazer com você, Jack?*

Apelo para a minha teoria mais recente:

— Aposto que ela está querendo me transferir para Personalidades, ou talvez para a editoria de Negócios. O que mais você disse a ela?

— Nada que ela possa usar contra você. Garanto.

— Não tenha tanta certeza. Ela é mais cheia de truques do que parece.

— Não é, não — contesta Juan.

— É o que você pensa!

— Um picolé de lagarto morto não é motivo para rebaixamento.

— A acusação de crueldade moral está sujeita às mais implacáveis interpretações, meu amigo. Não seja tão ingênuo.

— Bem, acho que você está enganado quanto a Emma.

Eu praticamente solto um berro de indignação.

Inabalável, Juan manuseia uma fatia de pão.

— Baseado no meu conhecimento das mulheres... que está consideravelmente mais atualizado que o seu, Jack... acho que você se engana. Emma não está a fim de destruir você. Só que você é um problema no momento, e ela está tentando te entender.

Isso é demais. Como posso argumentar sobre mulheres com um sujeito que está saindo (além da minha editora) com uma cirurgiã, uma patinadora e uma líder de torcida? Inclino-me sobre a mesa e cochicho:

— Ela me convidou pra almoçar.

— E então? Talvez ela esteja querendo fazer as pazes.

— De jeito nenhum. Tem que ser uma armadilha — discordo. — Você conhece o cavalo de Tróia. Isso é uma xoxota de Tróia.

De todos os redatores que já conheci, Juan tem as maneiras mais impecáveis à mesa. O pãozinho desapareceu e não há uma migalha sobre a mesa, nem uma partícula de queijo cremoso em suas bochechas.

— Você sabe que ela nunca tomou nem uma aspirina até começar a trabalhar com você — ele diz. — Agora são dois Valium por dia, às vezes mais.

— Ela está na profissão errada, Juan. E estou tentando mostrar uma saída pra moça. — A história das pílulas me faz sentir culpado; aliás, execrável. — Não quero almoçar com ela porque tenho que manter a distância. Para o bem dela, tenho que ser grosseiro e inatingível.

Juan sorri com ceticismo.

— A visão de amor durão do sargento Tagger?

— Algo assim.

— Não, você está apenas com medo. O Garoto do Obituário está com medo da pequena Emma.

— Isso é ridículo.

— Não se preocupe, Jack, ela não morde — ele observa secamente —, por mais que você peça com delicadeza.

Isso não está nos levando a parte alguma.

— Me faça um favor — peço. — Não fale mais comigo enquanto vocês dois estiverem saindo.

— Tudo bem. Mas isso vai nos deixar muito tempo livre e não muita coisa a fazer. — Juan parece ao mesmo tempo divertido e resignado.

— Ah, sai dessa. Você espera que eu acredite que você e Emma ainda não estão transando como gatos de rua?

Ele dá de ombros.

— Como já disse, ela é diferente.

— Gay?

— Não.

— Frígida?

— Acho que não — responde Juan.

— Então o quê?

— Seletiva — ele observa, levantando-se —, ou talvez apenas preocupada. Obrigado pelo pãozinho, Jack, mas agora tenho que voltar pra Redação... Os Dolphins acabaram de contratar um jogador sem ficha criminal e sem histórico de drogas. Isso é notícia.

— E o que devo fazer quanto ao almoço?

— Fale bem do seu melhor amigo cubano — responde Juan com uma piscada. — Diga que estou caidinho por ela.

Quando chega perto do meio-dia, finjo estar grudado ao telefone a fim de declinar a carona de Emma. Digo para ir na frente e que vou encontrá-la depois, achando que posso usar esse tempo extra para planejar uma estratégia. Porém meus pensamentos continuam confusos e acabo saindo da lá sem plano nenhum.

O restaurante é o Mackey's Grille, que não é um dos pontos de encontro da Redação. Fico surpreso ao encontrar Emma bebericando uma taça de vinho branco. Ouso pedir uma cerveja importada. Entabulamos uma conversa fiada durante agonizantes momentos até o garçom aparecer — Emma pede salada de atum e eu me decido por um filé ao ponto.

Quando ficamos novamente sozinhos, Emma diz:

— Outro dia tive uma visita inesperada. Race Maggad.

— Meu herói.

— Ele veio falar sobre você, Jack.

— Bem, eu não quero falar sobre ele. Quero falar sobre você, Emma... especialmente sobre os seus dedos do pé.

Ela descansa cuidadosamente a taça de vinho na mesa. Um lampejo de rubor aparece em suas bochechas, mas ela não diz nada.

— Naquela tarde, do lado de fora do seu apartamento, não pude deixar de reparar nas suas unhas do pé. Estavam todas pintadas como brilhantes balinhas de goma cor de laranja. Sinceramente, foi uma revelação — comento. — Me fez pensar que cheguei a algumas conclusões injustas e apressadas.

— Jack.

— Sim?

— Por que você faz isso? — ela pergunta. Não há fragilidade nem mágoa na sua voz; o olhar dela é como um laser.

Não tenho uma boa explicação para minha brincadeira de mau gosto. Nervosismo, talvez. Inquietação. Constrangimento. Mas com o quê?

Era por isso que eu não queria ficar sozinho com ela. Era disso que eu tinha medo.

— Essa profissão que escolhemos é brutal, Emma, cobra um preço terrível. Olhe para mim — digo. — Antigamente eu era uma companhia tolerável. Tinha meus momentos de charme. Não era imune à solidariedade. Acredite ou não, eu conseguia manter relacionamentos saudáveis com amigos, colegas de trabalho, amantes. Agora não mais... pode me passar o pão de nozes e banana?

— Race Maggad acha que você é um sujeito perigoso.

— Eu daria qualquer coisa para tornar isso verdade.

— Mesmo assim ele quer que seja você a escrever o obituário do Velho Polk. Maggad veio até a Redação para me dizer pessoalmente, para me "assegurar"... palavras dele, Jack... que nenhuma diretiva corporativa tácita vai afastar você da Primeira Página.

— O que você sabe que é uma balela.

— Completamente — concorda Emma. — É por isso que estou confusa. E a razão para ter convidado você para almoçar.

Aliviado, explico que MacArthur Polk quer que eu escreva o obituário porque sabe que isso vai deixar furioso Race Maggad III, a quem MacArthur Polk odeia quase tanto quando odiava Race Maggad II.

— Por quê? — pergunta Emma.

— Você já examinou bem o nosso jornal ultimamente? Ou qualquer outro jornal do Maggad-Feist? Todos são repletos de tolices inúteis, engodos e adornos gráficos. O velho sabe que ferrou seu legado quando vendeu o jornal. Mas é amargo, malvado e rico o bastante pra encarar esses canalhas.

— Ele disse tudo isso pra você? — ela pergunta, pouco à vontade.

— Numa linguagem imprópria para publicação — respondo. — Mas ainda há a parte gloriosa, a verdadeira razão pela qual o jovem Race Maggad perdeu seu precioso tempo de prática de pólo para visitar você. Ele quer ter certeza de que MacArthur Polk vai ter o obituário que quiser. Por quê? Porque o jovem Race quer que o velho venda suas ações do Maggad-Feist de volta para a empresa antes de morrer, ou que pelo menos deixe essas instruções no testamento.

Emma se enrijece na cadeira.

— Há boatos de que alguém de fora da família está tentando assumir o controle da corporação.

— Exatamente.

— Quem?

— Alguns grupos estrangeiros. Polk diz que isso está fazendo Maggad mijar giletes.

— E o que o velho queria com você?

— Além de um obituário de Primeira Página, que o descreva como uma mistura de Ben Bradlee* com são Francisco de Assis, só isso — eu minto educadamente. — Nada além disso, na verdade.

— Nós estamos sendo usados — observa Emma, desanimada.

— Eu mais do que você, Emma.

— Basicamente são dois caras ricos se ferrando mutuamente.

* Benjamin Crowninshield Bradlee, vice-presidente do *Washington Post* e um dos jornalistas que colaboraram para revelar o escândalo Watergate. (N. T.)

— É, basicamente — concordo.

Um ar de melancolia encobre Emma, afetando sua postura normalmente impecável. Ela compreende que foi apanhada numa picuinha esquálida que não tem nada a ver com a prática do jornalismo honesto. O fato de eu desempenhar um papel crucial na resolução dessa situação apenas aprofunda o seu desalento.

— Eles não nos previnem sobre esse tipo de coisa na faculdade — ela observa.

— De qualquer forma, quem acreditaria?

— Certo. Eu não. — Emma lança um olhar vazio sobre a salada.

— Vendo a situação pelo lado positivo — comento —, podem se passar outros cinco anos antes que o Velho Polk finalmente bata as botas. Até lá nós dois poderemos estar longe.

Ela ergue os olhos.

— O quê?

— Em projetos maiores e melhores. — Um detalhamento necessário.

— Mas enquanto isso você vai redigir e arquivar o obituário do Velho Polk. Por favor, Jack?

— O.k., você venceu.

Droga, não consigo evitar. Eu sinto muito por ela.

Comemos num silêncio afável. Depois pedimos café e Emma solicita a conta; o almoço é por conta do jornal. Ela pergunta sobre a matéria do Jimmy Stoma e eu respondo que a apuração está difícil, mas que estou fazendo progressos. Sei que é melhor não mencionar meu conflito com o tecladista do Jimmy, mas não consigo perder a chance de relatar o boquete da viúva na sacada.

Emma se anima.

— Então você tinha razão... ela matou o marido!

— Muito provavelmente. Mas ainda não tenho o suficiente para afirmar isso.

— Ah, sai dessa. É óbvio que ela tinha um motivo.

— Não, Emma, ela tinha um pau na boca. Não é necessariamente a mesma coisa. Cleo não é do tipo que mata por amor; Cleo tem uma carreira a administrar.

Uma bala de menta grudou em uma de minhas coroas dentais, impedindo a fala. Percebendo minhas tentativas não muito discretas para desalojá-la, Emma reprime uma risada.

Ouço a mim mesmo dizendo:

— Isso não é bom. Nós não podemos ser amigos, de jeito nenhum.

— Tem razão.

— As bases da nossa relação são animosidade, desconfiança e falta de respeito mútua.

— Como deve ser — concorda Emma em tom de brincadeira.

É preciso pôr um fim nisso, estou pensando.

— Quantos Valium você engoliu hoje? — pergunto.

Ela fica abatida.

— Você tomou um antes do almoço, certo?

— Não... sim, eu precisei — gagueja Emma. — Como você sabe?

Estendo o braço por cima da mesa e pego uma das mãos dela. É impossível dizer quem de nós dois está mais assustado.

— Escuta aqui — digo —, eu não valho isso, esse trabalho não vale isso. Quando voltarmos para a Redação, vá direto ao toalete feminino e jogue esses fabricantes de múmias na privada. Essa relação com drogas é inaceitável.

— Você não entende, Jack. Nem poderia.

— Tire os sapatos. É uma ordem.

— Não.

— Emma, vou contar até três.

— Você enlouqueceu?

Quando dou por mim, estou ajoelhado debaixo da mesa com um sapato cinzento de Emma em cada mão. Seus pés descalços estão retraídos em busca de proteção embaixo da cadeira, os dedos contraídos, mas posso ver que ela repintou as unhas: agora são miniaturas de tabuleiros de xadrez em preto e branco!

Saio dando risada de debaixo da toalha de mesa.

— Vai dar tudo certo! — exclamo.

E Emma me aplica um violento soco no nariz.

14

Emma pediu que eu ficasse longe da Redação até que meu sangramento estancasse e o inchaço diminuísse. Então agora estou em casa, evitando olhar no espelho e explorando meu laptop. Vejo pelo calendário que tenho oito dias para não morrer como Oscar Wilde, sem tostão e vítima de uma série de escândalos aos quarenta e seis anos de idade. Algum dia preciso agradecer a Anne pelo aviso. Meu quadragésimo sétimo aniversário é em uma semana a partir de amanhã. Tenho quinhentos e catorze dólares no banco e um nariz do tamanho de uma berinjela.

Minha mãe vai telefonar no dia do meu aniversário, mas será breve. Ela está cansada de ser interrogada a respeito do meu pai, mas não consigo deixar de pensar no fato que ela levantou da última vez — que soube da morte dele "muito tempo atrás" pelo obituário de um jornal.

Como não apareceu nada a respeito em minha pesquisa no banco de dados da Redação, só me resta confiar nas minhas aptidões telefônicas e na generosidade de estranhos. Primeiro, faço uma lista das cidades onde minha mãe morou nos quarenta e três anos desde que Jack Sênior foi embora. Pela ordem: Clearwater, Orlando (onde cursei o ensino médio), Jacksonville (onde minha mãe conheceu meu padrasto), Atlanta, Dallas, Tallahassee e, agora, Naples. Se minha mãe não estiver falsificando a cronologia, a morte do meu velho ocorreu há pelo menos duas décadas. Isso automaticamente elimina as três últimas cidades. Vinte anos atrás, minha mãe e meu padrasto estavam morando em Atlanta, então é por ali que começo — com um telefonema para o necrotério do *Journal-Constitution*.

Assim que me identifico como um colega jornalista, sou transferido para uma bibliotecária com voz competente e um sotaque melado da Geórgia. Ela me põe na espera enquanto procura manualmente os velhos arquivos de recortes de papel em ordem alfabética. À medida que espero, a palma das minhas mãos se umedece, meu coração martela meu esterno e — por um fugidio momento de lucidez — penso em desligar o telefone. Não deveria fazer diferença para mim se meu pai esticou as canelas aos trinta e cinco ou aos noventa e cinco anos: nem me lembro do sujeito. Não tínhamos nada em comum a não ser o nome e o sangue; e qualquer outra ligação é ilusória, enrolada como uma minhoca cega na minha imaginação.

Mas eu não desligo. Quando retorna ao telefone, a bibliotecária me pede desculpas por não ter conseguido encontrar um obituário publicado sobre alguém chamado Jack Tagger, nem alguma outra matéria relacionada à morte dessa pessoa.

— Sempre é possível que tenha sido arquivado erradamente. Eu poderia cotejar as páginas diárias de óbitos em microfilme — ela se oferece. — Você tem uma idéia do ano?

— Não faço a menor idéia — respondo. — Mas obrigado por você tentar.

Obtenho os mesmos desanimadores resultados no *Florida Times-Union*, em Jacksonville, no *Orlando Sentinel* e no *Clearwater Sun*. Nenhum obituário nem itens relacionados, nenhuma matéria, nenhum Jack Tagger nos recortes. Fico me perguntando se superestimei a integridade de minha mãe. E se ela tiver inventado isso de ter lido o obituário do velho num jornal? E se planejou me colocar numa busca fútil e sinuosa, só para eu largar do pé dela?

Se foi isso, eu mordi a isca como uma carpa faminta. Duas horas trabalhando ao telefone e nada para mostrar. Bem feito.

Ligo para ela. Dave, meu padrasto, atende. Nos envolvemos num bate-papo inócuo sobre o estado calamitoso de seu esporte favorito até que ele se desvia do assunto, como faz geralmente, e começa a falar do Tiger Woods. Apesar de reconhecer o fenomenal talento do jovem golfista, meu padrasto teme que Tiger Woods esteja inspirando milhares e milhares de jovens minoritários a se dedicarem a esse esporte, e que alguns desses jovens um dia sejam admitidos no adorado clube de golfe que ele freqüenta e comecem a dar porrada em protestantes brancos.

— Não tenho nada contra negros — Dave está dizendo —, mas, Jack, olhe em volta. Eles já têm basquete, têm futebol, têm atletismo. Será que não podem deixar *alguma coisa* pra nós? Ao menos *um* esporte em que possamos vencer? Não me entenda mal...

— De jeito nenhum — observo. Seria inútil argumentar; Dave é velho, obtuso e teimoso.

— ... não me entenda mal, Jack, mas como é que eles podem gostar de golfe? Pelo amor de Deus, a gente nem precisa *correr* pra chegar a lugar nenhum. É só caminhar e dirigir carrinhos elétricos sob o sol quente... será que eles conseguem achar graça nisso?

— Minha mãe está em casa? — pergunto.

— Você sabe que não tenho preconceito, Jack...

Nem pensar.

— ... e como você sabe, sua mãe e eu fazemos generosas doações às faculdades deles pelo Negro College Fund. E nunca perdemos o teleton do Lou Rawls.

— Dave?

— Mas o que me preocupa nesse Tiger Woods... e Deus sabe que ele é um atleta talentoso... mas o que me preocupa, Jack, é a mensagem que está sendo mandada para esses jovens, que de repente o golfe é um esporte, você sabe, de *massas.*

— Dave, minha mãe está em casa?

— Ela foi ao mercado.

— Posso perguntar uma coisa?

— Claro, Jack.

— Não que eu queira mudar de assunto.

— Sem problema.

— Ela fala com você sobre o meu pai?

— Hummm.

— Porque ela me contou que ele morreu — continuo. — Disse que leu sobre isso em algum jornal muito tempo atrás. Você por acaso não se lembraria de quando isso aconteceu?

Silêncio do outro lado; um raro silêncio, no caso de Dave.

— Até um chute sem fundamento pode ser útil — insisto. — Estou curioso, Dave. Você entende.

— Com certeza. Ele sendo seu pai natural e tudo o mais. Mas é que...

— O quê?

Ele finge uma tosse. Gostaria de dizer que me sinto mal por tê-lo colocado naquela situação, mas não falo nada. Dave ganhava a vida como vendedor da Amway, por isso é praticamente impossível deixá-lo sem palavras.

— Quando sua mãe e eu nos casamos — ele diz —, fizemos um pacto entre nós. Um contrato não escrito, se você preferir.

— Continue.

— Concordamos em não falar dos nossos... qual é a palavra?... envolvimentos passados. Nunca. Isso inclui ex-namorados, ex-maridos, ex-namoradas, ex-mulheres... ex-qualquer coisa. Achamos que tudo isso era água sob a ponte que deveria ficar represada.

— Sei.

— Não éramos exatamente garotos quando nos conhecemos, sua mãe e eu. Nós dois estivemos na ativa durante algum tempo. Perseguindo potes de ouro no fim de arco-íris.

— É claro, Dave.

— Não se obtém nada de bom remexendo o passado — ele acrescenta sabiamente.

— Então a resposta seria não, certo? Ela nunca mencionou a morte do meu pai. Nem uma vez.

— Não para mim, Jack. Um pacto é um pacto — ele responde. — Quer que eu diga a ela que você ligou?

Às cinco horas Carla Candilla faz regularmente uma pausa do balcão de fotos da loja em que trabalha. Nos encontramos numa lanchonete no mesmo centro de compras. Cabeças se viram para ver sua tintura de cabelos inspirada no Vesúvio, ou talvez o meu nariz gordo e cor de púrpura. Em voz baixa descrevo a cena na sacada de Cleo Rio. Carla implora em vão por mais detalhes e fica ligeiramente desapontada ao saber que o objeto de afeto da viúva não era Russell Crowe, Leonardo DiCaprio ou um dos Backstreet Boys, pois nenhum deles bate com a descrição da felação com o cara de cabelos cor de cobre. Carla promete xeretar por aí e me relatar todos os boatos. Diz que o ponto de encontro favorito da Cleo é um clube chamado Jizz; em South Beach, é o Tetra.

— Para mim é muito importante descobrir o nome do brinquedinho dela — digo a Carla.

— Me dá esse fim de semana — ela afirma, confiante. Depois, revirando a bolsa: — Quer ver uma coisa incrível?

— Não mesmo. — Minhas preleções passadas sobre a questão da privacidade das pessoas obviamente não causaram nenhuma impressão.

— Ah, sai dessa, Jack. — Com um ar travesso, Carla espalha as fotografias como um baralho. Uma olhada é mais que suficiente.

— Você pode ser demitida por isso — observo sem demonstrar interesse.

Carla e seus colegas de salário mínimo da loja se mantêm atentos a fotos eróticas de amadores que saem da máquina de revelação automática. Se as fotografias forem excepcionais, são feitas duplicatas sub-repticiamente e passadas adiante. A brilhante seqüência de hoje mostra um bem alimentado casal nu, um sax tenor e um Jack Russel terrier usando um chapéu-coco. Minha expressão de desagrado faz com que Carla diga:

— Olha, se eles não queriam que ninguém visse, por que levaram o filme pra ser revelado na loja? Sejam quem forem, acho que estão curtindo muito. Acho até que estão querendo que a gente veja.

Afasto as fotos e prometo não contar nada para a mãe dela.

— Ah, corta essa, Black Jack. Isso é a vida real. Não faz você refletir sobre a espécie humana?

— Na verdade faz que me sinta deprimido. Esses malucos estão se divertindo muito mais do que eu.

— Até o cachorro parece feliz — observa Carla, manuseando as fotos. — A propósito, quem socou o seu nariz? Estou achando que foi uma garota.

— Foi. Minha chefe.

Ela joga a cabeça para trás e ri.

— Você é o máximo, Jack.

— Me diga com quem sua mãe foi para a Inglaterra.

Carla responde sem muita brutalidade:

— Você sabe que é melhor não entrar por esse caminho.

— Acho que não sei. E isso é um fato terrível.

— Então, tudo bem. — Carla devolve à bolsa as fotos surrupiadas do terrier. — Você quer a verdade ou uma mentira? Primeiro me diga até que ponto consegue agüentar.

— Um médico, advogado, professor universitário... desde que seja um professor universitário sem trabalhos publicados.

— O que significa qualquer um, exceto um escritor.

— Basicamente, sim — concordo.

Carla olha para mim com compaixão; os olhos de Anne outra vez.

— Então vou ter que mentir, Jack.

— Você está brincando. Ela foi para Londres com um maldito *escritor*?

Carla aquiesce.

— Jornalista? — pergunto com um estremecimento.

— Não.

— Poeta? Romancista? Dramaturgo?

— Romancista — responde Carla.

— Que merda. Alguém de quem já ouvi falar?

— É possível.

— Não me diga o nome dele!

— Não se preocupe com isso — tranqüiliza Carla.

— E pelo amor de Deus, não conte pra sua mãe que eu perguntei.

— Jack, eles vão se casar.

Não me sobressalto.

— Posso ver aquelas fotos de novo?

— Eu preciso voltar ao trabalho — responde Carla.

Pago um milk-shake de café para ela e a acompanho até a loja. Na porta ela dá um tapinha na minha bochecha e diz que sente muito por ter me dado a notícia. Achava que era algo que eu deveria saber, para não telefonar para Anne e me fazer de bobo outra vez.

— Que idade tem esse escritor? — pergunto inocentemente.

— Quarenta e quatro.

— Ah!

— Por que "Ah!"? — pergunta Carla. — O que há de tão ruim em ter quarenta e quatro anos?

— Deixa pra lá — respondo, pensando: Robert Louis Stevenson.

* * *

Telefono para casa e verifico a secretária eletrônica: uma mensagem da Emma e três de Janet Thrush. Como sempre, a linha de Janet está ocupada, por isso vou direto para Beckerville. Ela atende à porta usando um gorro de tricô com buracos para os olhos e um macacão de vôo justo. Há uma máscara contra gases pendurada em seu pescoço e ela está portando um fuzil M16 de brinquedo.

— Então agora é uma SWAT-Cam — comento.

— É, os meus tarados se cansaram da policial. Entra, Jack. — Janet tira o gorro. — O que foi isso no nariz?

— Acidente de percurso — respondo. — O que aconteceu?

— Você não vai acreditar.

Sentando sob os holofotes, ela me conta que recebeu um telefonema de um homem chamado Charles Chickle, cujo nome eu conheço. É um famoso advogado de Silver Beach; não um desses vigaristas de porta de cadeia, mas um legítimo peso pesado. Parece que Jimmy Stoma deixou uma cláusula no testamento contratando Chickle para representar os interesses de Janet no tribunal de sucessões em caso de morte. A maioria dos beneficiários não precisa de um advogado, mas obviamente Jimmy previu dificuldades legais para a irmã.

— Ele me deixou cem mil — diz Janet Thrush com entusiasmo. — Você acredita nisso?

— E quanto para Cleo?

— A mesma coisa.

— Oh-oh. Isso explica a necessidade de Chickle, o Causídico.

— Mas ela também fica com o barco, os carros, o apartamento — explica Janet.

— E as fitas dele?

— Você quer dizer o álbum. Ele nunca pensou que morreria antes de terminar o CD — responde Janet.

— Mas elas constam do testamento?

— Jack, eu nem pensei em perguntar.

Quanto à casa das Bahamas, Janet diz que o irmão deixou para uma instituição de caridade chamada Sea Urchins, que patrocina acampamentos à beira-mar para crianças carentes. Segundo Charles Chickle, foi para a Sea Urchins que James Bradley Stomarti deixou a maior parte de sua herança, incluindo quatrocentos e cinco mil dólares em ações e dividendos, a parte dele em futuros direitos autorais de suas músicas e uma apólice de seguros de um milhão de dólares.

— Cleo deve ter ficado exultante — comento.

— Acho que Jimmy imaginou que ela não precisaria da grana depois de lançar seu disco. Imaginou que já teria encontrado seu próprio caminho.

Estou prestes a contar a Janet o que sua cunhada cantora estava fazendo ontem na sacada do apartamento do irmão dela quando ela fala:

— Não acho que a Cleo matou Jimmy.

— O que faz você dizer isso?

— Porque ela já *sabia*, Jack. Sabia o que receberia com a morte do Jimmy. Ele já tinha contado que a maior parte do dinheiro iria para a Sea Urchins... o que na verdade é uma ótima idéia. E também já tinha dito que ela não iria receber nada do seguro. Quanto mais penso a respeito, mais difícil fica acreditar que ela tenha matado meu irmão por cem mil dólares. Pra mim é uma fortuna, mas para Cleo é um final de semana em Cannes.

Ela tem razão nesse ponto. Uma mulher como Cleo não iria se arriscar por uma quantia com menos de sete dígitos.

— Estou achando que ele se afogou acidentalmente, Jack, como estão falando. Você sempre disse que isso seria possível.

— E realmente é.

— Mesmo sem eles terem feito a autópsia.

— E você disse que não acreditava em uma palavra que saísse da boca da Cleo — lembro a ela. — E se eu dissesse que ela estava tendo um caso?

Janet dá de ombros.

— E se eu dissesse que meu irmão não era exatamente o Marido do Ano?

O computador sobre a mesa de café bipa anunciando um chamado; mais um ciberpunheteiro. Janet suspira e olha morosamente para o M16 de brinquedo, encostado num canto. Pergunto se ela consegue pensar em qualquer outro motivo para Cleo ter assassinado Jimmy, e ela responde que não.

— Ela poderia ter feito isso por estar descontente com o testamento?

— Então por que simplesmente não deu um pé na bunda dele? — indaga Janet. — Tenho certeza de que ela teria tirado muito mais que cem mil num divórcio. — Outra observação razoável.

Mais uma vez o computador emite um suplicante bipe.

— Você não está morrendo de calor com essa roupa? — pergunto.

— Não se preocupe, vou tirar logo. Esse aí — Janet aponta sobre o ombro para o PC — é Ronnie de Riverside. Ele gosta de botas, calcinha, sutiã e fuzil de assalto. A esperança dele é que eu tire a calcinha e o sutiã, mas vai ficar muito decepcionado. De qualquer forma, o cenário é o seguinte: estou no meio de uma invasão da DEA à mansão de um grande traficante colombiano, quando subitamente resolvo tomar um banho rápido, como se isso fizesse *sentido*. O que eu não sei é que um dos vilões... Ronnie, é claro... está escondido na banheira, me espiando. Isso vai se arrastar por uma hora.

— Bem... são quatro paus por minuto — observo animado.

— Só por mais alguns meses — diz Janet. — É o tempo que Chickle disse que vai levar para eu receber a herança.

— Se Cleo não contestar o testamento.

— Chickle acha que ela não vai fazer isso. Ele conhece o advogado dela.

— Bem como a maioria dos juízes da vara de sucessão — acrescento — e chama todos pelo primeiro nome.

— Jimmy sempre cuidou de mim — diz Janet, emocionada. — E continua tomando conta de mim agora que morreu.

Ronnie de Riverside bipa outra vez.

— Merda. — Janet liga os holofotes e a sala de estar se acende com um clarão. Ela cobre o rosto com o gorro e posiciona a máscara contra gases. É a dica para eu sair.

— Então, o que devemos fazer quanto à matéria? — pergunto. — Não precisa decidir neste minuto. Pense a respeito e nos falamos no fim de semana.

A resposta de Janet sai abafada pelo capuz e pela máscara, porém mesmo assim consigo distinguir suas palavras. Preferia não ter conseguido.

— Que matéria? — ela pergunta.

* * *

Estou deitado na cama com as luzes apagadas, ouvindo *A Painful Burning Sensation*, o último álbum gravado por Jimmy and the Slut Puppies. A voz de Jimmy é volumosa, porque naquele tempo ele *era* volumoso: mais de cento e vinte quilos de voracidade pós-clínica de recuperação. Depois mudou de vida e acabou morrendo esbelto, o eterno sonho masculino. Jimmy não planejou partir daquele jeito, aos trinta e nove anos, mas os fãs sempre vão se lembrar dele com mais carinho por estar bronzeado e em boa forma no final. A maioria das celebridades seria capaz de matar para morrer com tal boa aparência.

Garota, deixe de ser boba e não confie em mim,
Sou um cara egoísta, egocêntrico e abusado.
Meu amor é de quem quiser me amar, sempre foi assim,
E se você chorar, ou tentar me mudar, vai me deixar muito grilado.

Esse é o coro de uma faixa chamada "Slithering love", e posso visualizar Jimmy cantando "muito grilado" com um riso sarcástico, arrastando as sílabas das palavras como Mick Jagger. O que eu gosto nos Slut Puppies é que a maioria das suas canções era básica, despretensiosa, de diversão simples. Mesmo as que faziam as referências mais ostensivas — "Slithering love" é totalmente inspirada em "Under my thumb" — passavam uma proposta autocrítica e debochada. Quanto mais ouço seus discos, mais acredito que teria gostado de Jimmy Stoma como pessoa.

E ainda não estou convencido de que ele tenha se afogado por acidente. Infelizmente, enquanto eu for o único com essas dúvidas, não terei nada a dizer no jornal.

O que me traz de volta à minha função de redator de obituários, sob o olhar desconfiado de Emma. Na segunda-feira vou começar a escrever o obituário de MacArthur Polk, e ela deverá ficar agradavelmente surpresa com meu entusiasmo. Não contei a ela o que o velho careca me pediu que fizesse, nem que resolvi jogar o jogo dele. Não faz mais diferença se Polk está ou não insano; sem a matéria de Jimmy Stoma, estou vagando solto no espaço. Preciso de alguma coisa em que me segurar, um fio de esperança...

Devo ter adormecido, pois os Slut Puppies não estão mais cantando quando abro os olhos. O apartamento está escuro e em silêncio, com exceção do som de alguém mexendo no trinco da porta. Às vezes Juan entra sem bater, por isso chamo o nome dele e peço que vá embora. Provavelmente Emma contou que me deu um murro, e ele deve ter vindo apreciar o meu nariz e talvez me dar uma bronca pelo incidente com as unhas dos pés dela.

— Até um pervertido merece privacidade — grito, e logo o ruído do trinco é interrompido.

Mas não ouço o som de passos se afastando no corredor, por isso me sento na cama e presto atenção. Juro que escuto uma respiração que não é a minha.

Jogo minhas pernas para fora da cama, vou até a porta e espio pelo corredor. De imediato, gostaria de não ter feito isso, pois um punho se encaixa perfeitamente na minha mandíbula. Eu teria caído com prazer, só que um segundo golpe, de baixo para cima, encontra minhas costelas, me suspendendo momentaneamente. Isso é um dos efeitos de socos desferidos em arcos grandes, em nada parecidos com o econômico cruzado de esquerda da Emma. Quando minha cabeça por fim bate no chão, fecho os olhos bem apertados e permaneço imóvel, a atitude mais inteligente que tomei durante o dia inteiro.

O invasor me cutuca com um sapato pesado, mas não me mexo. A dor grita em cada um dos meus músculos. O homem agarra um tufo de cabelos e ergue minha cabeça. A próxima coisa que percebo: escuridão e cheiro de lã molhada. Fui vendado.

O barulho de algo sendo rasgado é seguido por uma desajeitada tentativa de me amarrar as mãos atrás das costas com fita crepe. O terror seria uma reação lógica, mas no momento estou concentrado em parecer entorpecido e inconsciente. Enquanto isso, o invasor revira o lugar, abrindo gavetas, portas de gabinetes e armários. Isso não deve demorar muito, pois meu apartamento é pequeno e quase não há nada a ser roubado. Percebo que me sinto satisfeito por ter jogado a televisão pela janela, privando assim meu indesejado visitante de conseguir pelo menos quarenta paus na loja de penhores da esquina.

Porém alguma coisa não está batendo. Pelas minhas coberturas de batidas policiais, sei que os assaltantes não costumam trabalhar no quarto andar de um edifício, pois é difícil não chamar atenção ao descer vários lances de escada carregando computadores, máquinas de fax e eletrodomésticos. Assaltantes em geral preferem apartamentos no primeiro andar, com portas de vidro corrediças. Ora, um ladrão de jóias não se preocupa com a altura de um edifício, porque tudo o que estiver roubando caberá dentro de um bolso ou de uma fronha, mas só o mais otimista ou desinformado dos ladrões de jóias escolheria um quarto-e-sala de um solteiro. Eu nem ao menos tenho duas abotoaduras que combinem.

Seja quem for, o invasor definitivamente precisa de um curso de atualização em amarração com fita crepe. Em dois minutos libertei as mãos e tirei a venda. Mas e agora? Sinto-me como se tivesse sido atropelado por uma betoneira, por isso não estou exatamente disposto a me levantar. Além do mais, por azar meu apartamento é desprovido de armas.

Por outro lado, estou muito curioso e mais do que ligeiramente irritado. Em dois dias fui maltratado e esmurrado mais do que nos últimos vinte e cinco anos. E ainda por cima posso ouvir o canalha no quarto, revirando minhas meias, calções e livros...

Quando me dou conta, estou andando às apalpadelas pelo corredor em direção à cozinha. Furtivamente, abro a porta do congelador e puxo a gaveta. Ali, entalado entre barras de sorvete e um saco de um quilo de camarões congelados, repousa o Coronel Tom. Meus dedos escavam e localizam sua cauda curta congelada, que fornece um bom cabo. Com um puxão, desloco o lagarto sem vida de seu esquife glacial, liberando uma ruidosa cascata de gelo.

A grande sombra do ofegante intruso se materializa na porta da cozinha — posso imaginar sua confusão ao me ver ao lado da geladeira, e não ao telefone. Ele avança com um grunhido e de pronto é detido por um rápido golpe na testa. Com a cauda enrolada, o lagarto morto tem aproximadamente o comprimento de um bastão de beisebol serrado, e é rígido o suficiente para propiciar um bom giro com as duas mãos. Acerto o intruso mais uma vez e ele cai de joelhos.

Jogando os dois braços ao redor da minha cintura, ele tenta me puxar para baixo. Eu o golpeio com violência novamente, porém escorrego nos cubos de gelo. Enquanto caio, o lagarto congelado voa da minha mão e desliza pelo piso. Resistindo ao brutal abraço do assaltante, sou engasgado por um cheiro de colônia que me transporta de volta àquele momento no elevador, com o visitante de cabelos cor de cobre da viúva Stomarti. O aroma rançoso é inconfundível, embora o homem no meu apartamento seja mais baixo e atarracado que o namorado de Cleo Rio. Quanto aos cabelos, o invasor não tem nenhum — e escapa do meu aperto como um ovo engordurado.

A cozinha é inconvenientemente atravancada, imprópria para uma luta de vida ou morte. Rolamos sobre o linóleo como dois ursos de circo bêbados até que, por pura sorte, minha mão encontra o ainda congelado Coronel Tom. Volto a bater no careca com uma determinação maníaca — se ele for o guarda-costas sem pescoço da Cleo, terá uma arma pronta a ser usada. Não faz sentido eu me conter.

Gemendo, o invasor se protege com um braço e começa a golpear com o outro, como um robô; uma técnica eficiente, como fica provado. Um soco me acerta direto na ponta do nariz, o mesmo nariz amaciado antes por Emma, e eu desmaio de dor.

Honestamente, eu não esperava acordar. Esperava ser morto a tiros, tal qual "numa execução" (como gostamos de dizer na indústria de notícias). Mas acordo vivo e sozinho, encolhido numa poça de sangue tão abundante que não pode ser só meu. Marcas de botas carmesins marcam o passo cambaleante do invasor da cozinha à sala de estar, até sair pela porta.

Tiro devagar minhas roupas pegajosas e me dirijo ao chuveiro; cada centímetro quadrado do meu corpo dói ou lateja, mas ao menos o sangramento estancou. Enquanto me enxugo, percebo um estranho com o rosto disforme me olhando carrancudo do espelho.

Uma das vantagens de ter uma vida espartana é a facilidade para limpar a bagunça após uma pilhagem. Em trinta minutos tudo se encontra no lugar outra vez, e não está faltando nada, a não ser o meu laptop. Armazenados no disco rígido há os arquivos de dois óbitos — de um magnata das ferrovias e o de uma soprano aposentada —, mas isso não chega a ser um problema, pois eu já os enviei eletronicamente para o meu terminal na Redação.

O trabalho mais desagradável é acomodar o Coronel Tom, que foi seriamente amassado durante a altercação. Decidido, embrulho seu corpo frio e escamado num velho lençol e o atiro da sacada. O pacote cai num depósito de lixo, quatro andares abaixo, no qual aterrissa com um ruído abafado. Instantaneamente lamento aquele gesto, pois ouço vigorosas batidas na porta, e agora me encontro desarmado e indefeso. As batidas persistem, e por fim uma monótona voz masculina se identifica como uma pessoa de autoridade.

A polícia!

Parece que os vizinhos, embora nenhum deles jamais tenha mostrado interesse por meus assuntos pessoais, ouviram a comoção na cozinha e alertaram a polícia. Abro a porta da frente e vejo não um, mas dois homens de mesma idade e estatura, nenhum deles de uniforme. Estou prestes a fechar a porta quando um deles me mostra um distintivo.

— Detetive Hill — anuncia. — E esse é o detetive Goldman.

É claro que pareço totalmente perplexo, porque o detetive Hill acrescenta:

— Delegacia de Homicídios, senhor Tagger.

Recuo entorpecido, meus braços caindo moles ao lado do corpo. Começo a achar que matei um homem com um lagarto congelado.

— Foi legítima defesa — protesto. — Ele forçou a entrada quando eu estava dormindo...

Os policiais trocam olhares atônitos. Hill, o mais falante, pergunta do que estou falando.

— O sujeito que morreu! O que arrombou meu apartamento.

Hill espia por cima do meu ombro, avaliando a arrumação dos meus modestos aposentos.

— O senhor Burns arrombou esse apartamento? Esta noite?

— Pode estar certo de que... quem?

— John Dillinger Burns — ele diz. — Também conhecido como Jay.

— Não! Não, um sujeito era careca — tento explicar. — Não era Jay Burns. Eu conheço Jay Burns. De jeito nenhum.

— E isso teria sido uma façanha e tanto — observa o detetive Goldman, rompendo seu silêncio —, uma vez que acabamos de ver o senhor Burns deitado no necrotério do condado.

— Ele está morto desde hoje de manhã cedo — acrescenta o detetive Hill em tom informativo. — O que saberia sobre isso, senhor Tagger?

— Absolutamente nada. — Minha voz é um grasnido seco.

— É mesmo? — Hill está segurando algo a centímetros dos meus olhos, alguma coisa presa entre o polegar e o indicador. É um cartão de visita do *Union-Register*. Meu nome está impresso nele.

— Burns estava com isso no bolso quando o corpo foi encontrado — explica o detetive Hill.

— Ora, por que será? — inquire seu parceiro.

— E o que aconteceu com seu rosto, senhor Tagger? — pergunta Hill.

Não entro em pânico.

— Detetives — declaro —, gostaria de dar parte de um assalto.

15

O sofá da Emma é curto demais para as minhas pernas.

Ela puxa o lençol para cobrir os meus pés e encaixa um travesseiro debaixo da minha cabeça. Emma me informa que sofri uma leve concussão, diagnóstico baseado no fato de eu ter ficado zonzo e desmaiado em frente a sua porta. Ela me diz que cursou dois anos de enfermagem antes de mudar para jornalismo, e comento que ela teria sido uma enfermeira notável. Emma examina meu narigão rubro com uma expressão culpada, mas eu a convenço de que outra pessoa me bateu mais forte que ela.

É uma hora da manhã e o estéreo da Emma toca Radiohead, uma agradável surpresa.

Com seus óculos de leitura com aro de metal, ela senta-se com as pernas cruzadas numa poltrona, a gata malhada no colo. Está usando meias soquetes de tênis e por isso não posso ver seus dedos. Fecho as pálpebras com força, desejando que essa dor de cabeça assassina diminua. Enquanto isso estou contando a Emma sobre minha briga a bordo do *Rio Rio* com Jay Burns, que foi encontrado morto sete horas depois atrás de uma loja de ferragens na Pelican Causeway. Um caminhão de iscas carregado de lascas de mugilídeo deu marcha à ré por cima do ex-Slut Puppy, que estava com a presilha do rabo-de-cavalo descansando de forma inoportuna debaixo do pneu traseiro direito do veículo. A maneira como a cabeça dele tinha ido parar lá era a questão que havia levado os detetives Hill e Goldman ao meu apartamento. Hill acreditava que Jay Burns, clinicamente intoxicado, provavelmente havia desmaiado naquele local fatídico. Goldman, porém, especulava que um agressor poderia ter batido em Jay Burns e tê-lo depositado de propósito embaixo do caminhão. O exame da perícia não tinha esclarecido nada: o crânio do tecladista estava tão esfacelado que era impossível discernir se havia sido golpeado antes de ser esmagado.

Emma fica contente ao ouvir como cooperei com os detetives, contando minha visita ao barco (embora omitindo o conteúdo das minhas perguntas e o acesso de fúria de Jay) e fornecendo os momentos exatos da minha chegada e da minha partida da marina. Tanto Hill quanto Goldman aparentemente acreditaram que eu estava entrevistando Burns para um perfil póstumo do falecido James Bradley Stomarti, o melhor amigo dele.

— Então você não é um suspeito — diz Emma.

— Tente parecer mais aliviada.

— O sujeito que entrou no seu apartamento, o que acha que ele queria?

— Quem sabe? Meus quadros de Chagall?

— Jack, não sou eu que bato em portas à meia-noite.

— Sim, bem, mas você é a minha *editora*. Achei que deveria ser notificada sobre o que aconteceu.

Uma mentira fraca. O fato é que não sei bem por que vim até o apartamento da Emma. Nem me lembro claramente de ter dirigido até aqui. Olhando para as vigas de pinho envernizadas do teto, ouço a mim mesmo dizendo:

— Eu não tinha nenhum outro lugar para ir.

Ela sai da sala com a gata nos braços. Momentos depois retorna com cubos de gelo embrulhados em uma toalha, que deposita sobre meus olhos e minha testa.

— Está frio demais? — pergunta.

— Por que você não dorme com o Juan? Todo mundo dorme com o Juan.

— *Você* também?

— Estou falando de mulheres, Emma. Só porque ele é redator de esportes?

— Não, porque ele é o seu melhor amigo.

— Juan é um cavalheiro. Nunca fala sobre a própria vida amorosa.

— Então como você sabe que não dormimos juntos?

— Eu arranquei isso dele.

— É mesmo? — surpreende-se Emma. — Por quê?

Dou uma olhada por baixo da toalha para ver se ela está zangada.

— Você é minha chefe, ele é meu amigo — explico. — Se o caso de vocês ficar sério, isso poderá afetar meu patético pequeno universo. Foi essa a única razão por que eu quis saber se você e ele estavam...

— Tendo intercurso?

— O que é isso, biologia da nona série?

— Trepando, então — corrige Emma com ousadia. — Assim é melhor?

Eu me sento, pressionando as orelhas com as mãos para evitar que o cérebro escorra para fora.

— Não se preocupe, não pedi ao Juan que forneça detalhes picantes. Você tem Excedrin?

Emma me traz três aspirinas e um copo com água.

— Deite-se. Você vai se sentir melhor — recomenda.

Esticando-me, anuncio:

— Você devia voltar para a escola de enfermagem. Parece que nasceu pra isso.

— E você, Jack? Está dormindo com alguém atualmente?

— Como é que é? — Começo a me levantar outra vez, mas sinto as mãos de Emma se fecharem nos meus ombros por trás.

— É mais do que justo, já que você sabe tudo sobre a minha vida sexual.

— Errado. Só sei que você não está dormindo com o Juan. E você também sabe que não estou dormindo com o Juan, então estamos empatados.

— Acho que não, Tagger.

Devo admitir que gosto do jeito como Emma ri. Gosto de estar no apartamento dela, em vez de no pronto-socorro do Charity. Gosto até do jeito como ela está me segurando...

Pelo amor de Deus, Jack, sai dessa. Vai ser impossível salvar Emma se eu não voltar a ser logo o safado irascível de seus pesadelos com a Redação. Mas, quando ela se desculpar por ter me dado um soco no nariz, vou dizer que mereci.

— Eu não sou uma pessoa normal — alego. — Quando vi aquelas unhas cintilantes, fui tomado de inveja. É evidente que há algo de alegre e brincalhão dentro de você. E eu me esqueci completamente de como é ser desse jeito.

— Não dói falar tanto assim? — pergunta Emma.

— Não consigo acreditar que Jay Burns está morto. Que merda. Escuta, você quer dar uma saída?

— É tarde, Jack. Você precisa descansar.

— Calce uns sapatos. Depressa.

Os policiais estiveram lá primeiro, seguidos por pessoas desconhecidas. Mostro a Emma onde a fita de isolamento amarela marcando o local do crime ao redor das estacas do píer foi rompida e depois reatada de forma desajeitada. Retiro a fita, faço um chumaço e jogo-a dentro de um balde. Depois entramos no *Rio Rio*.

Seja quem for que tenha saqueado a cabine, foi esperto o bastante para esperar os detetives chegarem e irem embora. O lugar está em ruínas agora, mas não estava muito mais arrumado trinta horas antes, quando cheguei para entrevistar Jay Burns. As publicações pornográficas, as caixas de pizza e as revistas de música foram novamente espalhadas pelo chão e pelos beliches. Acrescentado a essa bagunça, há o conteúdo já usado de diversas gavetas e armários, além de vários recipientes nada apetitosos da geladeira.

Emma e eu estamos posicionados na escada da escotilha, procurando um caminho através dos detritos apodrecidos. Eu vou à frente, pisando com cuidado. Exultando, Emma segura o meu braço. A prioridade é ligar o ar-condicionado, pois a cabine cheira a urina, cerveja e tênis velhos.

— O que você está procurando? — sussurra Emma.

— Alguma coisa que os bandidos não encontraram.

Estou adivinhando que foi necessário mais do que um homem para dar conta do volumoso Jay Burns. Mais tarde, depois de o barco ter sido revistado, o invasor careca foi mandado ao meu apartamento, baseado na possibilidade de eu ter convencido Jay a me entregar o misterioso item, ou simplesmente tê-lo roubado.

Durante quarenta e dois minutos Emma e eu vasculhamos a cabine e não encontramos nada, a não ser um saco de plástico cheio de fumo ensopado, sem dúvida descartado como sem valor pelos que revistaram o local antes de nós. Na verdade, todas as escotilhas, painéis e latas de armazenagem foram abertos e esvaziados antes da nossa chegada. Retornamos para o convés e, usando uma das lanternas de Jay, examinamos a caixa de iscas e o compartimento do motor. No console acima do timão vimos um emaranhado de fios soltos de onde os bandidos removeram alguns equipamentos eletrônicos do Contender — provavelmente o VHF, o medidor de profundidade e o rastreador via rádio. Esse gesto quis passar a impressão de um assalto a barco comum, o que definitivamente não foi. Mostro a Emma os fios desconectados, depois desligo a lanterna.

— E agora? — ela pergunta.

— Só resta redigir o obituário dele, acho.

— Jack.

— Esqueci. Ele não merece.

— Se merecer, só uma breve nota para Cidade — ela observa.

Lamento, Jay, mas é assim que funciona. Não há espaço no jornal para falecimento de coadjuvantes.

Meu crânio ribomba como um gongo. Cautelosamente, sento-me atrás do timão do barco de Jimmy Stoma. Estou pensando na violenta seqüência de eventos que posso ter posto em movimento ao surpreender Jay Burns e questioná-lo sobre as sessões de gravação secretas de Jimmy. Lembro-me da angústia em seus olhos de porco bêbado quando me perguntou se Billy Preston ainda estava vivo, e como me senti um crápula ao espicaçá-lo sobre ter sobrevivido a Franz Kafka e a John Lennon. Talvez ele tenha surtado e feito algo precipitado, como telefonar a Cleo Rio para avisar que andei bisbilhotando.

Na escuridão, Emma dá um espirro.

— Desculpe. Eu devia levar você pra casa — digo.

— Desculpe por quê? Isso é...

— Divertido?

— Excitante, Jack. Passo todos os meus dias presa em reuniões tediosas, ou sentada como uma tonta em frente à tela de um monitor. Esta é a primeira vez que visito o local de um crime.

— O Juan nunca levou você a um jogo dos Marlins?

— Isso, pode fazer graça. Não é todo mundo que...

— Como?

— Deixa pra lá. — Emma aponta um dedo. — Ei, talvez esteja debaixo daqueles cilindros de mergulho.

Dirijo a lanterna para o convés à frente da viga, onde uma dúzia de cilindros de mergulho encontra-se disposta de pé em duas fileiras, como gigantescas garrafas de leite. Eles estão arrumados, indicando que os assassinos não estavam interessados nos tanques. Devem ter suposto que, fosse o que fosse que estivessem buscando, estaria escondido lá dentro.

Enquanto Emma segura a lanterna, afasto os cilindros de mergulho um a um. O convés abaixo e entre eles está vazio. É divertido ouvir Emma murmurar:

— Droga.

Depois damos sorte. Ao erguer o penúltimo cilindro, ouço alguma coisa escorregar de um lado para outro dentro dele. Virando o cilindro de cabeça para baixo, descobrimos que a solda no fundo arredondado foi cortada, depois recapeada. É um trabalho tosco, mas as marcas estão bem escondidas pelo modo como os cilindros de mergulho estão alinhados. Emma abre a porta para a escada da escotilha e eu arrasto nossa descoberta para a cabine saqueada. Em meio ao conteúdo de uma caixa de ferramentas virada, Emma localiza uma pequena picareta e uma marreta pesada.

— Ligue o estéreo — peço a ela. — Bem alto.

Quando somos engolfados pelo som do Led Zeppelin de que Jay tanto gostava, começo a martelar o cilindro de mergulho. Sorrindo, Emma tapa os ouvidos com as mãos. Ela está curtindo o maior barato.

Dez minutos de furiosas marteladas rompem a solda. A peça do fundo voa do tanque e aterrissa na pia da quitinete, girando como um pires. Enfio a mão no cilindro de alumínio oco e retiro um pacote embrulhado em papel-bolha.

— Drogas? — sussurra Emma por cima do meu ombro, mas estou pensando: arma.

Enquanto desembrulho o pacote, noto que meus dedos estão trêmulos; a respiração da Emma é curta e rasa. No entanto, o objeto embrulhado não é nem um pacote de maconha nem uma pistola. Num primeiro exame imagino que seja uma fita cassete de oito pistas, mas é ligeiramente mais larga e mais grossa.

— Deixa eu dar uma olhada — sugere Emma. Ela manuseia a caixa preta de plástico. — Está vendo este negócio? Esta coisa encaixa num computador.

— E o que poderia ser?

— Não faço idéia — responde Emma —, mas sei quem saberia.

— Ah, não. Não numa sexta-feira à noite.

— Agora já é sábado de manhã. — Ela aponta o relógio.

— Três da madrugada. Não dá para fazermos isso agora — insisto.

— Por que não?

— Porque não. — Que inferno, digo para mim mesmo, é melhor falar de uma vez. — Porque ele vai estar acompanhado.

— Ah, e quem liga pra isso? — observa Emma alegremente. — Honestamente, Jack.

No carro aumento o volume do CD *Stomatose* e, em memória do finado Jay Burns, mostro para Emma uma de suas parcerias com Jimmy Stoma.

Três dias na cama realizaram meus sonhos
Mas você tem que me deixar porque me sinto bisonho.
Não é nada pessoal, ooooh, não precisa encrencar.
Minhas gengivas estão sangrando e o motor não quer pegar.
Eu te amo, garota, mas estou desolado.
Eu te amo, garota, mas estou desolado.
Ah, eu te amo garota, mas estou... DESOLAAADO!

— Simpática — observa Emma, sem convicção. Ela ainda não está convencida da genialidade de Jimmy Stoma.

— Conseguiu ouvir Burns ao piano?

— Não exatamente, Jack.

— Dando aquele toque de Little Richard?

— Quem é Little Richard? — ela pergunta.

— Você está partindo o meu coração.

Estamos entrando no estacionamento da casa do Juan quando Emma diz:

— Nunca estive aqui.

— Então é melhor estar prevenida: é aqui que ele dorme com as mulheres.

— Vou tentar não fazer uma cena — retruca Emma.

A casa está escura. Bato forte na porta. Emma fica para trás, segurando a geringonça que encontramos dentro do cilindro de mergulho.

— Talvez ele não esteja em casa — comento, esperançoso.

— O Jeep está na garagem — diz Emma.

Bato novamente, desta vez mais forte. Uma luz surge através de uma janela lateral e logo ouvimos vozes, no plural.

— Juan! — chamo. — Ei, Juan, sou eu!

A porta se abre um pouco.

— Garoto do Obituário!

— É. Você está vestido?

Juan põe a cabeça para fora, piscando, sonolento.

— Oi — diz Emma.

— Olá. — Juan enrubesce. — Olha, eu...

Aqui intervenho com abjetos pedidos de desculpa e começo a relatar os turbulentos eventos da noite. Ele me interrompe e faz sinal para entrarmos. Emma e eu escolhemos um sofá estofado e sentamos lado a lado, como um casal, enquanto Juan corre para o quarto para se trocar. Novamente ouvem-se vozes, mas Emma continua imperturbável. Sua expressão indica que ela aprova o gosto de Juan em termos de arte e mobiliário. Quando ele retorna, vestindo uma calça jeans com vincos e camiseta Polo, está acompanhado por uma estonteante mulher de cabelos negros que reconheço como Miriam, a cirurgiã ortopédica. Agora ela está vestindo um roupão do Juan, como que fazendo uma declaração.

— Miriam, você deve se lembrar do Jack — diz Juan, ajeitando o cabelo nervosamente —, e essa é Emma, que também trabalha no jornal. É editora.

Miriam não parece impressionada, mas Emma é suave como uma seda. As duas mulheres trocam um cumprimento frio. Juan olha para mim de forma suplicante, e a única coisa que consigo fazer é estremecer de remorso.

— Não vamos ficar muito tempo — declara Emma, entregando a caixa preta para Juan. — Nós achamos que isso pode ser ligado a um computador.

Ele concorda.

— Claro que sim. Conecta-se por aqui, com um cabo. — Por cortesia, ele mostra para Miriam, que também aquiesce.

Quando lanço uma olhadela para Emma, vejo um sorriso brincando no canto de seus lábios.

— É um disco rígido externo — afirma Juan.

— E o que ele faz?

— O que se mandar fazer. Onde vocês conseguiram isso?

Não podemos contar a ele, não com Miriam por perto. Ela está muito curiosa quanto à razão da nossa visita; apenas um grande drama pode desculpar uma interrupção a esta hora.

— É uma longa e tenebrosa história — digo a Juan.

Emma fala mais alto:

— Jack está trabalhando numa investigação. — Palavras que nunca sonhei ouvir dos lábios dela.

Juan pisca para mim. Pergunto se o disco rígido se encaixa no meu computador da Redação.

— É possível — responde —, mas provavelmente só vai jogar informação sem sentido na sua tela. — Ele explica que o dispositivo é como um cérebro sem corpo. — Não se pode simplesmente ligar em qualquer lugar e esperar que volte à vida. É preciso entender como foi programado antes de descobrir o que há dentro.

E o que há dentro daquela caixinha, espero, é a chave para a morte de Jimmy Stoma.

— Você pode fazer uma tentativa? — Emma pergunta a Juan.

Os olhos dele mudam dolorosamente de Emma para Miriam, e depois para mim. Ele diz:

— Hã... hoje não. Que tal amanhã?

— Amanhã está ótimo — concordo.

Ele olha para o meu rosto inchado.

— Você está bem, cara? Parece que despencou três lances de escada.

— Dois — corrijo com um sorriso maldoso. — E você acredita que eu estava totalmente sóbrio?

Miriam, a médica, sente-se obrigada a nos informar que não vai se deixar enganar pela nossa bonomia.

— Você levou uma surra — diz séria. — Bateram no seu rosto.

— Sim, e em outras partes. — De repente não me sinto mais tão esperto. — Vamos, Emma, vamos embora. Esses dois garotos precisam de um pouco de sono.

Quando me aproximo do carro, o piso do quintal de Juan começa a fugir dos meus pés. Emma ordena que eu me sente no banco de passageiros, onde encosto minha testa úmida no vidro.

— Obrigado por dirigir — falo.

— De nada.

— Você está bem?

— Melhor que você. Tire uma soneca.

— Ela é médica, a Miriam. — Por alguma razão inexplicável — ou talvez como um infeliz efeito colateral da concussão —, resolvo que Emma deveria saber que Juan tem padrões elevados, que não transa com qualquer uma. — É uma cirurgiã de renome — acrescento.

— Bem, ela é muito bonita.

Ouço a mim mesmo dizer:

— Não tanto quanto você.

— Jack, pára de falar merda.

— Tudo bem.

Nossa, como me sinto acabado — é o pior momento possível para estar sozinho com Emma. Sou capaz de pôr tudo a perder. Quando lhe peço que abaixe o volume do estéreo, ela responde:

— Com prazer. — Será a última palavra dela sobre *Stomatose.*

Quando estacionamos na entrada da sua casa, Emma tira da ignição as chaves do carro.

— Você não está em condições de ir pra casa.

— Me dá isso aqui! Eu estou bem.

— Não seja babaca.

Então volto para o sofá dela, com a palma da mão suada cheia de aspirinas e a testa debaixo de um pacote de gelo. Emma está vestindo uma camiseta Pearl Jam bem folgada e andando descalça pela sala, desligando as luzes e conferindo as fechaduras.

— Jack, não seria incrível — ela está dizendo — se eles estivessem tentando acabar com a banda?

— O quê?

— Bom... primeiro Jimmy Stoma morre, e agora Jay Burns. E se alguém estiver matando os Slut Puppies, um a um?

Emma entra no banheiro, fora de visão. Posso ouvir a metódica escovação de dentes.

— Penche a rechpeito — ela gorgoleja.

Quando retorna, Emma cheira a hortelã.

— Então, quem ainda está sobrando?

— O guitarrista solo morreu alguns anos atrás, então só restam mesmo os dois contrabaixistas.

— E o baterista?

— Jimmy passou por uma dúzia de bateristas — respondo.

O apartamento está escuro, com exceção de um abajur aceso no quarto de Emma.

— Talvez você deva conversar com eles. Com os contrabaixistas — ela sugere.

— Quando? No intervalo entre dois rabinos falecidos?

— Ei, não dei uma semana pra você resolver o caso?

— Resolver o caso? — De repente virei a Miss Marple de Agatha Christie. Emma revira os olhos e toma o caminho da cama. Momentos depois, o quarto dela escurece. Engulo as aspirinas a seco e pisco os olhos, exausto. Molas de cama rangem quando Emma se arruma sob as cobertas. Na escuridão, ouço a mim mesmo dizendo:

— Ei, não respondi a sua pergunta indiscreta.

— Que pergunta? — retruca Emma, meio petulante.

— Você perguntou se eu estava dormindo com alguém. Bem, não estou.

— Eu sei. — Ela responde tão baixo que mal consigo ouvir. — Descanse um pouco, Jack. — E eu obedeço...

Acordo mais tarde ao ritmo de uma respiração que não é a minha. O gelo foi removido da minha testa e meu rosto foi enxugado. Emma está puxando o cobertor para cobrir os meus pés.

Quando me mexo, ela sussurra:

— Sou eu.

— Você perdeu a hora.

— Feche os olhos.

— Que idade você tem, Emma?

— Vinte e sete.

Meu Deus meu Deus meu Deus meu Deus.

— Por que a pergunta? — ela quer saber.

Hendrix Joplin Jones Morrison Cobain — eu poderia gritar os nomes deles. Mas em vez disso só digo:

— Vinte e sete. Uau.

— Uau pra você também. Não é tão bom quanto você se lembra.

— Está brincando? É lindo.

— Eu joguei aqueles Valium fora — ela diz. — Depois daquele almoço voltei à minha mesa e joguei tudo no lixo, todas aquelas malditas pílulas.

Silêncio na escuridão. Será que voltou para o quarto?

— Emma?

— O quê?

Ótimo. Ela ainda está aqui.

— Obrigado por cuidar de mim esta noite.

— Obrigada pela aventura, Jack. — Ela se inclina e me beija com a leveza de uma borboleta que roçasse os meus lábios. Depois fico novamente sozinho e caio num maravilhoso sono sem sonhos.

16

Não há nada de errado comigo, nem mesmo uma ligeira concussão. Isso é o que diz minha médica, Susan, que é seis anos mais nova que eu e trabalha aos sábados no turno dos novatos de uma clínica médica no centro da cidade. Susan não se impressiona com meu nariz inchado, com as intumescências na minha mandíbula nem com os vergões em forma de punho em minhas costelas. Contudo, a história que conto sobre como arranjei aqueles arranhões e hematomas a deixa intrigada, especialmente a parte do lagarto congelado. Sinto-me pressionado a falar em tom de brincadeira, sabendo que ela considera meus exames clínicos mensais uma perda de tempo. Mas sempre insisto nos procedimentos, é claro, incluindo exames de sangue de amplo espectro e a sempre popular incursão à próstata, na qual a dra. Susan está se preparando para embarcar.

— Sem ofensa, Jack — ela está dizendo —, mas estou cansada de olhar sua bunda a cada quatro semanas. É totalmente desnecessário, como o simpático pessoal do seu seguro de saúde já observou.

— Me deixe um pouco mais animado, tá? Eu não pago sempre em dinheiro?

— Não há nada de errado com você — Susan diz outra vez. — Você é um espécime completamente saudável... pelo menos fisicamente.

— Você é casada?

— Não, mas se eu fosse — responde Susan, atrás de mim —, usaria um anel de diamante de três quilates neste dedo — o temível estalo do látex! — especialmente para você, meu amigo.

* * *

A morte de John Dillinger Burns dá dois parágrafos na terceira página da seção Cidade do *Union-Register. A polícia está investigando as circunstâncias... Acredita-se que álcool e drogas estejam envolvidos... Burns, 40, foi tecladista de uma popular banda de rock, Jimmy and the Slut Puppies. Ironicamente, o vocalista do grupo, Jimmy Stoma, morreu há pouco tempo num acidente de mergulho nas Bahamas...*

Só isso. Sigo em frente até a página de Esportes, na qual Juan tem uma matéria sobre uma estrela de basquetebol universitário que se viciou em jogos de azar aos vinte anos de idade — mais um excelente artigo, ao mesmo tempo implacável e pungente. O que eu não daria para ter o estilo do Juan!

— Ei, bonitão.

É Carla Candilla. O cabelo dela agora está... eu queria dizer turquesa.

— Quase isso — ela concede. — Desculpe o atraso. Água Pellegrino pra mim? Você é uma gracinha.

Estamos nos encontrando no seu café favorito, o Iggy Cheyenne's, que dá para a praia e para o velho deque de pesca. As gaivotas são uma ameaça na hora do almoço, mas hoje estão se mantendo afastadas da nossa mesa. Credito isso à tintura vívida dos cabelos da Carla.

Ela quer saber tudo sobre a invasão ao meu apartamento, fascinada pela imagem da minha reação e do sangue envolvido. Intencionalmente não menciono o papel oportuno do falecido Coronel Tom, que Carla acredita estar vivo e correndo livre junto com outros lagartos.

Um garçom de olhos turvos se materializa. Carla e eu pedimos lulas de entrada e duas saladas gregas. Depois disso ela descansa o copo, olha ao redor e diz:

— Bom. Você não foi o único a ter uma grande noite de sexta-feira... adivinhe quem eu vi no Jizz.

— A viúva cantora!

— Não. O namorado dela.

— Tem certeza?

— Minhas fontes são de primeira — diz Carla —, mas eu o teria reconhecido de qualquer forma, por causa do cabelo. O que é *aquilo*?

— Eu disse que era impressionante.

— Visto por trás todos pensamos que era a Mariah Carey. Juro que ele deve fazer aquela droga de penteado numa prensa de lavanderia.

— Qual é o nome dele? Quem é ele?

Tiro o meu bloco de notas e procuro uma caneta. Carla sorri.

— Black Jack em ação!

— Você conseguiu o nome dele ou não?

— O que você acha? Claro que consegui. É Loréal.

— Antes o primeiro nome.

— Ele não tem um primeiro nome — ela informa.

— Claro que tem.

— Não, esse é o nome inteiro dele. Loréal.

— Como Sting, ou Bono...

— Muito bem, Jack.

— Só que esse estrupício adotou o nome de um xampu.

— Dá pra acreditar? — guincha Carla.

— E o que faz monsieur Loréal pra ganhar a vida?

— É produtor de discos, foi o que ouvi. Muito importante. — Carla está me observando enquanto escrevo em meu bloco de notas. — Perguntei quem ele produzia e alguém falou em The Wallflowers, mas depois disseram que não, que era o Beck. Não cheguei a entender bem, mas todo mundo disse que ele é quente.

— E também dizem que está traçando a mulher do Jimmy?

— Dizem que ela é que está traçando ele.

Fico batendo minha caneta na mesa.

— Sabe, a diferença é que, bem, é a Cleo que está no controle do jogo — explica Carla. — Ela chama, ele vem correndo. O sexo acontece quando ela quer, não ele. Loréal é só um brinquedinho, como você disse.

Estimulo Carla me contar mais sobre Loréal e ela diz que ele tem vinte e nove ou trinta anos, mudou-se recentemente de Los Angeles para cá, dirige uma motocicleta e, com base em observações de primeira mão, tem uma queda por ecstasy. E conta para todo mundo que quiser ouvir que está produzindo o novo álbum da Cleo.

— Quero conhecer esse sujeito — digo a Carla.

Ela sorri.

— Vai bater nele, Jack? Eu pagaria um bom dinheiro pra ver você dar uma surra em alguém.

— O que é tão engraçado?

— Não consigo imaginar, só isso. Simplesmente não consigo! — Ela joga uma lula frita na boca. — Esse pateta que invadiu seu apartamento... era maior que você? Meu Deus, e se ele estivesse armado? Você chegou a pensar nisso, Jack?

— Dê um jeito de eu me encontrar com Loréal. Mas por favor, não conte à sua mãe que está me ajudando.

Carla estala os dedos.

— Isso me faz lembrar! — Ela ergue uma volumosa bolsa de crochê do colo e pega um livro grosso e brilhante. Com um floreio ela o passa pela mesa, atrapalhando o garçom que está tentando servir nossas saladas.

— O que é isso? — pergunto.

Carla ergue uma sobrancelha.

— Você já ouviu falar dele, certo?

— É claro.

O romance chama-se *A amante do falcoeiro*. Na capa há o desenho de (naturalmente) um falcão com as asas em chamas. O pássaro está empoleirado no punho de uma mulher com uma luva de veludo adornada por um reluzente bracelete de rubi. Apenas seu braço nu e bronzeado é visível. O autor do livro, cujo nome aparece em letras douradas em relevo, é Derek Grenoble. Suas novelas de espionagem vendem milhões.

— Sua mãe vai se casar com essa pessoa?

— Em princípio eu não ia contar — diz Carla —, mas depois percebi que mais cedo ou mais tarde você iria descobrir. Nunca li nada que o sujeito escreveu, mas ele me parece legal. Sério.

Viro o livro e estudo o rosto da fotografia retocada.

— Ele parece a Ann-Margret com uma echarpe.

— Ele é inglês — informa Carla. — Ou talvez seja australiano.

— Em primeiro lugar, esse não pode ser o verdadeiro nome dele. "Derek Grenoble"? De jeito nenhum. Sua mãe deve saber disso. Em segundo, ele não pode ter só quarenta e quatro anos.

Carla franze a testa.

— Você está reagindo pior do que eu imaginava.

— Só estou decepcionado, apenas isso. — Magoado seria mais apropriado. E enciumado e agressivo e furioso comigo mesmo por ter perdido Anne.

— Jack, ela está realmente feliz. Eu diria, se ela não estivesse.

— Jóia. Lady Anne Grenoble... é assim que ela vai se chamar de agora em diante? Quando vai ser o grande dia do casamento?

— No próximo sábado.

— Você está me gozando.

— Derek está indo para a Irlanda começar um novo projeto.

— Sábado é o dia do meu aniversário — digo com um fiapo de voz.

— Oh, cara. Eu tinha esquecido — lamenta Carla. — Quantos anos?

— Cento e sete.

Abro a última obra-prima do Derek numa página ao acaso.

— Escute só isso: "Duquesne voltou-se para o chefe de seção e fitou-o com repulsa, como se ele fosse um verme numa maçã vermelha e brilhante. Uma coisa era não ter competência, mas ser um ególatra negligente era um troço bem distinto. Kincaid estava morta porque ele havia estendido sua missão por muito tempo, tempo demais, e ela não teve como voltar. Isso Duquesne não poderia jamais perdoar. Tirou a Walther descarregada de Kincaid de um bolso e depositou-a na mesa do chefe de seção. Em seguida girou nos calcanhares e saiu do edifício. No momento em que chegou ao aeroporto, havia decidido precisamente aonde ir e quem iria matar". Pelo amor de Deus, Carla, me diga que ele está de brincadeira.

Para meu horror, ela descansa o garfo e fala:

— Continua lendo, Jack, vai. O que acontece depois?

Nenhum lugar equilibra melhor energia e enfado que a Redação de um jornal. Em meio a espetaculares matérias inéditas existem tediosas bonanças que fazem os repórteres ponderarem profundamente sobre a profissão que escolheram. Crises nervosas são comuns devido às longas jornadas de trabalho, aos salários mesquinhos e à natureza depressiva do que escrevemos. Como diz o ditado, eles nunca nos mandam para o aeroporto quando o avião aterrissa em segurança. Os que abandonam o jornalismo em geral vão direto para escolas de direito, uma pós-graduação ou encontram serviços bem pagos em departamentos de relações públicas corporativas. Pessoalmente, eu preferiria que pregassem meus testículos numa árvore venenosa.

Até poucos anos atrás, nunca tive nenhuma dúvida quanto a trabalhar em um jornal, jamais pensei ter feito a escolha errada. Entrei nesse ramo não para ser surrado ou praticar para escrever um romance, mas porque queria ser um Bob Woodward ou um Seymour Hersh, desancando gente na Primeira Página. A realidade lentamente se impôs e acabei entendendo que não estava destinado a morar em Washington ou em Nova York, ou nem mesmo em Miami, mas ainda assim havia boas matérias a serem escritas. Bons tempos aqueles em que eu causava tristeza e infelicidade e ocasionais acusações de delitos graves em crápulas como Orrin Van Gelder. Eu acreditava que era um trabalho importante, um serviço de utilidade pública, e ainda por cima com o bônus de ser sempre divertido. Cada nova matéria era um renovado aprendizado sobre a ganância e a credulidade humanas. As manchetes espirravam muita água a partir de uma pequena poça, mas as marolas não duravam muito. Isso tampouco me incomodava, porque geralmente a essa altura eu já estava envolvido em alguma coisa nova. E caçar delinqüentes na Flórida é um trabalho sem fim, pois o poço nunca seca. Mas aí o jornal foi vendido, o espaço para notícias encolheu, houve corte de pessoal, eu fiquei puto da vida e — quando a oportunidade se apresentou — humilhei publicamente o novo CEO.

Sabotando assim minha própria carreira.

Um breve retrato de Race Maggad III: alto e loiro, com um queixo suave e roliço, olhos pequenos e verdes e um bronzeado uniforme como creme de amendoim. O longo nariz aquilino tem um montículo permanente no lugar em que ele uma vez golpeou-se por acidente com um taco de pólo. Duas vezes por semana suas unhas são profissionalmente polidas até atingir o brilho de porcelana, e seu branqueador dental é importado de

Marselha a um preço exorbitante. Ele chama a esposa de "Casey-Pombinha", e em vez de filhos os dois têm quatro golden retrievers castrados. O casal possui casas em Wellington, na Flórida; East Hampton, em Long Island; e San Diego, na Califórnia, onde o Maggad-Feist Group tem seu quartel-general corporativo. O homem da casa adora carros esportivos, em especial os de pedigree germânico. Recentemente completou quarenta e quatro anos, a mesma idade com que faleceu Bebe, o golfinho-nariz-de-garrafa (um dos diversos que fizeram o papel de Flipper na tevê).

Em termos de moda, Race Maggad III procura ostentar um estilo de auto-importância informal. Hoje, por exemplo, está usando mocassins de couro de crocodilo sem meias, calças cáqui e camisa Oxford de tecido batido com monograma e mangas arregaçadas. Como se quisesse provocar risos, amarrou as mangas de um suéter naval ao redor do pescoço. Isso em agosto, na Flórida.

— Boa tarde, Jack — ele diz.

— Saudações, senhor Maggad.

Estou acampado na minha mesa, lendo uma antiga entrevista de Jimmy Stoma para a *Rolling Stone*, desencavada para mim pelo jovem Evan em uma missão na biblioteca pública.

— Tem um minuto? — O tom de voz de Maggad expressa uma jovialidade magoada.

— Na verdade estou bastante ocupado.

— Vamos lá. Podemos usar a sala do Abkazion.

Esquadrinho a Redação em busca de testemunhas em potencial. É uma tarde de sábado e o lugar está calmo — Emma não está trabalhando, o que é bom.

— Então — começa Maggad, acomodando-se atrás da bagunçada mesa do editor-chefe —, acho que você soube que o senhor Polk saiu do hospital.

— Sim, ouvi dizer. Mais um milagre da medicina.

— Como foi a sua visita? O que achou dele?

— Irascível e incontinente.

Race Maggad III aperta os lábios cor de fígado.

— Mas como ele lhe pareceu mentalmente... lúcido? Consciente das coisas ao redor?

— Afiado como uma navalha. Eu meio que gostei daquele velho safado.

— Sim, suponho que o sentimento seja mútuo. Por acaso ele mencionou por que razão queria que fosse você a escrever o obituário?

A expedição de pesca dele está muito mal disfarçada. Que cara mais estabanado.

— Porque meu estilo irrestrito o faz lembrar o de James Joyce — respondo.

— Hummm.

— Ou será o de Henry Miller?

Continuo parecendo o retrato da seriedade, enquanto Maggad mastiga inquieto o interior de sua bochecha direita. Meu nariz balofo e meu queixo inchado provocam inquietação e possivelmente desconfiança. Ele está quase se arrependendo dessa incursão à Redação, onde se destaca como um troço boiando numa poncheira de cristal. Maggad pode ser o dono do lugar, mas não faz parte dele.

— Jack — diz —, sabe que nós nunca realmente conversamos.

— Sobre?

— Sobre o que aconteceu naquela reunião com os acionistas, por exemplo. Eu recebi a sua delicada mensagem — acrescenta — e com certeza considerei-a seriamente.

O pedido de desculpas foi redigido, assinado e enviado para Race Maggad III sem meu conhecimento. O autor foi Juan Rodriguez, para tentar salvar meu cargo na equipe de reportagem.

— Mas já há algum tempo estou querendo um encontro assim, em particular — explica o nosso CEO jogador de pólo —, para lhe dizer... para lhe garantir... que acredito no jornalismo investigativo tão profundamente quanto você. E que creio ser possível que grandes jornais locais também sejam rentáveis. Esse é o nosso objetivo no Maggad-Feist Group.

O jovem Race tem como objetivo obter lucros anuais de vinte e cinco por cento, uma margem que faria inveja à maioria dos traficantes de heroína.

— Você já foi repórter? — Sei a resposta, mas assim mesmo faço a pergunta, para fazê-lo sofrer.

— Não, Jack, nunca. Fiz meu MBA em Harvard.

— Já trabalhou numa Redação?

— Olha, fui jornalista toda a minha vida.

De repente me surpreendo gargalhando como uma arara.

— Você foi *dono* de jornais toda a sua vida, o que realmente não é mesma coisa. Seu papai e seu vovô eram colecionadores de jornais — continuo —, assim como eram colecionadores de casas de panquecas.

Maggad cora até as orelhas, pois agora toquei num ponto sensível. Quando o Maggad-Feist Group adquiriu o *Union-Register*, o comunicado para a imprensa se referiu àquela divisão da companhia como proprietária de "uma popular cadeia de restaurantes familiares". Um de nossos redatores de negócios, Teddy Bonner, cometeu o equívoco de citar aquilo numa matéria de capa. Dias depois recebemos um memorando informando cruamente aos funcionários que, a partir daquele momento, ao escreverem sobre o Maggad-Feist, era "desnecessário" mencionar a cadeia de lanchonetes Wilma's Waffle Dens, bem como a infeliz infecção bacteriana que matou nove inocentes e hospitalizou outros cinqüenta e dois clientes que comeram lingüiças impropriamente refrigeradas no café-da-manhã.

— A propósito — digo para Race Maggad III —, algum daqueles incômodos casos de morte por negligência ainda está dando sinal de vida?

Ele estica os longos dedos e diz em voz baixa:

— Você está tentando ser demitido, é isso? Para poder nos processar por sabe-se lá o quê? Para ver sua foto no jornal? Aposto que ia gostar disso.

Ouço a mim mesmo perguntando a ele que espécie de nome era Race.

— Quando você era pequeno eles te chamavam de Mestre Race Maggad? Aposto que sim, aposto que escreviam isso em todos os convites para festas de aniversário.

Com um olhar furioso, ele se põe abruptamente em pé. Manchas escuras floresceram em sua camisa na altura das axilas. Por um momento acho que ele vai avançar por cima da mesa de Abkazion para me estrangular... e quem poderia culpá-lo?

— Tagger — ele sibila através das mandíbulas cerradas —, qual é o seu maldito problema?

— Acho que não gosto de ser jogado de um lado pra outro. Por que não me diz logo qual a razão de ter vindo aqui pra eu poder mandar você embora e nós dois podermos continuar nosso dia?

Percebendo as duas meias-luas úmidas em sua Oxford, o jovem Race habilmente cruza os braços para escondê-las.

— O obituário de MacArthur Polk — ele continua bruscamente. — Eu quero ler.

— Ainda não foi redigido.

— Mentira.

— E mesmo que estivesse...

— Mentira. Amy, a sua editora, disse...

— O nome dela é Emma.

— Ela disse que pediu a você que acabe logo com isso.

— Realmente pediu — concordo — e é o que vou fazer.

— Que Deus me ajude, Tagger, você está dificultando a conversa...

Comento que o Velho Polk não apenas ainda está vivo como aparentemente se recuperando.

— Enquanto isso, outras pessoas estão morrendo todos os dias — acrescento. — Pessoas significativas, que merecem obituários significativos. É uma tristeza, mas estamos com pouca gente, senhor Maggad, devido a pesadas reduções em nosso pessoal e nos recursos editoriais. Só posso fazer o trabalho de uma pessoa.

O jovem Race ignora a indireta sobre as reduções de orçamento. Envolvido em profundas e amargas ruminações, ele dedilha o caroço do seu nariz.

— Eu gostaria de saber o que o senhor Polk falou no hospital. Diga o que ele pediu que escrevesse.

— Ah, eu não posso fazer isso.

— Por que não?

— Porque é confidencial. O *Union-Register* tem regras estritas que instruem os repórteres a não divulgarem informações não publicadas.

— Sim, para gente de fora — interrompe Race Maggad III. — Mas eu não sou de fora, Tagger. Sou eu quem assina os contracheques aqui.

— Não, você assina os contracheques das pessoas que assinam os contracheques. E se você não é de fora, por que todo mundo pára e fica boquiaberto cada vez que você entra no prédio? Conheço artistas de circo de duas cabeças que não atraem tanta atenção.

— Faça como quiser. Vou falar com sua editora e vamos corrigir imediatamente esse seu comportamento, senhor.

— É um belo plano de jogo. E enquanto isso, senhor — eu tiro o bloco de notas do bolso —, preciso de uma declaração sua.

A julgar pela expressão do jovem Race, eu poderia igualmente ter puxado o pino de uma granada ativada. Refletindo, ele recua um passo, derrubando uma escultura de cobre representando um cação-anjo da coleção do Abkazion.

— Uma declaração para quê? — demanda o jovem magnata.

— Para o óbito do Velho Polk. É bastante apropriado — respondo. — Foi você quem comprou o precioso jornal dele. Você é uma pessoa importante.

Maggad volta a sentar-se. Depois de uma pausa pensativa, faz sinal para eu me preparar para escrever.

— MacArthur Polk — ele começa — era como um segundo pai para mim. Foi um professor, um amigo e uma inspiração. Mac Polk era o coração e a alma do *Union-Register*, e faz parte de nossos deveres manter seu espírito vivo a cada dia, em cada página deste importante jornal.

Um profundo suspiro de auto-satisfação; depois:

— Anotou tudo isso, Tagger?

— Palavra por palavra. — Até que foi uma declaração elegante para um riquinho inútil e enfadonho como ele, tenho de admitir.

— Faça-me um favor — ele diz. — Mostre isso para o senhor Polk, sim?

Começo a rir de novo. Não consigo evitar; o sujeito me faz dar risada.

— Qual é o problema agora? — ele exige.

— Você quer que o senhor Polk saiba de antemão o que vai dizer sobre ele quando estiver morto.

— Exatamente.

Não consigo fazer o jovem Race entender por que isso é tão engraçado, pois ele não sabe que eu sei a razão de ele estar puxando o saco do velho. Então, vamos continuar o jogo...

— Senhor Maggad, não precisa se preocupar. Tenho certeza de que ele ficaria muito comovido com o seu tributo pré-póstumo.

— De qualquer forma, mostre essa declaração para ele.

— Enquanto ele está suficientemente lúcido para poder apreciá-la.

— Exatamente. — Race Maggad III consulta o relógio de pulso, que com certeza custa mais caro que o meu automóvel. Agora ele está outra vez de pé, saindo depressa da sala do Abkazion. Sigo nos seus calcanhares. — Diga a Amy — ele resmunga por cima do ombro — que quero que ela me envie uma cópia do obituário de Mac Polk por fax no dia em que você o concluir.

— É *Emma*, e você vai ter que me matar primeiro. — O jovem Race e eu atraímos uma rajada de olhares ao passarmos pela editoria de Cidade — mais um pouco e ele começaria a trotar. Quando chegamos ao corredor, ele literalmente esmurra o botão dos elevadores. Fico esperando ao lado dele com um ar amistoso — estou indo para a cafeteria. Sinto muita vontade de comer uma barra de chocolate.

— Não adianta tentar me aborrecer — rosna o presidente executivo do Maggad-Fiest Publishing Group. — Você é um mosquito numa tela de radar.

— Num pára-brisa, você quer dizer — corrijo de forma solícita. — Numa tela de radar eu seria um "eco".

— Vai se foder.

Foi quase interessante conhecer o jovem e garboso publisher. Aflito, ele aperta de novo o botão do elevador. Quando a porta se abre, ele se atira para dentro. Rápido como um coelho, também entro.

— Sabe qual é o objetivo da minha carreira, Mestre Race?

— Saia da minha frente.

— Meu objetivo é trabalhar neste jornal tempo suficiente para escrever o seu obituário. Não seria fantástico?

17

Da entrevista de Jimmy Stoma à *Rolling Stone*, datada de 20 de setembro de 1991:

RS — *Você está feliz com a forma como* Stomatose *saiu?*

JS — Ah, sim. Quanto mais ouço, mais forte me parece.

RS — *Algumas das faixas soam muito parecidas com o material dos Slut Puppies. "All humped out", por exemplo, é de arrasar...*

JS — Claro, porque Jay estava no piano de cauda e Tito no contrabaixo. Mesmo sendo um álbum solo, não vou virar as costas para a banda. Ainda fazemos um grande som juntos e eu seria burro se não tirasse vantagem dessa química nos meus projetos particulares. Só não quero mais fazer excursões como um grupo. De jeito nenhum.

RS — *Você tem alguma faixa preferida no novo álbum?*

JS — Não, eu curto todas.

RS — *Ah, vamos lá. "Derelict sea" é muito legal, e bem diferente de qualquer coisa que você fez com os Slut Puppies.*

JS — O.k., você me pegou (risos). Essa está definitivamente no topo da lista.

RS — *O que inspirou você a tentar um acústico?*

JS — Ei, eu *adoro* acústico. Sempre gostei. Adoro cantar sem ter que gritar a plenos pulmões, mas quando a gente está no palco não com uma, mas com *duas* guitarras, é preciso berrar como uma bruxa.

RS — *Você pretende compor mais canções como essa?*

JS — Com certeza. Meu próximo projeto é uma coisa totalmente folk-rock... não toda acústica, mas temática, sabe, em que as canções se entretecem numa história. Talvez seja até um álbum duplo, só que esse eu mesmo vou produzir.

RS — *Tudo bem, qual é a faixa de* Stomatose *de que você menos gosta?*

JS — (meneando a cabeça) Hã-hã. Eu não vou cair nessa.

RS — *Você não vai dar para trás com a gente. Nem John Lennon gostava de todas as músicas que compunha.*

JS — A única faixa que mais ou menos saiu do meu controle foi "Momma's marinated monkfish". Ficou meio festiva demais, acho. A idéia original era uma mixagem realmente sofisticada, tipo Phil Spector. Você sabe, com mais uma camada de guitarras e teclados por cima. Mas por alguma razão acabou virando uma atroz dor de cabeça hipermetálica.

RS — *Com vinte e um minutos e meio de pura diversão.*

JS — É, e eu nem me lembro de ter feito os vocais, de tão chapado que estava.

Sou chamado por Juan na editoria de Esportes, onde ele está curvado sobre o PC como um arrombador de cofres.

— Eu conectei aquele disco rígido externo — anuncia —, mas não consigo ler o que está escrito. Não tenho o software. — Ele toca a tela com um dedo. — O máximo que consegui foi um diretório, mas olha só.

São várias linhas de abreviações codificadas, começando por:

V7oyst10all
B17oyst10copy
BV22oyst7
LEADoyst.all
G1deal22
G2deal22.all
ALT.Vtitle22...

— Linguagem de computador? — pergunto.

— Não. Abreviação de nomes de arquivos digitados por quem estava rodando o programa.

— Que tipo de arquivo?

— Não sei, mas são enormes — observa Juan. — A coisa

toda tem mais de quatrocentos megabytes. Isso deve ser bem mais do que texto, Jack, pra comer tanta memória. Meu palpite é que temos áudio e vídeo aqui.

— Onde a gente pode conseguir o software?

Juan afasta os olhos da tela e me olha com tristeza.

— Cara, eu não consegui nem identificar o software.

— Jóia.

— Mas sei quem pode conseguir.

— Juan, não posso pagar um hacker. Vai ser um milagre se eu conseguir pagar minha viagem às Bahamas até o Natal.

— Não é um hacker, é só um garoto prodígio. E isso não é coisa de hacker. Os hackers trabalham on-line...

— A questão é que neste momento não posso pagar nada pra esse garoto. Estou quebrado e Emma não tem dinheiro para despesas na página da Morte. O orçamento dela praticamente só cobre a mim.

Juan joga o corpo para trás e ri.

— O sujeito que eu conheço tem doze anos de idade. Geralmente eu só dou a ele algumas entradas para um jogo de bola.

— Doze anos.

— É. Mas o quarto dele parece o centro de comando da NASA.

— Quando tinha doze anos eu mal conseguia trocar o pneu da minha bicicleta.

— Vou jogar o disco rígido na mão dele mais tarde — diz Juan —, antes da hora de ele ir para a cama.

— Obrigado. E prometo nunca mais perturbar você numa noite em que estiver acompanhado.

— *No problema.* — Juan olha ao redor para ter certeza de que ninguém vai ouvir. — A Emma surtou ao ver a Miriam lá?

— Que resposta você quer pra essa pergunta, senhor Come-Todas? A humilde verdade ou alguma invenção para inflar o seu ego?

— Olha, eu sabia que ela não estava interessada em mim — observa Juan. — Me diz uma coisa, irmão. Você está se fraternizando horizontalmente com a sua editora?

— Tira essa sujeira da sua cabeça.

Juan adoraria saber sobre o beijo, mas não vou contar a ele. Além do mais, é possível que eu tenha sonhado.

— Um brutamontes destruiu meu apartamento e me bateu... estou achando que ele estava procurando esse disco rígido. Imaginei que você estivesse com uma hóspede naquela noite, por isso dormi na Emma.

— Emma, a sua inimiga jurada. — Juan arqueia as sobrancelhas.

— Ela nunca foi uma "inimiga" — digo asperamente. — Ela é minha chefe, só isso. — Antes que Juan possa insistir no assunto, falo com ele sobre a morte suspeita de Jay Burns e de nossa ousada busca no barco de Jimmy Stoma.

— Foi lá que encontramos o disco rígido.

Juan assobia.

— Sabe uma coisa? Você deveria ir à polícia e contar tudo pra eles. É sério, cara. Quando as pessoas começam a invadir sua casa e bater na sua cara, chegou a hora de parar de brincar de Phillip Marlowe.

— Primeiro tenho que juntar todas essas peças.

— Escuta, Jack, nenhuma matéria sobre um cantor de rock morto vale perder a vida.

— Pra você é fácil dizer... é uma superestrela. E se perder a vida for a única forma de eu voltar para a Primeira Página?

Juan parece chocado. Deixo claro que estou apenas brincando.

— Ei, seu bundão, eu sou seu amigo — ele diz. — Não quero que nada de ruim aconteça com você.

— Não se preocupe. Estou bem perto de desvendar tudo isso.

Essa é a mentira mais notória que conto em dias. Não consigo encontrar um único ser humano que possa de fato afirmar que Jimmy Stoma foi assassinado. Mesmo supondo que tenha sido, também não consigo pensar em um motivo plausível, nem elaborar uma teoria que se sustente. O que estou fazendo é só chutar pedras para ver o que sai de debaixo delas.

— E você vai gostar de saber — digo a Juan — que o Coronel Tom não está mais dormindo na minha cozinha. Os serviços dele foram requeridos ontem à noite, em defesa do lar.

— Ah, não. Que diabo você fez?

— Usei-o como um bastão de beisebol, com resultados espetaculares. Agora ele está se decompondo numa lixeira, e não pode ser apontado como a arma de um crime.

— Minha nossa — diz Juan com um suspiro frenético —, não me diga que você matou seu assaltante!

— Seria adorável pensar que sim.

— Vamos, Jack — ele implora. — Essa loucura já foi longe demais, não?

— Vou fazer quarenta e sete anos daqui a uma semana. Sabe o que isso significa?

Juan gesticula com as mãos e se afasta, murmurando alguma coisa em espanhol. Tenho certeza de que não é "Feliz Aniversário".

Dirijo até minha casa e durmo durante três, talvez quatro horas — um sono de pedra e sem sonhos pelo qual sou muito grato. Mais tarde tento repetidas vezes ligar para Janet Thrush, imaginando que ela poderia saber alguma coisa sobre o misterioso disco rígido escondido no barco do irmão. O telefone dá ocupado o tempo todo; sem dúvida por causa do fã-clube da Janet-Cam na internet. De repente estou discando o número de Emma e desligando em pânico antes que ela atenda. Tenho medo de que, ao passar a noite no sofá dela, eu tenha violado um embargo pessoal e que uma retomada nos termos anteriores tenha se tornado impossível. Pesa muito perceber que eu provavelmente gostei mais da companhia dela do que ela da minha, e que o delicado equilíbrio do nosso relacionamento profissional com certeza foi abalado, com prejuízos para minha parte. Aquele maldito beijo, se é que ocorreu mesmo, foi decisivo. O dia inteiro fui assolado por pensamentos impuros em relação a Emma, minha editora. Desconfio até que faria amor com ela, se a oportunidade se apresentasse cordialmente.

Durante meia hora fico plantado embaixo do chuveiro quente, e por fim o rosto no meu espelho de barbear começa a se parecer com o meu. Quando saio do banheiro, a luz indicadora de mensagens da secretária eletrônica está piscando — Carla Candilla, sussurrando no telefone celular. Ela está me esperando numa mesa no Jizz.

— Venha imediatamente pra cá! — ordena.

Até agora, o Jizz é o único ponto de Silver Beach que tem uma corda de veludo vermelho na porta e um porteiro de camiseta, carrancudo e deformado por esteróides. A decoração do clube combina o ambiente exótico de um bordel da Costa Rica com o encanto aconchegante e caseiro de um laboratório de metanfetamina. No momento em que chego à mesa de Carla, tenho a sensação de que meus tecidos brônquicos estão se rompendo. O primeiro tópico da discussão é o meu guarda-roupa.

— Você está usando calça Dockers? — repreende Carla, horrorizada.

Explico para ela que meu casaco de pele está na lavanderia. Ela me pede que sente, as pessoas estão olhando. Logo também estou olhando — para Carla. Como vestido, ela está usando o que parece ser uma rede de pesca de camarão, através da qual são visíveis dois mamilos prateados. Viro o rosto, enrubescido — é a filha da Anne, pelo amor de Deus.

O clube é iluminado por uma luz estroboscópica frutada que fatia a névoa da fumaça de cigarro como uma centrífuga psicodélica. Um DJ de aparência nórdica com uma improvável cabeleira rastafári está comandando uma dance music sintetizada, batendo estaca de uma forma tão tediosa quanto um monitor cardíaco. Em toda parte há casais preocupados com a moda, ensaiando para as baladas de South Beach: os rapazes parecem pajens de folga, e as mulheres poderiam ser atendentes da Blockbuster.

— É sábado à noite, Jack. É assim que você se veste? Isso é uma camiseta de golfe, se não estou enganada.

— Roupas casuais feitas por encomenda, para sua informação. E desde quando você fuma Silk Cut?

— Desde que o Clube do Charuto que eu freqüentava fechou. E eu não trago, portanto sem pregações, por favor, papai. — Carla lança seus olhos delineados em violeta para um canto na parte traseira do clube e diz: — Olha lá.

Cleo Rio e seu conselheiro pessoal para assuntos de luto, Loréal com sua cabeleira tremulante, estão enterrados juntos num imenso divã em forma de saco. Os dois estão fumando como banqueiros de apostas de Hallandale, e tenho quase certeza de que Cleo não me viu em meio a toda aquela fumaça. Ela está vestida com muito bom gosto, usando um macacão preto de vinil complementado por semitons ao redor; e o cabelo cortado em estilo pajem hoje está enfeitado de azul. Loréal está envergando calça jeans preta em estilo reto e uma camisa rosa brilhante com flamingos se bicando. Por uma questão de respeito ao morto, ele restringe suas bolinações ao seio esquerdo da viúva.

Outros freqüentadores andam até o banco para conversar com Cleo; oferecendo condolências, talvez, ou papelotes de cocaína. Fico contente em não ver sinal do guarda-costas careca sem pescoço, que suspeito ter sido o meu agressor. Algum dia, nas devidas circunstâncias, ainda pretendo repreendê-lo por ter roubado meu laptop.

— Dá pra acreditar? — diz Carla. — O homem dela morreu há coisa de uma semana e ela já está circulando com o novo garoto.

— É assim que ela chafurda no luto. Você veio sozinha?

— Vou me encontrar com uns amigos. — Os olhos de Carla estão fixos em Cleo e Loréal. — Ele está com a mesma roupa que usou ontem à noite, juro por Deus.

— Cleo vai surtar se me vir aqui. Preciso dar um jeito de falar a sós com o Senhor Grande Produtor de Discos.

— Fique por aqui — recomenda Carla. — Eles não chegaram juntos e aposto que não vão sair juntos. Viu aquela limusine branca na porta? É da Cleo. Vem sentar aqui ao meu lado, Jack. Assim vai parecer que... você sabe.

Pouco à vontade, passo para o lado dela.

— Qual é o problema? — ela pergunta.

— Nenhum.

— Você está tão grilado. É o vestido, não é?

— Carla... é, sim.

— São só peitos, Jack.

— Mas são os *seus* peitos — contesto. — Os peitos da filha da minha ex-namorada. Você está com sede? *Eu* estou.

Sorrindo, Carla acena para um atendente. Dada a indecência do seu traje, é inútil observar que ela é jovem demais para tomar álcool. Carla pede um Cosmopolitan para ela e uma vodca-tônica com uma casquinha de limão para mim.

— Como você sabia? — pergunto.

— Minha mãe me contou.

— Uau. Ela se lembra.

— Ela se lembra de tudo — diz Carla.

— Ah, é verdade. A formosa lady Grenoble.

— Você começou a ler o livro?

— Sabe qual é o verdadeiro nome daquele pateta?

— Do Derek?

— É, eu dei uma busca: Sherman Wilt. Sua mãe está prestes a se casar com um Sherman... isso não deixa você assustada, querida? O cara vendia trailers antes de se tornar escritor.

— Não pode ser, Jack. Ele nasceu no Reino Unido.

— É, mas se mudou para Dunedin, na Flórida, pra vender trailers de viagem. Não é uma loucura?

Ela revira os olhos.

— Deixa pra lá. Tome a sua bebida.

— Os livros dele — murmuro para minha vodca — são uma merda.

— Quem é aquele? — Carla aponta com o cigarro em direção ao canto do bar, onde Cleo e Loréal ganharam a companhia de um homem de pele escura, com longos cabelos encaracolados e um bigode de Pancho Villa.

— Aquele — elucido — é o señor Tito Negraponte, outro ex-Slut Puppy. Ele estava no funeral.

Cleo e o produtor de discos separam-se discretamente, dando lugar para Tito no trono estofado. Os dois homens trocam um aperto de mão à maneira antiga, como se fosse a primeira vez que se encontrassem.

— O que ele fazia na banda? — pergunta Carla.

— Guitarra base.

— E com quem está tocando agora? Ele parece bem velho e mofado.

— É, deve estar com uns cinqüenta e dois anos. É incrível que consiga se locomover sem uma cadeira de rodas.

Sou distraído por duas modelos ossudas de minissaia dançando com passos duros na pista. Estão sugando chupetas de bebê, agitando canudinhos de coquetel fosforescentes e mostrando a calcinha para o barman, ou talvez para mim.

— Esse é o tipo de garota que você precisa, Jack. Sem dúvida. — Carla dá uma cotovelada em minhas costelas doloridas. — Maluquetes de dezessete anos de idade, elas vão balançar o seu mundinho.

— Sua mãe foi a única que conseguiu fazer isso.

— O quê? — Carla chega mais perto. O DJ aumentou o volume do som para encorajar os dançarinos gregários.

— Eu disse que sua mãe foi a única mulher que balançou o meu mundo. E agora está dormindo com um escritor medíocre.

Carla dá de ombros, sem resposta.

— E vai casar com o babaca no dia do meu aniversário — eu engulo o resto da vodca. — A mulher que se lembra de tudo.

— Menos de aniversários — intervém Carla. — Ela é péssima nisso, Jack. Pode perguntar ao meu pai. Ei, olha quem está indo embora.

Loréal levantou-se do trono acolchoado. Ele joga um beijo para Cleo, bate a palma da mão espalmada na de Tito e sai caminhando pela pista de dança, desviando-se das modelos e indo em direção à porta.

— Deseje-me boa sorte — falo para Carla.

Ela desliza para o lado para abrir passagem.

— Vai! Vai logo. Vou ficar de olho na viúva e no mexicano esquisito.

Dou um beliscão em sua bochecha e deixo uma nota de dez para as bebidas, que ela prontamente me empurra de volta.

— Você tem o meu celular, certo?

— Escuta, Carla, você vai mesmo se encontrar com alguém? Eu me sinto mal deixando você aqui sozinha.

Ela acha aquilo estrondosamente engraçado.

— Não se preocupe, papai, está tudo bem. Agora dá o fora.

Chego ao estacionamento em frente à praia exatamente no momento em que Loréal está montando sua Harley. Quando consigo dar partida no Mustang e me mesclar no pesado fluxo da A1A, o garanhão da Cleo já tem cinco quarteirões de vantagem.

A legislação da Flórida aprovou recentemente uma lei que permite aos motociclistas circular sem capacetes, um grande benefício para neurocirurgiões e agentes funerários. Esta noite isso também me beneficia, pois a falta de um protetor na cabeça de Loréal o torna fácil de seguir mesmo à noite, com seus longos cabelos esvoaçando como uma esteira de fumaça avermelhada.

Ele não vai longe: um salão de bilhar chamado Crabby Pete's. Estaciono meu carro perto da moto e espero vinte minutos, o suficiente para Loréal injetar pelo menos mais dois drinques em seu metabolismo. Depois pego meu bloco de notas e entro no bar.

— Para que jornal você diz que trabalha?

— *Union-Register*.

— Nunca ouvi falar.

— É o único pasquim da cidade.

— Para ser sincero, não tenho muito tempo pra ler.

Isso não chega a ser uma grande surpresa. Loréal e eu estamos conversando há uma hora e minha impressão é que ele precisaria de um professor particular para conseguir ler os textos das capas de seus discos. Estivemos conversando principalmente sobre música — em específico, a sensacional carreira dele como produtor de discos. Seu currículo aumenta a cada cerveja, embora ele tropece uma ou duas vezes ao recitar os vários artistas que têm vindo em busca de sua genialidade. Minhas anotações refletem certa confusão recorrente, por exemplo, entre os Black Crowes e os Counting Crows. A credibilidade do jovem Loréal fica também abalada pelas vaidosas referências ao seu habilidoso trabalho de estúdio (embora não creditado) para uma banda que ele insiste em chamar de "Matchbox Thirty". Não fiz nada para corrigi-lo porque — como qualquer repórter dirá — uma das situações mais emocionantes na nossa profissão é entrevistar um pobre-diabo mentiroso. Eu o coloquei em movimento ao dizer que o reconhecia de uma foto na revista *Ocean Drive* e que precisava de algumas declarações para um artigo sobre o CD a ser lançado em breve por Cleo Rio.

— Ela falou que eu estava produzindo, certo?

— Na verdade, ela disse que o marido dela era o produtor.

— Claro, *era*. — Loréal está tamborilando ritmicamente na beira do balcão. — Foi realmente muito chato o que aconteceu com o Jimmy. Ela me procurou toda chorosa, assim: "Não sei o que fazer. Preciso de ajuda pra terminar o meu disco".

— Tive a impressão de que já estava quase pronto — comento.

Loréal bate os dentes e finge uma falsa modéstia.

— Olha, eu não vou falar nada sobre Jimmy Stoma, tá? Ele fez um bom trabalho, considerando que foi sua primeira atuação numa mesa de som. O que eu disse pra Cleo foi, ei, esse disco poderia ficar ainda melhor com um pouco mais de molho. E ela ficou toda assim: "Vai nessa, cara. Era isso que o Jimmy queria". Então — ele continua num tom confiante —, estamos chegando lá. Estamos bem perto.

Loréal me observa com uma expressão de alegria enquanto anoto suas palavras. Imagino que a falsa modéstia dele mudaria se eu perguntasse sobre sua maneira não convencional de consolar a esposa do Jimmy: a saber, colocando o pau entre os lábios dela. Mas evito essa linha de inquirição, por mais que seja tentadora, e permito que Loréal se imagine como o retrato do jovem e talentoso *auteur*, pacientemente explicando seu ofício àquele apático jornalista de meia-idade. As verdadeiras raízes dele se revelam, entretanto, pelo som de suas botas de motoqueiro batendo no ritmo de uma canção de Bob Seger no jukebox. Resisto a um impulso de gostar dele só por causa disso.

— Talvez você possa explicar uma coisa pra mim — sugiro.

— É claro. — Loréal tem uma pele leitosa de menina, salpicada de sardas cor de canela, embora eu pudesse jurar que suas bochechas receberam um leve toque de ruge. Ele certamente está batizado pela mesma colônia de goiaba apodrecida que usava naquele dia no elevador da Cleo, o que pode explicar a rápida retirada do barman. De vez em quando Loréal inclina a cabeça de forma que faz sua brilhante cabeleira cair dos ombros, para em seguida lhe aplicar uma chacoalhada bem ensaiada.

— Pensei que as gravadoras não lançassem o single até o álbum todo estar pronto. Mas "Mim" saiu meses atrás — digo. — Parece estranho ainda não existir o CD de Cleo Rio.

— Ela está numa gravadora pequena, eles fazem as coisas de outra forma. — Sobre esse tópico Loréal não fica tão emocionado ao me ver tomando notas. — Além do mais, a moça é uma perfeccionista virtuosa. Quer ter tempo pra fazer do jeito dela. Mas, sim, existem pressões pra concluir o disco logo, e já estamos quase lá. Basicamente, falta apenas uma canção.

— Que canção?

— "Shipwrecked heart", a faixa-título.

— A que ela cantou no funeral — comento.

— Eu não estava lá — Loréal fala aquilo como se fosse algo importante —, mas soube que ela cantou. — São servidas mais duas cervejas, e ele arrebata uma delas.

Para manter a conversa, pergunto se ele soube o que aconteceu com Jay Burns.

— Soube, a Cleo me contou. Que merda, é inacreditável — ele observa. — Jay ia tocar piano em "Shipwrecked".

— Alguém mais dos Slut Puppies está trabalhando com a Cleo?

— Não — ele responde, entre dois goles. Fico esperando para ver se menciona o encontro há pouco com Tito Negraponte, mas ele só diz: — Jimmy tinha uma boa banda, mas Cleo quer encontrar o seu próprio som. Com certeza.

Ele se levanta, fuça o bolso da calça e joga uma nota de vinte dólares no balcão.

— Olha, tenho que queimar o chão. Se precisar de alguma outra coisa, ligue para a Cueball Records em LA e fale com a agente de publicidade. Sherry, acho que é o nome dela.

— Obrigado, Loréal.

Ele sorri e estende a mão, que está úmida por causa da garrafa.

— Qual é o seu nome mesmo?

— Woodward. Bob Woodward — soletro. Ele aquiesce, a expressão em branco. — Boa sorte com o álbum — recomendo.

— Valeu, bro.

Depois daquela saudação, sou tomado por um extravagante desejo de bagunçar a cabeça dele.

— Isso tudo não te assusta? — pergunto a caminho da porta.

— Isso tudo?

— Primeiro, Jimmy Stoma, e agora Jay... até parece uma maldição sobre o disco da Cleo.

Loréal sacode seus magníficos cabelos e ri.

— Que nada, cara. A indústria fonográfica é assim mesmo. Sempre tem gente morrendo.

18

Às nove e quinze da manhã de sábado, Emma me telefona.

— Oi. Está acordado?

Mal consigo segurar o fone. Minhas pálpebras parecem ser feitas de lama seca. E como só tomei três cervejas ontem à noite, não se trata de uma ressaca; estou simplesmente exausto. Animada, a moça ao telefone continua:

— Está tudo bem? Como vai indo a matéria?

Lembro-me de que Emma faz um café expresso muito forte, e ela fala como se tivesse tomado umas quatro xícaras.

— Você tem alguma entrevista marcada pra hoje? Achei que talvez quisesse companhia.

— Claro — ouço a mim mesmo dizer, como se não significasse nada ter Emma funcionando como assistente. — Mas antes preciso saber uma coisa: você me beijou naquela noite?

— Hummm.

— Quando eu estava no sofá?

— Sim, acho que fui eu.

Estou grogue demais para saber se Emma está brincando ou sendo sarcástica.

— Preciso de uma orientação quanto a isso — digo a ela.

— Em relação ao beijo.

— Exatamente. Como você o descreveria?

— Como amigável — ela responde, sem hesitar.

— Não amoroso?

— Acho que não, Jack.

— Porque foi assim que eu senti.

— Você estava com dor. Seu julgamento estava turvado. — É difícil interpretar Emma ao telefone. — Então, e quanto a hoje? — ela continua investindo. — Quer que eu passe aí pra te pegar?

— Boa idéia. Tenho que encontrar uma fonte em Beckerville. — Agora estou falando como o tal Bob Woodward. Parece até que estou tentando impressioná-la. Só faltava ter marcado o encontro num estacionamento.

— Ótimo — ela concorda. — A gente se vê em uma hora.

Pode-se aprender muito sobre as pessoas a partir da forma como elas dirigem. Anne, que eu amava de qualquer jeito, era uma péssima motorista: desatenta, indecisa e, mais do que tudo, lenta. Anne atrás da direção fazia uma vovó de oitenta e três anos parecer o Richard Petty.* Porém, para minha surpresa, Emma é um demônio ao volante, e está voando baixo pela interestadual a cento e cinqüenta quilômetros por hora, serpenteando com ousadia pelo tráfico em direção à igreja, que é leve. Ela diz que é louca por seu novo carro.

— Excelente milhagem, na estrada *e* na cidade — relata, bebericando de uma garrafa plástica de água mineral de grife. Como quase todo mundo que conheço hoje em dia, Emma viaja com seus próprios fluidos restauradores. Provavelmente eu deveria fazer o mesmo, já que estou entrando naquele estágio da vida em que os cálculos renais se anunciam. Devo ter murmurado alguma coisa nesse sentido, pois Emma está agora exaltando as maravilhas do bombardeio por ultra-som, uma técnica que atomizou com sucesso uma constelação granular nos dutos urinários do pai dela. Isso mesmo, do pai dela.

Sou levado a perguntar que idade ele tem.

— Cinqüenta e um — informa Emma, e por isso sinto um não meritório consolo pela diferença de quatro anos entre nossas idades.

— Ele também é repórter — acrescenta.

— É mesmo? Onde?

— Em Tóquio. No *International Herald Tribune.*

Fico surpreso por Emma nunca ter mencionado isso; eu achava que ela era filha de um acadêmico.

(*) Richard Lee Petty, ex-piloto da Nascar conhecido por ter vencido sete vezes o campeonato da categoria. (N. T.)

— Vocês dois são próximos?

— Meu melhor amigo — ela diz — e tem um belo texto também. Um belo texto *mesmo*. — Ela espia com um ar incerto por cima do aro de seus óculos escuros. — Não herdei isso dele, obviamente. Foi por isso que virei editora. Que saída nós vamos pegar?

Emma está usando chamativas sandálias cor de tangerina, mas somente uma de suas unhas do pé está pintada — com um coração vermelho do tamanho de um amuleto, se não me engano. O que isso poderia significar?

Ela flagra o meu olhar e diz:

— É só um machucado, Jack. Tropecei na cadeira de balanço.

Minha mãe sempre foi uma motorista veloz, adepta de usar a lábia para escapar de multas por excesso de velocidade. Quando eu era garoto, ela me levava para Marathon todos os verões, e durante a viagem sempre éramos parados por guardas rodoviários uma ou duas vezes. Ficávamos hospedados no Golfo, num pequeno motel térreo caindo aos pedaços, e de manhã alugávamos uma pequena baleeira e saíamos para mergulhar com snorkel ou pescar no mangue. Eu não conseguia pescar nada, mas minha mãe é uma pescadora intuitiva, e na maioria das vezes voltávamos para as docas com a geladeira cheia. Não lembro quando ou por que paramos de passar as férias nas Keys, mas provavelmente teve algo a ver com beisebol e garotas. Atualmente minha mãe às vezes sai para pescar em lagos artificiais no campo de golfe de Naples, onde ela e Dave têm um apartamento. Uma vez ela ligou para dizer que tinha pescado um robalo de quatro quilos num tanque de peixes fluviais e se ofereceu para mandar um filé acondicionado em gelo seco via FedEx. Dave, ela explicou, só comia carne vermelha.

Mesmo assim ela o ama.

— Ali está a nossa saída — aponto para Emma, que entra na rampa a uma velocidade de dar frio na barriga.

— Esquerda ou direita?

— Esquerda. Adivinhe quem apareceu na Redação ontem... Race Maggad, em carne e osso.

— De novo? — O cenho de Emma forma um sulco atraente.

— Tivemos uma conversa que ele deve ter considerado insatisfatória. Ele exigiu dar uma primeira olhada no obituário de MacArthur Polk...

— Que você ainda não terminou.

— Nem mesmo comecei! Eu disse que ele não poderia ler antes, em nenhuma circunstância. Regras são regras.

— O CEO da companhia... você disse isso pra ele?

— Enfaticamente. Mais dois semáforos, Emma, depois dobre à esquerda de novo.

Ela está mordiscando o lábio inferior, algo que eu faria (lá vou eu de novo!) com prazer.

— O que ele disse? Falou de mim? — ela pressiona.

No passado eu não teria hesitado em contar a Emma que o presidente da companhia errou o nome dela, mas agora não tenho coragem.

— Ele vai falar com você em breve — digo — sobre os meus desaforos e tudo o mais. Mas nosso CEO forneceu uma elegante declaração para a matéria. O Velho Polk teria um ataque.

— Que droga, Jack — exclama Emma.

— Ah, sai dessa. Você pode lidar com o jovem Race.

— Não é essa a questão. Por que você insiste em causar problemas?

— Porque ele é falso, um janota, um yuppie imbecil e ganancioso. E está matando nosso jornal e outros vinte e seis, caso você não tenha notado.

— Escuta, o fato de você ter desistido da sua carreira...

— Espera aí, garota.

— ... não te dá o direito de sabotar a minha.

Sabotar? Uma escaldante acusação vinda da delicada Emma. De todos os meus esquemas para resgatá-la da Redação, sabotagem nunca esteve em consideração.

— Você acha que eu quero passar o resto da vida fazendo isso? — ela inquire. — Editando matérias sobre escoteiros-chefes e bromélias? (Emma é também encarregada da nossa página de Jardinagem.)

— Como o Maggad pode culpar você? Ele tem medo até de me demitir — observo. — Os advogados dele acham que pareceria uma punição, depois do nosso confronto na reunião de acionistas. Eles têm medo de que gere notas indesejáveis nas colunas de negócios.

— Eles têm medo é de ser processados por você — retruca Emma de forma direta.

Uma caminhonete transportando o entusiasmado time de futebol de uma escola de ensino elementar parou na nossa frente num semáforo. Isso, ou o atormentado pai na direção do veículo simplesmente fugiu. Para acalmar Emma, resolvo arriscar uma confidência.

— E se eu dissesse que não vai demorar até eu sair da sua vida pra sempre? Não sei precisar exatamente quando, mas é uma coisa quase certa.

— Do que você está falando?

A caminhonete começou a se mover e Emma acelera malhumorada, grudada em seu pára-choque. Sinto-me tentado a revelar os deliciosos detalhes da oferta de MacArthur Polk, mas o velho maluco poderia facilmente mudar de idéia — ou até se esquecer de ter me encontrado — antes de assumir para valer seu leito de morte. Ainda por cima, não tenho muita confiança de que Emma não iria correndo contar tudo ao jovem Race Maggad III se sofresse pressões da corporação.

— Você está procurando emprego? — ela me pergunta à queima-roupa.

— Reduza. É aquela casa branca com enfeites azuis.

— Responda à pergunta, Jack.

Ela dirige até a entrada da casa de Janet Thrush, pisa no freio e arranca os óculos escuros. Não há nada que eu possa fazer a não ser beijá-la nos lábios, muito rapidamente. Nenhum murro é desferido como retaliação.

— Vamos lá — digo, saindo do carro —, é hora de fazer um pouco de jornalismo.

O maltratado Miata de Janet está estacionado na frente da casa, mas ela não responde às minhas batidas na porta. Emma diz que devemos adiar aquilo e voltar mais tarde, mas tenho um mau pressentimento — há uma marca de pé-de-cabra recente no batente da porta. Cautelosamente eu giro a maçaneta, que se solta na minha mão.

— O que você está fazendo? — pergunta Emma.

— O que você acha?

Entrando, começo a produzir um suor doentio. O lugar foi saqueado. Chamo o nome de Janet uma dúzia de vezes.

— Vamos embora, Jack — Emma me puxa ansiosamente pela camisa. — Isso não é tão seguro quanto entrar no barco do Jimmy. Desta vez os policiais não estiveram aqui antes de nós, só os bandidos.

O improvisado estúdio de tevê de Janet foi demolido. Os tripés e prateleiras foram derrubados, as lâmpadas estão estilhaçadas no chão. O sofá está emborcado, o forro rasgado a faca. A estação do computador — teclado, monitor, CPU, videocâmara — desapareceu.

Imagino que o resto da casa esteja em ruínas, mas não está. Emma fica nos meus calcanhares enquanto nos movemos sem falar nada pelo corredor. Faço uma pausa diante de cada porta para recuperar o fôlego, preparando-me para encontrar Janet sem vida no outro lado. Estranhamente, nada na cozinha, nos quartos ou nos armários parece ter sido mexido. Há uma luz acesa em um banheiro e corre água fria da torneira da pia. Eu a fecho.

— Talvez ela não estivesse aqui quando fizeram isso. Talvez ela esteja bem — sussurra Emma.

— Esperemos que sim. — Mas tenho medo de que, mesmo que esteja viva, Janet Thrush não esteja bem. O Miata dela não deveria estar estacionado na entrada, e os invasores deveriam ter ido além da sala de estar. Algo pior do que um simples arrombamento aconteceu aqui.

— Jack, é melhor irmos embora.

— Espere um segundo. Vamos pensar melhor sobre isso.

Estamos sentados lado a lado na beirada da grande cama de casal de Janet. Em algum lugar em outro quarto um telefone toca insistentemente — Ronnie de Riverside, talvez, ou Larry de Fairbanks. Não faz diferença, porque a linha do computador está desconectada e Janet está desaparecida. Emma diz:

— Sabe por que acho que ela está bem? Porque não encontramos a bolsa. Ela deve ter levado junto, o que significa que provavelmente está bem.

Não estou convencido. Por que uma mulher que encontrasse sua casa revirada fugiria com a bolsa mas deixaria o carro?

Emma me segue até a porta da frente. Não examinei o conversível detalhadamente quando chegamos, mas agora vejo por que ela não saiu de carro. O porta-luvas está entreaberto, o carpete do assoalho foi puxado para trás e os dois bancos da frente foram arrancados dos trilhos. Seja quem for que tenha entrado na casa, começou pelo Miata.

O que significa que o mais provável é que Janet estivesse dentro da residência quando eles entraram pela porta da frente.

— Merda. — Dou um chute, fazendo mais um amassado no carro.

— Você acha que eles estavam atrás do disco rígido? — A voz de Emma está trêmula.

— Esse seria o meu palpite.

— Isso já aconteceu com você? Uma fonte desaparecer assim, como...?

— Não, senhora. — A atitude mais certa é dar um telefonema anônimo para a polícia do telefone de Janet fingindo ser um vizinho preocupado, depois partir depressa. Não faz sentido explicar nossa presença aqui para os detetives Hill e Goldman. Emma concorda, nada ansiosa por se envolver, ou envolver o *Union-Register*, numa possível investigação de desaparecimento. Estamos subindo rapidamente os degraus em direção à casa quando ela pára de repente, apontando um canteiro de flores. Enfio com cuidado a mão através de espinhosas primaveras e encontro... o M16 de brinquedo de Janet, o acessório da sua fantasia de SWAT para a webcam. Entrego-o a Emma para que ela examine, dizendo:

— Não se preocupe, não é de verdade.

— É dela?

— É.

— E pra que ela usa isso?

— Para atuar na televisão — respondo —, mais ou menos.

Antes de reentrarmos na casa pego meu lenço e limpo minhas impressões digitais da maçaneta, assim como da torneira do banheiro. Na cozinha, cubro minha mão direita antes de usar o telefone de parede e ligar para o escritório do xerife. Emma está andando de um lado para outro na sala de estar. Mal desliguei o aparelho quando a ouço chamar meu nome duas vezes.

Ela está rígida quando a encontro.

— O que é aquilo? — pergunta com a voz rouca. Uma mancha escura no carpete, reconhecível por qualquer um que já tenha coberto um homicídio. Ouço a mim mesmo dizendo:

— Ah, não.

— Jack?

Agarro o braço de Emma, levo-a para fora e coloco-a no banco de passageiros do Camry. Ela concorda distraidamente quando digo que vou dirigir. Entro bem devagar na interestadual, verificando o retrovisor a cada nove segundos, como uma espécie de mula paranóica transportando cocaína. A mão esquerda de Emma, rósea como a de um bebê, está sobre o meu joelho.

— Quem era ela? — Emma finalmente pergunta, numa voz entrecortada.

— A irmã de Jimmy Stoma.

Em pé nas docas, observando o horizonte sangrando os últimos raios da luz do sol, fico pensando sobre a única vez em que fiquei noivo. O nome era Alicia e ela era, como descobri mais tarde, louca de pedra. Eu a conheci durante um trabalho para o jornal, uma matéria sobre uma promoção de cerveja disfarçada de corrida de balões entre St. Augustine e Daytona. Um sujeito esqueceu sua prancha de boogie na praia e eu acidentalmente a destruí com um carro alugado, distraído naquele momento pelo biquíni azul-elétrico de Alicia. O dono da prancha acabou se revelando o namorado de Alicia, que ela abandonou cinco dias depois para ir morar comigo. Nós dois tínhamos vinte e quatro anos de idade. A decisão de ficarmos noivos foi estritamente hormonal, o que nem sempre é loucura, mas nesse caso o desejo começou a diminuir bem antes de o anel de diamante ter sido pago. Entre os múltiplos sintomas de Alicia havia aversão ao sono, a empregos, à pontualidade, à sobriedade e à monogamia. No lado positivo, ela trabalhava nos fins de semana como voluntária num abrigo para animais.

Em pouco tempo meu apartamento estava cheio de vira-latas convalescentes que Alicia tinha resgatado da eutanásia enquanto se relacionava em segredo com um dos veterinários da equipe, o qual (ela se queixou mais tarde) tirou vantagem injustamente de sua fraqueza por quetamina e óxido nitroso. Nosso rompimento foi uma coisa suja e complicada, principalmente por causa dos cachorros abandonados, mas até hoje me divirto ao lembrar que na época fiquei magoado. Em algumas semanas eu estava de novo perseguindo garçonetes, enfermeiras de pronto-socorro e secretárias, uma agradável órbita social que aceitava repórteres de jornal sem desdém. Isso tudo durou até eu conhecer Anne, que trabalhava numa livraria. No nosso primeiro encontro ela conseguiu eviscerar Jane Austen com tanta firmeza que fiquei encantado na hora. O que ela viu em mim, eu não saberia dizer.

Anne e eu não nos separamos ou implodimos, como na maioria dos meus outros relacionamentos. Nós íamos e voltávamos — juntos, depois separados, depois outra vez juntos — como se apanhados numa selvagem maré de primavera. O que acabou terminando nosso romance foi meu esmagador rebaixamento a obituarista e as mórbidas preocupações que vieram com o trabalho. Anne não queria saber das pessoas que morriam na nossa idade — fossem F. Scott Fitzgerald ou o meu amigo de Colorado que caiu do barco tentando pescar uma truta de vinte e cinco centímetros. Nem tinha vontade de ouvir as morosas especulações noturnas sobre o falecimento do meu pai, ocorrido havia muito tempo, embora fosse delicada demais para me interromper. Uma manhã ela simplesmente disse adeus e se mudou. Daquela vez eu sabia que ela não voltaria, porque levou seu romance favorito de Nabokov, que ela sempre "esquecia" antes, e um volume com capa de couro dos sonetos de John Donne (compostos na idade madura de vinte e cinco anos).

Esses detalhes tornavam mais torturante o fato de eu saber que ela se havia se entregado a um escritor medíocre de histórias de espionagem. Extraído de *A amante do falcoeiro*:

> A mulher deslizou as mãos para dentro do casaco forrado de pele de Duquesne, mas retirou-a assim que sentiu o agourento volume do coldre.
>
> — Agora você sabe quem sou — ele disse, puxando o rosto dela para perto do seu. Ela fitou seus olhos cinzentos com uma

> mistura de temor e excitação. — Eu posso ir embora, se você quiser — ele complementou.
>
> A mulher balançou a cabeça. — Está frio lá fora — sussurrou.
>
> Duquesne sorriu. — Estamos em Praga, não é? Sempre faz frio em Praga. — Então ela a beijou.

Meu Deus do céu, o que mais se pode fazer senão matar esse cara? Nenhum júri do mundo me condenaria. Marquei essa página como Prova A, e o romance me acompanha agora até a casa da Anne. Acho que vai simplificar as coisas para a equipe de Homicídios.

Porém, no momento em que Anne abre a porta, todos os pensamentos homicidas em relação ao seu noivo se dissolvem. Ela parece linda e feliz. Carla tinha razão.

Anne me convida a entrar e, antes que eu pergunte, me informa que Derek está na biblioteca do condado lendo sobre submarinos soviéticos.

— Ah, no Jane's — digo, complacente.

— Como?

— Jane's. Você encontra todos os navios do mundo no Jane's. Qualquer colegial pode fazer isso.

Anne dá um suspiro matizado de resignação.

— Carla me avisou que você não estava gostando da novidade. O que é isso na sua mão? — Ela aponta para o livro de Derek, que estou segurando como uma caçarola quente. — Jack, se você veio me repreender, está perdendo o seu tempo.

— Tudo bem. Mas o texto dele é imperdoavelmente ruim. Claro que você sabe disso. — Não estou em um dos meus melhores momentos. Anne teria toda a razão se me chutasse para fora da casa dela. Em vez disso ela me traz uma vodca-tônica perfeita e me pede que sente e a ouça, pelo menos uma vez.

— Em primeiro lugar — começa —, todos os meus romancistas favoritos estão mortos, portanto não estão disponíveis para casar. Em segundo lugar, Derek é um cara legal. É divertido, carinhoso, não leva a vida tão a sério...

— Você acabou de descrever um cachorrinho de estimação, não um marido — observo. — E, para os autos, é a *morte* que eu levo a sério. Não a vida.

— Pára com isso, Jack. Por favor.

— Me diga que você não o conheceu numa sessão de autógrafos. Me diga que o conheceu num café da Starbucks ou num concerto do Yanni.* Isso eu quase conseguiria suportar.

— Ele fez uma leitura na nossa livraria — conta Anne.

— Em voz alta? Ele tem coragem, tenho que admitir.

— Chega!

— Você sabe que o verdadeiro nome dele não é Derek Grenoble? É...

— Claro que sei.

— E está me dizendo que realmente leu isso... inteiro? — Estou mostrando *A amante do falcoeiro*.

Anne dá risada.

— Você tem razão, é mesmo muito ruim. Mas eu o amo assim mesmo. Assim, loucamente.

— Ele não tem quarenta e quatro anos. Ele disse que tinha essa idade?

— Não — ela responde —, mas eu falei para a Carla dizer isso pra você.

— Maravilha. Que idade ele tem?

— Não sei e não me interessa.

— Bom, eu sei. Fiz uma busca.

— Então guarde a informação para si mesmo — retruca Anne rispidamente. — Você não ouviu nada do que eu disse? Eu me sinto bem com ele. Sabe o que mais? Derek é o primeiro a admitir que teve sorte com esses estúpidos livros de espionagem. Ele não pretende ser nenhum John le Carré.

— Muita esperteza da parte dele — comento.

Anne, que estava andando, senta-se ao meu lado. Ela está usando uma camiseta regata da Universidade Stetson em cima de um abrigo branco. As pernas continuam estonteantes, como sempre, e ela cheira a jasmim. Pegando minha mão, ela diz:

— Só lamento uma coisa, garotão. Esqueci completamente que sábado é o seu aniversário. Derek marcou a data do casamento, eu concordei e só me lembrei depois. Mas aí já era tarde demais para mudar os preparativos.

— Certo. Ele estava na Irlanda.

— Eu realmente lamento. Me sinto mal por causa disso.

(*) Cantor pop norte-americano. (N. T.)

Até agora, nada daquilo é tão devastador quanto eu havia antecipado. Naturalmente minha vontade é de jogar Anne no chão e rasgar suas roupas, mas é improvável que esse impulso se manifeste no meu tempo de vida. Porém o doloroso peso no meu coração parece surpreendentemente suave e administrável. Isso eu credito a duas distrações: Emma abraçando meu pescoço quando chegamos ao apartamento, e o último desdobramento do caso Jimmy Stoma. O desaparecimento da irmã dele é tão perturbador que tornou impossível me concentrar na tarefa de recuperar um amor perdido.

Mesmo assim, dou um gole mal-educado na minha vodca e faço uma tentativa.

— Posso apresentar minha defesa? Eu melhorei muito, Anne, juro. Não estou mais obcecado com todas aquelas coisas sombrias. E esses quarenta e seis anos não foram exatamente um mar de rosas, com JFK, Orwell e, como você tão solidariamente observou, Oscar Wilde...

— Falei aquilo sem pensar — ela concede.

— A questão é que tive doze meses muito intensos, considerando tudo isso. E estou terminando num tom positivo, trabalhando num grande artigo... uma matéria séria, da pesada, que pode me tirar dos obituários e virar minha carreira para uma direção totalmente nova. Pra melhor, espero.

Anne me abre o tipo de sorriso condescendente que eu costumava ver no rosto dos visitantes do abrigo para animais em que Alicia trabalhava: o sorriso que ganhavam os infelizes vira-latas que não eram suficientemente bonitos e afáveis para serem adotados.

— Sua mãe me ligou, Jack. Ela está preocupada.

— Maravilha.

— Não fique zangado — recomenda Anne.

— Acho que ela só tem duas coisas no mundo com que se preocupar... comigo e com o cólon do Dave.

— E *como vai* o cólon do Dave?

— Sério, você não acha que estou melhor?

— Está, querido, por enquanto. Mas vai começar tudo outra vez, como sempre. As obsessões, os sonhos, os monólogos no meio da noite...

Ela é delicada o bastante para não mencionar os mapas atuariais que preguei uma vez na geladeira.

— Espero estar enganada — ela prossegue —, mas tenho medo de que esses pensamentos voltem a atacar quando você fizer quarenta e sete anos. Esse ano foi Kennedy, o ano que vem pode ser alguém mais.

Minha espinha transforma-se num pingente de gelo.

— Quem, por exemplo?

Anne balança a cabeça.

— Não faça isso, Jack.

— Vamos lá. Quem morreu aos quarenta e sete com quem eu possa me identificar?

Irada, ela larga minha mão como se fosse uma brasa.

— Lá vamos nós outra vez. Esse seu maldito trabalho...

— Você está blefando — digo a ela, definitivamente procurando problemas. — Está me enrolando. Não consegue me dar um nome, não é? Nem um.

Ela pega o copo de vodca vazio e anda em direção à cozinha.

— Anne!

— Jack Kerouac — ela fala por cima do ombro.

E eu me ouço murmurar:

— Oh, Deus.

19

Não consegui dormir ontem à noite, por isso fui de carro até Beckerville às duas da manhã, debaixo de uma tempestade. O Miata de Janet estava se enchendo de água na entrada, e a casa estava exatamente como Emma e eu havíamos deixado. Incrível: os policiais não vieram. Pensei em ligar para a emergência outra vez, mas mudei de idéia.

Agora estou na minha mesa na Redação, olhando uma foto de Jack Kerouac na internet. Ele está em pé ao lado de uma estrada no deserto, os ombros caídos e as mãos enfiadas nos bolsos. A biografia que acompanha a fotografia divulga que o inglês era sua segunda língua, e que ele escreveu *Pé na estrada* em três semanas. É o suficiente para me afundar num inconsolável acesso de inveja. Continuando a leitura, vejo que Anne estava certa: o homem bateu as botas com quarenta e sete anos de idade. Na minha lembrança, Kerouac bebeu até entrar numa espiral mortal, e esse detalhe também é confirmado. Vou me apegar a isso como a um pedaço de madeira flutuante pelos próximos doze meses, animado pelo conhecimento de que aquele Jack em particular não foi arrancado da vida aleatoriamente: ele mesmo se libertou dela. Não foi alvejado por um fã louco nem esmagado por um bêbado fugitivo nem mordido por uma cascavel mexicana. Apenas bebeu até morrer, um destino que dificilmente vou replicar, dada minha tendência de entrar em coma profundo com apenas três doses de vodca barata.

Então é isso.

Do outro lado da Redação escuto uma tosse tísica e familiar: Griffin, o repórter de polícia dos fins de semana, fumando escondido. É difícil vê-lo trabalhando tão tarde.

— Três armas domésticas — ele explica num tom de tédio infinito. — Faca, revólver e martelo. Duas fotos de cada. Que diabo você está fazendo aqui?

Griffin gosta de solidão. Tem sua própria maneira específica de trabalhar ao telefone. Impulsivamente, pergunto:

— Tem alguém que valha alguma coisa na subdelegacia de Beckerville?

— Claro. — Ele usa um lápis para mexer laconicamente uma xícara de café. — Claro, conheço um sargento lá no turno da noite. Ele pode falar comigo. — Tradução: É uma fonte minha exclusiva, por isso não me aborreça querendo saber o nome dele.

— Você tem tempo pra fazer uma ligação?

— Depende, Jack.

Tenho o cuidado de não revelar muito para o velho Griffin. Quando termino, ele olha para cima e pergunta:

— No que você está trabalhando? Pensei que ainda estivesse enterrado nos obituários.

— Triste porém verdadeiro.

— Então quem é esse "Evan Richards" que tenho lido?

— É um estagiário — eu o tranqüilizo. Griffin sempre fica alarmado com novos créditos no jornal.

— Universidade de primeira, estou certo? Onde mais ele iria arrumar um nome como "Evan"? Meu palpite é Columbia ou Yale.

— Acertou — replico. Griffin é bom. — O garoto está ajudando Emma enquanto estou correndo atrás de uma matéria.

— Deve ser quente, pra ela soltar você da coleira.

— Gostaria de dizer mais, mas não posso.

Griffin não se incomoda com aquilo; depois de vinte anos como repórter de polícia, ele se sente muito à vontade com segredos.

— Então você quer saber o que aconteceu com essa Janet T-H-R-U-S-H. É assim que se escreve, certo? Você tem uma data de nascimento?

— Não, mas aqui tem um endereço. Alguém fez uma ligação de lá para a emergência do escritório do xerife, mas parece que não mandaram ninguém ao local.

— Bando de preguiçosos. — Griffin arranca o papel com

o endereço de Janet da minha mão. — Depois eu falo com você.

Durante as horas seguintes faço quatro viagens às maquinas automáticas de venda e redijo quinze irrisórios centímetros de informações básicas para o obituário de MacArthur Polk. Meu cérebro está funcionando como uma massa de lama congelada:

> MacArthur Polk aprendeu a conduzir uma empresa jornalística com o pai, Ford, que fundou o *Union-Register* como um jornal semanal em 1931. A manchete da Primeira Página da edição de estréia: FLORESCÊNCIA DE ÁGUAS-VIVAS FECHA SILVER BEACH.
>
> À medida que a população da costa da Flórida cresceu, o *Union-Register* aumentou sua área de circulação e sua missão. Em janeiro de 1938, ganhou uma edição no meio da semana durante a estação turística, e no inverno de 1940 o jornal passou a ser publicado diariamente. "As Mais Brilhantes Notícias sob o Sol", proclamava o mote abaixo do cabeçalho.
>
> Ford Polk não concedeu nenhum tratamento especial para seu único filho, que começou na Redação como telefonista e abriu caminho até se tornar editor-chefe. Quando seu pai surpreendeu a todos e se aposentou para criar martas-zibelinas, MacArthur Polk recebeu o cetro do *Union-Register*.
>
> Isso aconteceu em 1959, e em uma década ele tinha dobrado o número de leitores da publicação. Sua fórmula para o sucesso era simples, como Polk lembraria mais tarde. Aos leitores mais sérios eram fornecidas diversas reportagens locais agressivas; todos os demais podiam ler os quadrinhos coloridos.
>
> "Nós transformamos o jornal numa publicação de primeira classe", declarou Polk numa sincera entrevista semanas antes de sua morte. "Sempre acreditei que devemos ser a consciência da nossa comunidade."
>
> Contudo, em maio de 1997 o estilo e a consciência do jornal foram vitimados por uma ambiciosa escravidão quando Polk vendeu o *Union-Register* para o Maggad-Feist Publishing Group por $ 47 milhões. Quase instantaneamente, o jornal mergulhou de nariz no cagador...

Escuto alguém arfar espantado e giro minha cadeira. É o jovem Evan Richards, o pássaro madrugador de sempre.

— Jack, você pode dizer isso num jornal? Cagador?

— O último estagiário apanhado lendo sobre o meu ombro agora está redigindo press releases de remédios homeopáticos para aumentar o pênis.

Evan me testa com uma tentativa de sorriso.

— Cara, pela sua aparência você deve ter passado a noite inteira aqui.

— Sabe quem é Cleo Rio?

— Sei, a garota que canta a música "Mim".

— Certo.

— E que mostrou o púbis no vídeo. Ela é bem gostosa.

— Desculpe, Evan, mas aquele púbis era de uma dublê.

— Sem essa! — ele diz, olhos esbugalhados.

— Pode acreditar em mim.

— De jeito nenhum!

— Você gostaria de conhecer a moça? Mais ou menos?

— Claro! — diz Evan. — Sem brincadeira? Cleo Rio?

— Em carne e osso.

O ilustríssimo sr. Charles Chickle diz que estava esperando meu telefonema — o que me surpreende bastante. Será que Janet Thrush contou que eu estava investigando a morte do irmão dela? Será que ele já sabe se aconteceu alguma coisa com ela?

Estamos conversando no escritório dele, que ostenta um Picasso e um pavão empalhado na mesma parede. Charlie Chickle tem cabelos prateados rareando, rosto rosado e astutos olhos azuis. Está usando um terno cinza caro, gravata de seda cor de vinho e um anel de formatura da Universidade da Flórida em um dos dedos gorduchos. Protegida por uma cúpula de plexiglas, no canto de sua mesa há uma bola de futebol autografada por Steve Spurrier, confirmando que Chickle é um irremediável torcedor do Gator. Isso explicaria suas místicas ligações políticas.

— Então — ele começa —, você foi ver o nosso amigo Mac no Charity.

— O senhor Polk?

— É claro. Como ele está?

— Péssimo — informo.

Chickle parece divertido com a resposta.

— Pois fique sabendo, Jack... posso chamar você de Jack?... que em quinze anos, todas as vezes que o vi achei que não iria passar daquela noite. Mas não se deixe enganar, ele é um filho-da-puta durão. — O advogado abre uma pasta de papel manilha sobre a mesa. — Preciso ouvir alguns depoimentos daqui a uma hora. Vamos direto ao assunto?

— Acho que houve um mal-entendido.

— Essa também teria sido a minha reação — observa Chickle. — Provavelmente você achou que ele era maluco. Foi o que eu pensei, também. Mas ele não é maluco, Jack, é apenas vingativo.

Agora entendi: Charlie Chickle também é o advogado de MacArthur Polk. Ele não sabe as últimas sobre Janet Thrush; acha que vim discutir a proposta de negócio do velho.

— Antes que nós...

— Por favor. — Ele ergue um dedo indicador num gesto tranqüilizador. — Sei que você tem perguntas, mas vou responder a todas elas, se me der uma chance.

— Estou ouvindo.

— Como você sabe, o senhor Polk vendeu o *Union-Register* para o Maggad-Feist Group alguns anos atrás. Em troca, recebeu uma considerável quantidade de ações da companhia e uma série de opções, que ele adquiriu durante os últimos seis meses para aumentar seu portfólio. O total em posse do senhor Polk abrange cerca de dez por cento de todas as valiosas ações do Maggad-Feist... uma formidável fatia do bolo.

O velho tinha me falado em onze por cento, mas não tem importância.

— No ano passado — prossegue Chickle —, duas editoras começaram a comprar ações do Maggad-Feist independentemente, ambas de olho em uma aquisição. Uma delas é uma empresa alemã cujo nome não sei pronunciar, e a outra é canadense, Bachman alguma coisa. De qualquer forma, eles deixaram Race Maggad bem assustado. Então, o que ele faz? Começa a comprar de volta pacotes de ações do Maggad-Feist o mais rápido que pode. Enquanto isso, o preço sobe, e naturalmente alguns investidores mantêm seus porftólios, esperando para saber se há uma guerra pela aquisição da empresa, e assim por diante. Está me acompanhando?

— Estou. Maggad quer comprar de volta as ações do Polk.

— Da pior maneira, Jack. Se isso não der certo, ele quer que o velho ponha em seu testamento que o Maggad-Feist terá a primeira opção de compra de suas ações depois que ele morrer. Só que — ele continua, erguendo os olhos da pasta — Mac Polk não atravessaria a rua para mijar em Race Maggad se o visse em chamas. Acho que preciso dizer isso pra você, não é? O velho acredita que Feist depenou o adorado jornal dele como se fosse um peru de Natal. Tem dias em que ele nem olha para a Primeira Página, por ordens médicas, para não estourar uma artéria.

— Perdoe-me se essa história não me comover muito — digo ao advogado. — Mas o que Polk estava pensando quando vendeu o *Union-Register* pra esses crápulas? Bastava dar uma olhada no que eles já tinham feito com os outros jornais que compraram.

— Todo mundo pisa na bola, Jack. Eu já disse que ele recebeu certas garantias da família Maggad... garantias seguras, ou ao menos assim ele acreditou, sobre como o jornal deveria funcionar — expõe Chickle. — Agora ele está se sentindo enganado e, como já disse, Polk é extremamente vingativo.

— E é aqui que eu entro?

— Exatamente.

— Então ele não estava cantando vantagem aquele dia no hospital?

— Ah, estava, sem a menor dúvida — Chickle assente com gosto. — Mas não tenho também a menor dúvida de que estava são e sóbrio. Ele falou sobre o fundo?

— Falou. Eu disse que ia pensar a respeito.

— Boa resposta. Isso me diz que você não está motivado só pelo dinheiro. — Chickle continua falando enquanto folheia atentamente outros papéis. — Quando o senhor Polk morrer, todas as suas ações do Maggad-Feist Group serão automaticamente depositadas em um fundo. Como curador, seus deveres serão relativamente simples: manter as ações fora do alcance de Race Maggad. Jogar fora as cartas que ele enviar. Ignorar os telefonemas. E quando chegarem as notificações para votação, votar sempre o contrário do que for recomendado pelo conselho do Maggad-Feist. A descrição do trabalho, em resumo, é tornar o senhor Maggad infeliz. Incomodá-lo a cada oportunidade disponível. Isso lhe parece atraente?

— Por cem mil por ano... ele estava falando sério sobre isso também?

— Os curadores são pagos, Jack. Alguns bancos cobrariam muito mais.

Estou gostando dessa conversa, por mais surrealista que pareça.

— Por que a esposa dele não pode ser a detentora do fundo?

— Ah, ela poderia — retruca Charlie Chickle. — Ellen é uma verdadeira pimentinha. Mas Mac não quer que ela seja incomodada dia e noite para vender suas ações. Ele diz que você, por outro lado, não se importaria com isso. E falou que sua opinião sobre Race Maggad é quase tão baixa quanto a dele.

— E eu fui escolhido porque...

— Porque isso vai deixar Maggad furioso. Pelo que entendi, ele odeia você.

— Intensamente — concordo.

— Mac não tem filhos, como você sabe. Isso significa que Ellen será sua única beneficiária do fundo, quando e se as ações forem vendidas. O que é tão engraçado?

— Estou tentando imaginar as circunstâncias nas quais o velho desejaria que eu vendesse as ações para o jovem Mestre Race.

— Na verdade, as circunstâncias estão bem especificadas. Eu poderia lhe dizer quais são — Chickle consulta o relógio de pulso —, mas fica para outro dia, quando a situação tiver evoluído.

— Charlie, me diga o que você acha de tudo isso.

O advogado esfrega um dedo balofo no queixo.

— O senhor Polk conhece a minha opinião a respeito do esquema que armou e decidiu prosseguir com o plano. Ah, sim, é totalmente legal, Jack, se essa é a sua preocupação. E eu estaria mentindo se dissesse que não foi divertido emitir todos esses papéis. Trabalhos de transmissão de herança não costumam ser motivo de riso. Assim como seu trabalho, imagino, de escrever obituários o dia inteiro.

Chickle não teve intenção de me insultar, mas sinto meu pescoço se avermelhar.

— Você tem um belo estilo — ele acrescenta. — Redigiu

adoráveis despedidas a alguns de meus melhores clientes. Tenho certeza de que fará o mesmo com o Mac.

— Ele ainda pode sobreviver a todos nós.

— Hah. Duvido — diz Chickle sem alegria. Ele levanta-se e eu faço o mesmo. — Foi um prazer, Jack. Me ligue quando tiver tomado uma decisão.

— Há uma outra questão.

Ele franze o cenho com uma expressão de pesar.

— É muito importante? Porque estou realmente sem tempo...

— Questão de vida ou morte, Charlie. Estou trabalhando numa matéria sobre o irmão da Janet Thrush.

O rosto do advogado se enruga ao redor dos olhos.

— Que tipo de matéria?

— Não muito agradável. Estamos examinando as circunstâncias do afogamento dele nas Bahamas.

— Mas o seu jornal disse que foi um acidente.

— Certo. E nós nunca, jamais cometemos enganos. Sente-se, Charlie. — E ele se senta, o que me surpreende bastante. — Alguém invadiu a casa da Janet nesse final de semana, alguém que achou que ela estaria com uma coisa do Jimmy. Agora Janet está desaparecida e...

— Não, não está.

Minha vez de me sentar.

— O quê?

— Janet me ligou hoje de manhã, Jack. Contou que um sujeito com quem andou saindo entrou em surto e destruiu a casa dela. Ela está hospedada com umas amigas em algum lugar em Lauderdale, ou Boca. Recomendou que eu não enviasse o cheque da herança à casa dela enquanto estiver fora, para o caso de o safado ainda estar por lá. — O advogado dá uma risada. — Eu já disse umas cem vezes para aquela jovem que o dinheiro do irmão dela só vai estar disponível daqui a alguns meses.

— Você mesmo falou com ela?

— Uma das minhas secretárias.

— E elas conhecem a voz da Janet?

— Ei, deixa disso.

— Charlie, quantos clientes você tem... uns duzentos? E suas secretárias conhecem a voz de todos eles?

— Não, filho — ele responde —, mas não tenho razão para

suspeitar de que quem ligou para o escritório tenha sido outra pessoa que não Janet Thrush. — A pausa é um convite para eu desembuchar minha teoria. Mas não vou fazer isso.

— Ela deixou algum número de telefone?

— Na verdade, não. Ela disse a Mary que ligaria depois — responde Chickle. — Agora, por que não me diz o que você acha que sabe...

— Não posso. — As palavras se prendem à minha garganta como uma bola de pêlo.

E antes de se despedir de mim, Charlie Chickle diz:

— Não se deixe levar pela imaginação, Jack. Às vezes as coisas são exatamente o que parecem ser.

Emma quer sair para almoçar e insiste em dirigir. Ela me leva a um restaurante italiano mal iluminado, onde escolhemos um reservado no fundo. Emma parece exausta e disse que também não dormiu a noite inteira. Vinte e sete anos de idade — estou tentando não me deixar obcecar por aquilo. É falta de consideração projetar as próprias fobias mórbidas e insanas nos outros; logo vou estar muito ocupado com o señor Kerouac.

O restaurante é meio frio e Emma está esfregando as mãos para se aquecer. Mudo para o banco dela e coloco um braço ao seu redor, um gesto de cortesia que me deixa mais animado que ela. Ela aguça os ouvidos quando conto sobre o telefonema recebido por Charles Chickle — como eu, ela quer acreditar que se tratava mesmo de Janet. Nenhum de nós menciona o sangue no carpete. Nenhum de nós tampouco toca no vinho.

Numa voz monocórdia, ela declara:

— Talvez você tenha razão. Talvez eu não seja talhada para trabalhar num jornal.

— Esse tipo de coisa não acontece todos os dias. — Ainda falando da irmã do Jimmy.

— E se ela estiver morta, Jack?

— Nesse caso... não sei. Continuamos na luta. Vamos fazer essa maldita matéria.

Não estou absolutamente enganando Emma. Ela sabe que estou abalado.

— Além da viúva, você tem idéia de aonde tudo isso pode levar? Por que as pessoas estão morrendo e desaparecendo?

— Me dá algum tempo — respondo.

— Um cantor de rock de quem não se ouve falar há anos, um pianista desempregado...

A impressão é que ela está perdendo a coragem. Digo que não podemos desistir agora. Principalmente agora.

— Eu simplesmente não quero que algo terrível aconteça com você. Desculpe, mas essa é a verdade — diz Emma.

Ela fixa os olhos verdes cor de jade em mim. De repente me surpreendo dizendo:

— Fico imaginando quem iria escrever o meu obituário.

— Escreva você mesmo, espertinho. A gente guarda em arquivo.

— Tudo bem, mas vou precisar de uma boa declaração sua. Sendo minha chefe e tudo o mais.

— Ótimo — diz Emma. — Jack Tagger era um indivíduo profundamente perturbado...

— ... porém um repórter talentoso e muito admirado. Todos nós da Redação vamos sentir terrivelmente a falta dele...

— ... por aproximadamente cinco minutos — intervém outra vez Emma.

— Principalmente Emma Cole, já que nunca dormiu com ele e ouviu falar que era espetacular na cama...

— Argh! — Ela bate no meu braço e me cutuca com o cotovelo, e agora estamos meio que lutando na mesa do almoço, rindo e nos abraçando com leveza. É agradável, beirando o confortável. Quem além de Evan teria imaginado? Eu e meus planos ousados! Um flerte absolutamente casual e, em vez de salvar Emma, agora estou tentando seduzi-la. Ou tendo a esperança de ser seduzido. Em qualquer caso, podem ser levantadas questões de caráter.

Emma está dizendo que ligou para o pai dela e contou da matéria sobre Jimmy Stoma e o desaparecimento de Janet. Ele recomendou que ela tomasse cuidado, disse para permanecer na Redação e deixar o trabalho perigoso para os repórteres. Emma reconhece que ficou um pouco chateada, mas observo que ela não deveria levar aquilo pelo lado errado. Se eu fosse o pai dela, teria dado o mesmo conselho.

— Vamos falar de outra coisa — sugere Emma.

— Tudo bem. Agora, não se ofenda, mas ultimamente tenho tido pensamentos lascivos com você. E quero dizer "lascivos" no sentido mais íntegro e saudável.

— Em outras palavras, você quer fazer sexo — ela diz. — Mas ainda não me decidi sobre isso. Vamos tentar algum outro assunto.

— É justo. Que tal isso: eu não tenho mais um lagarto congelado na geladeira.

— Ah, é?

— Desde a noite em que fui assaltado. Usei o lagarto pra bater no cara.

— Você não está falando sério.

— Estou, sim. Era um lagarto tamanho gigante. Espero que tenha machucado bastante o cara.

— O que há de errado com um bom e velho revólver? — diz Emma.

— Ora, *qualquer um* pode se defender com um revólver.

Ao retornar para a Redação encontro um recado de Griffin, que não acredita em e-mails, sobre a minha mesa. A nota manchada de café foi escrita a lápis, em letras maiúsculas:

> POLICIAIS NÃO FORAM À CASA DE THRUSH DEPOIS DA LIGAÇÃO PARA EMERGÊNCIA PORQUE ELA LIGOU NO DIA ANTERIOR DIZENDO PARA NÃO IREM. CONTOU QUE FOI NAMORADO BÊBADO QUE BAGUNÇOU O LUGAR E QUE ESTAVA TUDO RESOLVIDO. TAMBÉM NÃO QUIS FAZER QUEIXA. SE PRECISAR DE MAIS ALGUMA COISA, ME INFORME. G

Quando mostro a nota para Emma, ela exclama:

— Então ela está viva!

Eu não me sinto tão otimista. Janet nunca falou nada sobre um namorado. Mencionou o ex-marido e os tarados da web, mas nenhum sujeito em particular na vida dela.

— Talvez esteja tudo bem com ela — digo a Emma —, ou talvez esses telefonemas estejam sendo feitos por alguém fingindo ser ela.

— E quem seria?

— A viúva Stomarti me vem à mente. O jovem Evan vai dar uma farejada por aí.

Emma emite um pio preocupado.

— Evan? O *nosso* Evan?

20

O nome do garoto é Dominic Dominguez, mas ele atende por Dommie. A mãe nos conduz até seu santuário interno.

— Tchau — brada Dommie, tendo nos ouvido chegar pelo corredor.

A mãe dele bate levemente na porta.

— É o Juan Rodriguez, querido. Ele marcou hora, lembra?

— O que ele está vestindo? — pergunta Dommie através da porta.

Juan me alertou que o garoto é estranho e tem pavio curto, que por isso devo evitar gracejos.

— Uma camisa Ralph Lauren bonita, azul-clara — observa a mãe de Dommie. — E sem gravata, querido.

O garoto tem uma saudável fobia de adultos com gravata. Minha gravata em estilo Jack Webb* está na lavanderia. Juan tirou a dele no carro.

— Pode entrar — diz Dommie.

Antes de se afastar silenciosamente, a mãe dele toca na manga do Juan.

— Você se importaria de perguntar se ele está pronto pra papar?

Dentro do quarto de Dommie a sensação térmica é de aproximadamente trinta e seis graus, por causa de todos os aparelhos eletrônicos. Há um zumbido baixo de estática que soa como uma daquelas camas vibratórias que funcionam com moedas. Não sei quase nada de computadores, mas é visível que

(*) John Randolph "Jack" Webb (1920-82). Ator, escritor, produtor e diretor de tevê nos Estados Unidos. (N. T.)

Dommie está muito bem equipado. Cercado por máquinas, ele opera atentamente um de muitos PCS, as costas ossudas viradas para a porta.

— Ei, companheiro — diz Juan.

O garoto não se vira.

— Me dá um minuto — murmura. — Quem é esse cara com você?

— Meu amigo Jack. Aquele sobre quem conversamos pelo telefone.

— Oi, Jack.

— Olá, Dommie.

O garoto manuseia com agilidade um joystick de videogame: na tela, um duelo de skatistas ao som de um vocal que lembra o Anthrax.* Juan olha em minha direção e dá de ombros. Não há lugar para se sentar. A cama está lotada de caixas abertas: Dell, Hewlett-Packard, Apple. Estou suando como um estivador.

— Sua mãe perguntou se você vai querer jantar — diz Juan.

— Agora não! — Os skatistas no monitor do garoto estão lutando um contra o outro num half pipe, girando e balançando em pleno ar. — Mata! — grita Dommie com estridência para o personagem animado. — Mata esse canalha, Tony!

Dou uma cutucada em Juan, cuja expressão registra preocupação.

— Saiam daqui! Estou falando sério, caras! — berra Dommie, aparentemente para nós.

Nos retiramos para o corredor.

— Você se esqueceu de mencionar que ele é um psicopata — sussurro para Juan.

— Ele só está um pouco suscetível.

De dentro do quarto do garoto ouvimos um uivo feral, seguido de um estampido que soou como um tiro. Salto para a maçaneta, mas Juan bloqueia meu braço. Momentos depois Dommie está ali em pé, frio como gelo. Agora posso ver que ele está vestindo um fraque Oakley, calção largo de surfista e camisa larga de jérsei Ken Griffey. O cabelo preto está amon-

(*) Banda heavy metal de Nova York que lançou o primeiro álbum em 1984. (N. T.)

toado em camadas como um bolo de noiva, e um botão de ouro brilha numa narina pálida. Ele pesa uns quarenta e dois quilos. Faz sinal para entrarmos no quarto, onde percebo um colorido químico no ar. Dommie atirou no monitor do seu PC com uma espingarda de chumbo Daisy. No momento ele parece em paz.

Dommie arrasta a cadeira até um monitor funcional, um Mac cor de cereja.

— Caras — ele diz —, hoje é um dia de sorte pra vocês.

Juan sorri, esperançoso.

— Você abriu o disco rígido?

— Como um ovo. Mas estava tudo com senha, droga, por isso demorou um tempo.

— E qual era a palavra secreta?

— "Detox"! — Dommie solta um trinado. — Agora prestem atenção. — Os dedos do garoto voam sobre o teclado. — Aqui está um diretório com todos os arquivos. Vou abrir um deles pra vocês verem como é.

A tela se ilumina com várias fileiras de ondas oscilantes.

— São todos iguais? — pergunto.

— O que mais você queria? — responde o garoto.

— Não dá pra converter em texto?

O garoto olha para Juan como se perguntasse: "Onde você encontrou esse imbecil?".

— O Jack mal consegue mexer no rádio do automóvel — Juan explica. — Você tem que simplificar bastante as coisas pra ele, Dommie.

O garoto está com as duas mãos erguidas, como um médico pronto para operar. Mas os dedos não param de se mexer, adejando sobre um teclado invisível.

— O.k. — ele diz. — No começo, era o Pro Tools. É um software, caras. Um software de ponta. Por sorte eu tenho, senão não poderia ler o que está nesse disco.

— Dommie — intervenho —, por favor. Me diga o que estamos vendo.

O garoto pega o mouse e guia a seta para uma das bandas horizontais ondulantes. Em seguida dá dois cliques e inclina-se para trás, apontando o alto-falante.

— Escutem bem — recomenda.

Thamp. Thamp-thamp. Thamp-thamp. Pausa. Thamp. Thamp-thamp. Thamp-thamp.

— O que é isso?

— O nome do arquivo é Droyster02 — responde o garoto.

— Sim, mas *o que* é?

— Que é isso, caras? É música.

Dommie desliga tudo e gira a cadeira para ficar de frente para nós.

— Esse disco rígido que vocês me trouxeram são gravações. O que eles chamam de máster. Esse trecho que toquei pra vocês é a parte do contrabaixo de uma faixa chamada "Cindy's oyster", algo assim. Se quiserem posso juntar as pistas da guitarra, gaita-de-boca, vocais... está tudo aqui.

— De uma música só? — pergunto.

O garoto dá uma risadinha.

— Vamos dizer que devem ser umas trinta. Algumas já estão mixadas, outras ainda estão em pedaços. Não passei por todas elas porque não é a minha praia. Além do mais levaria, tipo, dias.

— Dommie é ligado em rap... — diz Juan.

— Não, não, hip-hop — protesta o garoto.

— Ele mixa material original para alguns DJs de clubes.

— É, e foi assim que consegui comprar o Pro Tools — comenta Dommie. — É radical. Sessenta e quatro pistas. Sem chiado, sem ruído, sem flutuação. E ainda por cima tenho o Auto-Tune, então está tudo sempre afinado, mesmo se o cantor for surdo. Tecnologia de ponta, caras. Todo mundo tem.

— Nós, não — observo.

— Tecnologia de ponta. A onda do futuro. O rolo-pra-rolo está morto e enterrado — continua o garoto. — Esse programa pode rodar num power book... sabe o que isso significa? Você pode mixar um disco inteiro num laptop, cara, e com um resultado mais limpo do que uma fita com vinte e quatro pistas. É sério, cara.

— Jack quer ouvir tudo desse disco rígido. Todas as faixas — diz Juan.

— Hah, tenho pena desse branquelo — comenta o Rapmeinster Dommie, do alto de sua não-negritude. Ainda bem que ele está de óculos escuros; acho que prefiro não ver o tamanho das pupilas dele. — Ele retorna ao Mac, fecha o Pro Tools e começa a manipular o teclado. Quando se vira para nós novamente, o disco rígido está em suas mãos. Ele o atira no peito de Juan e fala: — Ei, só faltam oito partidas.

— Tudo é possível, Dommie.

— Eu gosto muito da corrida daquele novato. E que tacada, hein?

— É, e de vez em quando ele consegue até rebater uma bola em curva. — Juan tira do bolso algumas entradas para assistir à partida dos Marlins contra os Mets. — Ei, companheiro, onde o Jack pode escutar todo esse negócio que você achou pra gente?

— No carro dele. Dã.

Rindo, o garoto deposita uma pilha de CDs no meu colo.

— Eu mesmo queimei esses aí, de graça. Vou imprimir um arquivo do diretório pra você saber o que está ouvindo.

— Muito obrigado, Dommie — falo.

— Minha mãe falou o que tem pra jantar? Melhor que seja macarrão com queijo, senão não vou sair deste quarto. Hoje é terça, certo?

— Segunda — corrige Juan.

Alguma coisa emite um bipe. O garoto puxa um pager do bolso do calção de surfe, lê a mensagem e funga.

— Velha doida.

— Dommie — contesto.

— Macarrão com queijo. Sério, cara. Vai dizer pra ela.

— A música desse disco rígido, que tipo de... se você tivesse que descrever...

O garoto faz graça.

— Folk rock. Country rock. Folk country... não sei como vocês chamam. Meus pais provavelmente gostam, mas eu não. Eu sou ligado estritamente no som das ruas, saca?

— Sei, das ruas.

— Estritamente.

Dommie esconde a espingarda de chumbo embaixo da cama para seus pais não encontrarem. Não consigo olhar para Juan com medo de cair na risada. Eu também tinha uma espingarda de chumbo embaixo da cama quando tinha doze anos. Mas eu também tinha uma cobra, uma coleção de pontas de flechas, um bastão de beisebol feito em casa e três prateleiras cheias de livros no meu quarto. O universo de Dommie existe basicamente dentro de caixas eletrônicas: seus games, suas leituras, suas músicas. Fico pensando em quando foi a última vez que ele saiu para dar um passeio sob o sol. Me pergunto se ele tem uma luva e um bastão, ou se tudo o que sabe de beisebol vem de videogames e salas de bate-papo.

Depois lembro que minha espingarda de chumbo era utilizada principalmente para fazer vergões nos ombros largos e espinhentos de um tal de Buster Walsh, vizinho adolescente que ocasionalmente me surrava no ponto do ônibus escolar. De vingança, eu subia num velho carvalho limoso no fim da nossa rua e atirava em Buster em seu caminho para casa de volta do treino de luta livre. Ele saltitava, choramingando e se estapeando espasmodicamente, como se estivesse sendo bombardeado por marimbondos. Eu ficava na moita por uma ou duas semanas, depois o acertava de novo quando ele baixava a guarda. Praticar tiro ao alvo nele era o meu entretenimento, possivelmente mais diabólico do que o impulsivo ataque de Dommie com componentes inanimados de computador. Em outras palavras, não sou uma autoridade confiável em termos de normalidade e ajustamento.

— Se não for macarrão, então um cheeseburger — Dommie está instruindo Juan. — Ao ponto. Diz isso pra ela, tá? E se ela perguntar do barulho diga que foi você ou Jack que quebraram o PC sem querer. O.k.?

— Sem problema — concorda Juan.

— Não se preocupe, ela não vai fazer nada.

— Obrigado pela ajuda — digo ao garoto. — Divirta-se no jogo de beisebol.

— Vou levar uma rede de lagostas pra encestar umas bolas — adianta Dommie com entusiasmo. — Se eu catar uma, vou pegar a assinatura do Mike Piazza e vender por uma grana no eBay.

— É isso aí, garoto. — Faço um sinal de positivo para ele.

Emma está preocupada por estarmos usando Evan, mas ele é perfeito: parece exatamente um garoto de entregas baratinado e sem malícia. Depois de uma pequena sessão de estratégia, ponho vinte paus na mão dele e o despacho até a mercearia favorita da Cleo para comprar sanduíches e um prato de massa. Ele deve telefonar do apartamento dela dentro de uma hora. Enquanto isso escuto atentamente os CDs que Dommie fez a partir do misterioso disco rígido.

A obra inacabada de Jimmy Stoma.

As canções em filamentos, mas quase posso imaginar como devem soar quando forem mixadas. Para um fã é estranho ouvir uma faixa só de guitarra ou um piano destacado e vocais fluindo livre ao fundo — aposto que são as adoráveis Ajax e Maria que conheci no funeral; ou o próprio Jimmy fazendo duas ou três passagens sozinho nas letras. Surpreendentemente, todos aqueles anos gritando como um corvo com os Slut Puppies não rasgaram suas cordas vocais. A voz dele está muito boa nessas gravações.

No começo eu não estava gostando da idéia de passar horas ouvindo faixas ainda não trabalhadas, mas é interessante perceber a evolução das canções — e instrutivo. Num vocal inicial de "Cindy's oyster" (arquivada como V4oyst10), Jimmy começou o terceiro verso assim:

A garota que guardou sua pérola para mim
Mostrou-a para o mundo na MTV...

Obviamente uma maliciosa pontada em sua jovem noiva, a ex-Cynthia Jane Zigler. Numa versão posterior Jimmy abandona a postura acústica em favor de uma afirmação maldosa:

A garota que guardou sua pérola para mim
Mantendo-a brilhando entre suas pernas de marfim...

E na última versão da canção (V7oyst10all), o verso foi alterado mais uma vez:

A garota que guardou sua pérola para mim
Mantendo-a escondida num mar negro sem fim...

James Bradley Stomarti não era nenhum Robert Zimmerman, mas sabia como se divertir com suas letras. É a única referência a Cleo Rio que ouvi até agora em qualquer de seus discos. Mesmo se não tivesse gostado da música, duvido que ela teria resolvido assassinar Jimmy e Jay Burns para se apossar da gravação.

Porém, como o jovem Loréal tão sabiamente observou, trata-se da indústria fonográfica. Talvez Cleo seja uma excêntrica paranóica e egomaníaca. Talvez não conseguisse suportar a idéia de ver seu nome numa seção de jornal revelando-a como a inspiração para "Cyndy's oyster". Ou talvez não conseguisse agüentar a idéia de ver o marido nas paradas às custas dela.

Essas teorias apóiam-se em diversas suposições trôpegas: uma, que Cleo ouviu a canção; duas, que entendeu a canção; três, que acreditou que Jimmy realmente a terminaria; e, quatro, que uma gravadora iria lançá-la.

Infelizmente, "Cyndy's oyster" é a coisa mais próxima de um motivo que consegui encontrar, o que significa que a matéria sobre a morte de Jimmy Stoma ainda estava bem distante de ser publicada num jornal.

Agora o telefone está tocando e eu atendo, esperando ouvir Evan do outro lado da linha.

— O Evan já ligou? Ele está bem? — É Emma, a zelosa mamãe.

— Ainda não. Mas tenho certeza de que está tudo bem.

— Jack, eu não gosto disso. Eu vou até lá.

— Tudo bem, mas não fique chocada se o lugar estiver pululando de mulheres da vida.

— Estou falando sério. Se acontecer alguma coisa com ele...

— Traga creme chantilly — peço. — E uma sela inglesa.

Como em inúmeros departamentos de polícia, o escritório do nosso xerife grava todos os chamados recebidos, mesmo os de linhas de não-emergência. Na Flórida essas fitas são um registro público, o que significa que o acesso deve ser permitido quando requisitado por qualquer reles cidadão, inclusive repórteres de jornais. A qualidade dessas fitas é uniformemente horrível, e de fato o alegado telefonema de Janet à subdelegacia de Beckerville soava como se viesse de uma mina de carvão ucraniana. A voz parecia pertencer a uma mulher, mas eu não saberia dizer se era ou não de Janet Thrush, Cleo Rio ou Margaret Thatcher. Entre estalidos e chiados podia-se ouvir a voz dizendo para não se preocupar com a comoção na casa — o namorado bêbado e pirado, ninguém foi ferido e as coisas estão sob controle.

A ligação veio de uma cabine telefônica perto de uma Denny's em Coral Spring, o que a tornava nula como pista. Claro que eu tinha esperança de que o número levasse até a viúva de Jimmy, mas não tive tanta sorte. Sinto-me muito curioso quanto aos planos da Cleo, que devem ir além de evitar meus telefonemas, fazer boquete no produtor do seu disco e se encontrar com ex-companheiros da banda do marido. Foi então que pensei: que se dane, vamos mandar o jovem Evan até o apartamento dela para avaliar a situação doméstica. As sacolas da mercearia permitiriam que passasse pelo porteiro, mas depois ele estaria por conta própria. Evan disse que tudo bem, que saberia o que fazer. Talvez eu devesse ter informado que Cleo poderia ser uma assassina impiedosa, mas não parecia haver sentido em deixá-lo ainda mais excitado do que já estava.

Menos de dez minutos depois que Emma desligou, Evan liga do ponto zero.

— Hã... aqui é o Chuck.

Nós ensaiamos um tosco roteiro antecipadamente. Evan escolheu o nome "Chuck" por achar que caía bem em um garoto de entregas.

— Esta entrega na Palmero Towers — ele está dizendo —, você tem certeza de que é no 19-G?

— Oi, Evan. Tudo bem?

— Bom, verifique de novo, tá? — ele continua —, porque a moça diz que não pediu nenhum sanduíche.

— A Cleo está em casa?

— Sim.

— Ótimo. Sozinha?

— Não.

— Então faça o seguinte — recomendo. — Diga que o seu chefe está verificando o pedido e vai ligar de volta logo mais. Vou esperar cinco minutos, isso deve dar o tempo necessário.

— Tudo bem.

— Desligue. Fique frio. Não faça muitas perguntas. Mas tente se lembrar de tudo que vir e ouvir.

— Ei, moça — ouço Evan falar para Cleo na outra ponta. — Meu chefe disse que vai verificar e me liga de volta. Qual é o número daqui?

— Cinco-cinco-cinco — Cleo, impaciente no fundo — um-meia-dois-três. Qual é o problema? Você disse que não fizemos nenhum pedido? É o Lester? Deixa eu falar com ele...

— Sinto muito, moça — diz Evan, interrompendo-a delicadamente. Depois, para mim: — Chefe, o número é 555-1623. Isso mesmo, apartamento 19-G, mas ela não fez o pedido.

— Você é um ator nato — falo para ele.

Seis minutos depois estou discando o número da Cleo.

— É o Chuck — atende Evan.

— Continua tudo bem?

— Sim. — Mantendo a voz baixa: — Ela está num interurbano na outra linha.

— Quando ela desligar, diga que foi erro nosso. Explique que o pedido era para ser entregue no 9-G.

— Mas agora ela quer ficar com as coisas.

— O quê?

— É, ela deu uma cheirada no sanduíche e ficou com fome. O que eu faço, cara? Ela me deu uma nota de cinqüenta.

— Então deixe a entrega com ela.

— Tem certeza?

— Evan, o que um verdadeiro garoto de entregas faria?

— Acho que você tem razão.

— E não se esqueça de pedir um autógrafo.

— Feito — ele responde.

— Fantástico.

Tem coisas que eles não ensinam na escola de jornalismo.

Emma está a caminho e estou pensando em quanto tempo faz que não durmo com uma mulher. Foi na última sexta-feira de março, cinco meses atrás, embora pareça mais tempo. Karen, do necrotério do condado. Ela trabalha com meu amigo Pete, um dos médicos-legistas. Adorável Karen Penski; saímos umas quatro ou cinco vezes. Ela tinha cabelos loiros cor de palha e era quase da minha altura — uma respeitável corredora de longas distâncias. Trinta e seis anos, a mesma idade com que Marilyn Monroe morreu. E também Bob Marley. Mas Karen não estava nem aí para isso. Não se deixava impressionar por coisas como fé, carma ou ironias de mau agouro. Todas as manhãs via a morte sobre uma laje; para ela era só material de trabalho.

Nos conhecemos pelo telefone quando liguei para o necrotério a fim de saber a causa da morte de um senador do estado da Flórida chamado Billie Hubert, cujo obituário eu estava compondo. Democrata tão famoso quanto desprezível, Billie tinha partido deste reino mortal com a mesma idade (setenta) e da mesma forma que Nelson Rockefeller, um famoso republicano moderado — ou seja, bimbando uma mulher que não era sua esposa. E, assim como a amante de Rockefeller, a parceira de Billie Hubert tentou afoitamente vesti-lo de novo após sua morte, com resultados hilariantes. O proprietário do motel, já conhecido na delegacia de costumes local, não forneceu nenhuma teoria sobre como o homem morto no quarto 17 estava com o sapato esquerdo no pé direito e vice-versa.

A matéria do jornal, assinada por Griffin, foi espalhafatosa o bastante para ganhar a Primeira Página. Meu trabalho foi o obituário do dia seguinte, que deveria conter palavras suaves para ser publicado solenemente nas páginas internas do jornal. A única informação que faltava era o motivo clínico do falecimento do senador Billie Hubert, que a autópsia revelou ser um aneurisma na aorta. Essa informação veio da adorável Karen, que também foi suficientemente gentil para mencionar que o braço direito de Billie mostrava uma imagem escarlate explícita de uma megera chifruda cavalgando um tridente — um magnífico detalhe que eu não poderia omitir do obituário em sã consciência. Isso, além do ambiente esquálido em que o senador faleceu, de alguma forma empanou sua posição junto à Coalizão Cristã, cujos membros transmitiram sua decepção com o falecido (e com o *Union-Register*) por meio de múltiplos e-mails.

Dois dias depois da publicação do obituário, Karen e eu nos encontramos para uns drinques. Ela logo entendeu o meu problema e se ofereceu para me levar ao necrotério para uma "terapia de imersão", que eu declinei. Garantiu que estar entre aqueles cadáveres ajudaria a "desmistificar" a morte. Expliquei que o mistério não me perturbava tanto quanto a finitude. Nada que pudesse ser visto numa sala de autópsia, a não ser uma ressurreição espontânea, poderia aliviar minha preocupação com aquilo.

Eu me persuadi de que me sentia atraído pela Karen por causa de sua figura esguia e atlética e seu ágil senso de humor, mas na verdade era a natureza sombria do trabalho dela que me intrigava — transcrever as observações narradas por Pete e outros patologistas da dissecação. Não conseguia imaginar como ela dormia à noite, a cabeça zumbindo com aquelas entranhas sangrentas. Ela insistia que o trabalho no necrotério era o melhor que já tivera, devido à ausência de reclamações dos clientes. E devo dizer que ela era, se não totalmente despreocupada, dona de um espírito vivaz e otimista. Deus sabe como ela gostava de sexo, o que nos propiciava pelo menos uma coisa em comum.

Na última vez em que fizemos amor, na já mencionada sexta-feira de março, nós primeiro jantamos em um restaurante de frutos do mar no Jupiter Inlet. Não me lembro de nada da comida ou da conversa, o que significa que a noite deve ter sido boa. Depois pegamos a rodovia A1A direto até o meu apartamento, onde a gaveta de CDs por acaso começou com *Exile on Main Street.* Isso provocou um gemido de desaprovação por parte da Karen, que já havia se despido até ficar apenas de calcinha e sutiã. Seguiu-se uma discussão fora de hora a respeito de preferências musicais, resultando numa amuada capitulação da minha parte. Os Stones foram substituídos por Natalie Merchant, que é esplêndida a não ser que você esteja no estado de espírito para "Ventilator Blues", que era o meu caso.

Desnecessário dizer que o sexo foi menos que transcendental para nós dois. Tenho uma clara recordação de Karen por cima, mal prestando atenção a uma flutuante canção romântica enquanto eu me enfadava embaixo dela, ansioso por um som mais ritmado. O orgasmo que ela fingiu foi tão inconvincente que interpretei seu leve tremor como uma resposta gástrica retardada aos mariscos marinados, que estavam criminosamente passados. Foi um final melancólico para o relacionamento, e me deixou distante da luxúria por algum tempo.

Agora Emma está para chegar e estou remexendo a gaveta de CDs numa busca febril por alguma coisa que nós dois suportemos, caso seja necessário. A fotografia de Anne sumiu da porta da minha geladeira, e suponho que tenha sido eu a removê-la, sem querer dar a Emma a impressão de ainda estar ligado ao passado.

As primeiras palavras que ouço ao atender à porta:

— O Evan já ligou?

— Ele está ótimo, Emma. São e salvo.

Ela me enlaça com um abraço feroz. Era como se Evan tivesse retornado vivo depois de quarenta noites numa caverna de gelo no Himalaia. Eu poderia até sentir ciúme, só que reconheço o exuberante alívio de Emma pelo que realmente é: para uma ambiciosa editora ocupando um cargo gerencial num jornal, a única coisa pior do que ser responsável pela morte de um repórter seria ser responsável pela morte de um estagiário.

— Estou com vontade de comemorar — diz Emma. Ela está usando um vestido leve de algodão e sandálias. As unhas dos dedos dos pés, não se pode deixar de notar, estão pintadas de amarelo-canário.

— Você gosta do U2? — Estou em posição, disco na mão.

— Sabe o que eu gostaria mesmo de ouvir? O seu amigo Jimmy Stoma — ela declara. — Estou morrendo de vontade de saber o que ele estava querendo fazer quando morreu.

Mostro a ela a pilha de CDs de Dommie, o Mago dos Computadores.

— Quase vinte horas de som. Eu mal comecei a ouvir.

— Tudo bem — retorna Emma. — Nós temos a noite toda. — Ela sorri divertida e tira algo de sua sacola de mão. Meu dessecado coração se enleva.

É uma escova de dente.

21

Observações sobre a primeira vez.

Eu nunca sei ao certo o que significa ou em quanto acreditar de tudo que é dito. Emma é parcimoniosa com suas pistas. Enquanto isso, fico surpreso ao me ouvir sussurrando alarmantes demonstrações de sentimentos, inclusive pelo menos uma referência espontânea ao amor (isso enquanto eu beijava um mamilo!). Sinto-me carente e digno de pena; totalmente rendido.

Enquanto isso a postura de Emma é discreta e silenciosa como a de um beija-flor. No chuveiro, eu esfrego um lóbulo ensaboado e pergunto:

— Isso vai afetar a minha avaliação anual?

— Shhh. Pode me passar o condicionador?

Mais tarde arrastamos os lençóis e travesseiros da cama e nos enroscamos na sala de estar, ouvindo as confusas mixagens do álbum perdido de Jimmy Stoma. Em dez minutos Emma está dormindo, enquanto eu adormeço ao som dos vocais de apoio em duas pistas de uma faixa chamada "Here's the deal", sobre infidelidade conjugal ou abstenção de metadona — é impossível dizer a partir do coro.

Logo mergulho num sonho com um tema conhecido, coestrelado por Janet Thrush. Estamos na casa funerária onde vimos o corpo do irmão dela, só que dessa vez olhando para um caixão vazio forrado de veludo. No sonho estou aguilhoando Janet por causa de sua fé na reencarnação, e ela diz que manter a mente aberta não faz mal a ninguém. Meus braços seguram um balde de frango frito e eu comento que ela tem razão, que estamos devorando os parentes renascidos de alguém, talvez até o meu pai. O sonho termina com Janet fechando a tampa do caixão na ponta dos meus dedos.

— Jack! — É Emma, me sacudindo para acordar. — Alguém está tentando arrombar a porta!

Ao ouvir o girar da maçaneta me levanto depressa. Depois do assalto eu troquei a fechadura e instalei dois pesados ferrolhos, mas ainda assim meu coração bate como o de uma cobaia. Equilibro-me sobre os pés e jogo meu peso sobre a porta: oitenta e oito quilos de determinação nua. — Vai embora! — solto um grito rouco. — Estou com uma espingarda.

— Pode abaixar, garoto.

— Quem está aí?

— Sou eu, Jack. Seu velho amigo.

Irritado, abro a porta com um puxão e lá está Juan, um brilho de margarita nos olhos. Com uma saudação matreira ele diz:

— Como vão as coisas, almirante? — Olhando além de mim, ele localiza Emma enrolada num lençol. Antes de conseguir se virar para fugir, agarro um braço dele o puxo-o para dentro. O farfalhar atrás de mim só pode ser minha linda convidada retirando-se para o quarto.

Juan desaba numa cadeira.

— Cara, sinto muito.

— Agora estamos quites — retruco. — O que você faz aqui às duas e meia da manhã?

— Estive pensando em pedir demissão do jornal.

— Você ficou louco.

— Está vendo, é por isso que preciso conversar.

De repente me ocorre que um anfitrião decente deveria vestir alguma roupa, mas depois de anos de entrevistas em vestiários Juan tornou-se indiferente à nudez. Ele fala:

— Eu quero escrever um livro. Aliás, já estou trabalhando nele há mais ou menos seis meses.

— Isso é fantástico.

— Não, não é, Jack. Ainda não. — Ele inclina a cabeça. — O que você está ouvindo?

— As sessões de gravação jamais divulgadas de Jimmy Stoma. Foi isso que Dommie tirou do disco rígido.

Mas Juan não veio pela música, por isso desligo o som. Emma emerge do quarto de sandálias em um vestido de verão. Quando Juan luta para se levantar, balbuciando desculpas, ela muito delicadamente diz para ele se sentar e ficar quieto. Em seguida me joga minha calça e dirige-se à cozinha para fazer um bule de chá. A compostura dela de alguma forma reduz a tensão. Eu esperava um olhar contrariado ou um suspiro de impaciência — alguma coisa que indicasse a interrupção em mau momento de Juan. Ao menos agora eu sabia que aquela noite representava alguma coisa no diário particular de Emma.

— É um livro sobre esportes? — pergunto a Juan.

Ele balança lentamente a cabeça.

— É sobre mim e minha irmã. Você sabe... sobre o que aconteceu no barco vindo de Cuba.

— Tem certeza de que quer fazer isso?

— É um romance, claro. Eu não estou completamente louco — ele pondera. — Já mudei todos os nomes.

— E conversou a respeito disso com Lizzy?

Lizzy é a irmã de Juan, a que foi atacada no barco de pesca de camarão. Agora ela gerencia uma galeria de arte em Chicago, onde mora com os dois filhos. Eu a encontrei uma vez, quando veio à Flórida para ficar com Juan enquanto se divorciava.

— Não posso falar sobre isso com ela, cara. Nunca trocamos uma palavra a respeito daquela viagem — diz Juan.

— Em todos esses vinte anos?

— E que diabo há pra falar? Eu esfaqueei e joguei dois sujeitos do navio. — Juan pisca para o espaço. — E faria isso de novo sem hesitar. Lizzy compreende.

Ele tem pesadelos recorrentes com a viagem desde o porto de Mariel; o tipo de pesadelo de acordar gritando e correr em busca de remédios. Às vezes ele vem conversar comigo no meio da noite, o que é terapêutico para nós dois. Emma compreenderia, mas é Juan quem deveria contar a ela. Por isso estou tentando manter a voz baixa...

— Olha, você não pode escrever um livro como esse sem sua irmã saber. Isso em primeiro lugar. Em segundo, você não precisa se demitir do jornal... pode tirar uma licença.

— Mas eu odeio meu trabalho, porra.

— Você *adora* o seu trabalho, Juan. Você simplesmente está deprimido esta noite.

— Não, cara, eu não quero voltar para o *Union-Register* depois de terminar esse livro. Quero me mudar para Gibraltar e escrever poesias.

— Ah, pelo amor de Deus.

— Em pentâmetros iâmbicos.

Já recomendei muitas vezes que Juan não bebesse tanta tequila.

— Emma — chamo em voz alta. Momentos depois ela desliza para a sala de estar com três canecas de chá verde.

— Juan quer pedir demissão — eu a informo.

— Sério?

— Para escrever um romance — ele uiva defensivamente — e depois disso, poemas.

— O jornal precisa de você — aconselha Emma.

— Ao contrário de uns e outros — acrescento.

— Provavelmente bebi demais. Demais mesmo — admite Juan, entre goles de chá.

— E sobre o que seria o seu romance? — pergunta Emma.

Juan parece mortificado até eu responder:

— Beisebol.

Ele me lança um sorriso agradecido.

— Isso mesmo. Beisebol e sexo.

— Ora, do que mais você precisa? — observa Emma.

— Que tal um espião? — Talvez eu esteja me sentindo inspirado pela prosa de Derek Grenoble. — Tente algo assim: as maiores ligas estão infiltradas por um agente de espionagem cubano!

— Um canhoto, obviamente — sugere Emma com leveza. — Mas em que posição ele jogaria?

— Lançador — sugiro —, pra poder arrumar resultados de grandes jogos. Olha só! E se Fidel estivesse jogando pela internet, apostando toda a safra de cana-de-açúcar na World Series?

Juan esfrega os olhos.

— Cara, eu estou pregado.

Emma e eu o conduzimos até minha cama, tiramos seus sapatos, o cobrimos e fechamos a porta. Sem falar nada ela me leva de volta à sala de estar e fazemos amor novamente, engalfinhados em uma de minhas poltronas de segunda mão. Dessa vez ela geme e murmura, o que escolho interpretar como expressões de prazer e possivelmente realização. Uma hora depois ela me acorda para perguntar se vou mesmo sair do jornal, como insinuei a caminho da casa de Janet.

— Shhh — digo.

— Você não vai sair, vai? — ela persiste. — Jack, não saia. Por favor.

Em seguida ela estende a mão até o meio de minhas pernas e me agarra, algo que nenhuma editora jamais fez. Como estilo de gerenciamento o gesto se revela surpreendentemente eficiente, pelo menos no curto prazo.

Emma e Juan ainda estão dormindo quando minha mãe me liga às oito da manhã dizendo que está pensando em vir de carro de Naples para me visitar no meu aniversário.

— Seria legal — digo a ela.

— Infelizmente estamos no meio de uma crise aqui.

— Nada que implique perigo de vida, espero.

— No clube de campo — explica minha mãe. — Uma família de negros quer entrar de sócia e Dave entrou em parafuso.

— Dave devia se envergonhar.

— O nome do camarada é Palmer. Não é irônico para um jogador de golfe? — Às vezes minha mãe é adorável. — E a melhor parte, Jack... ele dá cinco de vantagem e tem um filho adolescente que alcança trezentas jardas numa tacada. Claro que Dave perdeu a cabeça. Escreveu uma carta superdesagradável ao Tiger Woods, imagine só, mas eu rasguei enquanto ele fazia uma sigmoidoscopia. O Dave, quero dizer.

— E você acha isso uma qualidade atraente num marido... um fervoroso racismo?

— Ora, Jack. Ele é bastante inofensivo. Só sabe falar.

Pergunto a ela o que a comoção do clube de campo tem a ver com o meu aniversário no sábado, e ela diz que o comitê de sócios vai se reunir justamente naquela tarde para julgar o pedido de associação.

— Se eu não estiver junto, provavelmente Dave vai dizer alguma coisa pela qual pode se arrepender.

— Pior — intervenho —, existe a possibilidade de ele reunir apoio suficiente para barrar os Palmer por serem negros. Estou certo?

— Nós temos lá algumas pessoas com uma visão retrógrada. Mas isso acontece em qualquer clube.

— Então você precisa estar lá para manter o Dave amordaçado.

— Vamos dizer que ele geralmente me atende em ocasiões públicas. Desculpe, filho, mas isso é muito importante.

— Não se preocupe. Vamos nos encontrar em algum outro final de semana — digo. — Fique firme e baixe a bola de seu velho intolerante e inofensivo.

— Quer alguma coisa especial para o seu quadragésimo sétimo aniversário?

— O mesmo do ano passado, mãe... serenidade, uma cura para gengivas recessivas e um novo aparelho de tevê.

— Não me diga que a Motorola também saiu pela sacada.

— E gostaria de saber também quando e como meu pai bateu as botas. Por favor.

— Jack, pelo amor de Deus! — cacareja minha mãe, exasperada. — Você e o Dave me fazem arrancar os cabelos.

— Olha, só me diga onde aconteceu. Qual cidade?

— De jeito nenhum.

— Então em qual estado?

— Você pensa que sou boba? Acha que não sei o que os computadores podem fazer?

— E quanto ao fuso horário? Vamos, mãe, me fala alguma coisa. Leste ou Oeste?

— Eu andei falando com a Anne... desculpe, filho, mas estava preocupada com você.

— Bem, é melhor se preocupar com *ela*, que está se casando com um ex-vendedor — contesto. — E isso vai acontecer no dia do meu aniversário.

— Ela me pareceu muito feliz, Jack.

— Só por isso vou te mandar um dos romances medíocres dele. Mas aí vai uma boa notícia: eu vou estar fora dos obituários em breve.

— Ah, é? — Minha mãe espera ansiosamente por mais informações antes de me parabenizar. Levo o telefone até a cozinha, para o caso de Emma acordar.

— Quando isso vai acontecer? — pergunta minha mãe.

— Ainda não tem uma data estabelecida.

— Mas você vai continuar trabalhando no jornal?

— Não exatamente, mas vou continuar envolvido. É uma série de circunstâncias incomuns.

— Você não pode me contar mais?

— Resumindo, mãe, estou esperando um velho maluco morrer.

— Isso não tem graça nenhuma.

— Tem e não tem. O sujeito está com oitenta e oito anos e tem um plano incrível.

— Sei, claro que tem. Jack, já pensou em voltar a ver o doutor Polson?

Pouco depois que Anne se mudou, eu falsamente prometi a minha mãe que consultaria um psicoterapeuta. Encontrei o nome "Polson" num mapa rodoviário de Montana e contemplei meu psiquiatra fictício com um conjunto de imponentes credenciais de Genebra, Hamburgo e Bellevue. Disse que estava indo a duas sessões individuais por mês, e em falsas atualizações garanti a minha mãe que o homem era brilhante, que considerava fenomenal o meu rápido progresso.

— Eu voltaria com prazer ao doutor Polson — digo a ela —, se ele não estivesse na UTI do Broward General.

— O quê?

— Os detalhes são incompletos, mas parece que um paciente enlouquecido o agrediu com um esmagador de alho industrial. Uma tragédia.

Uma gelidez conhecida rasteja pela voz da minha mãe.

— Eu queria que você ouvisse a si mesmo daqui de onde estou. Você deve ter alguém com quem possa conversar, alguém que possa ajudar...

— Eu *tenho* alguém — digo. — É você, mãe. Você podia me contar o que aconteceu com o meu pai.

Uma pausa inclemente, e depois:

— Tchau, Jack.

— Tchau, mãe. Boa sorte com a crise do Dave.

Por volta das nove Juan já foi embora e Emma está de molho na banheira. Estou fazendo ovos mexidos enquanto ouço outro fragmento das sessões de Exuma. O título da faixa atual me intriga, mas minha concentração tem falhado. Examinar o material faixa a faixa perdeu a novidade da revelação, e agora só continuo a ouvir o material na esperança de ter sorte e encontrar uma pista.

Alguém tinha alguma razão para esconder o máster da gravação a bordo do barco de Jimmy, mas quanto mais ouço aquilo, mais confuso me sinto quanto à razão desse ato... ou de alguém sair matando pessoas por causa daquilo. Algumas das faixas estão bem-acabadas e são muito boas, outras são mais ou menos e umas poucas delas são insuportáveis. O fato frio e inamovível permanece sendo que o problema não é tanto a música, mas sim o mercado. Se realmente Cleo Rio perpetrou um homicídio para conseguir as gravações de seu finado marido, a estupefaciente questão é: por que razão? Os adolescentes que consomem a grande produção de discos compactos do planeta ainda não eram malucos quando Jimmy and the Slut Puppies surgiram. Mesmo que os leais fãs remanescentes da banda ainda pudessem ser encontrados e atraídos, é pouco provável que esse público se interessasse por um Jimmy mais suave e delicado, morto ou vivo. Uma vez um gritalhão, sempre um gritalhão no coração dos fãs. Quem pagaria para ouvir David Lee Roth tentar cantar como James Taylor?

É difícil imaginar que Cleo achasse que o álbum do marido iria ganhar um disco de platina caído do céu ou que se tornaria uma concorrência indesejável. As vendas de um novo lançamento de Jimmy Stoma seriam pífias em comparação com as atingidas pela graciosa viúva quando seu CD fosse lançado, turbinado dia e noite (com púbis e tudo) na MTV.

Por isso continuo desnorteado quanto a um motivo para a morte de James Bradley Stomarti. E enquanto não tenho notícias de Janet Thrush, fico torcendo para que ela esteja certa — que Cleo não tinha nenhuma razão plausível para matar Jimmy, e que portanto não há nenhuma história espetacular por trás de sua morte, afinal de contas. Porque isso significaria que Janet provavelmente está viva; que a destruição da casa dela e o arrombamento do meu apartamento não tiveram nada a ver uma com a outra; que não foi um impostor quem telefonou para a subdelegacia do xerife e para o escritório de advocacia de Charles Chickle, mas sim a própria Janet. Que maravilhosas notícias seriam essas.

Como qualquer repórter, adoro um assassinato suculento e misterioso, mas a investigação logo perde a graça quando pessoas inocentes começam a aparecer mortas. Talvez seja por querer acreditar que Janet está bem que me sinto mais receptivo à possibilidade de o afogamento do irmão dela ter sido acidental; que a morte de Jay Burns não tenha ligação com o caso, que seja apenas um infeliz e aleatório resultado da mistura de bebida, drogas e más companhias; e que o fato de o disco rígido ter sido escondido a bordo do *Rio Rio* não prove nada a não ser que Jimmy Stoma, como muitos outros músicos, estivesse obcecado em guardar seu projeto a salvo de piratas e ratos de estúdio. Só Deus sabe onde o Prince esconde os másteres *dele*.

Durante o café-da-manhã, exponho esse cenário para Emma, que observa:

— Mas e quanto a todas as mentiras?

Ela está empoleirada na saleta de jantar, passando manteiga numa torrada de pão integral. O traje dela é uma camiseta com um peixe-papagaio estampado na frente — minha única lembrança, além dos recibos de cartões de crédito, da viagem a Nassau. A nuca de Emma ainda está úmida do banho.

— Quando estava batalhando essa matéria — ela diz —, você me lembrou de como a esposa forneceu detalhes diferentes sobre o acidente de mergulho. E como falou que o marido estava produzindo o novo disco dela enquanto a irmã dele disse que isso não era verdade. E não se esqueça de Burns. Você contou que ele mentiu a respeito das sessões de gravação nas Bahamas.

— Mentiu mesmo.

O tecladista tinha contado que era o Jimmy sozinho, dedilhando uma velha Gibson. Nenhum outro acompanhante nem cantores, ele falou.

— Jack, as pessoas só mentem quando estão encobrindo alguma coisa. — Emma anuncia isso com uma sobriedade cansada que considero afetuosa.

— Não significa que seja um assassinato — contesto. — Nem ao menos significa que seja uma matéria de jornal. — Sobrepujando o gemido da centrífuga, digo a ela que as pessoas mentem para repórteres por diversas razões — despeito, inveja, culpa, autopromoção.

— Até mesmo por esporte, Emma. Algumas pessoas acham que mentir é divertido.

— É, já conheci algumas pessoas assim.

Um comentário como esse deve ser contornado com a mesma cautela com que se evita uma víbora dormitando. Volto minha atenção ao ato de coar as sementes e a polpa do suco de laranja de Emma.

— Jack, você já foi casado?

— Não.

— Mas já pensou a respeito.

— Só em noites de lua cheia.

Emma colocou seus óculos de aros de metal para avaliar melhor minhas respostas.

— Eu fui casada uma vez.

— Eu não sabia.

— Um namorado da faculdade. Durou dois anos, duas semanas, dois dias e duas horas. E eu tinha *vinte e dois* anos na época. Não que eu acredite em numerologia, mas faz a gente pensar. O que aconteceu foi tão estranho. Uma noite eu acordei tremendo e ensopada de suor, e de repente sabia que tinha de me separar. Então dei um beijo de despedida nele, peguei a Debbie e fui embora. — Debbie é a gata dela.

Agora estou sentado ao lado de Emma na mesa, tão perto que nossos braços estão se tocando.

— Ele era um cara legal — ela continua. — Inteligente, bonitão. De ótima família também. O nome dele era Paul. — Ela sorri. — Tenho uma teoria. Acho que Paul e eu chegamos ao apogeu cedo demais.

— É uma boa teoria — comento. — Muito melhor do que "afastamento gradual", que é a minha desculpa habitual. Às vezes você sente falta dele?

— Não, mas às vezes gostaria de sentir.

Sei o que ela quer dizer.

— Só pra sentir alguma coisa — ela completa.

— Exatamente. — Imagino que agora seja um bom momento como qualquer outro. — E quanto a ontem à noite?

— Primeiro você — responde Emma.

— Eu achei maravilhoso.

— O sexo ou as carícias?

— As duas coisas. — A forma direta como ela se expressou me colocou na defensiva. Emma diz:

— Pra mim também.

— Fiquei preocupado, você ficou tão calada.

— Eu estava ocupada.

É, estava. Então, e agora?

— Nós nos vestimos e vamos para a Redação — ela recomenda —, e agimos como se nada tivesse acontecido...

— Entendi — respondo, abatido.

— ... até a próxima vez.

Em seguida Emma toma meu rosto entre as mãos e me beija longamente. Os lábios dela aos poucos se abrem num sorriso e logo estou sorrindo também. Ao final desse beijo estamos rindo incontrolavelmente com os lábios unidos, o que nos leva a um impetuoso entrelaçamento no chão da cozinha. Termino deitado de costas, impulsionado pelo linóleo frio por ardentes estertores. O deslizamento é interrompido quando o tampo do meu crânio bate na porta da geladeira, com Emma murchando sobre meu peito. Dez minutos depois, quando recuperamos a respiração, ela ergue o queixo e percebe que está atrasada para o trabalho. Acho engraçado que ainda esteja de óculos, ainda que pendurados assimetricamente na ponta do nariz.

Apressando-se pelo corredor, ela diz:

— Jack, quero deixar uma coisa bem clara. Quero ter certeza de que você não vai abandonar o caso Jimmy Stoma.

— De jeito nenhum — respondo enquanto ela sai. — Estou nessa até o fim.

Sob o pretexto de continuar as explicações, entro no quarto para observar enquanto ela se veste. É uma operação que sempre achei fascinante e enigmática.

— Não se preocupe comigo — estou falando enquanto Emma se contorce para dentro de seu vestido de verão —, isso sempre acontece quando encontro um obstáculo numa matéria quente. Começo a reexaminar todos os passos que já dei.

— Não devia fazer isso, Jack. Você fez um belo trabalho.

Emma, abençoada seja sua ingenuidade, é facilmente impressionável. Assim como eu, aos vinte e sete anos.

— Ainda não desisti — digo a ela. — Vou continuar batendo nas portas até que alguma se abra. Especialmente uma delas.

— Falando da Cleo... — Emma ajoelhando-se para afivelar as sandálias.

— O jovem Evan está esperando na Redação — digo —,

com o relatório final sobre a missão dele como entregador da mercearia.

— Vista uma roupa e vamos andando.

— Assim? Pa-pum?

Emma aponta.

— Tem um pedaço de casca de laranja grudado na sua bunda.

Não é exatamente o verso de um soneto de John Donne, mas mesmo assim meu espírito se rejubila.

22

Bons jornais não morrem facilmente. Depois de três anos nas garras gélidas e ossudas de Race Maggad III, o *Union-Register* ainda mostra centelhas de calor. Isso a despeito de estar sendo desmontado e depenado como um automóvel roubado.

Apenas dois tipos de jornalista escolhem permanecer num jornal que está sendo destripado por freqüentadores de bordéis de Wall Street. Uma facção é composta de editores e repórteres cujas habilidades são tão periféricas que eles têm sorte de estar empregados, e sabem disso. Desimpedidos de qualquer senso de dever para com os leitores, ficam contentes em abandonar a busca por verdadeiras notícias a fim de cortar despesas e marcar pontos com os engravatados. Esses falsos jornalistas são fáceis de localizar no alvoroço de uma Redação — sentem-se bem agendando e comparecendo a reuniões inúteis, e sentem-se mal e indecisos sob o calor de um premente prazo de fechamento. Em termos de estilo eles buscam a brevidade e as frivolidades, fugindo de matérias que exigem profundidade ou deliberação, de artigos que podem cutucar algumas onças e criar situações infernais que possam mudar a vida de alguns pobres cidadãos para melhor. Essa espécie de editores e repórteres não é geneticamente equipada para lidar com violentos telefonemas do prefeito, com aquela carta trazendo o flagelo de Deus representado por um advogado anunciando um processo por difamação ou o memorando reprovador dos contadores da empresa. São jornalistas que desejam paz e tranqüilidade e nenhuma surpresa, obrigado. Querem que suas Redações sejam cordatas, ronronantes e amistosas como o saguão de um banco. Sentem-se exultantes quando os telefones não tocam e seus computadores os informam de que não chegou nenhum e-mail. Quanto menos houver a fazer, menores as probabilidades de pisarem na bola. E, assim como Race Maggad III, sonham com um dia em que não seja permitido que notícias nuas e cruas interfiram na publicação de jornais lucrativos.

Os outros jornalistas que permanecem em diários sendo sufocados lentamente como o *Union-Register* são os que são malvados ou teimosos demais para desistir. De alguma forma seus talentos e capacidades continuam a brilhar, não importa quão desmotivados ou abatidos possam parecer. São os profissionais astutos e persistentes — Griffin é um bom exemplo — que dão ao nosso deliqüescente jornalzinho a coragem e a determinação que lhe restam. Eles não têm ambições corporativas e mantêm uma lealdade arraigada e subversiva à noção de que jornais existem para servir e informar, ponto final. Não saberiam dizer como as ações da companhia fecharam ontem no Dow Jones porque não ligam para isso. E sonham com um dia em que o jovem Race Maggad III seja apanhado em flagrante por transações ilegais ou fraude no imposto de renda ou, melhor ainda, segurando o pau de um travesti enquanto passeia pela praia da baía de San Diego em um de seus Porsches clássicos. Essa espécie de jornalista em extinção adoraria redigir essa matéria sórdida ou compor seu título, para depois estampá-la na Primeira Página. Antigamente eles eram o sangue e a alma de uma Redação — esses atrevidos espinhosos, desrespeitosos e espalhadores de merda — e sua presença era a principal razão para que jovens brilhantes como Evan Richards fizessem fila para fazer estágio de verão no *Union-Register.*

E cinco anos atrás a maioria desses garotos exultaria diante de uma chance de retornarem para cá depois da faculdade para trabalhar no jornal por um salário humilhante, só para entrar em ação. Porém, depois de se formar no próximo ano, o jovem Evan está indo direto para a faculdade de direito, com seu currículo enfeitado por um semestre de trabalho em jornalismo, outrora visto como um batismo de fogo, mas hoje em dia considerado mais como um ato de auto-sacrifício exótico: um trabalho de missionário. Garotos inteligentes como Evan lêem *The Wall Street Journal.* Sabem que o que aconteceu com o *Union-Register* está ocorrendo com jornais em todo o país, e que quaisquer ideais jeffersonianos sobre uma imprensa livre e independente seriam arrancados a chicotadas de sua pele calosa em semanas de trabalho. Sabem que as pessoas que dirigem a maioria dos jornais não procuram mais rebeldes com espíritos livres, mas sim arrivistas e carreiristas que entendem a imagem corporativa e apreciam suas restrições práticas. Garotos como Evan sabem que a maioria dos jornais perdeu a ousadia e não tem mais a coragem de estar na linha de frente de *qualquer coisa*, e conseqüentemente não tem mais a menor graça.

Quando Evan começou a trabalhar para Emma, achei que ele poderia ser uma promessa, por isso lhe fiz um discurso de estímulo. Disse que muitos repórteres começam como novatos na seção de obituários, o que é verdade, e que os mais talentosos logo avançam para coisas maiores, inclusive para a Primeira Página. E lembro-me de Evan olhando para mim com tal perplexidade que caí na risada. Sem dúvida o que o garoto estava tinindo para perguntar — e tinha todo o direito de perguntar — era: "E *você*, Jack Tagger? Por que está redigindo obituários depois de vinte anos no negócio?". E já que a resposta oferecia tanto uma lição quanto uma boa gargalhada, contei ao jovem Evan a verdade. Sua resposta sincera: "Uau".

Sem querer assustá-lo, fiz questão de me retratar como um cabeça-quente incorrigível que de certa forma cavou a própria sepultura, e a essa altura Evan me interrompeu educadamente. Disse que agradecia minha sinceridade e estímulo, mas que nunca havia planejado seguir carreira na indústria jornalística. Explicou que, de tudo o que havia lido a respeito, ficava claro que os diários estavam "acabados". Uma mídia moribunda, ele definiu. Havia vindo para o *Union-Register* basicamente para viver a "experiência" de uma Redação, antes que todas elas desaparecessem. A segunda escolha dele era sem dúvida um lugar-comum.

Por isso não hesitei em recrutar o jovem Evan para me ajudar na matéria do Jimmy Stoma. Quem quer passar um verão inteiro digitando obituários de quinze centímetros de pastores ou professores aposentados falecidos? O garoto merecia experimentar o sabor de uma aventura, alguma coisa memorável para seu álbum de recortes. Seria o maior barato poder contar aos colegas da faculdade que ajudou a desvendar a misteriosa morte de um astro do rock.

E agora eu sou o herói do Evan. E ele está excitadíssimo com a história.

— Eu quase pirei quando ela atendeu a porta — ele está dizendo. — Quase não acreditei que era mesmo a Cleo Rio. E ela: "O que está acontecendo? Eu não pedi sanduíche nenhum!". No começo eu mal conseguia dizer uma palavra, porque ela estava com um sutiã transparente...

— Calma, tigrão — recomendo.

Estamos sentados na cafeteria, Emma e eu em um lado da mesa e Evan no outro. Estou tomando notas, Emma está bebericando café e o garoto está engolindo um prato de minidonuts com cobertura glacê.

— Quem mais estava lá? — pergunto.

— Dois sujeitos. O mais alto tinha cabelo brilhante, assim, caindo até a bunda. O outro, o careca, tinha um olho só e...

— Espera aí. Um olho só?

— Ele estava com um tapa-olho preto, Jack. Era difícil não notar. Perguntei o que tinha acontecido e ele disse que tinha sofrido um acidente de automóvel na semana passada.

— Um cara grande e sem pescoço? De brincos?

— Esse mesmo — confirma Evan. — Cleo o chamava de Jerry. O tapa-olho estava no lado direito, se isso faz alguma diferença.

Anoto aquilo não por ser um detalhe valioso, mas porque torna o dia de Evan mais feliz. Ele também entendeu direito o nome do valentão; lembro dele do funeral na St. Stephen's.

— A testa dele estava toda inchada e machucada — continua Evan —, como se alguém o tivesse acertado com um taco de hóquei.

Emma me lança um olhar de soslaio e eu não consigo deixar de sorrir. Agora é oficial: o guarda-costas de Cleo Rio foi o meu agressor. E eu arranquei o olho dele com um lagarto morto! Talvez um dia eu sinta remorso por esse fato.

— O que mais você viu? — Emma pergunta a Evan.

— Espera um pouco. — Ele leva a mão ao bolso traseiro e retira seu bloco de anotações. — Quando voltei ao meu carro eu escrevi tudo pra não esquecer. Vamos ver... eles estavam ouvindo Eminem no CD player. A tevê também estava ligada. Jerry estava assistindo luta livre.

— Assistindo pela metade — gracejo, evitando os olhos de Emma.

Evan continua passando os olhos pelas anotações, folheando as páginas.

— Cleo andava pela sala de sutiã, como já contei. Imaginei que estavam se vestindo pra sair. O sujeito com cabelo de sereia estava usando um secador em um dos banheiros.

— Estava acontecendo alguma coisa? — pergunta Emma.

— Você quer dizer se estavam se amassando? Não na minha frente — relata Evan. — Cleo estava bem diferente da imagem no vídeo. Sem batom e muito pálida, parecia um fantasma... mas ainda assim bastante gostosa.

Emma sorri pacientemente. Pergunto ao garoto se por acaso ele notou um laptop Toshiba com um decalque do Grateful Dead, ou talvez uma CPU Epson em pedaços na mesa da sala de jantar. Ele não tinha visto nada semelhante, claro. Meu micro portátil roubado e o computador de Janet provavelmente estavam agora num aterro sanitário, já que não produziram resultados.

— Mas o cara de cabelo comprido — prossegue Evan —, eu ouvi ele falar com Jerry sobre um aplicativo. Disse que estava esperando uma atualização.

— Assim como todos nós.

— Uma atualização para o "Pro Dois" dele — Evan, espiando suas garatujas —, seja lá o que for isso.

— Pro Tools. É um programa de mixagem de música. O cara diz que é produtor de discos.

— Ah, é? E o que ele já fez?

— Só fez exagerar, basicamente.

— Ei, eu quase ia esquecendo. — O garoto joga um cardápio delivery sobre a mesa. Emma e eu nos aproximamos para examinar. Debaixo da mesa ela aplica um beliscão malvado em um dos meus joelhos.

— O autógrafo da Cleo — exulta Evan.

— Bom trabalho.

— Você pode me devolver quando terminar?

— Vamos ver. — Eu embolso o cardápio. — Que tal mais alguns donuts?

Emma se levanta.

— Eu tenho uma reunião de pauta lá em cima. Jack, nos falamos depois. — Depois, para Evan: — Você fez um belo trabalho.

— Obrigado. Só espero não ter me esquecido de nada.

Assim que Emma se retira, Evan pergunta por que eu não queria que Emma soubesse a verdadeira razão do meu pedido para que ele fosse ao apartamento da viúva em Silver Beach.

— Porque ela só ficaria nervosa — respondo —, e não há razão para isso. Agora me diga: onde você deixou?

Evan sorri.

— Na sacola, com a salada de repolho.

— Maravilha.

— Enquanto eu estava esperando você ligar de volta — ele diz —, foi aí que Cleo resolveu ficar com a encomenda. Ela ficou super a fim daquele sanduíche de carne. Mas depois atendeu outro telefonema e o cara de cabelo comprido saiu com o secador, e Jerry estava passando gelo no rosto. Então por alguns minutos eu fiquei ali sozinho... foi quando tirei do meu casaco e joguei dentro da sacola da mercearia.

— Pensou rápido.

— Depois você ligou dizendo que tudo bem deixar a comida com ela, o que foi um grande alívio, já que eu já tinha escondido ali — continua Evan. — Posso contar uma coisa? Ela me dá medo, Jack.

— Cleo?

— Você precisava ver ela falando com Jerry depois que desligou o outro telefonema.

— Estava brava?

— Estava mais para... *fria*. A voz dela, cara, nem consigo descrever. Assim: "Vai logo. Acaba logo com isso, e não quero mais desculpas desta vez". Fria como gelo, Jack. "Todas essas pisadas na bola, Jerry, já estou cansada." Coisas assim. Ele também é um grande filho-da-puta, e respondia: "Sim, senhorita Rio. Agora mesmo, senhorita Rio", como um garotinho no escritório da diretora. "Desculpe, senhorita Rio, já estou cuidando de tudo." Realmente me deixou assustado.

— Sobre o que eles estavam falando?

— Não faço idéia — ele responde. — Mas eu estava tremendo de medo quando entreguei a ela a salada de repolho. E achei que ia mijar nas calças enquanto esperava o elevador, Jack.

— Você é um profissional, Evan. Fez um trabalho de primeira.

— Obrigado. — Ele chega mais perto e abaixa a voz. — Quando estava autografando o menu, ela esfregou um dos peitos em mim. Foi de propósito, Jack, juro por Deus!

— E você ainda tem certeza de que não quer ser repórter quando crescer?

A resposta de Evan foi abafada pelo donut que enchia suas bochechas.

— Mas você prometeu me contar. O que tinha naquele CD?

— Apenas música.

— Sem essa, cara. De quem?

— Do marido dela.

O que eu dei a Evan para ser entregue secretamente no apartamento de Cleo Rio era o CD contendo o primeiro esboço da faixa "Cindy's oyster". E escrevi com uma caneta hidrográfica vermelha na face brilhante do disco um horário, uma data e um número telefônico.

— Oh, uau — diz Evan. — A música do marido morto?

Hora do almoço. Emma está presa em outra reunião, por isso pego o Mustang e parto para Beckerville. Virando a esquina da rua de Janet, sinto as palmas das mãos pegajosas no volante. Durante o trajeto imaginei a imagem de Janet respondendo à porta com seu uniforme da SWAT, tirando o capuz e sorrindo ao me avistar na entrada...

Mas não é isso que acontece.

O Miata de Janet sumiu da entrada e não há sinal de vida na casa. A porta da frente foi consertada — novas fechaduras, tudo em ordem —, mas ninguém atende quando bato e toco a campainha. As cortinas escuras das janelas frontais foram baixadas até os parapeitos, tornando impossível uma espiada lá dentro. Caminho casualmente até os fundos da casa. Com minha gravata barata pendurada no colarinho desabotoado, aos olhos de algum vizinho posso passar por um inspetor municipal ou talvez um leitor de relógio de luz da companhia de eletricidade. Novamente meu bloco de anotações serve como um acessório estiloso.

A porta de trás também está trancada, por isso dou início a um pequeno ato ilegal. Removo dois painéis de venezianas e os deposito no gramado. Do bolso da camisa tiro um pequeno estilete, extremamente afiado, e faço um corte na tela. Enfiando a mão dentro, giro a maçaneta e me apóio na porta. O crime está consumado quando entro na casa de Janet, que foi arrumada porém não reocupada. Armado com o estilete exposto, corro para a sala de estar, onde pretendo lascar uma amostra do tapete manchado de sangue. Isso será comparado com o sangue de um tampax usado que estou torcendo para ainda estar na cesta de lixo do banheiro, onde o vi dois dias atrás, quando Emma e eu estivemos aqui.

Estou imaginando o pior — que o sangue no carpete pertence à irmã de Jimmy Stoma —, mas é importante saber ao certo. Meu plano para comparar as duas amostras é solicitar um favor fora do horário de expediente ao bom e velho Pete, do Instituto Médico Legal. Ele começou um caso tórrido com Karen, sua assistente, pouco depois de ela e eu termos nos separado. Por alguma razão Pete está convencido de que provocou nosso rompimento. Naturalmente não fiz nada para desfazer essa idéia ou aliviar sua culpa mal direcionada, pois sabia que algum dia acabaria precisando de um favor.

O carpete se parte como um pudim sob minha lâmina afiada, e vedo um pedaço do tamanho de uma panqueca num ziplock. O tampax é recolhido e igualmente embalado — felizmente, quem limpou a casa de Janet se esqueceu de despejar o lixo. Tendo terminado minha invasão em menos de cinco minutos, saio pela porta de trás, parando apenas para recolocar as venezianas. Vou direto para o necrotério do condado, onde Karen me cumprimenta com aquela formalidade temerosa reservada a ex-parceiros sexuais. Pete, por outro lado, aperta minha mão, me dá um abraço e diz que será um prazer examinar os espécimes sangüíneos às escondidas. Ele nem me pergunta de onde vieram, tão ansioso está para corrigir os seus erros.

— Esse é o seu almoço? É por isso que está tão magro. — Carla fez um intervalo mais cedo do balcão de fotos da loja para me encontrar na lanchonete.

— Tenho estado ocupado — digo a ela.

— Ocupado demais pra ligar?

— Nessa história uma coisa emenda na outra.

— Hah hah! — ela ri. — Black Jack está transando de novo, não é?

Como elas conseguem saber? É realmente chocante.

— Sem comentários — é minha dissimulada resposta.

— Puxa, já era tempo. — Carla inclina o corpo sobre a mesa e torce o meu nariz. — Quem é a felizarda? Me conte tudo, Jack. Ela chupa bem?

— Que é isso, Carla?!

— Estou perguntando isso porque estou querendo botar um piercing na língua.

— Pode parar por aí! — Ergo as duas mãos.

— Só quero saber se isso faz alguma diferença no departamento de boquetes. Minha amiga Rae diz que os caras ficam doidinhos. Ela tem um rubi de meio quilate engastado numa haste de platina.

— E isso não interfere nas lições de tuba dela?

— Vamos lá, Jack, me conta.

— Eu fiz uma visita à sua mãe. Como foi *patético.*

— Ah, eu sei. Ela me contou a história toda — diz Carla.

— E você tem razão. Ela está tremendamente feliz.

— Eu te falei.

— Será que eu ficaria ligeiramente surpreso se soubesse quais os arranjos para o casamento?

— Primeiro você tem que me contar — Carla faz uma pausa para lamber uma última mancha de iogurte de amora — o que aconteceu naquele sábado à noite com você e Loréal. Depois que você se mandou do clube.

— Nada de mais. Segui o sujeito até um boteco de caipiras e fingi estar fazendo uma entrevista sobre o novo álbum da Cleo Rio.

— Você quer dizer CD — observa Carla. — Álbum é onde você guarda as suas fotografias, Jack. Falando nisso, tenho aqui algumas fotos suculentas, se estiver a fim. Sujeição entre amadores!

— Não, obrigado. Eu me tornei um profissional no ano passado.

— Então, quanto ao monsieur Loréal... me conta mais, me conta mais...

— Um cascateiro, Carla, eu investiguei. Todos esses grupos que ele diz ter produzido, tudo mentira. Ele é apenas um rato de estúdio. Quando Sugar Ray quer uma Pellegrino ou Snoop Doggy precisa de uma bala de menta, ele é o cara que eles mandam ao supermercado.

— Está dizendo que ele não produziu os Wallflowers?

— Estou dizendo que ele teria sorte se produzisse um peido decente.

— Então por que a Cleo está com ele?

— Provavelmente porque é mais barato. Ele acha que a viúva de Jimmy é seu grande golpe de sorte — respondo. — Então, a respeito das festas nupciais da senhorita Anne Candilla...?

— Uma cerimônia simples, Jack. Eu sou a dama de honra. O padrinho é o irmão do Derek, Nigel. Ele diz pra gente chamar ele de "Nige".

— Vai ser numa igreja ou num acampamento de trailers, em homenagem ao destacado passado do noivo?

— Nenhum dos dois — retorna Carla. — Uma casa particular em Miami Beach. Hibiscus Island, acho. Minha mãe relutou mas concordou em permitir gaitas-de-foles.

— E os votos?

— Tradicionais — ela responde. — Derek queria escrever o dele, mas mamãe acha que o convenceu do contrário.

— Evitando assim um desastre.

— Depois os recém-casados partem para a Irlanda e em seguida para a ensolarada Praga.

— Argh.

— Sem querer arruinar o seu dia, Jack, eles estão fazendo uma minissérie com *A amante do falcoeiro*. Derek vai escrever o roteiro.

— Nada mais justo — comento com calma.

— Cara, você deve estar se dando *muito bem*. Não te vejo assim tão bem-humorado desde a época em que a cabeluda da Karen estava trocando o seu óleo.

— Carla, você está plagiando a Emily Dickinson de novo?

— Você sabe do que estou falando.

Agora me lembro do que queria perguntar a ela.

— Naquela noite, aconteceu alguma coisa depois que eu saí do clube?

— Aconteceu. Dois executivos japoneses me ofereceram quatrocentos paus pra dançar agarradinha com eles. Os dois estavam incrivelmente perdidos.

— Não, estou falando da Cleo.

— Ela tentou comprar metanfetamina de mim no toalete, só isso. Ei, preciso voltar ao trabalho.

— Transmita a sua mãe meus melhores votos. Sinceramente.

— Eu sei que é sincero. — Ela sai do reservado e pendura uma bolsa do tamanho de uma sacola de correio no ombro. — Tem certeza de que não está a fim de ver umas fotos obscenas? Tem uma vaca loira com um lutador nu amarrado numa cadeira de barbeiro com fios de luzes de Natal. — Ela acrescenta com um suspiro: — A moça que trouxe o filme é uma figura importante da Liga Juvenil.

— Muito tentador — digo a Carla —, mas eu passo.

Ela ergue uma sobrancelha com um ar maroto.

— Jack, seu lobo velho. Essa sua nova garota deve ser quente.

— "Esperança é uma coisa com penas, que se empoleira na alma."

— Que seja — comenta Carla, mostrando a língua.

Para não ter que trabalhar no obituário de MacArthur Polk, passo um tempo na Redação verificando os diversos créditos do pai da Emma no banco de dados do *International Herald Tribune*. Como ela me disse, ele é um repórter de primeira linha. Entre outras grandes matérias, cobriu a queda de Suharto na Indonésia, o bombardeamento da embaixada dos Estados Unidos em Nairóbi e a investigação do acidente de automóvel que matou a princesa Diana e o namorado. Dolorosamente, percebo que a disparidade entre a trajetória da minha carreira e a do pai da Emma é tão vasta que torna insignificantes os quatro anos de diferença das nossas idades. Ele é titular nos grandes times, eu estou no banco de reservas da segunda divisão. Antecipando o início de uma sombria depressão, saio abruptamente do site do *Herald Tribune* e retorno com tudo à investigação de Jimmy Stoma.

Os eficientes arquivos do *Palm Beach Post* revelam que a Sea Urchins, principal beneficiária do testamento de Jimmy, é uma antiga e renomada instituição de caridade que patrocina acampamentos marítimos para crianças em Key Largo, nas Bahamas e no Caribe. São garotos do ensino fundamental, que vêm de regiões carentes dos Estados Unidos e do Canadá. Os sete artigos no arquivo não contêm nenhum sinal de escândalos ou atos ilícitos ligados ao programa. Matéria recente sobre proeminentes patrocinadores da Sea Urchins inclui uma declaração de um certo "James B. Stomartie", que suponho ser o Jimmy com o sobrenome mal grafado. "Todo garoto, não importa o quanto seja pobre, merece a chance de mergulhar num oceano pelo menos uma vez na vida", declarou ele.

O irmão de Janet não era um homem complicado, e seu legado nasceu de motivos não complicados. Provavelmente imaginava que uma olhada no mundo submarino faria para esses garotos o mesmo que fazia para ele. Cleo deve estar furiosa com os termos do testamento do marido, mas seria uma idiota se contestasse isso agora. Só as manchetes aniquilariam a sua carreira (**Viúva de cantor pop abre processo para se apossar de doações a garotos carentes**). Como disse Janet, se quisesse o dinheiro de Jimmy, Cleo se sairia melhor com um divórcio do que com um homicídio. Se ela realmente o assassinou, certamente foi por alguma outra razão.

Espero saber muito mais quando, depois de amanhã ao meio-dia em ponto, o telefone tocar numa cabine no final do píer de pesca de Silver Beach. Talvez seja Cleo, ou talvez alguém da gangue dela.

Ou quem sabe o telefone nem toque, e então vou estar empacado de novo. Talvez ela nem tenha encontrado o disco "Cindy's oyster" com o número telefônico. E se ela for alérgica a salada de repolho e tiver jogado a sacola no lixo?

— Jack.

É Emma, aproximando-se furtivamente de mim, como nos velhos tempos. Só que agora, em vez de agir de forma oficiosa, ela parece confusa e hesitante.

— Você tem um cartão de crédito? — pergunta. — Porque ainda não arranjei uma forma de conseguir que o jornal pague isto aqui. Mas eu vou conseguir, não se preocupe. Estou esperando para encurralar o Abkazion entre as reuniões de pauta das cinco e das seis da tarde.

— Pagar o quê? — pergunto.

— Uma passagem de avião para Los Angeles. Olha aqui. — Ela me entrega o impresso de uma notícia curta da Associated Press. Antes de eu conseguir começar a ler, Emma fala: — Tito Negraponte foi baleado ontem à noite.

— Que loucura — ouço a mim mesmo dizendo. — Você tinha razão...

— Ele não morreu. Está na lista dos casos graves do Cedars-Sinai. Quer tentar fazer uma entrevista?

Estou sem palavras.

— Está falando sério? Quer que eu pegue um avião e vá atrás de uma matéria, como um verdadeiro repórter?

Emma ergue a mão e me toca de leve no braço, como que removendo um fiapo.

— Mas você tem que me prometer que vai tomar cuidado.

Já estou revirando minha mesa em busca de canetas e blocos de anotações extras.

— Emma, você tinha razão. Você tinha toda a razão!

— É o que parece.

— Alguém está matando os Slut Puppies! — Em seguida agarro seu rosto pálido e assustado e dou um beijo estalado e lascivo na testa dela lá mesmo na Redação, na frente de Deus, dos editores-assistentes de Cidade, de todo mundo.

23

Quando cheguei a Los Angeles eram dez e meia da noite. A maioria dos hospitais é penetrável a qualquer hora, por isso fiquei surpreso por ter sido rechaçado pelo pessoal do turno da noite do Cedars-Sinai. Minha parada seguinte foi o pronto-socorro, mas nenhuma mentira de cortar o coração conseguiu derreter a resolução glacial de uma enfermeira sênior da seção de traumatismo que se antepôs no meu caminho, compenetrada como se fosse o Mario Lemieux.*

No início pensei que o problema era comigo, que minha lábia tinha enferrujado depois de tanto tempo no trabalho de obituários. Depois me lembrei de que aquele era um hospital cinco estrelas: todos os grandes nomes da indústria de entretenimento acabam vindo para o Cedars, por uma razão ou por outra. Madonna e Michael Jackson estiveram aqui para o nascimento de seus bebês; Liz Taylor, para uma cirurgia no cérebro. Foi para aqui que trouxeram Spielberg depois de seu acidente de limusine, e foi aqui que Francis Albert Sinatra foi declarado morto aos oitenta e dois anos. O lugar está constantemente sitiado por abutres de tablóides cujos subterfúgios são bem elaborados e reforçados por punhados de dinheiro vivo. Não é de surpreender que a segurança seja tão estrita.

Por isso retirei-me para um motel habitável na Wilshire Boulevard, perto da Alvarado Street, e enquanto caía uma chuva leve adormeci com uma lata de Sprite numa mão e meu Sony portátil tocando as intermináveis sessões de Jimmy Stoma. A pis-

(*) Considerado um dos maiores jogadores de hóquei da NHL — o campeonato americano de hóquei. (N. T.)

ta de guitarra rítmica para uma das músicas me pareceu vagamente familiar, o que era estranho, porque era a primeira versão da canção — "G1title01" — que eu tinha localizado. Mesmo assim, de repente eu estava trauteando a melodia no chuveiro hoje de manhã, e ela se repetiu na minha cabeça durante todo o caminho até o Cedars, onde agora me encontro no elevador segurando um vaso ridiculamente grande de cravos, girassóis e margaridas recém-colhidos.

Flores levam a gente a praticamente qualquer lugar em um hospital. Falei na portaria que estava levando o vaso para o meu irmão, no quarto 621. Pelo fato de meus braços estarem cheios e eu agir como se conhecesse a rotina, ninguém me fez assinar nada; um crachá de plástico foi preso à minha camisa e aqui estou, saindo para o sexto andar.

Tito Negraponte foi internado sob seu nome verdadeiro — isso eu havia descoberto antes, quando telefonei para o PABX do hospital fingindo ser um florista. O número de seu quarto particular foi revelado com tanta facilidade que tive de concluir que nem um Grammy Award nem um ferimento à bala são suficientes para elevar um baixista à categoria A no Cedars. Estou me sentindo otimista com a minha entrevista pessoal quando a porta de Tito é aberta por um melancólico detetive do condado de Los Angeles. Mesmo sem a insígnia em seu cinto eu teria imaginado que fosse um policial. Por sorte ele está de saída, e recebo apenas um aceno de cabeça e um olhar superficial ao meu crachá para o andar.

— Como ele está? — sussurro com a entonação de um amigo preocupado.

— Teve sorte — responde o detetive, afastando-se para que eu e minhas flores possamos entrar no quarto. Quando a porta se fecha, estou sozinho com o Slut Puppy tombado, que está virado de lado, dois travesseiros amontoados sob a cabeça. Claramente ele não está às portas da morte.

— Qual é o problema agora? — ele murmura com uma saudável carranca.

Antes de tomar o avião, procurei notícias sobre Tito ter sido baleado no website do *Los Angeles Times*, que me deu mais detalhes do que o curto relato da AP. A tentativa de assassinato havia ocorrido dentro da casa do músico em Culver City.

Um porta-voz da polícia declarou que Negraponte retornava de uma viagem à Flórida e foi surpreendido por dois assaltantes armados. Depois de uma luta, o guitarrista foi alvejado duas vezes "no baixo torso" com uma submetralhadora de um dos modelos preferidos de gangues de rua e traficantes de drogas. O artigo terminava com um parágrafo a respeito dos anos loucos dos Slut Puppies e uma solene menção do recente falecimento de Jimmy Stoma "numa expedição de mergulho autônomo nas Bahamas".

— Quem mandou as flores? — Tito ergue a cabeça e olha desconfiado para o arranjo. Eu me apresento e deposito um cartão de visita na sua bandeja de remédios.

— Você veio da Califórnia pra escrever como eu fui baleado na bunda? Genial. — Sua risada abatida e abafada sugere uma dose generosa de Dilaudide. Um aparato de alimentação intravenosa encontra-se ao lado da cama.

— Eu vi você no funeral do Jimmy — digo a Tito —, e estava no Jizz na outra noite, quando você se encontrou com a viúva.

— Você é meu fã ou coisa parecida?

— Eu já disse quem sou. Vim até aqui porque estou trabalhando numa matéria sobre a maneira como Jimmy morreu. E também Jay Burns. E agora você, quase.

Este é o momento em que Tito Negraponte pode me mandar embora — uma resposta razoável de um homem com um buraco calibre 45 em cada nádega. Mas em vez de me chutar para fora do quarto, Tito me convida a sentar. Ele diz:

— Você acha que não foi acidente o Jimmy morrer daquela forma?

— Eu tive um péssimo pressentimento sobre isso desde o início. Tem certeza de que está pronto para uma entrevista?

— Definitivamente, "pronto" é a palavra certa. Você devia estar aqui quando eles retiraram a bomba de morfina. — Dessa vez a risada de Tito se dissolve num esgar.

— Vou contar o que aconteceu até agora. — E eu conto, relatando a não-autópsia em Nassau, a cena na sacada entre Cleo e Loréal, minha entrevista com Jay Burns, as invasões ao barco de Jimmy e ao meu apartamento, a bizarra morte de Jay, o desaparecimento de Janet em circunstâncias obscuras — e a descoberta do disco rígido do Jimmy escondido a bordo do *Rio Rio*.

Quando termino, os olhos de Tito estão fechados e sua respiração é pesada. Quando chego mais perto para ver se está dormindo, ele pisca e diz:

— Se isso é uma piada, não tem graça nenhuma. Você tá dizendo que eles pegaram a Janet?

— Não sei ao certo. Ela sumiu, e isso não parece nada bonito.

— Filhos-da-puta.

— Me conte o que está acontecendo — peço.

— Qual é a diferença? Eu não posso provar nada.

— Vamos começar com o que você falou pra polícia.

— Você pode me dar um pouco mais de água... desculpe, qual é mesmo seu nome? E mais gelo também.

— É Jack.

Ele pega a copo e bebe com vontade. Logo as pontas de seu bigode de Pancho Villa estão pingando.

— Eu só contei à polícia — ele começa — o que posso dizer de fato: eu entro pela porta da frente e um crápula põe uma arma nas minhas costelas enquanto outro crápula revira o lugar de ponta-cabeça. Enquanto isso o que está com a arma fica dizendo: "Onde está? Onde está?".

— Onde está o quê? — Abro meu bloco de anotações.

— Era o que *eu* queria saber. Onde está o quê? E o crápula fala: "Você sabe muito bem". E talvez depois de uma hora dessa merda eles amarram minhas mãos e me põem de joelhos. Depois o da metralhadora diz que vai estourar meus miolos se eu não disser onde está... eu mencionei que eles atiraram nos meus peixes? Eu aceitaria mais um pouco de água, você me daria?

Depois de ter sido servido, Tito continua falando:

— Eu tinha um aquário de cem galões cheio de peixes tropicais. Na verdade o Jimmy me ajudou a pegar alguns. Eu tinha peixes-anjos, peixes-gatilho, sargentos e peixes-palhaços... você sabe alguma coisa sobre peixes tropicais? Ah, sim, e alguns camarões da rocha bem legais também.

Analgésicos são um dos milagres da medicina moderna, porém a capacidade de síntese não está documentada entre seus efeitos colaterais. Conduzo Tito de volta ao seu relato da invasão da casa, mas não antes de me envolver em um monólogo sobre os hábitos de acasalamento do labro laranja.

— Os tiros — relembro. — O que aconteceu?

— Ah. Certo. Os dois canalhas despejaram todos os peixes do meu aquário e jogaram no chão. Depois atiraram neles! Foram dúzias de balas, porque eles estavam saltando e se contorcendo pelo piso, além de serem muito pequenos...

— E aí eles atiraram em você?

— Não, cara — responde Tito. — Primeiro eu levantei e corri. *Depois* eles atiraram em mim.

— Isso explicaria...

— Como eu tomei dois balaços na bunda. Mas cheguei até a porta e continuei correndo — ele explica. — E aqueles putos, quando saíram, roubaram um DVD e três Rickenbacker 4004s.* Mas sei que não estavam ali por causa disso.

— Você sabe quem eles eram?

— Não — responde Tito —, mas olha só: *eles* me conheciam. Me chamavam pelo nome. "A gente vai te matar, Tito", ficavam dizendo em espanhol... eles eram mexicanos. Imigrantes ilegais, pelo sotaque. E acredito que queriam me matar também, e fazer parecer um assalto.

— O que você acha que estavam procurando?

Tito geme ao alcançar o botão de chamada.

— Eu preciso de outra dose. Talvez três. Você tá com pressa?

Saio depressa quando uma carrancuda enfermeira se prepara para medicar o músico ferido, limpar seus ferimentos e mudar os curativos. Uma volta pelo andar não revela nenhuma outra celebridade acamada, embora um desvio pelas máquinas de vendas me conduza a um encontro casual com um auxiliar de enfermagem que alega ter retirado uma comadre de debaixo da cama de Robert Mitchum.

— Vendi por setenta e cinco paus pra uma loja de memorabilia na Sunset — ele conta casualmente.

Imagino que não exista esse tipo de mercado para os objetos pessoais usados por Tito Negraponte. Os bancos de dados que pesquisei forneceram apenas escasso material biográfico. Ele nasceu em Guadalajara e veio adolescente primeiro para San Diego e depois para Los Angeles, onde tocou em uma sé-

(*) Famosa marca de guitarra. (N. T.)

rie de grupos obscuros de rock e jazz latino. Numa entrevista de 1985, Jimmy Stoma afirmou que recrutou Tito depois de vê-lo tocar bateria com uma banda punk bilíngüe chamada Canker. Jimmy usava diferentes bateristas como se fossem barbitúricos, mas gostava da presença furtiva e esfumaçada de Tito no palco, e por isso o mantinha como segundo contrabaixista. "Nunca existe contrabaixo demais", explicou Jimmy certa vez para o *San Francisco Chronicle*.

Embora Tito fosse o mais antigo dos Slut Puppies originais, com dez anos de banda, os recortes de jornais indicavam que ele nunca tivera problemas de relacionamento, nem sociais nem farmacêuticos, com os outros membros do grupo. Três prisões por drogas e um mesmo número de processos por paternidade puseram seu nome nas colunas de entretenimento, assim como sua tripudiante chegada a uma entrega de Grammy com a esposa peituda e esquisita de um executivo da gravadora que originalmente rejeitou "Mouthful of muscle", o single que lançou os Slut Puppies. No final dos anos 80, quando Jimmy desfez a banda, Tito formou seu próprio grupo, chamado Montezuma, que se apresentou uma vez na abertura de um show de Carlos Santana. Mas um CD com uma animada versão de "Hey Joe" em espanhol nunca chegou a ser lançado.

A menção mais recente a Tito Negraponte na imprensa ocorreu poucos anos atrás, quando o *Boston Phoenix* pediu a diversos guitarristas de heavy metal que fizessem pequenas resenhas da clássica sátira ao rock *This is spinal tap*. Tito declarou que embora tivesse gostado do filme, sua verossimilhança seria aumentada "se o baixista comesse mais garotas".

O artigo dizia que Tito estava ocupado com trabalhos de estúdio para artistas solo. Não sei o que ele andava fazendo ultimamente, mas essa entrevista poderia ter lhe dado mais destaque do que tivera na última década — se tivesse conseguido conduzi-lo durante dez minutos em um pensamento semilinear. Ao retornar ao quarto do hospital, vejo que a enfermeira o virou de modo a ficar de frente para a janela. Arrasto uma cadeira para me colocar diante de seu olhar vago e me sento. Tito está flutuando como uma pena em correntes termais, mas posso ficar aqui esperando que flutue de volta à Terra. Essa pode ser minha única chance; um parente ou uma namorada pode aparecer a qualquer momento para me expulsar.

Com firmeza, ponho a mão no ombro dele.

— Lembra que eu falei sobre o disco rígido de computador que encontramos no barco do Jimmy?

Os olhos deles adejam.

— O máster.

— Certo. É disso que todo mundo está atrás, não é?

Tito tosse uma risada.

— Todo mundo não, cara. Não a MCA, nem a Virgin ou a Arista.* Só a biscate pérfida com quem Jimmy estava casado — ele contesta. — Ela pensou que eu tivesse uma cópia, mas não tenho. Eu disse isso, mas ela não acreditou em mim.

— Isso foi naquele sábado à noite no clube.

— Foi. Eu me envolvi com uma garota brasileira no funeral, por isso fiquei alguns dias próximo de Miami. Depois meu agente me ligou e disse que Cleo estava querendo falar comigo sobre uma apresentação, que eu devia me encontrar com ela em Silver Beach. — Mais uma vez os olhos de Tito murcharam a meio pau. Lambendo os lábios cinzentos, ele acrescenta: — Aquela garota não é tão esperta quanto se acha. Eu não toquei nada naquelas sessões das Bahamas, nem uma nota. Nem sabia de que merda ela tava falando...

Enquanto Tito desliza para a terra dos sonhos, estou anotando essas declarações, tentando não perder uma única frase. O fato de ele ter conseguido dizer "tão esperta quanto se acha" é impressionante, considerando-se seus atuais níveis de dosagem. A mesma enfermeira carrancuda retorna com um vidro de soro cheio e franze o cenho para meu bloco de anotações. Sorrio inocentemente, mas meu tempo restante de permanência aqui pode ser medido em minutos. Assim que ela sai, eu cutuco Tito para acordá-lo.

— O que a Cleo quer com o máster? Ela falou?

Ele solta um grunhido grogue.

— Que putinha imbecil. Ela atirou no contrabaixista errado. Você acredita?

— Então quem estava tocando com o Jimmy nas Bahamas?

— Era o Danny. — O que significava Danny Gitt, o ex-guitarrista líder dos Slut Puppies.

(*) Nomes de gravadoras dos Estados Unidos. (N. T.)

— E onde ele está agora? — pergunto.

— Num grande avião a jato, não se preocupe. A mulher do Jimmy nunca vai descobrir onde ele está.

— Por que você não contou isso à polícia?

— Essa parte é muito engraçada. Nossa, estou com sede de novo.

Prestativo, alcanço a jarra de plástico e despejo mais água para Tito. Ele se ergue sobre um cotovelo e dá um longo e ruidoso gole.

— Os tiras achavam que aqueles dois mexicanos vieram à minha casa procurando por drogas. Se eu dissesse que foram contratados por uma cantora pop tentando escorchar o marido morto, bem... — Tito aderna novamente para os travesseiros. — Eles nunca iam acreditar.

Pergunto a ele quando foi a última vez que viu Jimmy Stoma. Ele informa que foi uns quatro ou cinco meses atrás.

— Ele falou com você sobre o projeto solo?

— Acho que estava se sentindo mal por ter contratado Danny em vez de mim. Então só falamos sobre peixes. — Piscando, Tito se ajeita na cama. — Não dá pra imaginar que doeria tanto ser baleado nas nádegas. Me fodeu legal.

Ele está desfalecendo de novo e eu ainda não arranquei a resposta dele — uma deprimente evidência de que minhas habilidades de entrevistador diminuíram. Nos velhos tempos teria sido uma moleza extrair informações de alguém entupido de tal quantidade de narcóticos hospitalares. A esta altura eu já teria feito o cara confessar o assassinato de JFK.

— Acorda, Tito. Por que Cleo quer o máster da gravação do Jimmy? Não consigo entender.

— Ela não quer a coisa toda — ele responde, irritado. — Tem uma faixa da qual ela está super a fim, e não está nem aí para o resto.

Deduzo que ele está falando da "Cindy's oyster", mas quando menciono esse título, Tito diz que não se lembra de nada. Só que o cérebro dele no momento deve estar uma verdadeira geléia.

— Não, não é essa — ele insiste. — A que ela quer é para o novo disco, disse que o Jimmy prometeu pra ela, mas não foi o que Danny me contou. Ele disse que a música estaria no novo álbum do Jimmy. O single da sua volta, ele comentou.

— Vamos, Tito. Tente lembrar o nome da faixa.

— Chega, cara...

— O garoto de cabelo comprido no clube com a Cleo — continuo. — Você lembra dele?

Porém Tito se distrai com uma pontada de dor e se retorce para olhar em direção à porta.

— Onde foi parar aquela enfermeira de merda? Acho que ela me aplicou água com açúcar.

— Loréal — insisto —, esse é o nome dele.

— Ah, ele é só um punheteiro babaca com um equipamento Pro Tools. O trabalho dele é misturar os vocais da Cleo com a guitarra do Jimmy que eles tiraram do máster. Isso é o que eu acho.

Não posso deixar de notar que Tito começou a balir intermitentemente, como um cabritinho.

— Pense bem — eu o estimulo. — Isso é importante.

— Sabe de uma coisa? Essa merda de picada que me deram é pra molecada. Eu tenho cinqüenta anos, porra.

— Dê graças a Deus. Steve McQueen saiu do mapa aos cinqüenta anos. — Não consigo editar essas minhas observações.

— Por causa do cigarro — replica Tito. — Eu parei de fumar. — Ele pragueja em voz baixa. — Qual é mesmo o nome do álbum da mina? Ela me disse, mas eu esqueci.

— Vai ser *Shipwrecked Heart*.

Ele sorri amargamente e aponta um dedo caloso.

— É isso aí, *chico*. Essa é a canção do Jimmy. A que ela quer. A que ela cantou na igreja.

E de repente, bingo, tudo se encaixa.

A parte da guitarra que ouvi ontem à noite soou familiar por uma razão. A viúva Stomarti tinha tocado no funeral enquanto cantava o único verso que conhecia...

Você me envolveu como uma tormenta, numa noite de lua cheia,
E me abandonou como a maré baixa, que se esvai desenhando na areia,
Coração naufragado, meu coração naufragado...

— "Shipwrecked heart". É isso aí. — Tito está feliz consigo mesmo por ter se lembrado. — Uma vez Jimmy ia me mostrar a mixagem final, mas em vez disso saiu pra pescar lagosta. Porém lembro que Jay ou Danny disseram que era muito boa.

— Eu mesmo cantaria pra você se você não estivesse sentindo tanta dor. Cleo diz que ela e Jimmy compuseram essa música juntos.

— Que piada. Aquela garota não saberia escrever nem um cartão de Natal.

Isso vai imediatamente para meu bloco de anotações. Tito observa a transcrição com uma resignação divertida.

— Você vai citar meu nome no seu jornal?

— É bem possível.

— Então talvez eu devesse tirar umas longas férias como o Danny. — Ele se ergue para olhar pela janela, onde o céu matinal sobre Hollywood está cor-de-rosa, coberto por uma névoa manchada de sol. — Você acha que eles apagaram a irmã do Jimmy? Eu gostava dela. Era uma garota muito bacana.

— Eu também gostava dela. Posso usar o telefone?

— Fique à vontade. — A cabeça encaracolada de Tito começa a pender. — Acho que estou quase dormindo.

Ainda é cedo na Flórida e Emma provavelmente está no meio dos seus exercícios, mas disco o número assim mesmo, pois não consigo esperar. Depois de treze dias finalmente desencavei um motivo para o assassinato de James Bradley Stomarti. Pode não ser evidente, mas era simples de partir o coração.

Cleo Rio matou Jimmy por causa de uma canção.

24

Do Cedars vou direto para o aeroporto de Los Angeles e pego um vôo que deve me deixar em casa por volta da meia-noite. Acocorado como um prisioneiro solto sob fiança numa poltrona perto da janela, ligo o discman e reviso meticulosamente as pistas de "Shipwrecked heart" até localizar o que soa como a mixagem final. É muito boa, aliás. Entendo por que Cleo Rio quis roubá-la.

Nada intrincado — apenas Jimmy tocando violão com contrapontos de gaita-de-boca. O ágil violão de doze cordas pontifica o caminho para além de seu estilo, e a versão teve sem dúvida a contribuição de um de seus famosos companheiros ou de um músico de estúdio de primeira. Ironicamente, inexiste uma pista de contrabaixo, o que torna os tiros em Tito Negraponte ainda mais insultuosos.

Acima de tudo fico surpreso com a voz de Jimmy, tão rigorosa e suave que os fãs dos Slut Puppies jamais adivinhariam ser dele. Uma leve harmonia de fundo paira sobre os dois últimos refrões — tenho certeza de que são Ajax e Maria Bonilla, as cantoras que conheci no funeral.

A letra é um pouco sobrecarregada de comparações, mas a melodia é bem mais interessante do que a maioria das porcarias de fórmulas que toca no rádio. Ouço a faixa repetidas vezes, e do início ao fim a melodia tem a mesma voz — e definitivamente não é da Cleo. Aposto meu apartamento que Jimmy fez a canção antes de conhecê-la, e que a compôs para outra mulher.

Você me envolveu como uma tormenta, numa noite de lua cheia,
E me abandonou como a maré baixa, que se esvai desenhando na areia,

Coração naufragado, meu coração naufragado...
Procurando suas velas no horizonte.

Há anos largamos ao mar, juntos no frio e ao vento.
O clima em nossas almas, vivendo a vida em cada momento.
Coração naufragado, meu coração naufragado...
Sonhando com suas velas no horizonte.

As ondas não me deixam dormir, a noite sussurra na praia.
Estrelas correm das nuvens, um mar vazio na areia desmaia,
O mar vazio na areia desmaia.

Coração naufragado, meu coração naufragado...
Procurando suas velas no horizonte.
Procurando seu amor no horizonte.

Sentado ao meu lado no avião está um garoto da idade do Evan, talvez um pouco mais novo. Ele parece curioso sobre o bloco de anotações aberto e os CDs sem rótulo empilhados no meu colo, mas é tímido demais para se manifestar. Então tiro os fones e pergunto o nome dele.

Kyle, responde.

— O meu é Jack Tagger. Você gosta de música?

Kyle tem dezenove anos, fico sabendo, e freqüenta a Universidade de South Florida com uma bolsa de estudos de beisebol. Joga na terceira base e na lateral esquerda, o que significa que tem um bom braço. Pergunto de que tipo de música gosta e ele diz Rage Against the Machine, Korn, coisas do gênero.

— O favorito da minha namorada é PJ Harvey — acrescenta.

— Isso é promissor. Kyle, o que ela acharia da Britney Spears?

Ele faz um movimento com o indicador como se fosse vomitar.

— Acho que você devia se casar com essa garota — comento.

— Às vezes eu penso nisso.

Kyle está vindo de Redondo Beach, onde o amor de sua vida trabalha numa academia de ginástica. Levou-o de carro até o aeroporto esta tarde e esperou no portão até o vôo ser anunciado. Ela tem vinte anos, ele acrescenta, abrindo a carteira para me mostrar uma foto. Eu teria ficado estupidificado se não fosse loira e de tirar o fôlego, uma exigência estatutária para instrutoras em clubes de saúde do Sul da Califórnia. O nome da namorada de Kyle é Shawna, e nas circunstâncias ele parece estar lidando bem com a situação.

— Você me faria um favor? — pergunto. — Poderia ouvir uma música e me dizer o que acha?

Entrego os fones para Kyle e escolho a faixa "Shipwrecked heart". Quando a música começa, ele aquiesce com aprovação e ergue os polegares. Obviamente imagina que tenho alguma ligação proprietária com a gravação, alguma participação criativa ou financeira, porque quando termina ele diz:

— Ei, é emocionante.

— Tudo bem se você não gostou. Pode falar a verdade.

— Mas eu gostei. Quer dizer, é meio lenta, mas é... não sei...

— Bonita?

— É, bonita — ele diz. — Como uma canção antiga.

— Foi composta há um tempo, mas nunca foi lançada.

— Ah — retorna Kyle. — Será que existe... uma versão mais acelerada?

— Acho que não. Você acha que sua namorada gostaria?

— Sem dúvida. De quem é?

— Já ouviu falar de Jimmy Stoma and the Slut Puppies?

O jovem Kyle balança a cabeça dizendo que não.

— Bem, é um solo do Jimmy — explico. — Só que ele morreu.

— Que droga.

— E uma cantora chamada Cleo Rio? Você sabe quem é?

— Não consigo me lembrar do que ela canta, mas vi o vídeo algumas vezes. Minha namorada deu a ela o nome de Princesa Púbis.

— Como é o sobrenome da sua namorada?

— Cummings. — Kyle franze o cenho. — Por que você está anotando isso?

— Porque se você não casar com ela — respondo —, pretendo voltar aqui e pedi-la em casamento. Ela parece ser um bilhete premiado, Kyle, e não é fácil encontrar bilhetes premiados nessa vida triste e difícil. E não pense que você é especial só porque pode lançar uma bola em curva ou chegar à última base. Se não se cuidar, vai passar as férias de Natal em casa e descobre que a jovem Shawna está noiva de um surfista dentuço chamado Tookie. Prometa que isso não vai acontecer.

Os olhos dele se alternam atônitos entre mim e o bloco de notas.

— Não brinque comigo, filho. Eu sou um jornalista experiente.

— Tudo bem — ele finalmente responde. — Prometo.

Um desacordo entre a etiqueta de troca de pistas na estrada resultou em dois motoristas sacando semi-automáticas e atirando um no outro sem consideração na faixa preferencial da interestadual. O engarrafamento é épico, e quando chego ao meu apartamento em Silver Beach já é uma e quinze da madrugada. Emma está dormindo atrás do volante do seu novo Camry, no estacionamento. Eu a acordo delicadamente e a levo para cima, onde a ponho numa cadeira, coloco uma xícara de café descafeinado na mão dela e faço com que ouça "Shipwrecked heart".

Ela diz que é bonita.

— Mas...

— A resposta é sim, ela queria tanto essa música que assassinou o marido. Lembre-se, Emma, essa deveria ser o grande sucesso da Cleo na seqüência. Ela já tinha prometido à gravadora... uma canção composta por ela e seu famoso ex-marido roqueiro. Daí o Jimmy diz: "Desculpe, querida, mas essa é minha", e de repente Cleo vê o Grammy que iria ganhar descendo pelo ralo...

Sinto-me tão ligado, tão agitado com o que Tito Negraponte me contou que estou gritando com Emma como um leiloeiro hipercafeinado.

— Cleo está sob incrível pressão para lançar um álbum antes que as pessoas esqueçam quem ela é. É assim na indústria fonográfica... você pisca duas vezes e já era. Ninguém fica dez anos na estrada, nem mesmo cinco anos. Não mais. Além disso, Cleo sabe que precisa criar uma nova postura, algo que a faça parecer uma artista sensível em vez de apenas mais uma pirralha anoréxica de olhos grandes.

— Essa música não faz exatamente o estilo dela — observa Emma. Como qualquer ser humano com menos de trinta anos, ela assistiu ao striptease da viúva em *Mim* na MTV.

— "Shipwrecked heart" não vai soar desse jeito depois que Loréal trabalhar nela — explico. — Ele vai sujar tudo com sintetizadores e um mix de dance descerebrado, mas e daí? Cleo não se importa com a música, ela quer saber de vender. E já está com o roteiro do vídeo na cabeça.

Emma vacila.

— Posso até ver a moça. Uma náufraga quase nua numa praia extensa e deserta...

— Exatamente. O problema é que... e isso ficou dolorosamente óbvio no funeral... ela não vai conseguir cantar a música enquanto não aprender a canção. E não pode aprender a canção enquanto não puser as mãos na gravação...

— Mas esse não é o único motivo de ela querer a música — interrompe Emma.

— Certo. O que encontramos no barco do Jimmy é só a arma do crime básica. — Mesmo se conseguisse uma cópia e dublasse os vocais, Cleo não poderia lançar a canção enquanto o máster estivesse rondando por aí. Se o original de Jimmy aparecesse, Cleo estaria no próximo trem para o ostracismo. Totalmente queimada.

Porque roubar de um cônjuge morto não pega bem, nem mesmo na indústria fonográfica.

— Então agora — diz Emma —, Cleo está caçando todo mundo que poderia estar com o disco rígido, ou que saiba onde está... você, Jay Burns, a irmã do Jimmy, esse tal de Tito. E o outro contrabaixista provavelmente seria o próximo, se não tivesse fugido.

— Parece que esse é o cenário.

— A questão é: como podemos botar tudo isso no jornal? — Emma está falando cada vez mais como uma verdadeira editora de notícias.

— Primeiro, tenho que me certificar de que estamos certos — respondo —, e vou saber disso em mais ou menos doze horas.

— Como?

— Você vai ter que esperar.

— Ah. Que homem misterioso.

— É, isso deixa as garotas malucas.

— Que tal tocar aquela música de novo? — propõe Emma.

— Você precisa dormir.

— Mais uma vez, Jack. Vai.

Então eu desligo a luz, Emma abre um lugar para mim na poltrona, nos aconchegamos ali no brilho verde e desmaiado do CD player e ouvimos novamente "Shipwrecked heart". No meio da música, Emma agarra minha nuca e me beija de forma arrebatada. Isso continua até ela passar uma perna nua pelo meu colo, girar agilmente o quadril e ficar por cima de mim.

Talvez seja o adiantado da hora ou talvez seja a canção de Jimmy. De qualquer forma, fico devendo essa para ele.

Quando um jornal é adquirido por uma corporação como a Maggad-Feist, a primeira medida da empresa é assegurar aos preocupados funcionários que o emprego deles está garantido e que nenhuma mudança drástica está sendo planejada. A segunda medida é atacar a folha de pagamento com um cutelo enferrujado e começar a mostrar a porta da rua para as pessoas.

Pelo fato de as empresas jornalísticas promoverem o mito de que são mais sensíveis e socialmente responsáveis do que o resto das corporações americanas, são elaborados esforços para evitar a aparência de um banho de sangue. Demissões em massa são desencorajadas em favor de agressivos pacotes de venda de ações e cortes de despesas. No *Union-Register*, por exemplo, nossa Redação tem atualmente dezesseis funcionários a menos em tempo integral do que tinha quando Race Maggad III botou suas bem cuidadas manoplas no jornal. Isso representa um corte de trinta por cento na folha de pagamento da editoria local, e foi conseguido principalmente não substituindo repórteres e editores que saíram para trabalhar em outros lugares. Conseqüentemente, existem muitas notícias importantes que não podemos acompanhar, devido à falta de pessoal.

Dois anos atrás perdemos uma excelente repórter para a revista *Time*, o que provavelmente era inevitável. Sarah havia feito um trabalho sensacional na cobertura da desonesta municipalidade de Palm River, e seus artigos mantiveram dois Grandes Júris ocupados durante todo um verão. Ao final, três vereadores foram mandados para a cadeia, enquanto o vice-prefeito fugiu para Barbados com o controlador e quatro mil, setecentos e setenta e sete dólares em recibos de parquímetros roubados.

Por isso ficamos todos desapontados ao ver Sarah partir, embora estivéssemos contentes com seu sucesso. Semanas se passaram, depois meses, e ainda assim ninguém foi admitido para o lugar dela, deixando no ar a especulação de que o cargo não mais existia. Claro que foi requisitado ao repórter que cobria Beckerville que assumisse "temporariamente" o trabalho em Palm River também. Infelizmente, os Conselhos Municipais das duas cidades se reuniam todas as noites de terça-feira e, incapaz de estar em dois lugares ao mesmo tempo, nosso ocupado correspondente foi forçado a alternar sua presença.

Os políticos de Beckerville e de Palm River não são excepcionalmente astutos, mas logo perceberam que uma a cada duas reuniões se transformou em território livre, e passaram a montar suas agendas venais de acordo com isso. No devido tempo os dois Conselhos Municipais aumentaram taxas sobre imóveis, elevaram impostos sobre o lixo, rezonearam áreas residenciais para acomodar certos interesses específicos (um depósito de pneus em Beckerville; um depósito em Palm River), e em seguida se autogratificaram com grandes aumentos salariais. Tudo isso foi programado para acontecer nas datas em que nosso assoberbado repórter estava ausente, cobrindo a reunião da outra cidade. Zelosamente, ele alertou seu editor, que retrucou que não poderia fazer nada a respeito. Maggad-Feist havia imposto um congelamento de contratações no *Union-Register*, e o cargo de Sarah deveria permanecer indefinidamente em aberto.

Por fim, o repórter de Beckerville/Palm River ficou tão irritado que também saiu do jornal. As duas funções foram prontamente passadas para o repórter encarregado de cobrir o Conselho Municipal de Silver Beach, que, por um terrível golpe do destino, também se reunia nas noites de terça-feira. Para os políticos corruptos na nossa área de atuação, era um sonho realizado. Enquanto a Maggad-Feist embolsava lucros de vinte e três por cento, os ingênuos cidadãos de três comunidades — fiéis leitores do *Union-Register* pelos quais MacArthur Polk havia prometido lutar — estavam sendo regularmente logrados e roubados por seus representantes eleitos, tudo porque o jornal não podia mais estar presente às reuniões.

As prioridades do jovem Race Maggad III tornaram-se claras quando ele de repente anunciou que o quartel-general da Maggad-Feist estava se transferindo de Milwaukee para San Diego. Uma circular da corporação explicou que o propósito da relocação era aproveitar a dinâmica e altamente tecnológica força de trabalho da Califórnia. Mas a verdade era mais banal: Race Maggad III queria morar num clima em que pudesse dirigir seus carros Porsche esportivos durante o ano todo, longe dos desolados invernos do Wisconsin (dizia-se que só o desgaste anual causado pelo sal em seu Camera chegava a quatro dígitos). Assim, a Maggad-Feist mudou seus escritórios para San Diego a um custo de aproximadamente doze milhões de dólares para os acionistas, mais ou menos o valor dos salários de duzentos e cinqüenta editores e repórteres durante um ano.

O metódico canibalismo das Redações pela corporação afetou inclusive a trajetória da carreira de Emma. Ela foi contratada pelo Union-Register como editora de texto, e logo promovida a editora-assistente local, com a promessa de mais coisas no futuro. Pouco depois o editor da página da Morte inesperadamente caiu morto devido a um ataque cardíaco. Isso aconteceu enquanto ele estava ao telefone com o irado proprietário de uma casa funerária que se queixava de um título impróprio escrito acima do obituário de uma cantora aposentada da United Service Organization (**Mabel Gertz, 77, praticou atos para diversos soldados**). O editor fulminado expirou em silêncio e perpendicularmente, o receptor do telefone pendurado na nuca. Ninguém percebeu nada até uma hora depois do fechamento.

Na manhã seguinte Emma foi convocada para o cubículo do editor local e informada de que, como funcionária novata no jornal, havia sido selecionada para "preencher" o lugar vago na página da Morte. Graças aos desfalques anteriores da equipe, seus novos deveres incluíam também as seções de Jardinagem e Automotiva do jornal. Acho que a jovem Emma realmente acreditou no editor de Cidade quando respondeu que considerava aquilo "uma oportunidade de ouro". Emma também acreditou quando o editor disse que era apenas um arranjo temporário e que em breve ela estaria de volta ao noticiário editando matérias importantes. O tempo passou, mas Emma não fez nenhum alarde porque era trabalhadora, não uma encrenqueira.

Contudo, isso está mudando, e estou me conferindo algum crédito por isso.

— Abkazion não queria pagar a sua passagem de avião — ela está me dizendo —, mas eu dei um jeito nele.

Estou impressionado; Abkazion é um osso duro de roer.

— Eu fiz com que ele se lembrasse da festa de despedida do Robbie, quando ele encheu a cara e me puxou para o depósito de vassouras — diz Emma.

Robbie Mickelson era o nosso redator especializado em meio ambiente. Saiu do jornal depois que ficou decidido que o meio ambiente não estava mais em perigo e sua função foi eliminada.

— Depósito de vassouras? Que baixo nível — comento.

— Acertei os testículos dele com uma garrafa de desinfetante líquido. Ele não poderia ter ficado mais arrependido.

— Definitivamente você está pegando o jeito da gerência.

Estamos tomando café-da-manhã num restaurante da IHOP.* A visão de Emma demolindo uma torre de panquecas amanteigadas me deixou inexplicavelmente encantado. Tudo o que ela faz, aliás, é absolutamente fascinante. A forma como ela dobra uma ponta do guardanapo, por exemplo, antes de limpar xarope de bordo dos lábios...

— Jack, controle-se — ela recomenda.

Mas é tarde demais para isso. Já estou dentro do barril, e o barril está caindo pela catarata. Que Deus me ajude, estou gamado pela minha editora — a mulher que jurei superar, desmoralizar e extirpar da indústria jornalística. Minha missão foi arruinada por pura e simples luxúria, e eu não poderia me sentir mais feliz.

— É a matéria, Jack. Você está simplesmente animado com a matéria.

— Animado.

— Inebriado — ela corrige.

— Sei o que significa, e você está enganada. Mesmo se a matéria fracassar amanhã, ainda assim eu...

— Não diga isso. A matéria é quente.

— Emma, o que você acha que está acontecendo?

Pensativa, ela bate o garfo no prato de panquecas vazio.

(*) Cadeia de restaurantes nipo/norte-americana especializada em café-da-manhã. (N. T.)

— Eu gostaria de não ser sua chefe — comenta.

— E eu gostaria que você não fosse tão elíptica.

— Não há mistério, Jack. Simplesmente não sei o que fazer.

— Então aqui vai a minha modesta proposta: vamos nos ver o máximo possível e transar de forma delirante pelo menos uma vez por noite.

Emma solta um gemido.

— Obviamente você pensou bastante a respeito disso.

— Pode me chamar de um romântico incurável.

— Tente falar sério por um minuto.

— Sério? Vamos a Paris — proponho.

Ela sorri, o que é tremendamente encorajador, mas diz em seguida:

— Jack, você tinha vinte anos quando eu nasci.

— Dezenove — retruco. — O que você quer dizer com isso? E aonde vai?

— Trabalhar. — Ela dá a volta na mesa e me beija o cocuruto, um daqueles beijos doces porém contemplativos que fazem a gente pensar se não foi simplesmente dispensado.

— Como você pode me deixar aqui?

— Termine o seu biscoito, velhão — recomenda Emma. — Você vai precisar de energia. — Em seguida dá duas piscadas matreiras que me tiram do eixo. A vida parece muito boa, neste momento.

Saindo do restaurante vou direto para o necrotério do condado. O contraste entre os dois ambientes não é particularmente chocante. Ao entrar no escritório de Pete, fico por um breve momento a sós com Karen, que corajosamente me envolve numa conversa superficial. A falta de química entre nós é tão enervante que é difícil acreditar que já tivemos uma relação sexual, ainda mais com uma performance atlética. É impressionante o que duas pessoas podem fazer entre si na cama quando se concentram nisso. O resultado é que Karen e eu estamos indo bem, trabalhando, ansiosos para que o clima fique mais ameno etc. Estamos prestes a nos aborrecer mutuamente quando vejo Pete no final do corredor e peço licença, sem muita delicadeza. Ele me conduz até um laboratório e fecha a porta.

— Você recebeu meu recado? — pergunta.

— Não, não recebi. — Às vezes passo dias sem verificar

meu correio de voz no jornal. Em minha defesa, contudo, devo dizer que o telefone não toca tanto assim. Redatores de obituários não recebem muitas dicas de matérias quentes.

— Bom, você tinha razão — diz Pete.

— As amostras são iguais?

— São.

O sangue no carpete de Janet era dela. Praguejando, chuto a porta meia dúzia de vezes com o calcanhar. Pete recua e espera pacientemente até eu me acalmar.

— Jack, você sabe que eu preciso perguntar...

— Não, por favor.

— Eu posso ter muitos problemas — ele diz. — Se esse sangue for uma prova, pode haver um sério processo administrativo...

— Jogue fora.

— Espera aí...

— Jogue fora, Pete. Tem muito mais no lugar de onde aquele sangue saiu.

25

> Depois de um dia difícil arrombando portas e caçando criminosos, tudo o que eu quero é preparar uma bebida gelada, tirar essas roupas quentes e me sentir confortável.
>
> Se quiser se sentir confortável comigo, faça o seu modem ligar para o meu modem no número 900-555-SWAT. Se você se registrar agora mesmo neste site, os primeiros dez minutos de bate-papo são absolutamente grátis. Aceito Visa, MasterCard ou Discover...

Demorou uma hora, mas encontrei a web page da Janet completa, inclusive com a promoção em video streaming. Ela está usando óculos de visão noturna, um sutiã preto rendado combinando com a calcinha e botas em estilo militar. No fundo reconheço a mobília de sua sala de jantar. A qualidade do vídeo é caracteristicamente trêmula e difusa, mas o som da voz de menina levada de Janet me enche de uma inesperada tristeza. Clico na sua lista de perguntas mais freqüentes e imediatamente solto uma risada.

> P. Você é mesmo da polícia?
>
> R. Sim, sou tenente de um grande departamento de polícia no sul da Flórida.
>
> P. Já atirou em alguém?
>
> R. Não mortalmente.
>
> P. Qual é sua cor favorita?
>
> R. Pérola.

Volto para a página inicial e ativo um filminho de Janet dançando. É bem animado, embora não especialmente erótico. De uma forma comovente, a música de fundo é uma gravação de "Derelict sea", cantada pelo falecido irmão.

— Isso é pornografia. — É o jovem e tesudo Evan, espiando sobre meu ombro.

— Parece pornografia?

— Ela está tirando a roupa.

— Não exatamente. É só encenação.

— Uau, Jack. Você conhece essa moça, assim, pessoalmente? Olha só que óculos esquisitos.

— São óculos de franco-atirador, e não perca seu tempo ligando pra ela.

— O quê?

Evan estava tentando decorar o número grátis de Janet; eu o ouvi repetindo-o em voz baixa.

— Você está perdendo o seu tempo — digo a ele. — Ela não está lá.

— Sem essa. Qual é o nome dela?

— Esquece esse assunto — respondo. — É a irmã do Jimmy Stoma.

— Puxa vida.

— Evan, você não tem nada pra fazer?

> Não deixe de consultar minha programação de bate-papo on-line quando estiver disponível, mas não me vaie se eu não atender em algumas noites. A gente nunca sabe quando eles vão convocar a equipe da SWAT para resolver uma crise com reféns, fazer uma blitz antidrogas ou qualquer outra emergência.
>
> Aceito encontros on-line — mas não com tarados ou tipos violentos. Lembrem que, como oficial da polícia, disponho de um sistema de rastreamento global. Se alguém começar com papos doentios e grosseiros prometo que a polícia estará batendo à sua porta antes de ele conseguir desligar o telefone!
>
> Por isso vamos manter nossos bate-papos particulares em bom-tom, de forma sexy e agradável, e prometo ótimos momentos, a qualquer hora...

Clicando na programação de bate-papos de Janet, percebo que ela tem um bloco regular de duas horas nas manhãs de quinta-feira. Não custa tentar. Talvez ela tenha deixado uma mensagem para seus clientes regulares, ou quem sabe comprou um novo PC e está de volta ao trabalho em algum outro lugar. Digito o número da sua linha da webcam no meu teclado. O telefone toca do outro lado, e toca, e continua a tocar.

O que é que eu estou fazendo? Janet está morta.

— Como você sabe disso? — pergunta Rick Tarkington.

— As amostras de sangue são idênticas.

— Não duvido, Jack, mas como *você* sabe? Está me entendendo?

Tarkington é advogado da Promotoria de Justiça do Estado. Sou obrigado a admirá-lo por ser um tipo extremamente comprometido. Ele poderia estar ganhando milhões de dólares em Miami ou em Lauderdale, mas não consegue aceitar a idéia de representar assassinos, estupradores e traficantes de drogas de dezenove anos de idade. Em vez disso é um veterano em mandá-los para a prisão ou às vezes para o corredor da morte. Tarkington é um cara teimoso e da velha-guarda que acredita que certos tipos voltados para o crime não podem ser reabilitados, renascidos ou redimidos. Acredita que alguns são essencialmente perversos e outros são apenas fracassados sem esperança, mas que todos devem ser tratados sem ambigüidades. Acredita também que o sistema penal americano funciona essencialmente como uma fossa séptica social, e que não se deve esperar dele nada mais grandioso.

— Provavelmente eu poderia vender ingressos — ele está dizendo — para o dia em que puserem você no banco das testemunhas. "Senhor Taggert, poderia dizer ao tribunal por que arrombou a casa da vítima e roubou um Tampax?"

Rick Tarkington tem a minha idade, mas parece dez anos mais novo. A ironia é patente e irritante. Aqui está um sujeito imerso em tempo integral nos detalhes mais horríveis dos malefícios humanos, mas que não mostra traços de ser atormentado por questões cósmicas ou temores mortais. Ele é cínico até a medula, porém feliz como uma ostra.

Nos últimos trinta minutos contei a Tarkington quase tudo sobre a história de Jimmy Stoma, num fôlego só, como fiz com Emma. Trouxe até um pequeno aparelho de som e toquei

"Shipwrecked heart", sobre a qual Tarkington comentou que o fez lembrar as primeiras coisas de Jimmy Buffett. Eu havia antecipado que o fato de o procurador gostar de rock-n-roll poderia me favorecer. Na parede atrás de sua mesa há uma foto dos Rolling Stones tirada atrás do palco em Orange Bowl. A foto é assinada: "Para R.T. Obrigado por não revistar meu camarim. Keith".

— Eu vim aqui — digo para Tarkington — porque preciso de orientação.

— Precisa mesmo. — Ele está reclinado num ângulo precário, as solas gastas das botas apoiadas na mesa. Tarkington nasceu no condado de Lafayette, onde ainda é possível pisar em bosta de vaca.

— Jimmy Stoma. Quem diria? — ele observa, estalando a língua. — Quando li o obituário dele desencavei uma velha fita de *A Painful Burning Sensation.* Foi uma porrada. — Tarkington tira os pés da mesa e inclina-se para a frente, com a expressão séria. — Mas, Jack, não sei que diabo você espera que eu faça.

Já falamos sobre esse assunto duas vezes, e ele encontrou furos em todas as sugestões que ofereci.

— Uma mulher está desaparecida — falo com um tom fatigado —, e há manchas de sangue na casa dela. Não podemos supor que esteja ferida ou até mesmo morta?

— Preciso de um mandado para revistar o local, e onde está minha causa provável? Você me diz que ninguém telefonou notificando a comoção. Ninguém deu parte do desaparecimento dela — observa Tarkington. — Entretanto, se você se dignar a assinar um depoimento afirmando que entrou nas dependências e observou o que parecia ser o local de um crime...

— Você sabe muito bem que não posso fazer isso. — Aquilo me transformaria numa testemunha e me colocaria no centro da história — e aí eu não poderia mais escrever a matéria. O trabalho seria passado a outro repórter; os advogados do jornal providenciariam isso.

— E quanto a Jay Burns? — indago.

— Ah, sim, certamente. O gênio que foi esmagado pelo caminhão de peixe. — Tarkington ergue os braços numa postura suplicante. — Estava bêbado, chapado e agora está com a cabeça parecendo uma porra duma melancia aberta. E você quer que eu prove que foi homicídio?

— Olha, sei que há problemas...

— Problemas? Meu velho, você já me deu o suficiente pra ser processado por invasão, arrombamento, alteração de provas e obstrução — enumera Tarkington. — Isso supondo que você e eu tivemos esta conversa, o que não aconteceu.

Os ingressos para Bruce Springsteen — quase esqueci. Às vezes vale a pena ser um puxa-saco sem-vergonha.

— Grande show — comenta Tarkington, animando-se com a lembrança. — Lugar na platéia, no centro da quinta fila. Te devo essa para o resto da vida, Jack. Mas não posso fazer nada a respeito dessa história. Eu sou um bom amigo, mas não sou mágico.

— E se a irmã de Jimmy aparecer assassinada...?

— Eu vou estar lá como um crocodilo numa piscina — ele responde — e não vou hesitar em intimar você, seu branquelo que gosta de citar a Primeira Emenda. Agora, antes de ir, me toca aquela música de novo.

Nas circunstâncias, é um interlúdio estranhamente brando — Tarkington ouvindo a canção com os olhos fechados, o queixo apoiado nas mãos e os cotovelos descansando em quatro gordas pastas marrons: dois assassinatos, um duplo homicídio culposo e uma agressão sexual a uma criança de onze anos. As pessoas pensam que a mídia está cheia de liberais de coração mole, mas a maioria dos repórteres que conheço torce pelos Rick Tarkington do mundo.

— Muito bonita — ele está falando da voz de Jimmy. — Dá pra notar que ele estava morando numa ilha.

Desligo o som.

— E então como ficamos, advogado?

— Bom — Tarkington, orgulhoso de suas origens caipiras, pronuncia como "bão" —, temos uma jovem viúva ambiciosa que pode ou não ter apagado o maridão roqueiro. O que não temos são restos humanos para examinar, pois o falecido foi incinerado de forma inconveniente. Entretanto, temos um cadáver... mais ou menos... de um tecladista com um estilo de vida questionável. Temos também uma seqüência de desastrados arrombamentos a um barco de pesca, ao apartamento de um redator de obituários e à habitação da irmã do roqueiro morto, que pode ou não ter sido seqüestrada.

— E não se esqueça de Tito Negraponte — murmuro.

— Nem por um segundo! Nosso contrabaixista, picotado nas nádegas por uma dupla de cucarachas supostamente recrutados pela já citada ambiciosa jovem viúva. Infelizmente, não temos suspeitos, nenhuma testemunha que nos apóie e quase nenhuma evidência, circunstancial ou de outro tipo. O que nos traz à nossa linda cançãozinha de amor, o alegado motivo por trás de toda essa destruição...

— Ei, acabo de descobrir o que você pode fazer por mim.

— Espera, Jack. Ainda não acabei...

— Só me dê uma declaração. É apenas isso que eu quero.

Tarkington solta um rosnado.

— Você também é surdo, além de tudo? Eu vou repetir: Você não está aqui. Eu não estou aqui. Nós não estamos tendo esta conversa.

— Uma mísera declaração — insisto de forma provocativa. — Não para publicar agora, mais tarde.

— A única coisa que tenho a dizer é que você tem que tomar muito cuidado, espertinho. Se continuar bancando o bobo, vai apanhar ainda mais. E isso é estritamente extra-oficial.

— Uma declaração, Rick, vamos. Não precisa ser substancial, pelo amor de Deus.

— Ah, isso é um alívio e tanto — diz Tarkington com um esgar.

Tento desenterrar uma antiga postura dos meus tempos de repórter da pesada.

— E se você dissesse que a promotoria estadual está "investigando uma possível ligação" entre as mortes de Jimmy Stoma e Jay Burns e a tentativa de assassinato a sangue-frio de um terceiro membro da banda? Você não precisa mencionar Cleo nem a canção. Diga somente que quer descobrir se alguém está matando os Slut Puppies. É uma grande manchete, você tem de admitir.

— Só que não estamos investigando droga nenhuma.

— Sim, mas você *investigaria*, não é, Rick... se surgissem novas evidências? Novas e surpreendentes evidências, como dizemos.

— Não deixe de me avisar quando isso acontecer. Aí você terá sua preciosa declaração.

Meu problema, que prefiro não explicar a Tarkington, é que vou precisar de mais do que uma seqüência de incidentes barrocos para vender a matéria sobre Jimmy Stoma ao nosso editor-chefe. Abkazion pode ser fã dos Slut Puppies, mas é também um cabeça-dura quando se trata da Primeira Página. Vai querer ver a declaração de algum representante da lei anunciando alguma investigação. Tarkington seria ideal. Infelizmente, ele também é um cabeça-dura.

— Você está me dizendo — continuo — que é coincidência tudo o que aconteceu desde que Jimmy morreu?

— Droga, não acredito muito em coincidências — retruca ele, casualmente. — Acho que provavelmente você descobriu alguma coisa.

— E o sangue não é suficiente pra fazer você pegar o telefone? O sangue da irmã dele?

Tarkington me olha como se eu tivesse acabado de mijar nas botas dele.

— Que sangue, seu imbecil de merda? A amostra que você roubou quando invadiu a casa da moça? Minha Nossa Senhora.

— Rick, eu precisava saber ao certo. Foi essa a razão.

— E eu preciso de um mandado, meu velho. Você me encontra um policial, eu encontro um juiz e nós recortamos um pedaço daquele carpete, tudo legal. — Ele se levanta, esticando os braços. E ainda boceja, para o caso de eu não estar entendendo a insinuação. — Jack, não fique chateado. Você está com uma bela matéria...

— Mas o quê?

— Uma matéria quentíssima, como vocês dizem. Mas ainda não está pronta. Ainda estão faltando a caixa e o lacinho de fita. — Tarkington faz um aceno na direção da pilha de pastas. — Agora você vai me desculpar, mas tenho que entrevistar duas viúvas. E elas estão longe de ser infiéis como a sua.

— O.k., mas antes me dê a sua impressão... em uma palavra, Rick... de tudo que você ouviu até agora.

— Intrigante — ele diz.

Isso é bom, mas não é o que estou procurando. Abkazion vai exigir algo mais forte.

— E que tal "suspeito"? — me arrisco.
— Tá, tudo bem. É suspeito.
— *Altamente* suspeito, você não diria?
— Agora eu diria até a vista, senhor Tagger. E se meu nome aparecer no jornal esta semana embaixo dos seus créditos, é melhor que seja por eu ter revelado alguma notícia válida.

Foi isso que eu quis dizer sobre Rick. Eu não poderia nem brincar com uma coisa dessas. Assim que a porta do escritório se fecha, tiro meu bloco de anotações e escrevo o seguinte:

> O assistente da Promotoria do Estado R. Tarkington afirmou que está se preparando para investigar as circunstâncias da morte de J. Stoma e o desaparecimento de sua irmã. "É altamente suspeito", declarou o experiente promotor.

Perdoe-me, Woodward, pois eu pequei.

O píer de Silver Beach não é uma grande atração ao meio-dia de um dia quente de agosto. Chego meia hora mais cedo, e da segurança do meu carro escrutino o local com meu binóculo. A Equipe de Cleo teve dois dias para pesquisar o número telefônico que escrevi no CD, um trabalho fácil para qualquer investigador particular.

Mas não há ninguém espreitando abertamente, ninguém que pareça não pertencer ao lugar. Há um par de adolescentes sem camisa bebendo cerveja e pescando sardinhas; uma fileira de aposentados em cadeiras dobráveis cochilando sob chapéus do tamanho de tampas de latas de lixo; um romântico casal de jovens hispânicos dividindo uma só vara de pesca e se revezando ao puxar peixinhos; um trio de freqüentadores regulares em dias de semana, de pele coriácea e cabelos curtos, carregados de baldes de iscas e resplandecentes de equipamentos pesados.

Depois de arrancar a gravata e desabotoar o colarinho, dou início a uma jovial e lenta caminhada em direção à cabine telefônica no final do píer. Cada passo me põe mais longe de uma rota de fuga, mas tenho um plano de reserva — caso Jerry de um olho só salte de dentro de uma lata de lixo e comece a atirar. Nesse caso, simplesmente vou pular por cima da cerca e sair nadando como um golfinho.

Muito esperto. Sempre esteja mais ou menos preparado, esse é o meu lema.

E naturalmente há um senhor idoso ocupando o maldito telefone. Consulto meu relógio — faltam doze minutos para o meio-dia. Espero que Cleo não desista se a linha estiver ocupada uma ou duas vezes.

Supondo que ela tente telefonar.

Sento-me num desgastado banco de madeira e percebo tarde demais que também é usado como suporte de iscas, o que deixa os fundilhos da minha calça cobertos de escamas de peixe e pegajosos pedacinhos de camarão podre. Eu sou bom, mesmo.

O homem na cabine telefônica desliga e acena para mim.

— É todo seu, filho.

Um tipinho animado com no máximo um metro e sessenta e cinco de altura, ele tem olhos pequenos e aquosos, cabelos brancos e fofos e um rosto róseo e pontudo com escassas costeletas brancas. Parece um coala de sessenta quilos.

— Obrigado, estou esperando um telefonema — digo. — Não deve demorar.

Ele diz que seu nome é Ike e que estava falando com seu agenciador de apostas em North Miami.

— Nunca aposte num cavalo com um nome inspirado numa loira — ele me aconselha, pesaroso.

Ike está pescando com três varas giratórias. Ele retira uma delas e a reabastece com um peixinho morto colhido de um balde de cinco galões.

— Já peguei um cação vermelho de doze quilos aqui neste mesmo lugar — conta ele —, no dia 14 de agosto de 1979. Foi minha grande façanha. Qual é o seu nome, filho?

— Jack.

— Estranho lugar pra receber um telefonema, este píer.

— Vai ser um telefonema estranho.

— Você parece conhecido. Mas até aí, todo mundo parece conhecido quando a gente chega aos noventa e dois anos. — Ele ri, mostrando a boca com duas dentaduras brilhantes. — Ou isso, ou *ninguém* parece conhecido.

Dou um assobio.

— Noventa e dois. Isso é fabuloso.

— Quando eu chegar aos noventa e três — continua —, vou ter vivido mais que o Deng Xiaoping.

— Isso mesmo.

— E também mais que a Claudette Colbert. — Os olhos de Ike, do tamanho de dois botões, estão cintilando.

— E do que Green Garson! — acrescento.

— E Alger Hiss!

— Ei, você é bom! — observo.

— Bom, eu ando fazendo isso há muito tempo — retorna o homem-coala.

Isso é demais. Não posso deixar de rir.

— Você está em ótima forma! — comento.

— É esse saudável ar marinho. E a pesca também. — Ike inclina-se para trás e atira sua isca prateada por cima da grade. — Mas não é só isso — ele continua. — O que eu fiz cedo na vida, filho, foi tomar atitudes para não morrer de nada a não ser de idade avançada. Parei de fumar porque tinha medo de ter câncer. Abandonei a bebida porque tinha receio de enfiar meu carro numa árvore. Desisti de caçar porque tinha medo de estourar os miolos. Parei de ir atrás de rabos-de-saia por temor de ser assassinado por algum marido ciumento. Cobrir todas as possibilidades, foi o que resolvi fazer. Perdi uma tonelada de divertimento, mas tudo bem. Todos os meus amigos estão plantados na terra, e eu estou aqui!

— Onde você começou? — pergunto.

— No *Oregonian*. Depois disso, três anos no *Post-Intelligencer*, em Seattle. — Ele faz uma pausa para colocar um boné de marinheiro desbotado de aba longa e uma proteção de algodão cobrindo a nuca. Depois de quase um século sob o ozônio, Ike ainda se preocupa com os danos causados pelo sol. — Depois foi o *Beacon-Journal* em Akron, pouco tempo no *Trib* em Chicago, e mais um monte de jornais que não existem mais.

Fenomenal. Provavelmente ele é o ex-redator de obituários mais velho do mundo. Pergunto o que mais ele cobriu.

— Tudo o que você imaginar. Polícia, tribunais, política. — Ike dá de ombros. — Mas foram os obituários que me marcaram. Engraçado, não é, como isso envolve a gente? Foi meu primeiro trabalho depois que saí da faculdade e o último antes da aposentadoria. Isso foi há vinte e sete anos...

O homem-coala notou uma sutil torção na ponta de um de seus caniços. Ele manivela a carretilha e alcança o anzol tão prazerosamente que quase perde o equilíbrio. Com os joelhos ossudos apoiados na cerca, puxa um grande caranho, logo jogado no gelo.

— Não me entenda mal, Jack — ele fala. — Eu era um redator razoável, mas não nunca estive à sua altura.

Se as palavras dele não fossem estritamente rabínicas, eu juraria que estava sendo falso.

— Como você sabia quem eu era?

— Eu leio o *Union-Register* religiosamente todas as manhãs — ele informa. — Também me chamou a atenção o fato de uma jovem ter telefonado pra cá vinte minutos atrás perguntando pelo seu nome.

— Isso é impossível.

— Ela vai ligar a qualquer momento, espero — diz Ike.

De repente o sol me deixa cego, o calor é sufocante e só consigo respirar o fedor de peixe morto. Esquadrinho o píer freneticamente para verificar se não vem vindo alguém, enquanto Ike está dizendo que se sentiria honrado de me emprestar sua faca de peixe norueguesa, que ele me assegura ser afiada o bastante para penetrar o couro de um dinossauro. A minúscula fração sensata do meu cérebro emite um sinal para sair correndo dali, mas a audaciosa parte restante diz que eu devo ficar para me certificar de como Cleo Rio já percebeu que sou o responsável pelo disco na sacola da mercearia.

E os rapazes da viúva poderiam estar em qualquer lugar — na praia, num barco, até mesmo num pequeno avião.

Sim, que plano bem elaborado esse meu.

— Ike, é melhor você tentar a sorte em algum outro lugar.

— Que diabo, eu não vou fugir. — Ele ri enquanto puxa outro peixe. — Já tive três ataques cardíacos, filho. Já perdi metade do meu estômago, quatro metros de intestinos e até minha velha e confiável próstata por causa de uma coisa ou outra. Além disso, já passei por dois divórcios, ambos com comunhão de bens, por isso não há muita coisa mais nesta terra de Deus que me assuste. Esses caras são da pesada?

— Pode-se dizer que sim.

— Só me diga que não se trata de drogas.

— Não se trata de drogas. Trata-se de uma matéria de jornal.

O velho homem-coala sorri.

— Que sorte a sua, Jack Tagger.

Nesse momento toca o telefone.

Foi assim que estraguei tudo. Imaginei que Cleo fosse entrar em pânico no momento em que descobrisse o CD na sacola da mercearia — ou que ao menos o ouvisse. Supus que estaria aturdida demais para se preocupar em ir atrás do falso garoto de entregas, nosso intrépido Evan.

Mas superestimei a pequena jararaca. Ela deve ter ligado para o gerente do restaurante para saber se alguém havia pedido a entrega de sanduíches de carne com salada de repolho. A partir disso teria sido fácil relacionar a entrega falsa com o meu telefone. Muitas mercearias delivery usam identificadores de chamada, que funcionam perfeitamente com a maioria dos números não divulgados. É provável que tenha sido dessa forma que o homem da mercearia conseguiu o meu nome, que ele entregou à esposa de Jimmy Stoma alegremente, como faria com qualquer celebridade de destaque que fosse sua cliente.

Grande equívoco da minha parte. Tremenda pisada na bola. Amanhã vou ligar para a companhia telefônica e optar pelo bloqueio de identificadores de chamadas.

No momento, não há nada a fazer a não ser fingir arrogância e agir como se estivesse com a bola toda. Espero até o quarto toque antes de erguer o receptor.

— É a Cindy falando? — digo com doçura. — Da ostra para a fama?

O efeito desejado é alcançado — uma longa pausa, entrecortada por uma respiração sôfrega do outro lado da linha.

Finalmente:

— Vai se foder, Tagger.

— Como vai sua viuvez, senhora Stomarti? Está sendo do jeito que esperava que fosse?

— Como você é babaca. Nem sei por que estamos conversando.

— Pois eu vou dizer por quê. A: você está louca para descobrir como consegui uma cópia daquela faixa. E B: você quer saber se eu descobri o que realmente aconteceu com o seu marido.

Pouco fogo de barragem do lado da Cleo. A estática me leva a pensar que está num celular.

— Escute bem — digo a ela. — Sei que você não dá merda nenhuma para a "Cindy's oyster", mas existe uma outra canção que está procurando por todo o Universo. Eu estou com essa também. A sua pequena canção.

— Ah, tá, conta outra.

Falsidade é uma característica nada atraente em quem está de luto por um parente. Agora estou pensando que deveria cantar a música, só para aguilhoar Cleo. Então canto o verso com as belas palavras sobre a noite sussurrando na praia — Ike, eviscerando um peixe, anui apreciativo — e, para não deixar dúvidas, termino em grande estilo com:

Coração naufragado, meu coração naufragado...
Procurando suas velas no horizonte.

Nem um pio do lado de Cleo.

— Eu cantaria bem melhor com uma banda — digo a ela. — A propósito, se você está procurando os acordes do refrão, eles são dó, sol, lá menor, lá menor com sétima, depois de volta ao sol...

— Seu ca-na-lha! — ela explode na cadência estrangulada de um pirralho de nove anos.

Suponho que eu deveria ser mais delicado.

— Cleo, eu só estou tentando ajudar. Você pulou o acorde menor com sétima quando cantou a música no funeral do Jimmy.

Três anos de aulas de música e estou vertendo lições como se fosse um Segovia. Mal toquei três notas musicais desde que saí da faculdade, embora ainda guarde minha velha Yamaha e tenha um ouvido razoavelmente confiável.

— Ei, Tagger? Você já era. — Cleo Rio recuperou a postura de uma forma impressionante. Entendo melhor o que o jovem Evan sentiu naquela noite no apartamento dela — sua voz tornou-se glacial. Ela continua: — Você já era, cara. Não vou perder nem mais um minuto com você.

Puxa, e quem pode culpá-la por isso?

Uma voz de homem entra na linha.

— Nós estamos com a sua namorada — ele anuncia.

— Ela não é minha namorada, mas é melhor que esteja viva.

— Ela é sua namorada.

— É o Jerry quem está falando? — pergunto. — O guarda-costas das estrelas?

— Esteja no Jizz esta noite. Salão principal. Às dez em ponto.

Exatamente o que eu esperava: estão oferecendo trocar Janet pela composição do Jimmy Stoma.

— Dez em ponto, seu imbecil. E traga o pacote.

Pacote? É isso que acontece quando se assiste a muitas reprises de *Havaí 5.0.*

— Oh! — exclamo. — Você deve estar se referindo ao máster da gravação que pertence à herança do falecido James Bradley Stomarti?

— Dez horas. Venha sozinho. — Jerry não parece ansioso para me conhecer pelo telefone.

— Como vai essa órbita ocular vazia, grandão?

Rapaz, quando eu começo não consigo parar. Costumava deixar minha mãe louca; Anne também.

— Jerry, está me ouvindo? Eu quero meu laptop de volta, seu bunda-mole imprestável.

— Eu devia ter... — mais interferência pesada, como se estivessem passando pela torre de radar de um aeroporto — quando tive a chance.

— Passa o telefone pra ela — ordeno.

— Não, seu cabeça-de-merda. Ela não quer mais falar com você.

— Não a Cleo. A sua hóspede.

— Ela não está aqui — informa Jerry.

— Muito conveniente.

— Ela está viva, o.k.? Como eu já disse.

— Eu adoraria acreditar na sua palavra, Jer, mas isso exigiria que eu tivesse um QI menor que o número dos sapatos que calço. Por isso não vou fazer nada enquanto não ouvir a voz da moça.

Pelo canto dos olhos vejo o xereta homem-coala afastando-se num trote ágil. Do outro lado da linha vem um farfalhar abafado — Jerry, cobrindo o bocal enquanto discute a estratégia com a viúva de Jimmy. Depois: — O.k. A garota vai ligar pra você às três e meia. Me dá um número.

— É 555-2169.

— Onde diabo é isso?

— Casa de Brad e Jennifer. Nós jogamos bridge todas as quintas-feiras — respondo. — É o número do meu escritório, seu puxa-saco.

Jerry desencadeia uma fileira de epítetos biliares. É possível que eu o tenha ofendido. No fundo, a ex-Cynthia Jane Zigler está berrando como um lince apanhado numa engrenagem arenosa.

— Deviam fazer um filme sobre vocês dois — comento com Jerry. — Whitney Houston poderia fazer o papel da Cleo. Para você estou pensando em Kevin Kostner ou em RuPaul.

— Vai tomar no cu — ele responde, antes de desligar.

Instantaneamente me sinto zonzo e exausto. E amedrontado também, principalmente por causa da Janet. Descanso no banco de iscas, enxugando na calça as palmas das mãos suadas. O Ike de noventa e dois anos está perseguindo um pelicano ladrão ao longo do píer. Ele é o meu novo herói. Comprar dentaduras novas no início da nona década de vida — isso é que é pensar positivamente! Ele retorna triunfante da caçada, brandindo um punhado de sardinhas gosmentas esmagadas. Pousa perto de mim e fala:

— Jack, essa foi a entrevista mais incisiva que já ouvi.

— Desculpe. Me deixei empolgar pelo momento.

— Não se desculpe, foi impagável. Com todos os meus anos de jornalismo, nunca consegui me dar bem com uma coisa dessas.

Colocando um braço ao redor de seus ombros magros, ouço a mim mesmo dizendo:

— E o que faz você pensar que eu vou me dar bem?

26

Uma regra de ouro no nosso trabalho é que repórteres não devem jamais se tornar parte da matéria. Pois desta vez estou atolado até o saco na história que estou apurando. E se por um lado estou morrendo de vontade de contar a Emma sobre o telefonema de Cleo, sei que ela faria questão de que eu chamasse a polícia.

Mas vejam só o que aconteceria: Hill e Goldman ou quaisquer outros detetives igualmente ríspidos apareceriam no Jizz para confrontar a viúva de Jimmy. Indignada, ela negaria ter afogado o marido ou matado Jay Burns ou seqüestrado a própria cunhada. Afirmaria não ter interesse em obter o máster das sessões de gravação de Jimmy e insistiria em dizer que nem sabia que havia desaparecido. E alegaria que o encontro no clube noturno havia sido idéia minha e que não sabia absolutamente o que seria discutido. Os detetives iriam blefar, insistir e fazer uma série de perguntas oficiais antes de ir para casa. Amanhã, Cleo começaria a procurar discretamente um compositor para forjar uma nova versão de "Shipwrecked heart", Janet Thrush nunca mais seria vista e minha matéria jamais seria publicada no jornal.

Por outro lado, minha matéria também não será publicada se as coisas ficarem feias no meu encontro com Cleo. Griffin, o repórter policial, iria escrever sobre mim, possivelmente seguido pelo jovem Evan, que não é menos do que eu mereço: um obituário redigido por um estudante estagiário. Pelo menos o garoto veria seu nome na Primeira Página, o que poderia ser suficiente para que mudasse de idéia quanto ao curso de direito.

Morrer não está nos meus planos, embora isso com certeza aumentasse meu prestígio no *Union-Register*. Jornalistas americanos raramente são mortos na busca de uma reportagem, por isso o jornal trombetearia minha morte heróica com manchetes como as do primeiro pouso na Lua. Abkazion, farejando um Pulitzer, lançaria um esquadrão de estrelas para desvendar o crime. Emma, superando estoicamente sua dor, se ofereceria para editar o projeto...

Eu não estaria tão preocupado se Cleo Rio fosse mais esperta, pois um criminoso esperto jamais mataria um repórter. É mais fácil, e infinitamente mais eficaz, desacreditá-lo. Matar um repórter consegue apenas atrair uma infestação de outros, batendo em portas e fazendo perguntas impertinentes. Na verdade, morrer no cumprimento do dever é uma das poucas maneiras de um obscuro redator de obituários de meia-idade provocar um estardalhaço, a última coisa que Cleo iria desejar. Esta noite vou explicar as desvantagens de me assassinar, no caso de ela e Jerry não terem antecipado essas questões.

Enquanto isso, vou dizer a Emma que conversei com a viúva de Jimmy mas ela não admitiu nada, o que é verdade. Vou dizer também que as amostras de sangue que colhemos da casa de Janet combinavam, e que passei nossa informação para o promotor público, que considerou aquilo "altamente suspeito". Mas *não* vou falar sobre o meu plano de usar a música de Jimmy para libertar a irmã dele, já que ainda não elaborei uma forma de conseguir isso. Quanto menos pessoas do jornal souberem do meu encontro desta noite, melhor para mim.

Não há sinal de Emma quando chego à Redação, mas o jovem Evan está esperando ansiosamente. Ele rodeia minha mesa, cochichando:

— Então? Deu certo?

— Maravilhosamente. Ela ligou ao meio-dia em ponto.

— Que legal! Imagino que ela encontrou o CD.

— Infelizmente ela também descobriu de quem ele veio.

Evan empalidece.

— Não fui eu, Jack! Juro por Deus.

— A culpa foi minha. Os sujeitos da mercearia provavelmente conseguiram o número do telefone do pedido original.

— E o que Cleo disse?

— Nada que um macaco viajando de ácido não conseguisse entender. Evan, não vamos mencionar nosso esquema de infiltração pra ninguém, o.k.?

— Por quê? Eu fiz alguma coisa errada?

— Não, companheiro, você foi perfeito. Mas Abkazion implica com repórteres que "fingem" que não são repórteres.

O rosto de Evan fica cinzento.

— Você quer dizer fingindo ser um garoto de entregas.

— Você é novo aqui. Não sabia de nada.

— Mas você me *pediu* que fizesse aquilo! — ele se exalta. — Você está tentando me criar problemas?

— Não, estou tentando salvar a vida de uma mulher. Às vezes as regras precisam ser flexibilizadas, Evan. Isso não deveria deixar você chocado, dada a escolha da sua futura carreira.

— Mas Emma sabia!

— Não culpe Emma... ultimamente ela tem estado sob meu feitiço ambrosíaco. Nossa líder destemida ainda está almoçando?

— Não a vi o dia todo. Tem certeza de que não estou encrencado?

— Pelo amor de Deus, você é um estagiário. Jornais *não demitem* estagiários — garanto. — O pior que poderia acontecer é eles transferirem você para a seção de Gastronomia e Jantares Chiques. Você passaria o resto do verão conferindo receitas de pão ázimo. — Faço uma pausa enquanto Evan estremece. — De qualquer forma, não vejo por que outra pessoa que não você, eu e Emma precisa saber sobre o episódio da mercearia.

Evan concorda enfaticamente enquanto recua para sua mesa. Eu gostaria de me sentir mal por tê-lo usado, mas ao menos o garoto se divertiu um pouco. Uma estrela pop núbil esfregou seu peito desimpedido na pele dele — quantos candidatos a um curso de direito podem se gabar disso?

O tempo se arrasta em direção às três e meia. Meus olhos saltam do telefone sobre a minha mesa para o relógio na parede da Redação. Duas horas. Duas e vinte. Duas e quarenta e três.

Ridículo. Emma deve estar presa em alguma reunião.

Agora me lembro: é quinta-feira, e as quintas-feiras são dias de maratona de reuniões no *Union-Register*. Emma passou a odiá-las, o que é um sinal positivo. Todos os bons editores odeiam reuniões porque elas roubam horas preciosas do trabalho febril de fazer um jornal. É a mesma razão pela qual maus editores adoram reuniões: em algumas terças-feiras eles podem passar por todo um ciclo de notícias sem ter de tomar uma decisão independente ou interagir com os verdadeiros repórteres.

Olhando em volta agora, vejo alguns arrivistas e alguns enganadores, mas vejo também diversos talentos autênticos; tão bons quanto Emma poderá ser, se ignorar meu conselho e se apegar ao seu ofício. Ninguém com células cerebrais vivas entra na indústria de informação pelo dinheiro. Eles estão aqui porque desencavar a verdade é um trabalho interessante e com conseqüências, e como puro entretenimento é de longe muito mais interessante que promover produtos da GE ou da Microsoft. Se bem exercido, o jornalismo pode combater a velhacaria, a opressão e a injustiça, embora tais preocupações raramente contem muito para os proprietários dos jornais. Race Maggad III, por exemplo, acredita que matérias contundentes são boas desde que não reduzam o valioso espaço da publicidade nem, pior, afrontem um anunciante.

É agradável constatar que desde que a Maggad-Feist adquiriu o *Union-Register* a circulação do jornal tem caído notavelmente a cada machadada no orçamento. Essa tendência sugere que os leitores de jornais esperam algumas notícias genuínas junto com seus cupons e palavras cruzadas. O jovem Race Maggad só tolera perder leitores enquanto os lucros continuarem aumentando, o que ele consegue com os supracitados cortes orçamentários, encolhendo o corpo funcional e sufocando cruelmente os revendedores locais. Mais dia, menos dia, contudo, Wall Street vai perceber a queda de circulação em números e reagir de forma a prejudicar o alegre e jovial estilo de vida de Race Maggad. Seu temor diante dessa perspectiva teve conseqüências na gerência de todos os jornais de sua empresa, inclusive o nosso. O resultado tem sido convocações urgentes de mais reuniões da Redação, sendo que uma delas sem dúvida está aprisionando Emma neste momento.

Quinze para as três na tarde de quinta-feira.

O telefone toca. Eddie Bell, da Casa Funerária Bellmark.

— Jack, você andou doente ou coisa parecida? Estou sentindo falta do seu trabalho no jornal ultimamente. Esse garoto Evan é bom, mas...

— Não posso falar agora, Eddie. Estou esperando uma ligação.

— É só um segundo. Estou com uma nota aqui que precisa do seu toque de ouro, Jack. Que bom que você não está doente, graças a Deus — ele insiste. — Lembra uns anos atrás, quando uma viúva baleou um vagabundo que estava forçando a entrada no apartamento dela? Ela tinha oitenta e três anos e acertou o cara umas cinco vezes à queima-roupa. Pou! Picotou o sujeito legal.

— Sei, lembro, Eddie. Depois eu te ligo...

— Saiu em todos os jornais. Inclusive no programa do Maury Povich.* — Uma coisa é verdade sobre Eddie Bell: ele adora publicidade. — Uma senhora chamada Audrey Feiffer?

— Como eu poderia esquecer?

O assaltante havia ficado preso ao tentar entrar na cozinha da sra. Feiffer através da porta do gato. Ela pensou que era o pequinês do vizinho tentando pegar o siamês dela e esvaziou o revólver do falecido marido no invasor. Depois preparou uma cuia de caldo de galinha e deitou-se para tirar uma soneca.

— Bem, finalmente ela faleceu — continua Eddie. — Causas naturais. Que Deus a tenha. Por acaso estamos cuidando dos preparativos...

— O Evan vai fazer um bom trabalho com essa história.

— Espera, espera! A melhor parte é que ela pediu que fosse enterrada com as flâmulas da National Rifle Association... as que eles mandaram quando ela apagou aquele sujeito. — Eddie mal consegue respirar. — Ela ficou tão orgulhosa que costurou as flâmulas na frente do seu vestido preferido. À mão!

— Flâmulas — ecôo.

— Mais um retrato autografado do Charlton Heston... e ela queria isso com ela também no caixão. Vamos lá, Jack. Essa está gritando pelo seu toque mágico, não?

— Vou pedir ao Evan que ligue pra você.

Dois segundos depois que desligo, o telefone toca outra vez.

— Jack?

(*) Apresentador do talk show *Maury*, famoso por exibir testes de paternidade. (N. T.)

É Emma. Que mau momento.

— Onde você está? — pergunto. — Agora eu não posso falar... Janet vai ligar pra esta linha a qualquer momento.

— Acho que não — ela diz, entorpecida.

— O que você quer dizer com isso?

— Este é o seu telefonema, Jack. O que você estava esperando.

Estou dizendo a mim mesmo que não, que não pode ser.

Porém num arrepiante tom monocórdio ela diz:

— Faça o que eles mandarem, Jack. Por favor. — E a linha cai.

— Emma? — repete uma voz trêmula. A minha.

— Emma! — Minha mão está tremendo quando desligo o telefone. Quase instantaneamente o aparelho toca de novo e eu salto como um camundongo.

— Alô! — Parece que estou gritando, embora eu mal consiga me ouvir. A impressão é que me esqueci de como inalar.

— Então, seu otário. — É a voz de Jerry no outro lado, tripudiando. — E agora, o que você acha?

— Acho que podemos fazer isso funcionar.

— Então tá. Esteja lá hoje à noite.

— Não tenha tanta pressa. — Agora perdi o gosto por tiradas sarcásticas, de modo que isso não vai ser fácil. — Deixa eu falar com a chefe.

— Ela não está disponível.

— Jer, por favor, não me faça machucar você outra vez.

— Eu devia ter te matado quando tive a chance.

— É, e eu devia ter comprado a Amazon a quinze dólares e vinte e cinco cents.

O guarda-costas de Cleo desliga. Eu me viro e vejo a aproximação de Rhineman, nosso eternamente enjoado editor de Cidade.

— Eu estava procurando Emma — ele diz. — O comitê de diversidade tem uma reunião às quatro.

Trata-se de um grupo que se reúne regularmente para sugerir formas de o *Union-Register* se tornar mais diversificado em termos étnicos. Até o momento, a única recomendação útil é a de que o jornal não deveria contratar tantos brancos.

Rhineman me pede que lembre Emma sobre o encontro.

— Às quatro horas na sala de reuniões.

Ela não está na Redação, digo a ele. Ligou dizendo que está doente.

Contei a história toda para Carla, que contou tudo para uma jovem conhecida no circuito de clubes como Thurma, criadora e patrocinadora de espécimes exóticos selvagens. Foi na coleção particular de Thurma que Carla encontrou o meu lagarto monitor Savannah, o finado Coronel Tom. Thurma mora nas florestas de pinheiros na divisa ocidental do condado, e em meu estado de aflição é um prazer deixar Carla dirigir. Ela se mostra piedosamente casual com suas perguntas, mesmo sabendo que há uma tempestade de merda se armando. Hoje o cabelo dela está da cor de melancia, penteado em forma de uma excêntrica plantação de milho.

— Minha mãe ligou ontem à noite, quase arrancando os cabelos. Derek escreveu um poema pra ler na recepção de sábado. Com três páginas de extensão, cara! — relata Carla, deliciada. — Ele vai imprimir em papel especial e distribuir para todos os convidados... ei, Black Jack? Acorda. Isso é a seu favor, amigão.

— Desculpe. Continue.

— Adivinha como se chama o poema matrimonial do Derek.

— Tem de ser uma ode a alguma coisa — respondo, absorto. — Ode a uma princesa. Ode a uma dama...

Carla exulta, batendo as mãos no volante.

— Você é *bom*! É "Ode a uma deusa de olhos castanhos". Juro por Deus, se ele fizer mesmo questão disso, o casamento vai virar um vomitório.

— Ei, a sua mãe está feliz. Isso é o que interessa.

— Não vai amolecer comigo agora, seu velho chato.

— Carla, eu preciso de um favor.

— Como sempre.

— Aconteceu uma coisa comigo... — Estou com o bloco de anotações aberto, tentando escrever o nome e o número do telefone de Rick Tartington. — Se acontecer algo comigo, ligue para esse sujeito. Diga que fui me encontrar com a viúva alegre esta noite no Jizz.

— Ei! Eu vou com você e nós podemos flertar de forma ignominiosa.

— De jeito nenhum! — Arranco a página do bloco de notas e enfio na bolsa dela. — Por favor, diga a ele também que uma mulher foi seqüestrada. O nome dela é Emma Cole e ela trabalha no jornal. E tem só vinte e sete anos.

— Meu Deus, Jack. O que você fez?

— Tentei ser esperto demais. Quanto falta ainda?

Thurma e suas criaturas habitam um trailer tamanho família rodeado por uma cerca de arame. O nome na caixa de correio diz "Bernice Mackle". Acorrentado a um pinheiro na frente do trailer encontra-se um coiote, imaginem, andando irritado de um lado para outro na sombra.

Thurma não está em casa, mas afixou um recado na porta da frente: Gaiola nº 7. Vá com calma.

Carla desenterra a chave da porta em um vaso de flores e entramos com cuidado. Não sei onde Thurma come ou dorme, pois o trailer está apinhado de terrários de vidro. Cada um deles contém um ou mais répteis formidáveis. Thurma fez o favor de deixar destrancada a tampa da gaiola número 7, que é lar da maior cascavel que já vi, com uma cabeça do tamanho do meu punho. A serpente está enrodilhada sobre uma pedra em forma de bigorna. Próximo à cobra há uma vasilha de água, e escorada perto da vasilha de água encontra-se um caixa preta familiar, outrora o orgulho secreto e a alegria de James Bradley Stomarti.

— Eu disse pra ela esconder num lugar seguro — explica Carla.

A serpente parece absorta e até um pouco letárgica, um estado atribuível a um calombo do tamanho de um coelho em um de seus anéis.

— E agora? — pergunto a Carla.

Ela aponta para uma tenaz de churrasqueira.

— Vá com calma, lembra?

— Quanto você me adora?

— Nem tanto, Jack.

— Honestamente, meus reflexos já não são mais como antes.

— Deixa disso. Ela está praticamente em coma — observa Carla.

Com todo o cuidado ergo a tampa de plástico do tanque.

— Se você quiser, tento distraí-la. — Carla encosta o nariz no vidro, mas pula para trás quando a cascavel põe a língua para fora sem muito entusiasmo.

— Vai se danar — diz ela.

Segurando a tenaz de churrasqueira, faço mira no disco rígido. Por duas vezes entro em pânico e retiro os braços antes de conseguir uma pegada sólida. Na terceira tentativa agarro a caixa, mas quando começo a erguê-la vejo a pele da cobra se ondular e o nariz se voltar levemente em minha direção. Depois vem o guizo, que é diferente de qualquer outro som da natureza. De uma maneira sensacional, tiro a mão da gaiola no momento em que a fera ataca, as presas tocando o vidro sem perigo. Carla grita quando a tenaz e o disco rígido caem no chão.

Em algum lugar, Jimmy Stoma deve estar rolando de rir.

Se tivesse verificado meu correio de voz como um verdadeiro repórter, eu teria sabido que Janet Thrush não estava nem morta nem sendo mantida prisioneira por sua cunhada. Ela havia me deixado três mensagens começando com: "Oi, Jack. É Janet. Aconteceu uma coisa superestranha e eu tive que sair de Dodge por um tempo. Estou ficando na casa de umas amigas em Broward. Me ligue assim que puder. É... hã... 954-555-6609". O número é ligado a um serviço de mensagens, e deixei recado para Janet me ligar em casa assim que possível.

Mas quando voltei da casa do Dommie, a fita da minha secretária eletrônica estava vazia. Por isso estou aqui sentado, na mesma velha e desgastada poltrona em que Emma e eu transamos, esperando por telefonemas e planejando o grande resgate. A versão mais ambiciosa do meu plano é salvar Emma, fazer com que Cleo seja presa, divulgar a história de Jimmy Stoma e navegar na Primeira Página do *Union-Register* pela primeira vez em novecentos e oitenta e sete dias.

Mas eu já ficaria muito contente em salvar Emma, ponto.

Não vai acontecer nada momentoso no clube; disso tenho certeza. Eles vão querer que a troca seja feita em outro local, em algum lugar quieto e remoto. Talvez não concordem em fazer isso esta noite. Tentei me convencer de que Cleo só se importa com a música do Jimmy, e que assim que eu a entregar ela vai libertar Emma. Só que Emma agora é um grande problema porque pode incriminar Cleo — ou pelo menos Jerry — por seqüestro e diversos outros delitos. Assim como eu. Portanto seria o caso de eliminar a nós dois. Seria idiota, é verdade, mas as prisões da Flórida não estão transbordando de candidatos ao prêmio Nobel.

Porém ainda resta uma coisa: quando contei a Carla que tinha um encontro da pesada com alguns personagens desagradáveis, ela se ofereceu para me emprestar uma pistola.

E eu aceitei. Armas me deixam aterrorizado, mas morrer me aterroriza ainda mais. Então agora no balcão da minha cozinha encontra-se uma Lady Colt 38 carregada, que supostamente é menor e mais adaptável a uma bolsa feminina do que o modelo para machões. Por mim, tudo bem: tenho o meu lado delicado. Também sobre o balcão estão duas unidades de disco rígido externas — a original de Jimmy e uma cópia idêntica, feita esta tarde pelo mago de computadores amigo do Juan em troca de vinte dólares de cartões de beisebol.

Juan é quem eu mais precisaria consultar pessoalmente, mas ele está em Tampa cobrindo um jogo dos Devil Rags. Ele é o único sujeito que conheço que tem intimidade com impulsos primais; poderia me dizer como é tomar uma decisão e viver com ela depois. Meu plano não inclui matar ninguém, mas acredito que poderia fazer isso por Emma; isso e muito mais. Assim que essa decisão é assimilada, sinto-me estranhamente libertado e energizado. Emma está viva, e vou fazer o que for necessário para resgatá-la. Não existe outra opção, então por que se lamuriar?

Quando perguntei a Carla por que tinha uma pistola, ela respondeu:

— Cai na real, Jack... garota gostosa, morando sozinha. Aloô?

— Sua mãe sabe disso?

— Foi ela quem me deu.

— Não acredito — duvido.

— Sério. Ela também tem uma.

— Anne anda armada? A *nossa* Anne?

Carla explica:

— Ela nunca contou pra você porque não queria te assustar. Nada de mais.

As coisas que eu nunca soube.

Chego ao clube às dez e quinze. Cleo Rio suspeita que estou usando uma escuta. Por isso, numa cena digna de um romance barato de Derek Grenoble, Jerry me leva até à toalete masculina e me revista com brutalidade. Felizmente deixei a Lady Colt embaixo do banco dianteiro do Mustang.

No aconchego da baia da toalete faço observações sobre o estilo do tapa-olho de veludo negro de Jerry.

— Mas essa colônia tem cheiro de mijo de porco fermentado. Por que ela faz você usar isso?

— Cala essa boca, porra — diz ele, me socando as costelas.

Quando minha respiração se estabiliza, voltamos para a mesa. Loréal chegou, os cabelos brilhantes, para completar o heterogêneo quarteto. Cleo está usando calça de couro branco e um colete combinando com nada além da pele por baixo. Esta noite o corte de cabelo estilo pajem está magenta, enquanto os cílios e os lábios foram tingidos de cobalto. A aparência dela não combina com o bronzeado do Caribe.

Bebidas são pedidas e se inicia uma conversa fiada, principalmente por parte de Loréal. A criatividade dele foi instigada por alguma coisa "funky" que ouviu num CD do No Doubt, e ele acredita que pode reproduzir aquele efeito no disco de Cleo. Ela anui impassível e acende outro cigarro. Hoje a viúva não quer vodca com suco de laranja; só café preto gelado. Loréal e eu estamos tomando Budweiser, enquanto o caolho Jerry se mantém numa Coca Diet. Para um capanga até que ele é um profissional sóbrio.

Assim que o DJ nórdico rastafariano faz uma pausa, convido Loréal a se calar para que eu possa falar de negócios com Cleo. Ela parece se divertir com a maneira rude como trato o seu namorado — claramente ela vai dar o fora nesse palhaço assim que o álbum estiver terminado. Imagino que já esteja sendo parcimoniosa nos seus boquetes.

— A situação é a seguinte, senhora Stomarti — começo. — Você quer a canção do Jimmy. E eu quero minha amiga de volta.

— A canção não é só do Jimmy. Nós compusemos juntos.

— Guarda esse lero-lero para as incursões na mídia. Eu mesmo ouvi a faixa. Seu marido compôs aquela música muito tempo atrás, provavelmente pra uma outra garota.

Cleo dá uma tragada profunda. A mão dela está firme. Ela diz, olhando para mim:

— Tagger, você tem vontade de morrer?

Sinto os cabelos se eriçarem na nuca.

— A música é boa — observo —, seja de quem for.

— A música é muito boa — comenta Cleo com uma risadinha.

— E nós vamos torná-la ainda melhor — palpita Loréal. — Quando estiver pronta, nem vai parecer a versão do Jimmy.

A viúva e eu o ignoramos. Digo a ela:

— Quando eu estiver com a Emma, você recebe o disco rígido com todas as músicas.

— Não se esqueça das cópias que você fez.

— As cópias também. Sem dúvida.

Jerry, bebericando seu refrigerante, solta um grunhido de desprezo. Virando-me para ele, não consigo resistir a comentar:

— Sabe o que acertou você naquela noite em que invadiu meu apartamento? Um lagarto congelado.

Num ato reflexo, Jerry toca a junta de um dedo no tapa-olho.

— Isso mesmo, valentão. Seu olho foi arrancado por um fracote de oitenta e oito quilos armado apenas com um réptil morto. É uma história pra contar para os seus netos quando eles perguntarem o que aconteceu.

Loréal intervém:

— Isso não tem graça, cara.

Jerry afirma furiosamente que eu sou um merda.

— Você tinha que estar lá, Cleo — digo. — Seu homem viu todo aquele sangue no chão e imaginou que eu estava morto, por isso fugiu. Mas eu não estava morto.

— Infelizmente não — ela comenta. — Porém esse momento está ficando mais próximo a cada minuto, Tagger.

O tom de voz dela até que é convincente, mas eu tiro de letra com uma risada.

— Por acaso isso é uma ameaça? Pelo amor de Deus, você tem vinte e três anos!

— Vinte e quatro — ela corrige —, e meu café esfriou. Então, como vai ser a troca?

Ouço a mim mesmo alertando para que ela tome cuidado.

— Se você machucar Emma ou a mim, prepare-se para uma tempestade de merda. Muita gente sabe a respeito do que estou investigando, e eles vão querer fazer perguntas. E vão ser muito insistentes.

A essa altura engrosso o caldo citando os nomes dos detetives Hill e Goldman e, claro, de Tarkington, o promotor.

— A propósito — digo para Cleo —, ele era um grande fã do seu marido.

Ela parece imperturbável.

— Como vou poder... tipo... confiar que você não vai dizer nada? — ela demanda. — Quero dizer, sobre a canção.

— Não, você quer dizer sobre a história *toda*. — Aqui vem a parte cabulosa. — Escuta, sei que você matou o Jimmy, mas nunca vou poder provar porque a autópsia foi uma piada e o corpo foi cremado. Jay Burns concordou com tudo isso porque você prometeu que ele tocaria na "Shipwrecked", e quem não quer participar num disco de sucesso? Mas depois eu apareci no barco, Jay ficou assustado e vocês decidiram que ele não era um pianista tão bom assim. A polícia está pronta pra acreditar que ele se embebedou e desmaiou debaixo de um caminhão de peixe. Eu tenho sérias dúvidas, mas até aí, onde está a prova?

Dou de ombros. Cleo boceja como uma leoa e morde um cubo de gelo. Loréal começa a dizer alguma coisa, mas sabiamente muda de idéia. Jerry, enquanto isso, cruza os braços grossos sobre o peito. Acho que ele tirou isso de um comercial do Mr. Clean.

— Agora vamos falar sobre Tito Negraponte — comento. — O pobre Tito não estava mentindo quando falou que não sabia nada a respeito da "Shipwrecked heart". Ele não tinha nada a ver com as sessões em Exuma. Jimmy não tocou com ele.

Cleo ergue um olhar úmido para Loréal, que parece estar querendo se arrastar para baixo do cinzeiro.

— É verdade, querida — digo para a viúva. — Você tentou assassinar o contrabaixista errado. Imagino que os senhores mexicanos que aceitaram o trabalho foram recrutados pelo Jerry aqui. Velhos companheiros de prisão, não estou certo, Jer? Você leva jeito de quem passou algum tempo em cana.

Os lábios do guarda-costas se retorcem num sorriso pálido. Eu pisco com malícia e vou em frente:

— Estou imaginando também que os dois camaradas que visitaram Tito não estão mais entre nós, o que significa que o atentado não pode ser rastreado até ninguém nesta mesa. O que me deixa com o quê? Com uma canção.

— Com *a* canção — observa Cleo, cuja postura esfíngica é enervante.

— Sim, a canção que você alega ter sido resultado de um esforço conjugal. Eu sei a verdade, mas as únicas pessoas que podem me confirmar não vão fazer isso. Danny Gitt, o cantor, os outros músicos de estúdio... eles acham que você vai processar todos se disserem alguma coisa, e quem quer se encrencar? Desde que sejam pagos pelas sessões, não vão dizer nada.

Somos interrompidos por uma caçadora de autógrafos, uma bobalhona viajando de Ecstasy com um alfinete de segurança prateado em cada narina.

— Você é o máximo, garota — ela diz para Cleo, que bruscamente assina o guardanapo do coquetel como "Cindy Zigler", seu nome de batismo. Intrigada porém grata, a jovem fã se afasta.

— Voltando à canção — digo a Cleo —, talvez você só queira mudar a letra, ou talvez queira que Loréal use alguns dos vocais do Jimmy também... uma espécie de dueto com o morto. Isso vai tocar no rádio. E mal posso esperar pra ver o vídeo de lançamento.

— Que porra você tem a ver com *isso*?

— Eu era fã dele, só isso. Mas desde que tenha Emma de volta, não dou a mínima para o que você fizer com a música do Jimmy. Nunca vai ficar tão boa quanto era com ele, mas assim é a indústria fonográfica.

— Você está esquecendo uma coisa. A irmã dele — observa Cleo.

— Qual é o problema?

— Ela não gosta de mim.

— E daí? Ela não sabe de nada disso. — O segredo dos grandes contadores de mentiras é manter o fluxo.

— Aposto que ela sabe sobre as sessões em Exuma — comenta Loréal.

— Sem dúvida. — Cleo faz um esgar e mastiga outro cubo de gelo.

— Ela não sabe nada sobre essa canção — atesto com firmeza. — Jimmy nunca contou a Janet... eu mesmo perguntei a ela. — Mais uma grande mentira. Não faço idéia se Jimmy chegou a mostrar "Shipwrecked heart" à irmã. O crucial é convencer Cleo de que Janet não representa uma ameaça.

— Ela está absolutamente maravilhada — acrescento — de receber cem mil paus de herança.

Cleo ri com acidez.

— Ela e a maldita Sea Urchins. — Ela se vira para Jerry. — O que você acha? Você disse que ele ia querer dinheiro.

— Ele vai querer. Não se preocupe — responde Jerry.

Caras como Jerry facilitam demais as coisas.

— Isso mesmo, Jerry. Na primeira vez em que vi você com aquela moderna jaqueta de bombardeiro e aquelas botas dos Beatles eu disse a mim mesmo: vou tirar alguns milhões de dólares desse troglodita careca de pau mole.

Depois, cara a cara com Cleo, eu realmente dou mais uma volta no parafuso.

— Sem querer ofender, senhora Stomarti, se você estivesse aqui tomando uns drinques com Clive Davis,* eu poderia ficar impressionado e tentar descolar alguma grana. Infelizmente, você está aqui com um panaca que escolheu usar um nome de produto capilar e que não conseguiria entrar numa premiação de Grammy nem portando um AK-47.

Um rubor cor de ameixa tinge o rosto do jovem Loréal, e ele bravamente me desafia para uma briga no beco mais próximo. O resto de nós o fita com uma expressão penalizada.

— Talvez algum dia você seja uma estrela — digo a Cleo —, mas até agora você só gravou um single de sucesso para uma gravadora de fundo de quintal. Não sei quanto você já ganhou, mas já deve ter gastado tudo em drogas e roupas. Além do fato de você não valer uma chantagem, é significativo notar que eu não tenho *nada* para usar contra você. Não posso escrever uma matéria alegando que você roubou a composição do seu marido sem que alguém mais confirme esse fato. O jornal não publicaria... Por favor me diga que você ainda não fritou os próprios miolos e consegue me entender.

(*) Produtor de discos vencedor do prêmio Grammy, fundador da Arista Records e membro do Rock and Roll Hall of Fame. (N. T.)

A viúva acaricia a franja, absorta. Ela parece ser cordialmente imune a insultos.

— Vamos imaginar que você queime uma outra cópia da versão solo do Jimmy... Isso dificultaria as coisas para mim, se chegasse na internet. O que impediria você de me achacar daqui a uns seis meses? Ou um ano?

— Nada — respondo —, a não ser uma intensa aversão a clichês.

Cleo estufa a bochecha e grunhe.

— Resumindo, você só quer a garota?

— Correto.

— Qual é mesmo o nome dela?

— Emma. E eu quero o meu computador portátil também. — Agarro um dos brincos do lóbulo de Jerry e aproximo sua cara retorcida da minha. — O laptop não é meu, Jer. Pertence à Maggad-Feist Publishing Group, uma empresa de capital aberto que presta contas precisas aos seus acionistas.

— Meu Deus — intervém Loréal —, sai dessa. A gente compra um puta powerbook novinho em folha pra você.

Agora o DJ voltou ao palco, e sinto a mãe de todas as dores de cabeça assumindo o controle. Solto a orelha do guarda-costas e inclino o rosto até penetrar numa nuvem de fumaça do cigarro da Cleo.

— Vamos acabar logo com isso.

— Preciso fazer xixi. — E ela sai.

— Então, quando vamos fazer a troca? — pergunto a Jerry.

— Não hoje — ele responde. — Isso eu garanto.

— Então quando?

Ele me aplica uma palmada aguda na têmpora e diz:

— A gente liga pra você amanhã, seu bunda-suja.

— É, a gente entra em contato — diz Loréal.

Quando me levanto da mesa, os alto-falantes das vigas do clube começam a martelar — uma hedionda mixagem tipo house de "MacArthur Park".

— Vocês dois deviam se afastar um pouco — aconselho aos garotos da Cleo. — Não esperem por nada muito tranqüilo ou romântico. Deixem a coisa acontecer naturalmente.

27

Toque-toque. Emma abriu a porta. E foi levada por eles.

Sem alarde, pelo jeito. O apartamento está destrancado. A bolsa dela está na cama; sobre a mesa da cozinha, as chaves do carro e uma xícara de café frio. No café-da-manhã ela comeu torradas e uma tigela de Special K.

Duas da manhã, aqui não é lugar para estar. Se eu ficar mais tempo vou começar a esmurrar a parede. Emma desapareceu e a culpa é minha.

Mas alguém tem que alimentar a gata, que mia e faz movimentos sinuosos na laje. Ergo-a nos braços, dizendo:

— Tudo bem, Debbie. Ela vai voltar logo.

Olhando para o maldito telefone, como nos velhos tempos.

Lembro-me de certa vez ter esperado sete horas pelo telefonema de uma fonte — Walter Dubb, o fornecedor da frota de ônibus que estava me ajudando a incriminar o comissário Orrin Van Gelder por suborno.

A esposa de Walter tinha pegado no pé dele por estar fazendo onda, por isso ele estava passando por uma crise de fé. E eu também, pois sem a cooperação de Walter os federais não tinham um caso e eu não tinha matéria. No dia anterior ao jantar em que Orrin Van Gelder deveria ser preso pelo homem do FBI disfarçado, Walter saiu para caçar veados e não conseguiu voltar a tempo para o evento da noite. A esposa dele ligou, bombástica. Disse que ele devia ter ficado deprimido e se matado, e tudo por minha causa. Disse que iria pagar ao comissário e manter a boca fechada.

Tomado de terror, fiquei grudado na minha mesa das quatro da tarde até as onze da noite. Minha bexiga estava do tamanho do Arkansas quando Walter Dubb finalmente ligou. Ele havia matado e esfolado um macho, mas a picape quebrara na floresta e depois aparecera um urso e fugira com a carne do veado antes que Walter conseguisse pegar seu rifle no bagageiro — bem, foi essa a história que ele contou para a sra. Dubb. O que quer que tenha acontecido naquela tarde pôs Walter num estado de espírito muito animado, e isso era tudo o que me importava. Eu pulei e dancei o caminho todo até o banheiro.

Esta noite perdi outro telefonema de Janet Thrush. Ela ligou para o apartamento enquanto eu estava com Cleo e sua equipe no Jizz.

"Me encontre domingo de manhã naquela lanchonete em que nos conhecemos — ela falou na mensagem. — Tente estar lá por volta das dez e meia, o.k.?"

Quando liguei de volta a secretária eletrônica atendeu e eu desliguei e pus "Shipwrecked heart" no CD player. Afinei meu velho violão e agora estou trabalhando nos acordes da música. A frase de abertura começa com um ré, mas depois Jimmy muda o tom e acredito que o segundo verso começa com um fá maior com sétima, seguido de um dó, mi menor e um fá. É marcante, mas não exatamente um Derek and the Dominos. Se um cara desajeitado como eu pode tocar, a Cleo também pode. Ela também pode cantar a melodia daquele jeito magoado na moda, que vende zilhões de discos de jovens mulheres artistas.

Estou imaginando que tenha começado da seguinte maneira. Eles estavam na casa nas ilhas, Jimmy e a noiva. Ela provavelmente foi até o estúdio e ouviu o suficiente da música para saber que era a melhor coisa que poderia ter na bagagem. Pediu ao marido que tocasse outra vez e ele provavelmente disse que não, que ainda não estava pronta. Então ela piscou os olhos e acariciou o pescoço do Jimmy, perguntou se ele lhe daria a canção e ele disse desculpe, querida, essa é minha. O tempo passou, a gravadora de Cleo a estava atormentando e ela continuou infernizando Jimmy por causa da música. Provavelmente flertou, provocou, implorou, chorou e fez biquinho, mas ele não cedeu. E quando ficou claro que o marido estava guardando "Shipwrecked heart" para si mesmo, Cleo resolveu matá-lo.

E cantou o pouco que lembrava da canção no funeral dele. Comovente.

Fiquei brincando com o violão até uma hora antes do amanhecer. Depois embalei tudo o que achei que iria precisar, fui de carro até o jornal e imediatamente adormeci no chão ao lado da minha mesa. Os faxineiros trabalharam ao meu redor, e o telefone não tocou. Agora são nove horas e os funcionários começam a chegar à Redação. Abkazion é um dos primeiros a chegar. Em algum lugar entre o elevador e a porta do seu escritório ele me dá uma olhada e altera o curso tão suavemente quanto um falcão.

— Jack — ele fala de forma amistosa —, você parece um monte de merda num palito de sorvete. — Abkazion é um desses editores que preferem ver seus repórteres amarrotados e de olhos vermelhos. Significa ou que eles estão trabalhando muito ou se divertindo muito — de qualquer jeito, ele aprova.

— É essa maldita matéria — digo.

— É, a Emma me contou. Como vai indo?

— Me pergunte daqui a vinte e quatro horas. — Sinto-me tentado a partilhar com ele a declaração inflada que arranquei de Rick Tarkinton, mas isso exigiria mais energia do que eu poderia reunir. Vender uma matéria para a Primeira Página é um trabalho difícil.

— Como estava Los Angeles?

— Produtivo — respondo. — Obrigado pelo sinal verde.

— Agradeça a Emma. Ela disse que você estava seguindo uma pista quente.

Abkazion não é alto, mas tem ombros largos e musculosos e o porte do universitário praticante de luta livre que ele já foi. Ele é novo no *Union-Register*, mas já granjeou a afeição das tropas ao desconsiderar diversas diretivas mesquinhas de cortes de gastos do quartel-general corporativo. Ele é o quarto editor-chefe em seis anos e, assim como os outros, Abkazion aceitou o trabalho porque achou que poderia estancar aquele sangramento. Logo vai entender que está trabalhando para vampiros; vampiros com ações preferenciais.

— Vai ser uma guinada e tanto — ele está dizendo — se

acabar sendo provado que Jimmy Stoma foi assassinado pela mulher. Você já assistiu a algum concerto dos Slut Puppies?

— Não, nunca.

— Nossa, ele era uma fera no palco — comenta Abkazion —, e realmente deixava as garotas molhadas. Sabe a música que eu mais gostava? "Caso perdido". Acho que estava no *Reptiles and Amphibians.*

— Na verdade é do *Floating Hospice* — corrijo.

— Tem certeza? "Maternal e bipolar, com roupas de couro e olhar distraído"?

— Essa mesmo.

— Você é o especialista — sorri Abkazion. — Espero que isso te ajude, Jack.

É uma coisa delicada de se dizer. Ele conhece minha história no jornal.

— Quando Emma vai chegar?

— Não sei bem — respondo. — Acho que ela ligou dizendo que está doente de novo.

Ligo o meu PC e localizo o site do *International Herald Tribune.* O nome do pai dela é David Cole. Os últimos créditos com o nome dele apareceram três dias atrás. O lugar de origem era Bhuj, na Índia, para onde foi enviado para cobrir um terremoto horrível. Tenho certeza de que o editor de David Cole sabe o número do hotel onde ele pode ser encontrado, na terrível eventualidade de eu precisar ligar para informar que a filha dele está desaparecida.

Descanso a bochecha no mouse pad e cochilo.

O sonho é um dos meus habituais. Abro a porta e um homem de torso nu me cumprimenta; um homem da minha idade. Ele é alto, e seus cabelos cor de areia são levemente acinzentados nas têmporas.

Ele sorri e diz:

— Olá, Jack Júnior.

E eu respondo:

— Papai, isso não tem graça.

O rosto dele não mudou desde a fotografia que minha mãe guardou de nós três em Clearwater Beach, eu no carrinho de bebê. Os olhos desse homem se parecem com os do filho. O queixo também.

— Você pensou que eu estava morto, mas não estou — ele anuncia com uma expressão matreira.

No sonho, eis o que faço em seguida: eu o seguro pelos ombros bronzeados e o empurro contra uma parede. Ele parece forte, mas é leve como uma criança.

— O que aconteceu com você? O que aconteceu? — estou gritando na cara dele.

— Nada — ele responde alegremente. — Estou firme como uma rocha.

— Que idade você tem?

— A mesma que você — responde meu sorridente pai. Depois se desvencilha e foge. Corro atrás dele e terminamos num campo de golfe, entre tantos lugares no mundo, correndo pelo gramado entre os buracos. No sonho meu velho corre veloz e cuidadosamente.

Mas sempre o alcanço no limite do décimo terceiro buraco, agarrando-o por trás. Fico ali sobre a grama macia e orvalhada por um longo tempo, segurando-o enquanto recupero o fôlego.

E quando por fim viro meu pai de costas, ele não está sorrindo da maneira que sorria na foto da minha mãe. Ele está morto.

No sonho eu começo a sacudi-lo como a um boneco de pano, aquele sujeito que se parece tanto comigo, estrangulando-o não de raiva, mas por uma febril exasperação.

— Você não é engraçado! — grito para aquele rosto pálido. — Agora acorde e me diga há quanto tempo você morreu!

É assim que sempre termina, eu sacudindo o fantasma do meu pai tão ferozmente que os dentes dele caem do crânio como estrelas de um buraco negro.

Depois de mais ou menos uma dúzia de noites assim, quem pode culpar Anne por ter se mandado?

Acordo e dou de cara com Juan e Evan me olhando como se estivessem vendo um engavetamento de cinco automóveis.

— Foi uma longa noite? — pergunta Juan.

— Você deveria estar em Tampa.

— Recebi sua mensagem. Acordei cedo e voltei de carro.

— Evan — digo —, você nos daria licença?

O garoto aquiesce com desaprovação e se arrasta até sua mesa. No que me tornei, um comitê de entretenimento?

Juan trouxe café-da-manhã numa sacola da cafeteria. Ele arrasta outra cadeira até minha mesa e apresenta pães, croissants e suco de laranja.

— Meus parabéns — digo a ele. — Vi que você pediu afastamento do trabalho. — Estava afixado no quadro de avisos.

— É. A partir de segunda-feira.

— Estou orgulhoso de você, cara. Não está animado com o livro?

Ele dá de ombros.

— Minha irmã não está tão entusiasmada.

— Sinto muito. Deve ser difícil.

— Mas ela entende. Pelo menos diz que entende.

— Você vai fazer um excelente trabalho — digo a ele. — Lizzy vai se orgulhar de você quando ler o seu livro.

Eu me atiro ao telefone: é Eddie Bell novamente, ligando para pressionar pelo obituário de Audrey Feiffer. Transfiro depressa a chamada para a linha do Evan e reponho o receptor.

— Diga o que aconteceu com a sua reportagem, Jack — diz Juan.

— A reportagem me comeu vivo, foi isso que aconteceu. Eles pegaram Emma.

No início Juan não diz nada. Deposita um pão meio mordido na mesa e olha em volta, certificando-se de que ninguém está nos ouvindo. Depois toma um gole de suco antes de perguntar calmamente:

— Quem pegou a Emma, Jack?

— A viúva e seus rapazes.

— O que eles querem?

— Uma música. — Eu o informo sobre o título. — Estava no disco rígido que levamos para o Dommie.

— Então entregue essa droga pra eles — recomenda Juan.

— Essa é minha intenção. O problema é que...

— Mesmo assim eles podem te matar. Você e a Emma.

— Exatamente. Por isso peguei uma arma emprestada.

Juan parece alarmado.

— Minha nossa. Por que você não notifica a polícia?

— Porque eles nunca encontrariam Emma viva — respondo. — Isso não é um seqüestro profissional, é um caso como o de *Fargo, Uma comédia de erros*. Esses merdas estão improvisando à medida que as coisas acontecem.

Ele olha para o telefone com uma expressão sombria.

— Quando eles ficaram de ligar?

— A qualquer momento — digo. — Você não imagina como eles são idiotas. Eles pensam que eu quero dinheiro, além do retorno da Emma. Parece que não entendem o conceito de um resgate... que são os seqüestradores que exigem dinheiro. Está vendo com o que estou lidando?

Juan se recosta, olhando à distância.

— Que tipo de arma?

— Uma Lady Colt. E não é pra dar risada.

— Jack, você já atirou com uma pistola?

— Uma ou duas vezes. Tá certo, só uma vez. — Foi num estande da polícia. Acertei a silhueta de papel de um bandido na coxa, depois escrevi um artigo humorístico de trinta centímetros a respeito.

Juan levanta-se, rígido.

— Cara, eu preciso pensar sobre isso. Me ligue assim que tiver alguma notícia.

— Você vai ser o primeiro a saber.

Chegando mais perto, ele diz:

— Onde acha que eles estão escondendo a Emma? Qual é o seu palpite?

— Não faço idéia, irmão. Não tenho nenhuma pista.

— *Mierda.*

— Me diga apenas como você conseguiu — falo num sussurro —, naquela noite no barco vindo de Cuba. Foi um ato reflexo? Ou você planejou tudo? Estou precisando de uma orientação.

— Vou dizer o que eu lembro, Jack. Lembro que pareceu fácil no momento. — Em seguida ele aperta meu ombro e diz: — O ruim vem depois.

Ao meio-dia e meia, o telefone finalmente toca outra vez.

— Tagger?

— Jerry, seu velho patife. O que rola?

— A festa é às oito e meia — ele informa.

— Hoje?

— Você vai precisar de um barco, um GPS e um farolete.

— Você pirou — retruco.

— E repelente de mosquitos também. Melhor ir se preparando.

— Onde? — Estou rabiscando para tomar nota de tudo que ele diz, palavra por palavra.

— No grande lago.

— Não no Okeechobee. Você deve estar brincando.

— Porra, qual é o seu problema, Tagger?

— Pra começar, tem sessenta quilômetros de comprimento e quarenta e cinco de largura.

— E é por isso que vamos nos encontrar no meio. Pra garantir que você não vai trazer companhia.

— Jerry, você anda assistindo muita tevê.

— Anote aí, cara de bunda. — Ele me lê alguns números e instruções para navegar pelo lago, partindo da marina de Clewiston. Digo a ele que não sei operar um GPS.

— Então vai ser uma longa noite — ele comenta.

Lago Okeechobee — que estupidez inacreditável.

— Imagino que você não tenha verificado a previsão do tempo. E se o barco afundar e o "pacote" ficar arruinado? Já pensou nisso, Jer?

— Então talvez o *nosso* barco afunde também. Entendeu?

Ele não tem jeito. É hora de tentar uma outra estratégia.

— Diga à senhora Stomarti que existe uma forma melhor de fazer isso. Uma maneira mais inteligente.

— Ela não está nem aí. Nem vai estar lá.

O que mostra um bom senso não característico, chego à conclusão.

Rapidamente Jerry acrescenta:

— De qualquer forma, não sei de quem você está falando. Nunca ouvi falar dessa pessoa.

— Puxa, você é esperto demais pra mim!

— Oito e meia — ele repete. — E não se esqueça de vir sozinho.

— Onde eu vou arranjar um barco à noite?

— Roube um, seu bundão. É o que eu vou fazer.

* * *

Estou a meio caminho do elevador quando Abkazion me intercepta. A gravidade da voz dele me faz pensar que ficou sabendo da Emma. Isso seria uma grande complicação.

— Aonde você vai, Jack?

— Tenho que encontrar uma fonte.

— É melhor adiar.

Eu o sigo até o escritório, a mesma sala em que tive aquele cálido encontro com Race Maggad III. Abkazion, porém, é um animal de outra espécie. Não faz poses nem tem pretensões; encaixa-se confortavelmente na Redação, e sua palavra costuma ser definitiva. Se ele souber — e não consigo imaginar como saberia — que Emma foi seqüestrada, vai ser quase impossível fazer com que não se envolva.

A suposição de que posso planejar sozinho um retorno seguro para Emma soaria absurda para Akbazion. Mesmo assim esse é o discurso que estou preparando para quando ele me disser algo assustador.

— MacArthur Polk morreu hoje de manhã.

— Não pode ser.

— Em casa — continua Abkazion.

— De verdade?

— Ah, sim.

— Como? Dormindo? — pergunto estupidamente.

— Mais ou menos. Está pronto pra deitar e rolar?

A ironia, por mais ruinosa que possa ser, é deliciosa.

— Eu não posso escrever o obituário — informo ao editor-chefe do *Union-Register*.

— O que está dizendo?

— Não posso perder esse encontro de hoje. A fonte diz que é agora ou nunca.

Abkazion olha para mim como se estivesse procurando um defeito de fabricação.

— Isso seria matéria para a Primeira Página, Jack. Sua primeira capa em cerca de mil anos.

— Sim, estou dolorosamente ciente disso.

— Então também está ciente — ele fala — de que existe um interesse do alto nível corporativo em que o senhor Polk tenha um obituário de primeira. Não que eu esteja feliz em me meter nisso, mas, ei, a gente tem que aprender a escolher as nossas batalhas.

Digo a ele que lamento muito.

— Isso é realmente desagradável, eu sei.

— Por razões que não pretendo compreender, o próprio senhor Maggad tem exigido essa matéria antecipadamente. Jack, ele faz questão de que seja você a escrever o obituário.

— Assim ele me disse.

— O que torna ainda mais desconcertante — observa Abkazion, seus músculos do pescoço ficando tensos — a razão pela qual você está recusando um trabalho tão importante.

— Eu já expliquei a razão.

É Emma, quero dizer a ele. Eu preciso salvar Emma.

— Pelo amor de Deus, fale com essa sua fonte. Explique a situação. Marque o encontro para amanhã.

— É impossível — insisto.

— É para a matéria dos Slut Puppies, certo? Jimmy morreu há duas semanas e sua fonte não pode esperar um mísero dia pra contar o que sabe? Quem é essa fonte? — Abkazion está gritando como um técnico da liga juvenil hiperativo. — Droga, o que pode ser tão importante assim?

Mas eu não posso dizer nada. Não posso falar de Emma ou de Cleo, nem mesmo sobre a canção. Certamente não posso mencionar a intenção oculta de Maggad de obter as ações de MacArthur Polk, nem sobre meu perverso acordo no leito de morte do velho abutre.

O Ilustríssimo Senhor Charles Chickle foi inequívoco: o acordo do fundo de ações estava condicionado a que eu redigisse o obituário de Polk. Ao recusar a matéria, estou abrindo mão não apenas de cem mil paus em dividendos como também de uma oportunidade única na vida — uma chance de coagir Race Maggad III a reviver o *Union-Register*.

Abkazion tem o direito de estar puto da vida, mas é o meu coração que está sangrando.

— Eu preciso ir — digo a ele.

— Você está falando sério, não está?

— Diga ao senhor Maggad... sabe o quê? Diga a ele que eu ameacei desmembrar você com um alicate de bico fino. Diga que enlouqueci e comecei a declamar Milton. "Vingança, ó Senhor, vossos santos chacinados cujos ossos jazem espalhados nas frias montanhas alpinas..."

— Jack — retruca Abkazion —, eu já estou atrasado para a reunião das treze horas.

— Claro.

— Você estava esperando uma chance para se desenterrar deste buraco. Agora aproveite.

— Sim, chefe — concordo, saindo com uma saudação resoluta.

Está tudo aqui na minha mesa — a pilha de impressos de velhas matérias, as anotações da minha entrevista com Polk no hospital, os mornos parágrafos iniciais que digitei alguns dias atrás, e até mesmo a tola declaração de Race Maggad III.

Quando apresento tudo isso ao Evan, ele gira a cadeira e me olha, cauteloso.

— Parabéns, companheiro — digo. — Você vai estrelar na Primeira Página amanhã.

— Ah, claro.

Ele é um garoto esperto. Vai escrever uma boa matéria.

— Vai com tudo — recomendo. — Ponha seu coração nisso.

— O que é isso?

— Escuta, o chefe vai me procurar. Diga que eu desapareci numa nuvem de fumaça.

— Jack, espera um minuto. Ei, Jack!

Mas eu já saí.

28

O trajeto até o lago Okeechobee leva cerca de três horas. Emma gosta do Sting, por isso trouxe comigo *Synchronicity* para a volta para casa. Por enquanto, porém, Juan e eu estamos com os Stones. Ele está deitado no banco traseiro, folheando as instruções para o GPS manual que compramos num distribuidor de artigos esportivos em Fort Pierce. Incluídos na compra estavam um farolete Q-beam, uma grande sacola impermeável, um encerado amarelo, um balde de iscas e dois caniços baratos. Vou dar uma de pescador.

Quando Juan insistiu em vir junto, não discuti. Se os eventos tomarem uma direção indesejada, uma assistência de bom nível será bem-vinda. Além de *cojones* de aço. Estamos procedendo sob a suposição de que Jerry terá alguém no local, vigiando, quando chegarmos ao lago. Juan está abaixado, fora de visão. Durante o trajeto ele me confidenciou que rompeu o relacionamento com Miriam, a linda cirurgiã ortopédica.

— Com as outras também — contou, referindo-se à patinadora ornamental e à dançarina em meio período para o time de basquete. — Vou ter que trabalhar muito. Preciso me manter concentrado no livro.

— Você está fazendo confusão — observo. — São lutadores que ficam sem fazer sexo. Não escritores.

— O sexo é o de menos — diz ele, muito sério.

Clewiston é na margem sul do lago, no centro das plantações de cana-de-açúcar. O terreno é plano como madeira compensada. Seguindo as instruções, procuramos uma instalação com o extravagante nome de Acampamento das Percas de Ernie Bo Tump. Ernie Bo é um pescador internacionalmente famoso de perca bocona. Tem seu próprio programa de televisão em diversas emissoras e um pacote de produtos de fazer inveja à NBA oferecidos on-line. O acampamento de pesca de Ernie Bo, porém, foi vítima dos tempos modernos. Fazendas e ranchos de gado despejaram tanto refugo cheirando a merda no lago que quilômetros de habitat de percas de primeira foram transformados em um impenetrável pântano de amentilhos. O declínio do negócio de pesca esportiva foi exacerbado pelo nível das águas, tão traiçoeiramente baixo que desencorajou a navegação dos fanáticos por alta velocidade com suas lanchas de cento e setenta e cinco cavalos — o pão com manteiga da clientela de Ernie Bo.

Essa história triste me é relatada por um jovem doqueiro chamado Tucker, com quem estou negociando o aluguel de um bote simples, de catorze pés. Se por um lado está contente diante de visão de um cliente pagante, Tucker está preocupado por eu estar zarpando tão tarde do dia e diz que o bote deve ser devolvido no máximo uma hora depois do pôr-do-sol. Espero que ele não pretenda esperar.

— É no crepúsculo que eles mordem mais! — explico, que é o que minha mãe sempre dizia.

— Está trovejando lá para o oeste. Nós estamos mesmo precisando de chuva — informa Tucker —, mas é melhor tomar cuidado. Os relâmpagos são assustadores nesta época do ano.

— Obrigado, vou tomar cuidado. Quanto é?

— Cinqüenta paus, mais o depósito. — Ele pega o meu cartão de crédito. — Você precisa de iscas?

Peço que me dê uma dúzia.

— Alguém mais passou por aqui esta tarde? Eu ia me encontrar com alguns amigos que vieram de carro da costa Oeste.

— Não, você foi o único — esclarece Tucker. — Talvez eles tenham partido de Moore Haven.

— É, pode ser.

Por enquanto não avistei ninguém na marina se comportando como olheiro, mas não vou me arriscar. Armazeno o disco rígido de Jimmy Stoma, os CDs e a Lady Colt numa sacola à prova d'água antes de carregar o bote com o resto do equipamento. O motor é um Merc 25, que começa a rosnar depois de alguns puxões no cordão. Manejo o leme, e o barco sai roncando inocentemente das docas, navegando pelo grande lago. Se alguém estiver observando, vai informar o guarda-costas de Cleo que estou a caminho do encontro e que estou sozinho.

Juan está esperando em um local pré-combinado a oitocentos metros de distância, perto de uma galeria de drenagem abaixo dos diques. Ele se esgueira pela proa e se esconde debaixo da lona amarela. Sem uma brisa, o calor de agosto é sufocante e o lago está fumegante como uma grande banheira de sopa. Não é tão ruim quando pressiono o acelerador e o bote deslancha, criando sua própria brisa. Logo não há nenhum outro pescador à vista. Juan emerge parcialmente de debaixo da lona e começa a trabalhar com vontade no teclado do GPS, falando com satélites no espaço. Com precisão, eles divulgam nossa latitude, longitude, velocidade e direção, assim como nossa crescente distância da marina. O único furo dessa impressionante tecnologia é permitir virtualmente a qualquer cabeça-oca explorar as regiões mais ermas com pouca ou nenhuma chance de se perder. E lá se vai a seleção natural.

As instruções de Jerry nos colocaram num curso quase totalmente voltado para o norte, com desvios ao redor de ilhotas planas e cobertas de vegetação. Usando as leituras do satélite, estabeleço minha velocidade a precisamente quarenta quilômetros por hora. Depois de passar pela Observation Island, devo navegar por quarenta e cinco minutos antes de desligar o motor e esperar. Somente Jerry, o caolho, e o fantástico GPS vão saber onde estamos.

O jovem Tucker estava certo quanto ao clima. Nuvens maciças se erguem sobre a margem oeste do lago, resfriando o ar ao nos roubar o sol. Pouco depois o vento aumenta, e lufadas frescas espancam ritmicamente o casco de alumínio. O olhar de Juan está fixo com apreensão nas nuvens emolduradas de púrpura vindo em nossa direção. Estou tentando tirar Emma da minha cabeça, tentando não imaginá-la num barco ali com o brutal guarda-costas de Cleo.

O primeiro impacto da chuva é frio na pele, e visualizo Emma molhada, trêmula e amedrontada. Uma lança de luz eclode à frente e estou contando até mil, dois mil, até soar o trovão. Isso também aprendi com minha mãe. Quatro contagens, quatro milhas — essa a distância até a frente da tempestade.

Minha mãe tem uma temerária falta de respeito pelo clima.

Se os peixes estiverem mordendo, ela se recusa a partir. Lembro-me de uma assustadora manhã, pescando caranhas com arrastão em cima de uma planície de coral perto de Duck Key, quando uma rajada de vento soprou do golfo. A chuva chegou em camadas e as ondas começaram a balançar o barco, e eu implorei para que minha mãe me deixasse levantar a âncora para procurarmos terra firme. Ela disse para eu soltar as mãos e começar a baldear.

— E fique em silêncio também — ordenou. — Não assuste os peixes.

Que figura. Sempre penso nela e naquelas viagens de verão que fizemos juntos quando estou navegando. Se ela estivesse aqui agora, em vez de estar jogando golfe com Dave em Naples, provavelmente me pediria que parasse o barco para ela jogar uma linha no rastro de espuma. A tempestade que se dane, Jack.

E eu realmente adoraria parar o maldito barco se não estivesse preocupado com o atraso que isso acarretaria. Jerry está com Emma em algum lugar lá na frente, esperando por mim. Porém, em nome de Deus, os relâmpagos estão começando a cair à nossa volta e o ar cheira a queimado, silvando entre nuvens carregadas. Juan retirou-se como uma tartaruga para baixo do encerado de plástico. De vez em quando uma mão emerge para sinalizar um pequeno ajuste de curso. As gotas de chuva parecem agulhas no meu rosto — é impossível enxergar mais de doze metros além da proa.

Mas não posso reduzir a velocidade. De quando em quando me desvio rapidamente para evitar uma cobra ou um grande jacaré. O lago está tão profundo que as criaturas se estabeleceram no centro. O maldito Jerry vai escutar o diabo se eu conseguir atravessar esta tempestade são e salvo.

Um relâmpago cai tão próximo ao bote que Juan solta um grito. Ajoelho-me instintivamente, acocorando-me entre os bancos enquanto mantenho a mão no leme. Agora estamos navegando às cegas, e será uma questão de segundos até nos chocarmos contra alguma coisa — seja um tronco ou um jacaré. O barco balança e sua parte mais baixa salta da água, a hélice expelindo algas e lama. Giro o acelerador para desligar o motor.

Balançando no súbito silêncio, Juan me encara de debaixo do impermeável com uma expressão de dúvida. Pequenas gotas de chuva brilham em seus cílios.

— Iceberg — digo.

— Você vai ter que ir devagar, Jack. Estou falando sério.

Um talho na haste do leme é o único dano visível do motor, que pega ao primeiro puxão. Há cerca de oito centímetros de água de chuva no barco, por isso Juan joga as iscas fora e usa o balde para tirar a água. Enquanto isso verifico a sacola para ver se a música do Jimmy e a arma da Carla ainda estão secas. Depois, trabalhando rapidamente, ligo os fios do farolete portátil nos pólos da bateria de doze volts montada na popa.

Juan relata que o GPS continua funcionando esplendidamente e que nossos percalços só nos custaram sete minutos, que podem ser compensados com uma velocidade maior. A escuridão está aumentando, mas o pior do clima passou. Tomamos a direção norte e seguimos de novo contra uma garoa pesada. São oito e cinco. À medida que a tempestade se afasta do lago, nuvens altas no leste pulsam com veias brilhantes manchadas de azul e laranja. As irrupções são tão regulares que posso navegar me orientando pela luminosidade. Trinta e um minutos depois, a mão de Juan emerge do impermeável fazendo sinal para eu desligar o motor.

Chegamos.

Assim que desligo o motor os mosquitos nos encontram. Estão famintos e nada acanhados.

— Droga, nos esquecemos do repelente de insetos — murmura o calombo embaixo do impermeável.

Passam-se cinco minutos. Depois outros cinco. Começo a balançar o farolete de um lado para o outro na escuridão. Os insetos se espalham e os peixes se afastam do brilho penetrante da luz. Conto seis diferentes pares de olhos de jacaré luzindo como rubis quentes na vegetação do pântano.

— Onde diabos eles estão?

— Relaxa — diz a voz debaixo do impermeável.

— Aposto que nos perdemos naquela tempestade.

— De jeito nenhum — contesta Juan.

— Então aposto que *eles* se perderam.

Assim, desligo o farolete e espero. Não demora muito tempo até eu me sentir frenético a respeito de Emma. Jerry teve uma outra tempestade cerebral, tenho certeza. Ele não é suficientemente esperto para deixar passar o encontro sem tentar algo extraordinário. Esse é o problema de muitos criminosos: essa é a razão pela qual as cadeias são necessárias.

Antecipando o problema, Juan e eu conversamos sobre os possíveis cenários, planejando uma resposta adequada a cada um deles. Mas no momento, navegando numa escuridão sem horizontes, todas as nossas idéias sagazes parecem débeis ou improváveis. Não há como saber o que Jerry vai fazer, mas duvido que pretenda se comportar bem. Cada vez que ele se olha no espelho, é lembrado do que fiz no seu rosto, e é impossível acreditar que não vá tentar ficar quite.

— Estou ouvindo alguma coisa — diz Juan.

— Eu também.

Soa como um pequeno avião, voando baixo para evitar o clima.

— Tente o farolete, Jack. Talvez estejam procurando você.

Desenho um arco lento e alto com o Q-beam, piscando repetidamente. Quando o ruído do motor fica mais alto, fico achando que Juan tem razão — provavelmente Jerry enviou um reconhecimento para determinar minha localização.

Vindo da proa:

— Você já está vendo?

— Talvez ele tenha entrado nas nuvens.

— Não vou me mexer — anuncia Juan —, para o caso de eles terem infravermelho.

Voar sem luzes não é um fato inédito no sul da Flórida, mas mesmo assim requer coragem. Os rapazes da Alfândega se orgulham muito de seus sofisticados radares. E algo mais parece errado: seja o que for que vem roncando na nossa direção tem os decibéis de um avião, mas é muito mais lento. A esta altura um avião já teria passado por nós.

Aponto o farolete na direção do ruído que se aproxima, mas acontece que estou mirando alto. Um poderoso facho de luz atinge o barco e giro para o outro lado, para resguardar meus olhos. O rugido avança agora tão intensamente que largo o farolete e tapo os ouvidos com as mãos. Subitamente o motor muda de tom e se reduz a nada mais que um put-put-put.

Agora sei com o que estamos lidando: o guarda-costas de Cleo furtou um aerobote.

A luz varre nossa pequena embarcação de pesca de ponta

a ponta, detendo-se sobre o impermeável amarelo por tempo demais para os meus nervos em frangalhos. Apanho meu farolete e aponto para o rosto do sujeito. Ele se abaixa, mas não antes de eu avistar o brilho denunciador de um brinco e o lampejo de uma cachola pelada.

— Desliga isso, panaca — rosna a silhueta.

— Jerry, meu irmão, você está atrasado.

Nós dois desligamos os faroletes ao mesmo tempo. A característica forma em "L" do aerobote torna-se visível contra o fundo róseo do céu baixo refletindo o brilho longínquo de West Palm Beach. Vejo a silhueta troncuda de Jerry na plataforma do condutor em frente à grande hélice. Na proa encontram-se duas outras figuras: uma em pé e outra sentada, coberta por um capuz.

— Onde está o pacote? — grita Jerry para mim.

— Ainda não, seu imbecil!

A figura em pé dá uma cotovelada na figura encapuzada, que diz:

— Jack, sou eu.

Sinto-me como se uma mula tivesse me escoiceado a barriga.

— Sou eu, Emma. — Ela fala como se estivesse dopada e exausta.

— Como vão as coisas, princesa? — ouço a mim mesmo gritando com voz tensa. — Vai dar tudo certo.

Estou tremendo tanto que Juan deve estar balançando na frente do barco. Se tentasse ficar em pé agora eu adernaria e cairia no lago.

— Como você quer fazer isso? — pergunto a Jerry.

— Aqui mesmo. Traga o bote.

Ai, ai, ai.

A figura alta na frente do aerobote está soltando o capuz da cabeça de Emma. Apalpo o cordão de partida do Mercury e puxo uma, duas, três vezes.

Faz sentido — a merda do motor não dá partida. O chiado úmido que emite me lembra o finado MacArthur Polk.

— Depressa — brada Jerry.

Calma, Jack. Não entre em pânico. Tente dar mais gasolina — mas sem afogar, tá?

— Qual é o problema, panaca? — Jerry me ilumina com o farolete. Ele acha que estou ganhando tempo.

Puxo o cordão mais duas vezes antes que o motor volte à vida. Engato a marcha e me dirijo lentamente na direção dos seqüestradores. O que mais eu poderia fazer?

— Você parece bem à vontade nessa geringonça, Jerry. Já pilotou uma dessas coisas antes?

— Cala a boca, Tagger.

— Se a Cleo ferrar sua vida talvez você possa arranjar um emprego na reserva dos seminoles. Excursões pela natureza!

— Vai tomar no cu — retruca Jerry. Descendo do assento do piloto, ele mantém o farolete apontado para o meu peito. Acho que quer se certificar de que não vou sacar outro lagarto congelado.

Apontando meu Q-beam para a proa do aerobote, vejo que o capuz de Emma é um saco de aniagem para alimentos. Ela está sentada imóvel, com os ombros curvados. O homem que a vigia não é outro senão Loréal. Seus óculos estão cheios de insetos esmagados e sua lustrosa cabeleira até a cintura está puxada para trás num ensopado e deselegante rabo-de-cavalo — que vida para um grande produtor de discos! Em qualquer outra circunstância aquilo me faria dobrar de rir. Sua expressão aflita sugere que ele preferiria estar em qualquer outro lugar do planeta que não ali. Obviamente Jerry lhe passou uma prévia do que virá pela frente.

Aproximando-me do aerobote, largo meu farolete, descanso o motor em ponto morto e ando até a proa. Tomo cuidado para não pisar em Juan, que permanece imóvel sob o impermeável amarelo. Quando enfio a mão sob a cobertura, um grande cartucho de plástico é pressionado firmemente em minha mão — a criação interminada de Jimmy Stoma.

O farolete de Jerry está queimando minha nuca, e sei que ele está acima de mim, uma arma na outra mão. O brilho é tão forte que não consigo olhar para cima.

— Me dá isso aí — ele diz.

— Só quando você me entregar a moça.

O facho de luz balança quando ele muda de posição. Já decidi atirá-lo na água se ele tentar abordar o meu bote. A luz é desligada e, quando meus olhos se acomodam, consigo ver Loréal conduzindo Emma pelo braço, trazendo-a até mim. Mal posso acreditar naquilo.

Porém agora estou ajudando-a a subir no barco, apertando delicadamente seu braço e sussurrando que vai dar tudo certo. Sob o brilho enevoado vejo a faixa negra do tapa-olho de Jerry rodeando seu crânio nu. O farolete balança incansável em sua mão esquerda, o que significa que a arma está na outra mão. Imagino que vá atirar em nós no momento em que puser as patas na música do Jimmy.

— Agora me dá isso aí — ele exige.

Apanho a caixa do computador e deixo-a balançando sobre a água no lado oposto do bote, de maneira que Jerry não consiga alcançá-la. — Se essa mocinha se molhar, está tudo acabado! — advirto. — A água vai arruinar o disco rígido e a música vai se perder para sempre. — Com idiotas como aqueles é necessário insistir no óbvio.

— Tagger, que porra você tá fazendo?

— Sua arma, Jer. Jogue o mais longe possível.

— Ah, é?

— Escuta aqui, Ciclope, vou contar até cinco. Se não ouvir a sua *pistola* bater na água, esse pacote vai afundar. Daí você vai pra casa e explica para a senhora Stomarti o que aconteceu com o grande sucesso dela. Explique que você é um cara durão, que caras durões não se separam de sua arma. Tenho certeza de que ela vai entender.

Jerry ergue o braço direito. Está escuro, mas mesmo assim consigo enxergar a silhueta do cano da arma apontada mais ou menos para meu nariz. Se eu me borrasse todo não seria uma reação imprópria.

Mesmo assim continuo a brandir o valioso disco rígido sobre a água.

— Um — começo a contar. — Dois... três...

— Que merda, Jerry, faça o que ele diz. — Finalmente Loréal tem uma contribuição a fazer. — Se ele soltar aquela droga, vamos perder todas as faixas e estamos ferrados. Estou falando sério, porra.

— O homem tem razão, Jer. Ele é um profissional.

O guarda-costas faz um comentário grosseiro sobre os meus ancestrais, depois se inclina para trás e joga a arma. Pelo som do choque com a água, era uma arma grande.

— O.k. — ele diz —, agora me dá essa porra de pacote.

Eu sou um homem de palavra.

— Toma, Jerry. Pega.

Lanço a caixa plástica na direção de sua silhueta atarracada. O disco rígido ricocheteia em seu peito e cai no convés do aerobote. Enquanto ele e Loréal se atrapalham para pegá-lo, eu me afasto.

Colocando-me na popa da embarcação, abro todo o acelerador.

— Jack?

— Tudo bem, Emma. Está tudo bem.

Estendo a mão e arranco seu capuz. Ela me olha com uma expressão atônita e fatigada. Com um sorriso entorpecido, agarra minha mão. Juan espia de debaixo do impermeável.

— Tudo em cima?

— Ainda não. — Um pequeno eufemismo.

Nunca conseguiremos escapar daquele aerobote se eles vierem atrás de nós, o que é uma possibilidade viável. Jerry nem me pediu os CDs que queimamos a partir do máster do Jimmy. Seria calamitoso para Cleo se eles acabassem em alguma emissora de rádio ao mesmo tempo que o álbum fosse lançado. Ela fez questão de me pedir que trouxesse aqueles discos hoje, para poder destruí-los. Eu os entregaria de bom grado, mas aquele filho-da-puta do Jerry não disse uma palavra a respeito.

O que significa que ou ele esqueceu, ou não pretende nos deixar sair vivos desse lago.

Juan volta se arrastando para assumir o leme e me entregar a arma de Carla, que ele manteve engatilhada durante todo o encontro. Esse era um de nossos planos contingenciais — no caso de alguma traição especialmente violenta, Juan deveria surgir de debaixo do impermeável e picotar o guarda-costas de Cleo na cabeça. Não era uma idéia particularmente original, mas estávamos tentando simplificar as coisas.

Enfio com cuidado a Lady Colt na cintura, enfrentando o desafio de não atirar em mim mesmo. Avanço até me sentar ao lado de Emma, que está trêmula e cambaleante. Passo um braço em torno dela e com a outra mão aponto o Q-beam à frente, de forma que Juan possa ver para onde estamos indo. No pulso dele o GPS brilha com um verde aconchegante, e a esperança de todos é que nos conduza de volta à marina de Ernie Bo Tump.

Com todas as ruminações neuróticas que faço a respeito da morte, nunca antes senti o hálito gelado da fera. Em toda a minha vida não consigo me lembrar de um único momento que pensasse ser o meu último. Mesmo quando Jerry sem-pescoço estava me espancando no apartamento, eu me sentia mais zangado do que assustado, o que não diz muito sobre meu instinto de sobrevivência. Esta noite uma arma de mão de grosso calibre esteve apontada para o meu nariz, e minha resposta foi de uma ousadia cinematográfica. Quer tenha sido coragem ou mera idiotice, o fato revela plenamente uma atitude nova e mais flexível em relação à morte. Emma não tem um ponto de referência, mas Anne poderia considerar aquilo um grande avanço.

De qualquer forma, ainda não escapei da ameaça. Nenhum de nós escapou.

— Jack, olha! Olha lá! — Juan está apontado para a frente. Emma se enrijece no meu abraço. Movendo-se velozmente a bombordo surge uma outra luz branca — o aerobote, traçando um curso para nos interceptar. Instantaneamente apago o Q-beam e começo a procurar a arma. Digo para Juan não reduzir a velocidade, por nenhuma razão.

Jerry, o pistoleiro, é mais sagaz do que eu pensava. Ele circulou ao nosso redor para ficar a favor do vento, de forma que não pudemos ouvi-lo se aproximando até ser tarde demais para nos escondermos. E não vai nos deixar cheios de furos de bala, o que levantaria suspeitas. Em vez disso, pretende nos afundar, fazendo parecer que destruímos o bote acidentalmente. Jerry acredita que mesmo que a polícia fique em dúvida sobre aquela confusão, ninguém vai concluir nada a partir disso.

O lago estava escuro, eles devem ter se chocado contra alguma coisa...

O farolete deles chicoteia por todos os lados enquanto os rapazes de Cleo tentam nos encontrar novamente. Estamos todos agachados, Juan resfolegando, os dedos de Emma se gravando fundo na minha perna. Mantemos a velocidade constante, uma estratégia audaciosa naquela escuridão profunda. Se nos chocarmos contra um tronco, a perseguição estará terminada.

— Merda — ouço Juan exclamar. — Jack! Eles estão...

O alerta dele é abafado por um rugido crescente. Giro a cabeça e vejo o aerobote deslizando na nossa esteira, não mais de cinqüenta metros atrás de nós. Loréal está agarrado na proa, manejando o farolete. O facho está fixo na nuca de Juan, irradiando um halo indesejável. Naquele brilho, não consigo enxergar Jerry no assento do piloto, mas ele certamente pode nos ver.

A distância diminui de forma aterrorizante e inevitável — impulsionado por um motor de avião agrícola, o aerobote é quase duas vezes mais veloz do que nossa insignificante embarcação. A setenta e cinco quilômetros por hora ele vai nos esmagar como se fôssemos um canteiro de lírios. Vamos morrer com o impacto, ou afundar gritando.

De qualquer forma, já estaremos além de qualquer salvação quando os jacarés chegarem até nós.

Juan cutuca o meu braço e aponta para o nosso motor com um gesto de desgosto. A hélice está se emaranhando em algas e nossa velocidade se reduz gradualmente. Jerry está se aproximando de forma mortal de nossa frágil embarcação.

— Agarre a Emma — me diz Juan — e pule.

— Não, acho que não.

— Por favor, Jack! — fala Emma. É o mesmo tom que ela usa na Redação quando estou me comportando mal.

— Todo mundo se abaixa! — ouço a mim mesmo gritando, embora esteja em pé como um poste. Estou segurando a arma de Carla com as duas mãos e meus braços estão estendidos, da maneira que os policiais me mostraram naquele dia no estande de tiro. Estou com os olhos semicerrados, porque Loréal está mantendo o farolete no meu rosto. O aerobote se move com um crescente ruído de pesados pistões, como uma locomotiva se aproximando. A mais ou menos cem metros começo a apertar o gatilho, a pistola saltando em minhas mãos. A probabilidade de acertar aqueles canalhas com uma .38 é realmente pequena, mas Loréal parece ter reparado no fogo saindo pela boca da arma. Um brado de alarme é emitido pelos dois homens no aerobote, e o farolete balança loucamente. Uma apressada mudança de marcha pode ser ouvida, depois uma sibilante lufada de ar.

Infelizmente, não estamos mais nos movendo. O motor morreu. Enquanto me atiro sobre Emma, Juan salta pela parte traseira.

O som seguinte não é o do esperado impacto esmagador, mas sim um longo e sibilante esguicho, seguido pelo rangido sincopado do motor do aerobote. Um grito gargarejado é emitido antes de o silêncio invadir a escuridão.

Num sussurro, pergunto a Emma se está tudo bem.

— Sim, mas estou com muita sede, Jack. Com sede e cansada. — A voz dela é vazia e sonolenta, como se viesse de outra galáxia. Eles devem tê-la drogado com algum tranqüilizante para cavalos. Rapidamente preparo uma cama com o impermeável amarelo e a deito no convés. Enquanto isso Juan emerge da água como uma lontra. Sem dizer nada, ele limpa a hera da parte inferior da popa enquanto eu religo os fios do Q-beam na bateria.

É fácil localizar o aerobote acidentado. Com o casco voltado para cima, está descansando num banco denso de amentilhos. É óbvio que os tiros assustaram Jerry e fizeram com que virasse os lemes abruptamente, uma manobra não muito favorável para embarcações de fundo chato navegando em alta velocidade. A falta de um olho também o prejudicou, sem dúvida afetando sua percepção de profundidade enquanto lutava para controlar o barco, que girou violentamente antes de cair de costas em um ângulo radical, a popa enterrada na lama.

Imagino que Jerry tenha sido expelido quando o aerobote começou a girar. Ele deve ter caído de bunda sobre os amentilhos, olhando boquiaberto o barco aproximando-se de ré em sua direção, as hélices ainda girando rapidamente. A cabeça dele deverá aterrissar em Pahokee a qualquer momento.

Loréal foi o seguinte, embora não tão instantaneamente. A queda dele parece ter sido interrompida pela base do assento do piloto, mas seu sedoso rabo-de-cavalo infelizmente escorregou para dentro do bloco do motor. A hélice deve tê-lo pegado e continuou a girar, arrastando o rosto dele num brutal padrão concêntrico pela grade de metal até o escalpo se rasgar. Loréal agora está pendurado como uma flâmula vermelha e empapada na ponta da lâmina de uma das hélices.

Puxa, que acidente horroroso. Dois excursionistas num aerobote roubado.

O lago estava escuro, eles devem ter se chocado contra alguma coisa...

Emma está respirando suavemente, depois de ter adormecido naquele súbito silêncio. Ouço Juan estapear um mosquito. Eu me debruço sobre a amurada e vomito da forma mais discreta possível.

— Está ficando tarde — observa Juan.

— Talvez eu tenha acertado um tiro neles.

— Certo, Jack. E talvez um dia ratos de laboratório ainda cantem óperas.

— Foi mau, né?

— Foi, mas resolveu a situação.

Não longe do corpo de Jerry, meu farolete ilumina o brilho de um objeto submerso no fundo lodoso do lago: uma caixa plástica, ligeiramente maior que um cassete de oito pistas.

A viúva de Jimmy Stoma vai ficar muito desapontada.

29

Emma e eu ficamos na cama descansando até o meio-dia. Juan liga para ver como estamos.

— Foi uma situação difícil lá no lago. — O tom de voz é de cansaço, porém firme. — Aqueles sujeitos tiveram o que mereciam, Jack.

— Pode-se dizer que sim. Mas que tremenda confusão.

— Então, de agora em diante você vai dormir de luz acesa. Bem-vindo ao clube — diz ele. — Como está Emma? Isso é a coisa mais importante.

— Emma é forte.

Na verdade, ela insistiu em preparar um café-da-manhã de lenhador — omelete, panquecas, lingüiça, toranja e torradas. Desligo o telefone a tempo de sair depressa do caminho quando ela rodopia pela cozinha usando nada além de minha camiseta de jérsei dos Jaguars e esmalte verde-menta nas unhas dos pés.

Corajosamente, ela relata os detalhes do rapto. Jerry e Loréal estavam de campana no meu apartamento na noite em que voltei de Los Angeles, e depois seguiram Emma até a casa dela desde o café-da-manhã no dia seguinte. Emma acha que eles entraram pela porta da frente, que ela tinha deixado destrancada depois de recolher a gata. Os homens esperaram que se vestisse para ir trabalhar, depois jogaram um saco de aniagem em sua cabeça quando ela saiu do quarto. Foi dopada com soníferos, colocada no porta-malas de um carro e levada até um local desconhecido — baseada num bafejo de desinfetante de banheiros, Emma acredita que era um motel barato. Lá, foi mantida por trinta horas até que a doparam novamente, levaram-na até o lago e a colocaram a bordo do aerobote. Ela não chegou a ver o rosto de seus captores, e nem uma vez ouviu os dois mencionarem o nome de Cleo Rio.

Então, como já havia sido previsto, será impossível culpar a viúva de Jimmy pelo seqüestro. Depois do que aconteceu na noite de ontem, o crime está destinado a permanecer sem culpados. A sra. Stomarti vai se sair bem dessa situação, a não ser quanto à canção de seu falecido marido.

Eu posso aceitar essa situação. Nós recuperamos Emma.

Enquanto a omelete está fritando, Emma me tocaia com um abraço impetuoso.

— De agora em diante você está proibido de tocar de novo numa arma de fogo carregada — ela adverte.

— Eu já te disse o quanto odeio essas coisas.

— Até onde me lembro, você foi muito galante ontem à noite.

— Tive sorte de não atirar no próprio pé.

— Mesmo assim você salvou nossa vida. Pense nisso, Jack.

Não contei a Emma o que aconteceu com Jerry e Loréal. Ela estava no reino de Morfeu quando Juan e eu fomos procurá-los.

— Os homens que seqüestraram você morreram no acidente com o aerobote.

Depois de uma pausa inquieta, Emma pergunta:

— Tem certeza?

— Já ouviu falar de acidente aquático? Foi mais ou menos o caso.

— Devemos chamar a polícia?

— E dizer o quê para eles... que os sujeitos mortos tentaram nos matar para recuperar uma canção pop roubada? Os policiais embrulhariam a gente em folhas de papel duplas e nos mandariam para a ala dos pirados do Charity.

O café-da-manhã acaba sendo um evento silencioso. Emma não está com fome; está absorta. A experiência de um acontecimento traumático que talvez nunca seja reconhecido não é um peso fácil de carregar.

Mas é assim que tem de ser. Não houve seqüestro. Nenhum encontro no lago. Nenhuma perseguição mortal.

— Mas e se alguém descobrir...? — diz Emma.

— Nunca. Foi um acidente. O tempo estava terrível, o céu estava escuro.

— Entendi, Jack.

O *Union-Register* está em cima de uma toalha de mesa no balcão; não tive vontade de ver a Primeira Página. Emma abre o jornal e lê a manchete.

— O quê?! Por que você não me contou?

— Eu estava esperando o efeito das drogas passar.

Animada, ela coloca os óculos de leitura e abre o jornal sobre a mesa, por cima dos pratos do café-da-manhã.

— Que coisa... o Velho Polk finalmente morre e eu não estou lá pra editar a matéria.

— Leia em voz alta — peço.

Ela me lança um olhar irritadiço.

— Ora, você é um tipo esquisito.

Depois ela lê para mim:

> O homem que forjou e dirigiu o *Union-Register* por quase quatro décadas faleceu sexta-feira depois de longa enfermidade. MacArthur Polk tinha 88 anos de idade.
>
> Ícone da comunidade e filantropo fervoroso, Polk morreu em sua casa em Silver Beach ao lado da esposa, Ellen. Amigos relataram que o casal estava jogando xadrez chinês quando ele faleceu.
>
> Embora estivesse com a saúde abalada há algum tempo, Polk permaneceu atarefado e atuante, não tendo jamais perdido sua paixão pelo jornal que herdou do pai.
>
> Em entrevista concedida na semana passada no Charity Hospital, ele declarou: "Não existe maior privilégio do que publicar um jornal diário, nem maior responsabilidade do que dizer a verdade, mesmo quando a verdade não é tão bonita".

Emma ergue os olhos.

— Ele disse isso mesmo?

— Palavra por palavra. A declaração do jovem Maggad não está na capa?

— Se não estiver, alguém vai perder o emprego. Emma continua:

> Voluntarioso e visionário, Polk transformou o *Union-Register*, um simples jornal de uma cidade pequena, em um veículo dinâmico e premiado, com um aumento da circulação urbana para 82 500 exemplares nos dias de semana e 91 000 aos domingos.

> "Nós transformamos o jornal numa publicação de primeira linha, na consciência da comunidade", afirmou Polk.
>
> Filho único de Ford Polk, o fundador do *Union-Register*, o garoto conhecido como Mac começou na Redação como telefonista, recém-saído da faculdade, e subiu na carreira até chegar a editor-chefe.
>
> Quando seu pai se aposentou inesperadamente, em 1959, para abrir uma fazenda de martas-zibelinas, Polk assumiu a função de publisher. Sua firme direção do jornal continuou até 1997, quando ele o vendeu para o Maggad-Feist Publishing Group por supostos US$ 47 milhões.
>
> "MacArthur Polk era como um segundo pai para mim", declarou Race Maggad III, presidente e CEO do Maggad-Feist. "Sempre foi um professor, um amigo e uma inspiração."

Isso é demais para Emma, que explode:

— Que safadinho mais hipócrita!

O velho deve estar rolando no túmulo, certamente.

— Fora isso, ele teria gostado da matéria — ela continua. — Belo trabalho, Jack, levando-se em conta todas as atribulações.

— Do que você está falando? O texto não está ruim, mas claramente não tem o meu estilo. "Filantropo fervoroso"? Dá um tempo.

— O que estou dizendo — diz Emma — é que deve ter sido difícil escrever esse texto ontem, ao mesmo tempo que esperava a ligação dos capangas da Cleo.

— Mas eu não escrevi isso, Emma. Veja os créditos.

— Eu *estou* vendo os créditos.

Dou um salto à frente e tiro a página das mãos dela.

Ultrajante. Abkazion, aquele poltrão, curvou-se como o pára-choque de um táxi de Tijuana. Botou meu nome no alto do obituário do Velho Polk!

— Foi o Evan que escreveu isso — protesto, acenando com o jornal para Emma —, enquanto Juan e eu estávamos indo para o lago.

— Não entendi.

— É simples. Maggad deu ordens para que eu escrevesse o obituário. Abkazion ficou com medo de que ele ficasse puto da vida e pôs meu nome no texto, prejudicando um bom garoto que trabalhou duro e não ganhou os devidos créditos.

— Que merda — concede Emma.

Procuro a página interna e passo os olhos pelo restante do obituário. Ali, embaixo do último parágrafo, está escrito em itálico na linha dos créditos: *Contribuiu para este artigo o estagiário Evan Richards.*

Sinto-me desonesto e indefeso. Assim como Emma.

— Quer que eu leia o resto do texto? — ela pergunta, desanimada.

— Não em voz alta. Não.

Outro marco ilustre na carreira de Jack Tagger Jr. Finalmente volto à Primeira Página, e nem sequer escrevi a maldita matéria.

Logo vou receber um telefonema de Charles Chickle me oferecendo aquele confortável fundo de ações, mas nem mesmo a perspectiva de atormentar Race Maggad III me deixa mais animado. O que aconteceu com Evan foi uma sacanagem; odeio ver um repórter tomando na bunda.

Emma tenta ajudar me lembrando que o garoto escreveu o obituário do velho em cima das minhas anotações, clipes e entrevistas.

— Foi basicamente um trabalho de copidesque — explica. — A parte principal do trabalho foi sua.

— Obrigado pela tentativa. — Eu pego o telefone. — Nosso Evan tem um número na lista?

Ele atende no terceiro chamado, o que é animador. Já conheci estagiários que teriam se enforcado de desgosto.

— Oi, Jack — ele fala em voz baixa.

Faço uma diatribe virulenta e indignada contra editores covardes e sem tutano, mas Evan estraga tudo ao me informar que não é a parte agravada. E diz também que não escreveu o obituário.

— Eu amarelei, cara — confessa. — Abkazion me liberou. Pegou todas as suas notas, sentou na editoria local e digitou o texto todo, mais ou menos vinte minutos antes do fechamento da edição.

— Entendi.

Evan não consegue parar de se desculpar, e está me dando nos nervos como um pequinês choramingando.

— Quando você falou que o obituário era pra Primeira Página — ele continua —, meu cérebro travou em grande estilo. Sinto muito mesmo, Jack.

— Deixa pra lá. Foi errado da minha parte descarregar aquilo em cima de você.

— O que você acha que a Emma vai fazer?

— Pra você? Nada — respondo. — Sou eu que estou encrencado.

— É mesmo? — o garoto pergunta ansiosamente.

— Ah, ela de vez em quando fica uma fera. É de dar medo.

Emma espia com curiosidade por cima do jornal.

— Quem fica uma fera?

— A gente se vê na segunda — digo para Evan, e desligo, sorrindo.

Estamos na cama de novo quando toca o telefone. A cabeça de Emma está descansando no meu peito e eu não vou me mover, ponto.

A secretária eletrônica atende. A ligação é de Carla Candilla, a voz dela é sussurrada e carregada de urgência.

— O Derek pisou com tudo! "Ode a uma deusa de olhos castanhos"... Jack, foi tão careta.

Ela está ligando do seu celular no casamento da Anne, que eu quase havia esquecido.

— Ele ficou lendo durante meia hora, deu tempo até de fazer xixi — continua Carla. — Anotei alguns versos porque sabia que você ia dar risada.

Emma se agita ao meu lado.

— Jack, quem está no telefone?

— A filha de uma velha amiga minha. Foi ela que me emprestou a arma. — A arma que está agora descansando em algum lugar no lago Okeechobee, onde eu a joguei.

— Saca só — Carla está dizendo na secretária. — "Meu coração se renova a cada vez que seus olhos castanhos encontram os meus. A paixão canta em meu peito com a harmonia de uma revoada de pardais."

— Argh — comenta Emma.

— E vem de um escritor de best-sellers — sinto o dever de relatar. Mas ao menos ele escreveu um poema para ela, o que é mais do que eu fiz.

— Dá pra acreditar... pardais no peito! — Quando a gargalhada de Carla desaparece, seu tom de voz fica mais sério. — De qualquer forma, minha mãe está linda e o champanhe é dez, então acho que vou conseguir sobreviver. A verdadeira razão de eu estar ligando é saber se você chegou bem em casa depois da sua grande aventura de ontem à noite, fosse o que fosse. E espero que sua amiga também esteja bem. Qualquer dia vou te embebedar e fazer você me contar tudo a respeito. Ah, mais uma coisa: feliz aniversário, Black Jack.

Minha nossa, é verdade.

Emma levanta a cabeça.

— Hoje é o seu aniversário? Por que não falou nada?

— Eu nem me lembrei. — Incrível, porém verdadeiro.

Emma estala os dedos.

— Quantos anos mesmo?

— Quarenta e sete.

Adeus, sr. Presley. Olá, sr. Kerouac. Imagino que isso só vá acabar quando eu acabar.

Emma pula da cama.

— Levanta, velhinho. Vamos fazer compras.

Foi o maior tempo que passei num shopping em quatro anos. Emma estava leve e animada; ela gosta de aniversários. Comprou para mim o novo CD do Neil Young, dois jeans e um frasco de colônia que ela afirma ser "fantástica". Depois me convidou para ir ao cinema, e não aceitou minha recusa. Era um remake de ação da série da tevê *Petticoat Junction*, com Drew Barrymore, Charlize Theron e Catherine Zeta-Jones, três lindas irmãs que moram numa estação ferroviária no interior dos Estados Unidos. Na antiga série de tevê, as garotas têm divertidos encontros semanais com parentes pirados e personagens coloridos que entram e saem do trem. Na versão cinematográfica, porém, as três trabalham secretamente para o Mossad. Para mim, o enredo não chegou a fazer sentido.

Uma pequena caixa do FedEx está depositada perto da porta quando Emma e eu voltamos ao apartamento. O presente de aniversário da minha mãe: a primeira edição de *O forasteiro*,* de Zane Grey. Não consigo imaginar onde ela encontrou aquilo, mas é uma beleza! Tenho uma prateleira só para livros que minha mãe me presenteou em aniversários. Encartado nas páginas do romance de Zane Grey há um cartão, e também um longo envelope marrom. Por alguma razão, abro primeiro o envelope.

Dentro está uma fotocópia do obituário do meu pai.

Desde que minha mãe me revelou tê-lo lido, tenho imaginado o que o artigo diria. Nem todo mundo tem a morte anunciada em um jornal, por isso foi intrigante descobrir que, depois de abandonar minha mãe e a mim, Jack Tagger Pai tinha feito alguma coisa na vida para merecer uma notícia sobre seu falecimento. Talvez ele tivesse se tornado um adorado professor de saxofone, um cruzado em trabalhos sociais ou um corajoso político de alguma cidade pequena. Talvez tivesse inventado algo novo e surpreendente, algum dispositivo estiloso atualmente reconhecido por toda a espécie humana, tendo inclusive um nome complicado — o aparador de pêlos nasais elétricos, por exemplo, ou amendoins de isopor.

Também ponderei sobre a desagradável perspectiva de que meu pai tivesse ganhado um obituário não por causa de qualquer bem realizado, mas devido a algum escândalo ou delito dignos de nota. Bruno Hauptmann** teve um ruidoso bota-fora na mídia, mas duvido que a família dele tenha feito um álbum de recortes a respeito. Eu mesmo já redigi obituários de salafrários locais que despertaram suspiros de alívio e até aplausos de nossos leitores. Geralmente as comunidades ficam contentes ao se livrar de suas laranjas estragadas, e tenho me sentido apreensivo ante a possibilidade de meu pai estar entre esses casos.

Mas, afinal, ele não era nem um canalha nem um pilar da sociedade. Era simplesmente um personagem, pequeno e inofensivo para o planeta.

O obituário dele saiu no *Key West Citizen*, e vem datado de

(*) *Riders of the purple sage* ou *O forasteiro* (como ficou conhecido no Brasil), romance de faroeste, publicado em 1912. (N. T.)

(**) Acusado do assassinato do filho de Charles Lindbergh, em 1934. (N. T.)

12 de março de 1973. Isso explica por que não apareceu nas pesquisas computadorizadas de arquivo — muitos jornais só mudaram para arquivamento eletrônico no final dos anos 70 ou início dos 80. Minha caçada via telefone foi infrutífera porque minha mãe nunca morou em Key West, por isso não tive razões para ligar para o jornal de lá.

O título diz:

Artista local morre ao cair de uma árvore

Observando-me da poltrona em frente, Emma pergunta:

— Qual é o problema?

A sensação de ler sobre a morte do meu pai sem ter nenhuma memória viva do homem é estranhíssima. Sinto-me ligeiramente culpado por não me sentir triste, embora na verdade eu não o conhecesse. Tudo que eu tinha dele resumia-se a uma mísera fotografia.

— Leia pra mim, Jack.

— Isso é muito engraçado.

— Estou falando sério. O que é justo é justo — ela replica.

Que se dane. Limpo a garganta e começo:

Um popular artista de rua de Key West morreu na manhã de segunda-feira em um acidente perto da Mallory Square.

Jack Tagger, conhecido localmente como "Malabarista Jack", morreu ao cair de uma árvore, informou a polícia. Sua morte ocorreu no próprio local.

Tagger caminhava com amigos quando avistou um guaxinim empoleirado no alto de um velho abacateiro na Whitehead Street. De acordo com testemunhas, ele gritou: "Eu vi primeiro!", e começou a subir pelo tronco.

Um galho se partiu sob o peso de Tagger, que caiu de cabeça na calçada de uma altura de dez metros.

O acidente ocorreu às 2h30 da madrugada. A polícia declarou que existe a possibilidade de que o artista estivesse alcoolizado.

Emma acha que estou inventando essa história.

A má notícia é que meu velho era um bêbado tolo. A boa notícia é que aparentemente minha veia artística é hereditária.

Continuo a ler:

Figura conhecida nas festas noturnas na área portuária da Cidade Velha, Tagger se gabava de conseguir fazer malabarismos com qualquer coisa e, para deleite dos turistas, estava sempre tentando se superar. Costumava fazer malabarismos com garrafas de vinho, tochas acesas, conchas, cactos e até mesmo animais vivos.

No ano passado, estreou um novo número em que fazia malabarismos com quatro cacatuas falantes. Os pássaros aprenderam a recitar conhecidas passagens de Shakespeare, Chekhov e Tennessee Williams, um dos escritores favoritos da cidade.

O próprio Williams declarou: "As cacatuas de Jack trabalharam melhor do que metade dos atores que vi atuar em *Um bonde chamado desejo*".

— Tudo bem, pode parar — diz Emma. — Já chega.

— Não, por favor. Deixa eu terminar.

— Esse é o seu pai? Mesmo?

— Era.

O obituário vinha acompanhado por uma fotografia em preto-e-branco de meu pai sobre um píer fazendo malabarismos com bóias de pesca de lagosta. Ele está com um chapéu de palha de abas largas e óculos escuros retangulares, mas o sorriso é inconfundível; o mesmo sorriso dos meus sonhos.

Prosseguindo:

Pouco se sabe da vida de Tagger antes de ter chegado a Key West, cerca de três anos atrás. Como muitos dos artistas de rua errantes da ilha, fazia pequenos trabalhos durante o dia enquanto aperfeiçoava suas apresentações noturnas para as multidões de Mallory Square.

"Ele era um cara que amava a vida. Sempre me fazia rir", afirmou Samuel "Garganta de Serpente" Procter, um engolidor de espadas local que chegou a trabalhar com Tagger num barco de pesca.

Os registros da polícia indicam que Tagger foi preso duas vezes por posse de marijuana e uma vez por conduzir uma bicicleta motorizada alcoolizado.

Os preparativos para o funeral ainda estão incompletos no momento.

Uma pequena cerimônia em homenagem ao malabarista será

realizada na quarta-feira ao pôr-do-sol nas docas de Mallory Square. Tagger morreu aos 46 anos.

Morreu aos quarenta e seis anos...

Puxa, essa passou perto.

— Tudo bem com você? — pergunta Emma.

Entrego o artigo de jornal a ela, depois abro o cartão de aniversário de minha mãe. Dentro, ela escreveu, bem-humorada:

Feliz 47º aniversário, Jack! (Viu só? Você conseguiu!) Com muito amor. Mãe.

30

Encontrei uma banca de jornal que vende o *Palm Beach Post* e o estou lendo no balcão da casa da lanchonete. A matéria sobre o acidente com o aerobote está na seção local, com uma fotografia aérea da embarcação virada no lago. Um dos homens mortos permanece não identificado, enquanto o outro é conhecido como Frederick Joseph Moulter, um engenheiro de som originário de Santa Monica, Califórnia. O estiloso Loréal. Sua idade declarada é vinte e nove anos, a mesma com que Hank Williams morreu. Estou imaginando que o guarda-costas de Cleo acabará sendo identificado pelas impressões digitais, pois uma foto de sua carantonha seria inútil.

Em momentos aleatórios minha mente volta em lampejos para a imagem gótica dos rapazes de Cleo, Jerry sem cabeça entre os juncos e Loréal não menos morto, escalpelado e boquiaberto. Juan diz que não adianta tentar esquecer essas coisas — é o preço da sobrevivência.

De acordo com o artigo do jornal, o aerobote acidentado foi roubado de um bosque perto de Palmdale. Um guarda florestal é citado aventando que os homens provavelmente estavam caçando jacarés quando foram apanhados pelo mau tempo e adernaram em alta velocidade. Uma pistola calibre 22 carregada — uma das favoritas dos caçadores de jacaré — foi encontrada na jaqueta usada pelo jovem Freddie Moulter. Que merdinha esquivo!

O *Post* diz que a polícia continua investigando as duas mortes e que suspeita que tenha sido uma ação criminosa. A ausência de furos de calibre 38 confirma minha inépcia com a Lady Colt.

— Olá, estranho!

É Janet Thrush. Aperto a mão dela enquanto nos encaminhamos para um reservado no canto.

— Você me deixou tremendamente preocupado — digo num sussurro.

— Seu bobão. — Ela dá risada. — Você só precisava ter verificado as suas mensagens. — Ela está usando uma frente-única cor de limão, uma calcinha de biquíni florida e brincos de penas feitos de iscas para salmão. O nariz dela está queimado de sol e seus cabelos cinzentos foram tingidos de ruivo.

— Quer ouvir o que aconteceu?

— É, por que não?

— Foi... na sexta-feira passada. Na tarde em que conversamos sobre o testamento do Jimmy. Naquela noite em que eu estava me preparando para trabalhar... ei, pode ser um croissant ou um sonho? Café também iria bem.

Agarro uma garçonete para que Janet faça seu pedido.

— Bom, então eu estava me vestindo pra trabalhar...

— Na Janet-Cam.

— Certo. Estou no banheiro vestindo meu equipamento da SWAT quando o mundo vem abaixo. A porta da frente se abre com um estrondo e depois ouço vozes, vozes de homens, e estão bagunçando minha casa em grande estilo. Não sei se pulo pela janela ou me escondo.

— Eles sabiam que você estava em casa?

— Acho que não fazia diferença, Jack. Acho que não estavam ligando pra isso — ela responde. — Então estou trancada no banheiro, me borrando de medo... desculpe o termo... quando ouço os holofotes da tevê se quebrando. Juro por Deus que me descontrolei. Realmente pirei... aquelas malditas luzes me custaram uma semana de trabalho. Então desço o capuz preto na cara e irrompo com meu fuzil plástico de nove dólares: "Polícia! Polícia! Vocês estão presos!". E os dois sujeitos entram em parafuso. Não sei o que estavam esperando, mas me deram uma olhada naquele traje de SWAT e saíram correndo.

— Você não reconheceu ninguém? — pergunto.

Os croissants chegam e Janet faz uma pausa para engolir um deles.

— Nunca vi nenhum deles na vida. Um era careca e tinha um tapa-olho de pirata. O outro era alto e sardento.

— Cabelo comprido?

— Caindo até a bunda. Achei até que era uma garota. Ele estava mexendo no meu computador... isso foi outra coisa, Jack, aqueles idiotas roubaram o meu PC. Nem imagino por quê.

— Vou esclarecer num minuto.

— De qualquer forma, eles fugiram como se estivessem com o saco pegando fogo.

— E depois...?

Janet pede mais um intervalo para um bolo de amora. Depois continua:

— Eles azararam o meu carro, por isso uma amiga veio me buscar. Desde então estou ficando em Lauderdale, pra dar um refresco.

— Foi você que ligou para a delegacia e disse para não revistarem a casa?

Ela aquiesce com uma expressão culpada.

— Eu lembrei que tinha um saquinho de fumo embaixo do colchão. Sabia que a polícia ia encontrar e não estava a fim de confusão, por isso inventei a história... "Meu namorado aprontou, mas já está tudo bem, não precisa enviar nenhuma viatura..."

— Bom, funcionou.

— Lembra que eu falei sobre o lance da Webcam no Convento, as garotas que se vestem de freiras? Era na casa delas que eu estava hospedada. Para ser honesta, Jack, eu estava com medo de voltar pra casa.

— Quer saber o que me assustou, Janet? O sangue no carpete. Afinal o que aconteceu?

— Eu tropecei numa lâmpada queimada, só isso. — Ela passa uma longa perna por cima da mesa e solta a sandália no chão, revelando um grande curativo sujo na sola do pé. — Quando eles quebraram os meus refletores, o lugar todo ficou cheio de cacos de vidro. Eu sangrei como um hipopótamo.

Uma garçonete portando um bule de café está parada ao lado da nossa mesa, observando inquieta aquela gaze molambenta.

— Levou pontos? — pergunto educadamente.

— Sete — relata Janet. — Não foi tão grave.

— O capanga grande e careca era o guarda-costas da Cleo. O de cabelo comprido era o autodenominado produtor do disco.

Janet solta um gemido.

— Aquela biscatinha tem um guarda-costas?! — Ela retira a perna da mesa. — Por que eles invadiram minha casa? O que eles queriam?

— A música do seu irmão. — Faço sinal para a garçonete trazer a conta. — O último álbum do Jimmy.

— De jeito nenhum! — Janet se inclina para a frente, fumegando. — De jeito nenhum. Isso não vai acontecer.

— Não se preocupe. Os dois morreram.

— Que bom seria se fosse verdade.

Empurro o *Post* sobre a mesa e aponto a manchete perto da foto: **Furto de aerobote termina em acidente fatal**. Os olhos dela se arregalam.

— Vem comigo. Vamos dar uma volta.

Certos detalhes da história não precisam ser revelados. Por exemplo, não há razão para Janet saber que Emma foi raptada, ou que eu estava atirando em Jerry e em Loréal quando eles afundaram.

Mas estou contando a ela o suficiente para desenhar uma imagem.

— O que eles queriam era a fita máster de tudo que Jimmy compôs nas ilhas. Nós encontramos essa fita escondida no barco, depois que Jay Burns foi morto.

— Jay também estava nessa?

— Pelo menos na pirataria da fita, sim. Talvez em algo mais.

— O "melhor amigo dele" — comenta Janet de forma cáustica.

— Ele deve ter entrado em pânico.

— E quanto a esse "acidente"? — Ela tamborila dois dedos na foto do jornal.

— Eu disse a Cleo Rio que estava com a máster. Combinamos uma troca. Os caras no aerobote estavam vindo recuperá-la quando o barco virou.

— Uma troca pelo quê?

— Uma coisa pessoal. Algo que eles roubaram de mim.

Estamos passeando de Mustang, porque uma lanchonete não é o melhor lugar para bater um papo sobre assassinato.

— Não consigo acreditar que eles tentaram matar o Tito. Que merda — diz Janet.

— Eles pensaram que Tito tinha uma cópia do disco rígido no qual seu irmão armazenou as faixas do álbum. Eles acharam que você também tinha uma cópia. Foi por isso que invadiram sua casa.

— Que loucura. Loucura total.

— Foi a Cleo — comento.

— Mas por que ela iria se importar com as coisas do Jimmy? É ela que está com uma música brega nas paradas. — Janet olha pela janela, meneando a cabeça. — Que loucura — murmura.

Pergunto se ela esteve em alguma das sessões em Exuma.

— Seu irmão nunca tocou nenhuma das músicas dele pra você?

— Muito tempo atrás — ela responde. — Uma que compôs pra uma garota que deu o fora nele pra ficar com um dos Ramones.

— Qual era o nome da faixa?

— Nossa, deixa eu pensar. O Jimmy só tinha feito alguns versos. A maior parte da melodia ele trauteava e tocava no violão.

— Você reconheceria se ouvisse de novo?

— Não sei. Lembro que era uma canção muito bonita, mas isso aconteceu há uns três anos. Talvez mais.

Coloco o CD "Shipwrecked heart" no estéreo e aumento o volume. Janet inclina-se em direção aos alto-falantes. Depois de uns oito compassos ela diz:

— Encosta o carro!

A manobra exige uma navegação exímia, pois estamos encaixotados na pista central da interestadual.

— Vamos logo, Jack! — Ela está batendo com os dois punhos no painel.

Piscando os faróis, entro num espaço do tamanho de um Fiat entre dois caminhões de dezoito rodas. Serpenteando em direção ao acostamento da rodovia, sou saudado com sinais obscenos por um corpulento motoqueiro e um homem de negócios moreno num Lincoln. Quando paro o carro, Janet começa a apertar os botões do console do estéreo.

— Toca outra vez! Eu quero ouvir de novo — ela exige cheia de lágrimas. — Onde é o maldito botão replay?

— Fique calma. Respire fundo.

Volto o CD e seguro a mão dela. Mais uma vez ouvimos a canção do irmão dela, sob os protestos de Janet.

— Mas esse não é o nome do álbum da Cleo... "Shipwrecked heart"? Como pode?

— Foi essa que o Jimmy tocou pra você?

— Foi, Jack, é essa mesma música. Ainda não tinha título, mas agora me lembro do nome que ele deu.

— Qual foi?

— "Kate, sua putinha".

Gershwin ficaria com inveja desse título.

— Era o nome da garota que deu o fora nele — explica Janet. Ela aponta um dedo para o alto-falante. — Está ouvindo, onde ele canta "Coração naufragado, meu coração naufragado"? Quando Jimmy cantou pra mim era "Kate, sua putinha. Abominável putinha".

— Acho que gosto mais da letra atual.

— Corta essa, Jack. Ele ainda não tinha terminado.

É justo. Uma composição do Paul McCartney chamada "Scrambled eggs" acabou virando "Yesterday", a canção mais executada na história da música. Embora "Coração naufragado" tenha o mesmo ritmo silábico que "Kate, sua putinha", por alguma razão duvido que a genealogia da composição de Jimmy fosse destinada a figurar entre fatos históricos e tradições da música pop. De qualquer forma, a música acabou e Janet está ficando chorosa outra vez.

— Ficou tão bonita... — ela comenta.

— Lembra-se de quando você não conseguia pensar numa razão para Cleo matar o seu irmão? Foi por isso que ela o matou. Cleo queria uma canção de sucesso, e era essa que ela queria.

— E o Jimmy não deu a música pra ela?

— Exatamente. — Conduzo o Mustang de volta ao tráfego. — Mas o grande problema é que não posso provar nada. Com exceção da Cleo, todo mundo que sabe a verdade morreu... Jay Burns, os dois imbecis do aerobote. Tito está vivo, mas não pode ajudar muito, ele nem tocou nas sessões de gravação.

— Então não existe nada para ser relatado à polícia?

— Infelizmente, não.

— E nada pra escrever no seu jornal.

Tragicamente, essa é a verdade.

Estamos nos encaminhando de volta à lanchonete. Janet desligou o estéreo quilômetros atrás e se escondeu atrás de óculos escuros para ocultar os olhos vermelhos. Pergunto no que está pensando.

— Só estava tentando imaginar como a Cleo fez isso.

— Provavelmente nunca vamos saber.

— Mas se você tivesse que adivinhar... quer dizer, você já escreveu sobre esses assuntos, certo? Assassinatos e coisa e tal.

A verdade é que andei pensando bastante sobre a questão.

— Ela provavelmente drogou Jimmy. Deu alguma coisa antes de ele entrar na água, algo que fez com que desmaiasse.

A peça central da minha teoria é a caldeirada.

Depois da primeira entrevista que fiz com Cleo, ela deve ter percebido que sua história tinha alguns furos. Foi por isso que a embelezou para o *New York Times*, dizendo que Jimmy havia ficado doente e que ela tinha implorado a ele que ficasse no barco. Claramente estava tentando se proteger para o caso de alguém exigir uma autópsia legítima. Queria passar a impressão de que tinha tentado impedir que o marido fizesse o mergulho, e assim não parecer suspeita da morte dele. Mas depois que a cremação foi consumada, a viúva nunca mais mencionou o peixe estragado, nem sua falsa premonição.

Quase de forma inaudível, Janet comenta:

— Espero que não tenha sido muito doloroso. Seja o que for que tenha acontecido.

— Eu também.

Na frente da lanchonete, ela aponta um Mercedes esporte conversível.

— Raquel me emprestou enquanto o Miata está na oficina. Ela é uma das freiras. — Janet ri, constrangida. — Você sabe o que eu quero dizer... uma das moças que posam como freira. Mas elas têm sido tão legais, Jack. Mesmo.

— Diga para rezarem um rosário para mim. — Inclino-me no assento e a beijo no rosto.

— Posso ouvir a música mais uma vez? — diz Janet. — Ele está cantando tão bem, não?

— E vai cantar ainda melhor no carrão de sessenta mil dólares de uma freira.

Tiro o disco do console e o ponho na mão de Janet. Depois estendo o braço para o banco de trás para pegar a sacola contendo a cópia extra do disco rígido.

— Isso é tudo que ele compôs para o álbum — digo para a irmã de Jimmy. — É seu.

— E a Cleo?

— A partir de hoje, Cleo deve estar procurando um som diferente. Essa é a minha previsão.

Janet levanta os óculos do nariz e observa a caixa plástica do computador de todos os ângulos, como se fosse um cubo mágico. Os ombros dela estão tremendo quando volta a olhar para mim.

— Jack, ainda não consigo acreditar que ele morreu mesmo.

E eu não consigo acreditar que a esposa dele vai se sair bem nessa história.

— Sinto muito, Janet. — Eu não poderia estar mais sentido.

Ela funga para evitar as lágrimas e se recompõe. Abrindo a porta do carro com um joelho, ela diz:

— Escuta, preciso te mostrar uma coisa. Venha atrás de mim.

— Vou me encontrar com uma amiga em dez minutos.

— Então venha junto com ela.

— Mas...

— Sem desculpas — interrompe Janet Thrush, com a autoridade de uma policial da SWAT.

Aos quarenta e seis anos meu pai se embebedou, caiu de uma árvore e morreu. Foi um final patético, e vou ter o resto dos meus dias para visualizar aquela cena. Estou agora com quarenta e sete anos, agradecido, aliviado e radiante por ter passado mais tempo nesta terra do que o homem responsável por eu estar aqui. Pode parecer chocante, mas é honesto. Para mim sempre foi impossível amar ou odiar o meu velho, mas de qualquer forma não teria feito diferença. E a ironia é sempre indiferente. Eu teria me sentido feliz em vê-lo chegar aos noventa fazendo malabarismos com dentaduras e marca-passos para turistas nas docas de Mallory. Mas também me sinto contente por não ter seguido seus passos etílicos e abandonado a vida na idade absurda de quarenta e seis anos. Se realmente houver (como minha mãe insinua) um gene ruim correndo no lado dele da família, vou proceder como se fosse recessivo. Não pretendo encher a cara e sair caçando espécimes da natureza em abacateiros. Pretendo não morrer de uma forma estúpida, mas sim viver uma vida longa e sensata.

Talvez até mesmo com Emma.

A irmã de Jimmy nos levou pelo elevado até Breezy Palms, um pequeno cemitério. Não existem muitos cemitérios grandes na Flórida, pois os terrenos costeiros são valiosos demais. Muitas das pessoas que morrem aqui são enviadas de avião para ser enterradas no norte — quando alguém em sua terra natal foi suficientemente solícito para reservar um lugar no jazigo.

— O que acontece? — pergunta Emma enquanto passamos pelos portões de Breezy Palms.

— É o que eu gostaria de saber.

Peguei Emma em frente à academia. Ela está preocupada porque não sabe se tênis e abrigo são um traje apropriado para aquele local solene.

— Espere até você ver Janet — tranqüilizo-a.

Apresento as duas moças numa cúpula sombreada de onde se vê um terreno inclinado pontilhado de tumbas. Não existem colinas nesta parte do estado, mas esta foi escavada na pedra calcária de uma mina. A elevação recebeu o nome de Poço das Almas Sagradas.

Janet recheia uma bochecha com um chumaço de goma de mascar.

— Sei que isso pode parecer muito esquisito. Obrigada por terem vindo.

— Emma é a minha editora.

— Você quer dizer... sua chefe?

— Isso mesmo. Com mão-de-ferro.

— Então você sabe de tudo — Janet dirige-se a Emma. — O que aconteceu com meu irmão e tudo o mais? As coisas que Jack me contou, é tudo verdade?

— É, sim — responde Emma, em tom de chefia.

— Mas você não pode publicar essa matéria no jornal?

— Nós precisamos de provas, assim como a polícia.

— Ou precisamos que a polícia diga que *existem* provas — acrescento.

Janet franze o cenho, batendo nervosamente o pé no chão.

— Jack, não quero desabar outra vez. Não sou muito de chorar.

— Não há razão pra se envergonhar. — Eu me derreto cada vez que assisto a *Bambi*.

Ela fala com Emma:

— Posso perguntar uma coisa? Você acredita em reencarnação?

Emma olha para mim em busca de ajuda, mas eu sou inútil nessa questão. Depois de um momento de contemplação, ela responde:

— Acredito que tudo é possível.

— Eu também. — Janet se aproxima. — Olha, isso é muito sério. Vocês precisam olhar nos meus olhos e dizer que realmente Cleo Rio assassinou meu irmão. Quanto de certeza vocês têm?

— Noventa e nove por cento — afirmo.

— Noventa e oito — diz Emma.

— É suficiente, acho. — Janet estoura uma bola da goma de mascar. — Vamos. Por aqui.

Com as sandálias batendo ela desce pela colina, contornando as sinuosas fileiras de túmulos. Nós a seguimos; Emma vai à frente, bebericando de uma garrafa plástica de água mineral.

Surpreendentemente, não faço nenhum esforço para desviar os olhos das inscrições ou registros de números gravados nas lápides do local — as datas de nascimento e falecimento dos entes queridos.

E daí se os anos somarem quarenta e sete? Feliz aniversário para mim.

A situação em que estamos envolvidos aflige a todos nós de diferentes maneiras, em diferentes momentos. Dezessete dias depois, a terrível realidade da morte de Jimmy Stoma tornou-se um fato concreto para Janet. Ela está ajoelhada sobre uma área de terra fresca, em frente a uma lápide nova e brilhante.

Emma parece intrigada, mas para mim aquilo está começando a fazer sentido. Jimmy está morto, seus restos mortais desapareceram e não existe um lugar onde Janet possa chorar por ele.

— Você se lembra dele, Jack? — ela diz. — Que homenzinho mais doce.

— É claro.

O nome na lápide pertence a Eugene Marvin Brandt, o vendedor de suprimentos médicos elegantemente trajado com um de seus uniformes de golfe, com sapatos ferrados e tudo. A esposa se referia a ele como "Meu Gene".

Na época achei estranho ver Janet Thrush invadindo o velório de uma casa funerária. E fiquei realmente apavorado quando me chamou para ficar ao seu lado em frente ao caixão aberto do velho.

Olhando para trás, porém, a cena não parece mais tão exótica. Logo o irmão dela seria transformado em cinzas, e Janet sabia que jamais teria um local para sentar e chorar. Provavelmente sentiu falta de um lugar especial para ir, e por isso adotou a lápide de Eugene Marvin Brandt como um túmulo substituto. Acho que compreendo.

Ou talvez não.

— Ah, Jack, eu fiz uma coisa terrível!

Ela desaba em soluços sísmicos. Emma a pega pelos ombros.

— A pior... coisa... que já fiz... na... vida! — Janet gagueja enquanto sucumbe.

— Está tudo bem — diz Emma.

— Ah, não, não está. Não mesmo.

Eu me agacho ao lado dela.

— Me diga qual é o problema.

— Eu me sinto tão mal por causa do Gertie.

— Quem é Gertie? — pergunta Emma.

Aponto com a cabeça para a lápide.

— A senhora Brandt — murmuro.

Emma se aproxima mais de Janet.

— Vocês duas estão sofrendo, você e a Gertie. As duas perderam alguém muito querido.

— Você não entende. Jack? — Janet volta-se para mim, o rosto brilhando de lágrimas. — Jack, eu fiz uma coisa muito feia.

Agora também estou confuso. A irmã de Jimmy se levanta da grama, puxando discretamente as bordas da calcinha do biquíni.

— Vi uma coisa sobre reencarnação no Psychic Network — ela está explicando —, sobre como algumas pessoas acham que não funciona tão bem se o corpo não estiver numa cova. E quanto mais pensava a respeito, mais eu queria que Jimmy tivesse uma chance, sabe? Ao menos uma chance pra voltar como um golfinho ou um peixe-voador. O que quer que fosse.

— Janet, o que você está dizendo? — Sinto os dedos de Emma se apertarem no meu cotovelo.

— Olha, a Cleo *sabia.* Ela sabia que Jimmy queria ser cremado.

— Muito conveniente para ela, ao fim e ao cabo.

— Jack, eu amo meu irmão e respeito os desejos dele, mas não estava preparada. Cleo estava forçando tanto a barra pra fazer logo a cremação, eu sabia que alguma coisa não estava certa. Além disso eu também não estava preparada pra me despedir. — As mãos de Janet se agitam como se ela estivesse misturando uma salada. — E a Cleo não estava nem aí para os meus sentimentos. Ela nem retornava as minhas ligações.

Suavemente, Emma intervém:

— Então, o que você fez?

— Uma coisa muito feia mesmo. — Janet respira profundamente, estremecendo ao exalar. Com uma expressão triste, ela olha por cima do ombro para a lápide de Eugene Marvin Brandt.

— Eu troquei as etiquetas de cremação — ela confessa.

— Você fez o quê?

— Aquele dia na casa funerária, quando você quase desmaiou e nós saímos pra tomar ar? Bom, depois eu voltei pra pôr o álbum dos Doors no caixão do Jimmy... foi aí que troquei as etiquetas de cremação. Quando o serviço do Gene acabou, eles levaram o caixão para a sala de trás, bem ao lado do de Jimmy. Eu já tinha planejado tudo. Não é terrível?

É terrível. Quero abraçá-la, é muito terrível. Quero dançar em torno dos túmulos, com Emma num braço e Janet no outro.

— Jack, o que é uma etiqueta de cremação? — pergunta Emma.

— É o que a casa funerária fixa nos caixões que vão para o crematório.

— Oh-oh.

Janet continua:

— Eu estou realmente encrencada, não?

Todos nos viramos ao mesmo tempo para olhar para o nome na lápide. Estamos ombro a ombro debaixo do sol a pino de agosto, nossas sombras parecem três pombos sobre um fio elétrico. As costas da minha camisa estão molhadas, as lentes dos óculos escuros de Janet estão embaçadas pelo calor. Somente Emma parece refrescada. Estou segurando a mão dela; não, *apertando* a mão dela.

— Bem, vamos esclarecer isso direito. — Trata-se de uma estratégia para não demonstrar a alegria na minha voz. — Eugene Marvin Brandt, que Deus guarde sua alma, não está enterrado aqui?

— Não — admite Janet Thrush com tristeza.

— Então... esse seria o seu irmão — aponto o local com o que espero parecer um comedimento sombrio —, aqui sob nossos pés? James Bradley Stomarti?

— Sim — responde Janet. — Já faz duas semanas, imagino que seja tempo suficiente.

— Para...?

— Para ele ter reencarnado, são e salvo.

Emma intervém:

— Mas será que foi tempo suficiente pra você? Já se sente pronta para tomar essa atitude?

A irmã de Jimmy aquiesce.

— Sim. Estou. Depois do que vocês me disseram sobre a Cleo, estou mais que pronta. — Ela faz uma bola do tamanho de um pêssego e a estoura com uma unha brilhante. — Eu me sinto tão mal. A pobre Gertie vai ter um troço.

Emma está se controlando como se fosse de granito — deve ser por causa do treinamento na escola de enfermagem.

— O que você gostaria que fizéssemos? — ela pergunta para a irmã do Jimmy.

— Que ajudassem a incriminar aquela vagabunda que mostra o púbis na tevê pelo assassinato do meu irmão. Depois publicar no jornal de vocês. — Janet contém uma fungada de raiva. — Jack, você já me disse isso, mas eu esqueci... pra quem eu tenho que telefonar?

— Para uma autópsia?

— O que mais poderia ser? — Ela consegue dar uma risada. — Meu irmão é famoso pelos seus bis.

EPÍLOGO

A tatuagem de Jimmy Stoma com a jibóia foi arruinada pelo meu amigo Pete, o patologista. Isso foi quase um ano atrás, depois que o túmulo de Eugene Marvin Brandt foi aberto por uma ordem judicial acompanhada por uma escavadeira de duas toneladas. Na cova aberta estava o caixão do Jimmy, como sua irmã havia prometido.

A despeito das espumantes objeções dos advogados de Cleo Rio, foi autorizada uma autópsia oficial. A elaborada incisão em forma de Y bagunçou a sinuosa e tentadora serpente.

— Uma coisa linda — me disse mais tarde Pete, pesaroso. — Me senti como se estivesse atacando um Monet a machadadas.

Zelosamente, ele explorou todas as cavidades do corpo de Jimmy, colhendo pedacinhos parecidos com sashimi para o laboratório. Foi no fígado que ele encontrou o principal filão: Benadril, um medicamento comum para resfriado e alergia que dispensa receita médica. Duas cápsulas colocam um adulto em sono profundo. Cleo não quis se arriscar. Esvaziou não menos que vinte cápsulas na caldeirada de garoupa do Jimmy, o suficiente para fazer desmaiar um búfalo. Em seguida o chamou para almoçar no convés. Depois disso ele afivelou o cilindro de mergulho e pulou do barco. Pete disse que Jimmy deve ter desmaiado em vinte minutos, entrando num sono cataléptico que o deixou vagando pelo fundo arenoso ao sabor das correntes.

As cápsulas de Benadril haviam sido compradas — juntamente com uma lata de balas de menta e um frasco de tintura platinada para cabelos — numa farmácia em Silver Beach, a dois quarteirões do apartamento de Jimmy e Cleo. No princípio ela alegou que alguém havia falsificado sua assinatura no recibo do cartão de crédito. O tom dela mudou depois que o promotor Rick Tarkington se ofereceu para convocar um perito em grafologia para fazer uma comparação com uma assinatura recente num cardápio de mercearia. A cantora havia autografado o cardápio para um fã conhecido apenas como "Chuck", que fingia ser um garoto de entregas.

Para minha surpresa, Cleo me telefonou uma noite antes de ser indiciada. Estava sozinha no Jizz. Para me divertir — e ter uma testemunha —, levei Carla Candilla comigo.

A viúva já estava quase de pileque quando chegamos. O brilho sedoso da estrela pop havia desaparecido. Os cabelos de pajem tinham sido tosados num estilo de esfregão unissex, e seu rosto parecia inchado e sombrio. Sob a luz estroboscópica, seu negligenciado bronzeado ganhava um matiz doentio e esverdeado. Ser alvo de uma investigação de assassinato não é um dia no spa.

Nós a seguimos até uma das salas particulares do clube, onde Cleo filou um cigarro Silk Cut de Carla e disse:

— Meus advogados cagariam uma jaca se soubessem que estou aqui.

— Por quê? Você vai confessar? — Joguei ansiosamente meu bloco de notas em cima da mesa.

Cleo franziu o nariz e chegou mais perto.

— Que perfume você está usando?

— Sua colônia favorita.

Chamava-se "Timberlake". Carla e eu passamos uma hora cheirando amostras no balcão masculino da Burdines até encontrarmos a marca certa.

— Todos os seus camaradas usam — eu disse a Cleo. — Loréal. Jerry, o gorila. Você até borrifou um pouco no Jimmy no caixão.

— Eu gosto do que gosto — disse ela —, mas em você esse perfume sufocaria um verme.

Carla apupou. Eu não merecia menos que isso.

Adernando ligeiramente para estibordo, Cleo disse:

— Eu preciso saber, Tagger. Foi realmente você que fez isso comigo? Você sozinho?

— Não seja ridícula. Eu sou apenas um velho e cansado redator de obituários.

— Até parece — fungou Cleo.

Aqui Carla nos interrompeu:

— Cleo, querida, sua manga está dentro do molho.

— Merda. Isto é um Versace.

O barman mandou um clube soda e Cleo começou a batalhar para limpar a mancha. Perguntei se era verdade que a gravadora tinha cancelado o contrato. Ela respondeu que sim, e daí? Era uma gravadora de merda mesmo.

— Depois do julgamento vou conseguir um contrato incrível. Meu novo agente está falando em milhões.

— Impressionante — comentei, o que pareceu agradá-la. — Ei, você já encontrou outro produtor?

Como resposta, Cleo pulverizou um cubo de gelo com os molares.

— Ou um novo guarda-costas?

— Não tem graça, cara. Quando isso acabar — ela explicou —, vou processar o seu jornal por mais ou menos uns vinte milhões.

— Quando isso acabar, Cindy Zigler, você vai estar na prisão.

— Até parece.

Carla não pôde deixar de notar o declínio da bonomia.

— Cleo, antes de nos despedirmos, preciso perguntar... naquele vídeo, era você ou uma dublê de corpo?

A viúva se empertigou.

— Era eu. Cada pentelhinho encaracolado.

A prisão dela foi estampada na Primeira Página: **Cantora é acusada de assassinar seu marido, o roqueiro Jimmy Stoma**. Essa foi a manchete. Aqui vão os créditos:

Por Jack Tagger
Da Redação

Pela primeira vez em quatro anos mandei um recorte para minha mãe. Também guardei uma cópia para Anne, a pedidos. Ela e Derek estavam na Itália, onde ele fazia pesquisas para um novo romance de espionagem, *A camareira do bispo*. Anne mencionou isso num cartão-postal, com uma delicada piada bem a propósito.

A verdade por trás da morte de James Bradley Stomarti teve

forte repercussão, tanto nas publicações de celebridades quanto na indústria fonográfica. Quando o julgamento começou, Jimmy and the Slut Puppies estavam em voga outra vez. A gravadora fez um pacote com *Floating Hospice* e *A Painful Burning Sensation* transformados em álbum duplo, temperado com bônus de faixas não lançadas. Em apenas três semanas, uma remixagem digital do single "Caso perdido" ganhou sessenta e dois mil downloads no site interativo da banda na web. Um novo vídeo, estrelado por Kate Hudson como a mamãe bipolar, apresentou trechos de concertos dos Slut Puppies nunca antes vistos, inclusive a escandalosa imitação que Jimmy fez de Pat Robertson.

O grupo está ganhando dinheiro outra vez. Milagrosamente, parte desse dinheiro chegou até o legado de Jimmy, e por isso inúmeros membros dos Sea Urchins irão acampar à beira-mar no próximo verão.

O julgamento de Cleo Rio durou três semanas. Danny Gift veio de avião das Seychelles para testemunhar sobre uma calorosa discussão que ouviu entre Jimmy e a esposa no estúdio, uma discussão motivada por uma canção. Tito Negraponte chegou da Califórnia com os bolsos cheios de analgésicos fortíssimos, por isso Rick Tarkington preferiu não convocá-lo para depor. Nem era necessário. Janet Thrush revelou-se uma testemunha devastadora, fazendo picadinho da alegação de Cleo de que havia colaborado com o marido na composição de "Shipwrecked heart".

Eu havia previsto que os advogados de defesa de Cleo poderiam tentar me arrastar para o caso, mas eles devem ter percebido que o tiro sairia pela culatra. A cliente deles já tinha muito a explicar sem o acréscimo de antigüidades criminais como Jerry e Loréal. Não foi surpresa quando a viúva Stomarti declinou de seu direito de ocupar o banco para testemunhar em sua própria defesa. Seus advogados equivocadamente apresentaram a teoria de que Jimmy havia por engano tomado remédios demais antes do mergulho fatal. A mais destacada testemunha que conseguiram convocar foi um oftalmologista aposentado que alegava não ser impossível uma pessoa míope ter lido errado o rótulo de uma caixa de Benadril.

As deliberações do júri duraram menos de três horas. Cleo

foi considerada culpada, e o juiz condenou-a a uma sentença que variaria de vinte anos à prisão perpétua. No dia da promulgação, o nono lugar das paradas da *Billboard* era ocupado por "Cindy's oyster", numa gravação de Jimmy Stoma.

"Shipwrecked heart" aparecia em quinto lugar.

E Janet Thrush estava se mudando de sua modesta casa em Beckerville para um apartamento de três quartos de frente para o mar em Silver Beach. É de lá que vai agora administrar a carreira do irmão morto e uma instituição de caridade fundada em nome dele. As faixas das sessões de Exuma foram adquiridas por um milhão e seiscentos mil dólares pela Capitol Records, e a versão completa do CD *Shipwrecked Heart* está para ser lançada dentro de seis semanas. Um press release da gravadora informou que existe material para mais duas compilações.

Antes de assinar o acordo, Janet me telefonou de Los Angeles para pedir minha assessoria.

— Bem, o que o Jimmy teria feito? — perguntei.

— Jimmy teria aceitado o dinheiro — respondeu ela. — Afinal, por que estou em dúvida?

Janet nunca contou a ninguém que havia trocado as etiquetas dos caixões. A ordem judicial para abrir a sepultura foi emitida a partir de uma informação confidencial enviada ao escritório de Rick Tarkington. Fui o único jornalista a divulgar que o álbum dos Doors preferido de Jimmy Stoma foi encontrado junto ao seu corpo. No final das contas, a responsabilidade da cremação equivocada de Eugene Marvin Brandt sobrou para Ellis, o desonesto diretor da funerária, que alegou inocência enquanto silenciosamente fez um acordo judicial com Gertie Brandt por uma quantia que os boatos diziam ser de seis dígitos. Poderia ter sido menor, se Ellis não tivesse furtado os sapatos de golfe feitos sob encomenda dos pés do falecido Gene, e se não os estivesse calçando no dia em que o oficial de justiça o encontrou num campo de golfe público em Port Malabar.

A investigação, o indiciamento e o julgamento de Cleo Rio renderam treze artigos de Primeira Página no *Union-Register*, todos escritos por mim. Comentou-se que Race Maggad III enfureceu-se com o ressurgimento dos créditos com meu nome, mas Abkazion recusou-se a retirá-los ou a me afastar da história. Normalmente essa fidelidade de princípios custaria o emprego de um editor-chefe, mas esses dias podem estar terminando.

Na manhã em que Cleo foi condenada, entrei na Redação e pedi a Emma que me demitisse. Ela disse que não. Imediatamente levei-a para um depósito de material de limpeza no terceiro andar, retirei sua calcinha e transei com ela.

— Você está procurando encrenca — ela alertou.

Depois do almoço, fiz aquilo de novo.

— Agora você foi longe demais. Por sua causa perdi a reunião das treze horas — declamou Emma depois que recuperamos o fôlego. — Você está demitido, Jack.

— Obrigado. A gente se vê à noite.

O Ilustríssimo sr. Charles Chickle estava com os documentos prontos para serem assinados quando cheguei. Race Maggad III estava fumegando no lado de fora, portanto Charlie e eu não tivemos pressa. Recomendei que ele prolongasse a legitimação do testamento de MacArthur Polk até que a história de Stoma seguisse seu curso. Depois conversamos sobre pesca de percas e o time de futebol do Gator.

Finalmente, Charlie disse:

— Está pronto? — Ele já havia passado uma hora com Maggad, para amaciá-lo.

— Agora mande entrar o amuado jovem mancebo — recomendei.

Pouco depois, uma secretária acompanhou o presidente do Maggad-Feist Publishing Group até o escritório do advogado, e o causídico Chickle se desculpou.

— Mestre Race, sente-se! — falei com entusiasmo.

Estava vestindo um terno de lã impecável, mas fora isso a aparência dele era terrível: cabisbaixo e insone, com bolsas escrotais sob os angustiados olhos verdes. Até mesmo seus cabelos se recusavam a brilhar.

— Boa tarde, Jack — devolveu ele, tenso.

— Você não chegou a me dizer se gostou do obituário do velho.

— Não disse? Achei muito bom.

— Vou transmitir seu elogio ao redator.

Maggad fez um esgar.

— Mas eu pensei que *você* tinha escrito.

— Meu auxiliar direto era um estudante estagiário chamado Evan Richards. Garoto brilhante. Ele não vai voltar ao *Union-Register* porque percebeu que você jogou o jornal na privada.

Lembrei ao jovem Race que já fazia vários meses desde que havíamos nos falado, e que eventos significativos haviam ocorrido nesse ínterim. O Maggad-Feist havia perdido uma ação antitruste em Washington, tendo sido forçado a vender duas lucrativas emissoras de rádio. O preço das ações da companhia despencou de quarenta para vinte e dois dólares, a maior baixa em cinco anos. Dois conglomerados de comunicação concorrentes — um alemão e um canadense — haviam iniciado tentativas hostis para assumir a corporação.

E MacArthur Polk, um dos maiores acionistas individuais, havia se omitido.

— Conte-me alguma coisa que ainda não sei — resmungou Maggad.

— Que tal o seguinte: a partir de amanhã, você não vai mais pagar o meu salário.

— Iahuuu. Onde está o champanhe? — O jovem Race encontra-se numa situação difícil, por isso permito que comemore. — Jornais são empreendimentos lucrativos, Tagger, por isso não seja ingênuo e tão dono da verdade. O jornalismo não pode existir se não der lucro.

— Bom, certamente não é possível ter um *bom* jornalismo quando se ordenha uma vaca com uma margem de vinte e cinco por cento. Melhor que isso só trabalhando pra máfia — retruquei. — A propósito, como estão se saindo os seus Porsches no maravilhoso clima do sul da Califórnia? Aposto que nunca mais seu cano de escapamento se sujou de lama!

Por um momento pareceu que Maggad estava sugando as próprias bochechas pela garganta. Eu tinha tocado num nervo exposto ao abordar aquele assunto da Califórnia — a *Forbes* havia publicado recentemente uma irritante matéria sobre o custo obsceno da transferência do quartel-general do Maggad-Feist para a ensolarada San Diego. Os acionistas estavam irados.

Rigidamente, ele respondeu:

— Nós publicamos vinte e sete jornais muito bons. Ganhadores de prêmios.

— Sim, são bons... apesar de você.

Os Race Maggad da indústria seguem um evangelho-padrão para racionalizar suas pilhagens. É mais ou menos assim: os jornais americanos estão gradualmente perdendo seus leitores e anunciantes para a tevê a cabo e a internet. Essa perda fatal só pode ser revertida com um radical reposicionamento do nosso papel na comunidade. Precisamos ser mais receptivos e proativos, menos cínicos e confrontadores. Precisamos ser mais sensíveis às nossas instituições, especialmente nossos anunciantes. Não podemos mais proteger nossas operações noticiosas e editoriais das pressões e exigências que emanam do aspecto comercial das publicações. Estamos todos juntos nisso! Nesses tempos difíceis precisamos fazer mais com menos — menos espaço para imprimir notícias, menos repórteres para cobri-las, e muito menos orçamento para procurá-las. Porém, mesmo fazendo mais com menos, não devemos jamais nos esquecer do nosso voto solene para com nossos leitores, blablablá...

É um espantoso gêiser de merda, e ninguém com meio cérebro na cabeça acredita numa só palavra, nem quando CEOs jogadores de pólo podem falar confiantes de vinte e cinco por cento de lucro anual. Como a maioria dos magnatas da comunicação, Race Maggad III não percebe sua própria vulgaridade. No lado positivo, ele não é motivado (diferentemente dos Hearst e dos Pulitzer de antigamente) por nenhum compromisso político inconfessável, nem promove vinganças particulares nas páginas de seus jornais. Para Maggad só uma coisa importa.

— O quê, você quer que eu me rebaixe? — ele argumenta. — Você sabe que precisamos recomprar as ações do senhor Polk, e sabe por quê. Tente pôr de lado sua mesquinha amargura pessoal, Tagger. Pense em todos os seus amigos e colegas cujo emprego seria prejudicado se uma dessas corporações obtivesse o controle da nossa empresa.

— Está querendo dizer que as coisas ficariam piores na Redação? Como isso é possível? Está sugerindo que essa gente se interessaria menos que você por um bom jornalismo?

Maggad estava ansioso para chutar minha boca, mas a tarefa presente exigia civilidade. Meu Deus, eu teria adorado ver a expressão dele quando Charlie Chickle deu a notícia de que o Velho Polk tinha posto suas ações do Maggad-Feist num fundo. Um fundo a ser administrado por mim — o mesmo espertinho que o havia insultado na frente de seus acionistas, o mesmo safado impertinente cuja carreira ele tinha conspirado para destruir.

— É uma deliciosa ironia, não é, Race?

— Que se foda a ironia. Quanto você quer pelas ações?

— O senhor Polk deixou instruções bem específicas — respondi.

Maggad agitou os dedos bem cuidados.

— Nós somos flexíveis, até certo ponto.

— Flexibilidade não vai adiantar nada — retruco. — Você precisa ser complacente como uma puta, estar disposto e não questionar nada. O preço das ações é um simples valor de mercado, calculado sobre a média dos trinta dias anteriores.

— Isso é viável — concordou Race III calmamente.

— Porém, antes que as ações mudem de mãos — e ali estava o tiro letal —, o Maggad-Feist precisa desistir do *Union-Register.*

Meu garboso visitante se enrijeceu.

— Porra nenhuma — respondeu bruscamente.

— Ah, não fique tão triste.

— Não tem negócio. De jeito nenhum.

— Ótimo — falei. — Quanto mais você se debater e estrilar por aí, mas rico eu vou ficar. Por acaso o senhor Chickle lhe informou quanto estão me pagando pra encher o seu saco?

— Vender o *Union-Register*?

— Sim, mas não para qualquer um.

Maggad agarrou os braços da cadeira como se estivesse prestes a ser ejetado de um F16. A base do pescoço dele ficou rosada, pulsando como uma mangueira de incêndio.

— Pra quem? — ele perguntou. — Vender ele para quem?

— *Vendê-lo.* — Fui incapaz de esconder minha decepção com a sua gramática. — Race, por favor.

— Vendê-lo para quem? — ele rosnou. — Diga logo, droga.

— Para Ellen Polk. A esposa do velho.

— A enfermeira?

— A herdeira — corrigi.

— Meu Deus do céu. Isso foi idéia sua, não foi, Tagger?

Não neguei, numa atitude de má-fé da minha parte. O próprio velho havia sonhado com aquele esquema. Mas Maggad parecia tão arruinado e abatido que não consegui me permitir dizer a verdade.

— Por quanto? — ele perguntou.

— Uma troca direta. Ela fica com o jornal, você fica com as ações do senhor Polk.

— Isso é absurdo. — Ele estava fazendo as contas de cabeça. — O índice Dow está lá embaixo no momento, portanto o *Union-Register* deve valer umas dez ou vinte vezes mais que o valor das ações do velho. Fácil.

— Como quiser, Mestre Race. Amanhã vou oferecer essas ações para os canadenses.

— Não, espere um pouco.

— A propósito, lindo esse seu terno — comento —, mas a temperatura está em inacreditáveis vinte e nove graus lá fora. E você nasceu para usar roupas cáqui, meu amigo.

No final, Race Maggad III preferiu desistir de um jornal para manter seus outros vinte e seis, que Deus os ajude. O negócio foi assinado uma semana antes que o cavalo de pólo favorito do jovem Race o atacasse no estábulo e pisasse em seu crânio. Com a terapia, ele parecia estar melhorando num ritmo estável, embora os médicos duvidassem que fosse capaz de voltar a dirigir um automóvel com câmbio de cinco marchas.

No mês passado, Ellen Polk tornou-se a primeira publisher mulher do *Union-Register*. A primeira coisa que fez foi ampliar em vinte e cinco por cento as páginas de notícias. A segunda foi instruir Abkazion a preencher as mesas vazias da Redação. Hoje existem repórteres exclusivos trabalhando em Palm River, Beckerville e Silver Beach, fazendo uma cobertura cerrada que impediu os políticos de organizarem os encontros do Conselho como bazares semanais.

Sob o comando da sra. Polk, até mesmo a página da Morte foi restaurada à sua antiga glória, com dois longos obituários publicados diariamente. Emma não é mais a encarregada da seção. Como recompensa por ter supervisionado as matérias sobre Jimmy Stoma, ela foi promovida a editora "delegada" de Cidade. Quando perguntei se aquilo significava ter de usar uma estrela de prata no peito, ela me mandou sair do banheiro para acabar de secar o cabelo. Emma se recusa a abandonar o jornalismo e se recusa a me abandonar. E eu sou o maluco mais feliz que já conheci.

Depois da aventura com o aerobote, Emma deslizou sem incidentes pelo resto de seu vigésimo oitavo ano. No último sábado foi o aniversário dela, e fomos de carro até Naples para jantar com minha mãe, meu padrasto, Dave, e os Palmer, que Dave agora exalta como grandes aquisições do seu clube de campo. Essa atitude racialmente esclarecida só se desenvolveu depois que o filho do sr. Palmer ensinou a Dave como retornar a bola de uma cratera de areia para o curso normal do gramado.

Quando nos levantamos da mesa, encurralei minha mãe na cozinha e perguntei de que forma ela recebeu o obituário de Jack Pai. Ela me contou que o irmão mais velho do meu pai, um advogado de Orlando, tinha mandado pelo correio.

— Era com ele que eu devia ter casado. O advogado — observou minha mãe, não totalmente brincando.

Incluídos no envelope havia um cheque de duzentos e cinqüenta dólares para cobrir um par de brincos com pequenas pérolas que meu pai havia afanado ao se mandar e depois pusera no prego. Após sua morte, o comprovante da casa de penhores (e um guia turístico *Fodor's* de Amsterdã) foi encontrado numa caixa de sapatos embaixo da cama em que dormia numa casa de cômodos de Key West.

— E como você encarou isso? — perguntei a minha mãe.

— Foi uma coisa boba. Caso encerrado — ela respondeu. — Escuta, Jack, gostei muito da sua nova namorada. Por favor, não a assuste como fez com Anne. Guarde esses sentimentos mórbidos pra você mesmo, o.k.?

— Vou tentar, mãe.

Emma e eu passamos a noite de ontem no sofá lendo capítulos manuscritos do romance de Juan Rodriguez sobre aquela viagem de Cuba a Key West. É de tirar o fôlego, porém despretensioso; o talento de Juan vai além das minhas mais improváveis aspirações. Uma prestigiada editora de Nova York vai lançar o livro no outono, e posso prever que isso vai significar fama e fortuna para ele. Só espero que também facilite o seu sono. O romance é dedicado à irmã.

Hoje Emma e eu viemos almoçar no píer de Silver Beach, como fazemos com freqüência. Alguns meses atrás, numa ventosa manhã, Janet Thrush veio almoçar conosco. Ela descalçou as sandálias de dedo, subiu na amurada e despejou as esvoaçantes cinzas do irmão no Atlântico.

— Adeus, Jimmy — cantarolou, jogando a urna vazia na

água. Juro que naquele instante um golfinho se aproximou e rolou sobre as ondas — só uma vez. Nunca mais o vimos.

Continuo trazendo Emma aqui porque gostaria que ela conhecesse Ike, o velho redator de obituários, mas ele não apareceu mais desde o dia em que nos falamos pela primeira vez. Estou começando a pensar que aquilo foi um sonho. Emma também tem suas dúvidas, embora seja delicada demais para admitir. Mesmo que isso demonstre ainda um certo trauma da minha parte, prefiro achar que imaginei Ike a saber que ele morreu.

Como sempre, Emma e eu escolhemos o banco perto do telefone no final do píer, o mesmo telefone que seus raptores usaram para falar comigo. Uma vez mencionei isso a Emma, e ela disse apenas:

— Aqueles crápulas.

Hoje o Atlântico está manso e vítreo, o espelho perfeito para um céu azul e sem nuvens. As crianças estão em férias, por isso o píer está cheio; acima, um circo de gaivotas e andorinhas-do-mar mergulha na água. Emma e eu protegemos nossa salada de macarrão, para o caso de sermos bombardeados. Apertando os olhos sob o feroz sol de verão, procuro a cabeça coberta por penugens cinzentas de Ike entre os pescadores alinhados ao longo do parapeito.

— Talvez ele tenha voltado para o norte até o clima ficar mais ameno.

— Talvez.

— Ou talvez esteja hospitalizado. Você ligou para o Charity?

— Ainda não. — Nem mesmo sei o sobrenome dele.

Somos distraídos por um turista corpulento e hirsuto vestindo uma camiseta regata manchada de suor. Ele fisgou uma pequena barracuda, que se debate freneticamente nas pranchas de madeira. O turista está de olho no jantar, pois está seriamente empenhado em pisotear o peixe antes que ele retorne ao mar. Parece não dar importância à notável dentição das barracudas, impressionante mesmo em jovens espécimes. Em minutos os pálidos tornozelos do homem estão manchados de carmesim, e ele se retira gemendo como um novilho marcado a ferro.

Emma caminha até lá e cuidadosamente empurra o agitado peixe para fora do píer com um dedo do pé pintado conservadoramente de azul-marinho. Reencontrando-me na praia, ela diz:

— Chegou aquele momento outra vez.

— Não, por favor.

Todos os dias ela pergunta:

— Quando você vai voltar para o jornal?

Abkazion me ofereceu um lugar na nova equipe de reportagem, mas ainda não é o momento certo. Continuo tendo suores noturnos por causa do que aconteceu no lago Okeechobee. Isso eu não menciono para Emma, porque ela tem seus próprios sonhos inquietantes.

— Jack, você devia aceitar o emprego. Você trabalhou duro por ele.

— Talvez seja esse o problema. Como Jimmy Stoma diria, ando meio recolhido.

— E como diria Emma Cole, agora eu vou te machucar. — Ela me cutuca a têmpora. — Volte ao trabalho, Jack. Eu sinto sua falta.

— Ela tem razão. Qual é o seu problema, Tagger? — uma voz roufenha pergunta às minhas costas.

Giro o corpo e lá está Ike, um sorriso malicioso no rosto de coala emoldurado pelas costeletas. Está carregando um balde de iscas cor de laranja, uma pequena caixa de isopor e seus três caniços. Parece disposto e em forma.

— Por onde você andou? — pergunto.

— Lutando contra um pólipo mal-educado — ele responde em tom jocoso — Mas não se preocupe, eu venci.

— Ike, essa é minha amiga, Emma.

Ele deposita o equipamento de pesca e segura a mão dela.

— Você é realmente adorável, Emma. Estou encantado em conhecê-la.

O velho galanteador!

— Você fez mais um aniversário, não fez? — pergunto a ele.

— Número noventa e três — responde com orgulho.

— Incrível — comenta Emma.

— Não exatamente. Eu planejei dessa forma. Todos aqueles anos escrevendo centenas de obituários... bem, linda garota, eu fiz a lição de casa. Aprendi alguns truques.

Emma está impressionada com o velho, como eu sabia que

ficaria. Depois de organizar a confusão de seu equipamento de pesca, ele coloca metodicamente uma isca no anzol e joga a linha por cima do parapeito.

— Filtro solar. — Ele estica o pescoço em nossa direção. — Vocês dois deveriam estar melados com essa substância. Daqui a quarenta anos vão me agradecer.

A vara de pescar de Ike começa a se curvar, e galantemente ele a passa para Emma. Ela recolhe um belo vermelho, que ele eviscera e joga no gelo.

— Peixe é a comida mais saudável do mundo. Os cemitérios estão cheios de gente que não comeu peixe o bastante.

— Ike — diz Emma —, por favor explique ao Jack por que ele deve voltar ao jornal.

Ele limpa a lâmina de sua faca de peixe numa perna da calça.

— Em primeiro lugar, você não foi feito pra ter um emprego regular.

Até aqui nada a contestar.

— Em segundo lugar, você ainda sente o fascínio pela notícia. — Seus dedos curvados estão colocando um grande e afiado anzol num pedaço exangue de cioba. — E em terceiro lugar, escrevendo para um jornal você pode fazer as coisas acontecerem — conclui. — Fazer diferença no mundo. Isso é um fato.

Emma bateu palmas com animação.

— Muito bem!

O que o homem-coala falou é verdade.

— Mas se eu voltasse — comento —, não seria para escrever obituários.

— Isso mesmo. Você fez um excelente trabalho com a história da garota maluca que matou o marido — observa Ike. — Eu não ficaria surpreso se você ganhasse algum prêmio. Falando sério, Jack.

Ele se afasta com o caniço e atira uma isca fresca na água. O peso de chumbo emite um ruído longínquo. Emma faz menção de que é hora de irmos embora. Agora que é uma editora *delegada*, ela não pode perder a reunião das treze horas. Algumas coisas não mudaram no *Union-Register*.

— Ike, foi uma honra conhecer você.

— A honra foi minha. Venha pescar comigo qualquer dia. —

Ele mostra seus belos dentes postiços. Depois, virando-se para mim: — Quando veremos seus créditos outra vez, Jack Tagger?

— Mais cedo ou mais tarde. — Aperto a mão dele, mesmo suja de cioba. — Você é uma figura, Ike.

Ele se aproxima e baixa a voz.

— Quando foi a última vez que você fez um checkup? Quero dizer, o serviço completo.

— No ano passado. — Com o apoio de Emma, consegui me livrar daqueles compulsivos exames mensais com a dra. Susan.

— Da próxima vez, faça uma verificação no encanamento — aconselha Ike. — Eles enfiam uma câmera na sua bunda, mas não chega a ser pior do que um divórcio.

— Vou me lembrar disso.

— Tenha uma longa vida, Jack. E lembre-se, é tudo uma questão de dieta e atitude.

Emma e eu estamos na metade do píer quando ouvimos um grito rouco. Ike fisgou um tarpão enorme, que está volteando com saltos mortais prateados na água. Vejo o velho ser puxado contra o parapeito de madeira, lutando para manter nas mãos o agitado caniço em forma de U. Alguns dos outros pescadores estão se reunindo para assistir, mas ninguém parece disposto a ajudar, e o franzino Ike está sendo facilmente sobrepujado pelos violentos movimentos do grande peixe na ponta da linha. Não sou bom nesse esporte, mas ainda me lembro o suficiente das pescas com minha mãe para saber o que pode acontecer se a carretilha do velho travar.

— Parece que ele está com um problema — comenta Emma.

Eu já estou correndo.

E já estou pensando, Deus me perdoe, no obituário do Ike. Sem dúvida Hemingway seria invocado. Logo depois um obscuro conhecido do homem-coala seria citado afirmando que ele morreu fazendo o que mais gostava, que seria o quê...? Afogarse no mar?

Mesmo assim, ser arrastado de um píer por um magnífico peixe não seria uma forma estúpida de morrer, de jeito nenhum. Faz mais sentido, por exemplo, do que encher a cara e despencar de uma árvore tentando capturar um guaxinim.

E suponho que os aspectos míticos de ser afogado por uma fera prateada dos mares podem fascinar um camarada que passou a maior parte da vida escrevendo sobre as mortes alheias mais comuns. Assim mesmo, não posso ficar parado assistindo àquilo acontecer. Ike teve noventa e três anos fantásticos, mas não acho que esteja acabado. Não acredito que esteja pronto para partir.

Por isso forço caminho por entre os imbecis parados ao redor e encontro o velho dobrado sobre o parapeito. Claro que ele não seria sensato a ponto de largar o maldito caniço, assim como minha mãe, que teria a mesma atitude absurda. O tarpão levou toda a linha do Ike, por isso teimosamente ele amarrou a última porção no punho direito, que está esguichando sangue. Enquanto isso ele balança como uma gangorra sobre o desgastado corrimão, a cabeça e os ombros estendidos acima da água e as pernas finas ondulando no ar.

Minha visão é das solas sujas de iscas de seus sapatos de pesca. Sinto uma mão na minha nuca, me empurrando para a frente. É Emma.

Agarrando Ike pelo cinto, puxo-o de volta ao píer. À distância, o tarpão salta mais uma vez, sacudindo a boca do tamanho de um balde. A linha se afrouxa nos dedos frágeis do velho.

— Macacos me mordam! — ele diz, sem fôlego. — Isso foi absolutamente incrível!

Os outros pescadores batem palmas, animados, murmurando entre si ao se afastarem. Emma, a quase-enfermeira, está examinando o corte sangrento na palma da mão enrugada de Ike.

Ele está rindo muito, seus olhos do tamanho de dois botões estão transbordando.

— Já imaginou a manchete? — ele diz. — Já imaginou, Jack?

CASO PERDIDO
Jimmy Stomma e Warren Zevon

Minha garota é um caso perdido
Maternal e bipolar, com roupas de couro e olhar distraído
O rosto é de um anjo, lindo e desiludido
Minha garota é um caso perdido

Filha de Drácula, não sabe o que é piedade
Fogueira na água, ardente na intimidade
Um perfeito retrato de visual proibido
Minha garota é um caso perdido

Que vai me enlouquecer pra valer
Que vai me enlouquecer pra valer

Maníaco-depressiva e esquizóide também
Pirada como ela nunca conheci ninguém
Somos amantes paranóicos jogados no limbo
Minha garota é um caso perdido

Minha garota vai comemorar
E para o hospício eles vão me arrastar
Meu coração vai virar vidro moído
Minha garota é um caso perdido

E conseguiu me enlouquecer pra valer
E conseguiu me enlouquecer pra valer
Minha garota me enlouqueceu pra valer
Afinal me enlouqueceu pra valer...

AGRADECIMENTOS

Pelos conselhos, conhecimentos e paciência, sou muito grato a Kevin Kliesh e Michael Krumper, da Artemis Records; ao incomparável Warren Zevon; ao dr. Charles Wetli, do Instituto Médico Legal do condado de Suffolk, e ao dr. Joseph Davis, do Instituto Médico Legal de Miami-Dade; a Jimmy Buffet, Dave Feder, Steve Whalen, Roger McGuinn e ao tremendamente prolífico John Camp. Quero agradecer especialmente a minha esposa, Fenia, por ter inspirado a banda.

ESTA OBRA FOI COMPOSTA PELO GRUPO DE CRIAÇÃO EM GARAMOND E
IMPRESSA PELA RR DONNELLEY EM OFSETE SOBRE PAPEL PÓLEN SOFT DA
SUZANO PAPEL E CELULOSE PARA A EDITORA SCHWARCZ
EM JANEIRO DE 2008